神戸文芸文化の航路

——画と文から辿る港街のひろがり——

大橋毅彦 著

はじめに――鉱脈の発掘と水域の拡張

神戸ゆかりの詩人竹中郁の作った「たのしい磔刑」という詩は次のように始まっている。

子供の一人と背中あはせで
寝床のなかで寝て思ふのです
――この子は鳩かな
――この子は風琴かな
――この子は鉱脈かな

狭くて苦しい寝床であっても、子供の一人とその中で背中合わせに寝ていると、その子のいのちの鼓動が伝わって来て、自分は「動悸うつ木の柱」に括られたよう、それはまるで「たのしい磔刑」の状態ではないかというのが詩全体の内容だが、右の引用中にある〈鉱脈〉という比喩を、本書の目指すところの一つを説明するために使わせてもらおう。

神戸という一つの地域を中心に、そこで成り立つ近代以降の文芸文化のありようを、数多な土砂や岩石が層状に積み重なった地層に見立てるなら、その中を板のような塊りとなって走っていく鉱物の層もあれば、そこから隔たったところにひっそりと埋れている、異なった成分から出来上がっている鉱石や原石もあるだろう。この書では、神戸モダニズムといわれる地表を掘削していって、それらを掘り当てることを試みた。

たとえば一九二〇年代の神戸の文芸文化空間にあって、その随所に活動の痕跡を残していった、関西学院関係者の動向。同人雑誌全盛期、そのムーヴメントに対して彼らも深くて多様なかかわりを示していく。それは学院のある、市外の通称原田の森を起点として、幾筋かの鉱脈が街に向かって伸びていくことを意味する。

かと思うと、一方には、処女詩集が同時代の文学界の巨匠佐藤春夫のお墨付きをもらったけれども、彼の実質的な活動はそれ一冊で已んだ石野重道、当時新川と呼ばれた細民街の出身で、〈貧〉の光背を携えて立ち上がってくる詩人井上増吉、急激な近代化のため、そこで暮らす人々の精神が跛行状態に陥った街で生きてきたそのこと自体に自身のアイデンティティーを求めていく詩人能登秀夫といった存在があって、彼らの残した仕事も気になる。これらの鉱石を磨いて、どんな光を発するか見てみたい。

＊　＊　＊

こんなふうに掘削ないし測鉛を深く下ろすイメージを強調したが、その一方、「航路」といったことばをそこに含ませたように、本書のタイトルとしてはむしろ海域のひろがりを伝えてくる表現をとった。なぜか。神戸という街の属性を表す〈海港〉という音（オン）は、外界に向けて窓を開け放つ〈開口〉に繋がり、そこから出たり入ったりする人やモノの出会いや交わりを意味する〈邂逅〉ということばとも繋がる。では〈海港〉は〈開口〉することによって、何と出会い、交わるのか。それは一言でいえば、異質なものとである。

本書で取り上げる陳舜臣という作家は、眼下に広がる海景を眺望できる書斎の窓辺に立って、神戸の歴史や文化が波濤の向うにある上海やシンガポールのそれと交わる小説を構想した。そして、それは小田実という作家が追求するものでもあった。彼の小説は三作品を取り上げたが、とりわけ「河」において神戸という街は、一九二〇年代後半における日本、中国、朝鮮との間に生じていく熾烈な関係性を、作品全体を通して描き切っていこうとする小説の発端部に据えられ、三国の絡み合いを際立たせる場所となっている。作中人物の形象を通してその点を確認すれば、主人公の少年は自分と同い年の中国人の家に遊びに行って、中国の革命という未知のものと出会って心揺すぶられ、関東大震災直後の横浜で「鮮人狩りに遭うて殺されかかっ」た朝鮮人の男から、日本人に対する激しい憎悪が込められた「倭奴」ということばを浴びせられてたじろぐのである。

詳しくは本論に回すが、小説「河」にあって、神戸の中の異国はこれにとどまらない。ドイツもあれば、アイルランドも出てくる。そして、ここで一旦虚構世界の小説から離れて、同じ一九二〇年代の現実の神戸に目を向ければ、そこではまた、アイルランド文学を発信する動きが、関西学院ゆかりの芸術好きの青年や『大阪朝日新聞』神戸支局で活動するジャーナリストらによってとられ始めていたことも見えてくるのである。神戸が生み出す文学は、このような側面も含んで、いくつもの寄港地を目指して水脈を曳いていく。その航跡を追いかけてみたい。

＊　　＊　　＊

が、本書で試みる、神戸文芸文化が経験した異なるものの出会いのドラマの探求は、空間的、地理的な広がりを通じてのみ果たされるものではない。つまりそれは、文学と美術、演劇、舞踊とのジャンル横断といったパースペクティヴをとることによっても行われていく。そしてこのような関心は、ある人物の動きを単独で取り上げても、ある出版物の内容に目を向けても、さらには、あるイベントが企画されていく経緯を問題にしても生じていくのである。

そのことを、竹中郁を例にとって説明すれば次のようになる。まずは、竹中郁の個としての活動の中に、詩と同じように絵画への並々ならぬ関心や愛着のあったことが認められる。関西学院在学中に関わった雑誌『関西文学』

の表紙絵を描いたことから出発し、本論においてはそこまで紹介できなかったが、戦後刊行された『KINYO』でも、軽妙で洒落たペン画を描いてその表紙を飾った。

郁には美術評も多い。パリ逗留を終えて帰国して以降、地元紙が掲載した彼の展覧会評はかなりの数に上ると思われるが、その転載も含めて一九三〇年代初めの神戸美術界を盛り上げるべく刊行をスタートさせたのが、元町鯉川筋で開廊した通称「神戸画廊」の機関誌『ユーモラス・コーベ』であった。それを通覧していけば、画廊に集う人たちが醸し出す文化的雑居のリアルさが伝わってくる。そしてまた、その渾然とした雰囲気は東京のそれと似て非なるものでもあった。

郁が関わったイベントとして大きく取り上げたいのが「グランド・バレエ〝アメリカ〟」である。神戸にほど近い西宮で、一九五〇年に開催されたアメリカ博覧会で上演されたこのバレエが、詩人、画家、音楽家、舞踊家らのいかなる協同に基づくものだったかを考えてみたい。すると、それは一面から見れば、上海租界文化と神戸モダン文化との合作といった風にも見えてこよう。

ただ、ここで急いで付け加えたいことは、同じ頃の神戸に上海から伝わって来たものがまだ他にもあるということだ。中国抗日戦争時期に盛んに制作され受容されていった木刻画（木版画）がそれだ。これが神戸に版画運動というムーヴメントをもたらしていった時代をどのように評価するのかといった問題に対しても、やはり上海と密な繋がりをもって生じた同時代の東京における木刻ブーム、竹中郁と同じ海港の空気を吸って自身の芸術を育んできた版画家川西英の存在を視野に入れてアプローチしていく予定である。

＊　　＊　　＊

以上、簡単だが、神戸の足下を掘り下げて鉱脈を発見する、神戸という窓が何に向けて開かれていくかを眺望する、神戸に集い、神戸で育つ諸芸術にはどんな相互浸透の動きがあったかを見定めるといった、凡そ三つの考察視角が本書にはあることを述べた。収録論文は全部で九編だが、どの論考もそこでの考察内容は、そうした目論見の中の一つ、もしくは二つ以上のものに関わっていくであろう。論文の配列順は、それぞれが扱う対象や取り上げていく作品の制作年代が、一章の一九二〇年代から始まって、一九三〇年代、一九五〇年前後、一九六〇年代、そして最終的には九章で二〇〇〇年代にまで連載が及んだ「河」を扱うというように、時間軸にゆるやかに沿うものとなっているが、別にその順に従って読まれることのみを要請してはいない。読者は興味を持った章から読んで下さればば結構である。そして、五章で話題の一部となっている、一九三〇年代の書き手たちの感興をそそっていた〈アイルランド〉が、九章においては同じ時代の神戸を虚構の舞台に据える小説中で重要な役割を帯びて登場してくることに興を覚えていただければよい。あるいはまた、六章を読んで、戦後の竹中郁がバレエの台本作りに自己の新たな可能性を求めて行きつつあったこと、そしてそうした嗜好性はすでに彼のパリ遊学時代に胚胎していたことを知ったならば、その後者の時代の郁を扱った二章に、押っ取り刀で引き返し、読み直していただいてもよい。そういった相互参照の愉しさを味わえる要素も結果的に本書は含んでいると言っておきたい。

目次

一章　一九二〇年代の関西学院文学的環境の眺望

はじめに

日本近代文学史上にあって関西学院の名がそれなりの意味を持ち始めてくるのは、学院中学部出身の稲垣足穂、あるいは文学部英文科出身の竹中郁の作品が、中央の文壇、詩壇で紹介されていく一九二〇年代に入ってからであろう。短編集『一千一秒物語』（金星堂、一九二三・一）や、詩集『黄蜂と花粉』（海港詩人倶楽部、一九二六・二）を上梓した両者は、大正後期から昭和初期にかけての文学概念の変革期の最中にあって独自の小説世界や詩風を開拓していったし、その達成の証についての検証も進められてきている。

だが、そうした文学者個々に即した研究の推進とはうらはらに、彼らの始動期を支えたであろう関西学院の文学的環境についての調査は、一部の発言を除けば(1)、まだ積極的な展開を見せているとは言いがたい。そこで、この小論では、そうした関西学院の文学的環境を、彼等も含めてその将来が未知の領域に属していた多くの青年も巻き込んで推移していく運動体、組織体として見ていった時に、どういったポテンシャルエネルギーがそこに蓄積されていったのかという問題について考えていきたい。おそらくこの試みは、一九二〇年代の関西学院に生じていた様々な文学的な現われを、如上の人物の足跡を色付けするための脇役的位置から、当時の学院が位置していた神戸という場所で成立していた文化的状況や、それよりもさらに外部に存在している同時代の文学的潮流と交渉する場に引き上げていくのではないかと思う。

一、多層的な内部――『関西文学』・『想苑』・海港詩人倶楽部

関西学院一九二〇年代の文学的環境を照らし出すものとして、一九三一（昭和六）年一月一日に関西学院文学会から刊行された『文学部回顧』を活用することにしたい。序文を書いた田中利一をはじめとする六人の編集部員の努力を中心として編まれたこの書は、関西学院文学部が高等部の文科として発足してからの一八年の歴史を「商学部旧館時代（一九一二―一九二〇）」「ハミル館時代（一九二〇―一九二二）」「文学部校舎時代（一九二二―一九二九）」「仁川時代（一九二九―）」の四期に分けて叙述するとともに、C・J・L・ベーツ以下三七名の学院関係者による「回顧録」、「文学部出版雑誌一覧表」や「劇研究会上演表」など計七項よりなる「附録」、さらには四〇点の挿入写真も登載しており、上記の目標を達成する上での格好の資料となっている。すなわち、回顧の対象が高等部文科・文学部であるため、中学部より上には進まなかった稲垣足穂や同級の衣巻省三、あるいは『貧民窟詩集　日輪は再び上る』（警醒社書店、一九二六・一二）の作者で、新川のスラム街出身、中学部を出た後は神戸神学校に進んだ井上増吉の動きを伝える叙述がないという難点があるとはいえ、それを補って余りあるくらいに、一九二〇年代の学院を舞台として繰り広げられた文学運動とその周囲に立ち上っていた文化的な雰囲気を、ついいましがた経験したものとして生き生きと伝えてくる語りがそこにはある。さらにもう一つ注目したいのは、たとえば学院内で発行された各種雑誌の消長を問題にする時に顕著なのだが、その説明の仕方が必要に応じて、それらの雑誌や文学運動の弱みや矛盾、あるいは没落過程だとかを指摘していくことも辞さない態度を貫いていること。筆者が示す、こうした身

贔屓に終始してしまうことなく外へ開いていこうとする姿勢は、同時代の思想的潮流と関西学院内で生まれた各種の文化活動との間に、どんな繋がりがあったのかについて言及していこうとするスタンスとも通じていて、読んでいて小気味好い。

さて、『文学部回顧』の語りの基調についての説明はこのくらいにして、ならばこうした語りの中から関西学院の文学的環境の内実が、一九二〇年代にあってはどんな形で迫ってくるかを一言で言い当ててみよう。それは、立ち位置の異なる文学雑誌・文芸運動の混在により、多層的な〈内〉部が関学の文学環境の中に出来上がった時代、いわば〝関西学院文学連峰〟の姿が立ち現れた時代だった。そして、このように重畳する山々に喩えられる雑誌群の中から、それぞれが他のものとは異なる植生や地味を持つ峰を形作っているものを展望しようとするなら、『関西文学』、『想苑』、『横顔』、『羅針』、さらには『木曜嶋』[2]や『文芸直線』といった雑誌の存在がたちどころに浮かび上がってくるのだ。

これらの雑誌のうち、まずは創刊の時期がもっとも早く、かつ刊行期間もいちばん長かった『関西文学』と、その次に創刊の時期が早かった『想苑』とを比較してみよう。そのポイントはそれぞれの雑誌に集ったメンバーの層の相違である。

誌名は同じだが当初は〈リーフレット型六頁位〉（『文学部回顧』より引用。この後、同書中の表現を借りたものには〈〉を付す。）で、その性格もいわゆる〈関西学院高等学部の部報式〉のものだった『関西文学』[3]が、文学運動機関誌としての傾向をはっきりと持ち始めるのは、それ以前のものからの更新、刷新の意味合いも持たせてのことであろうか、「第一号」と銘打たれて一九二〇年九月に刊行された時からである。この時、奥付に記載された編輯兼発行人は、当時文科の英文科教授であった佐藤清であり、岡田春草（貢三）、西木草笛（栗秋）をはじめとする文科学生の詩や小説が誌面を賑わした。そして、執筆者の大半が文科の学生で占められる傾向は、二号（一九二一・一）以降も鮫島麟太

【図1】竹中郁の意匠になる1924年6月刊行の『関西文学』表紙

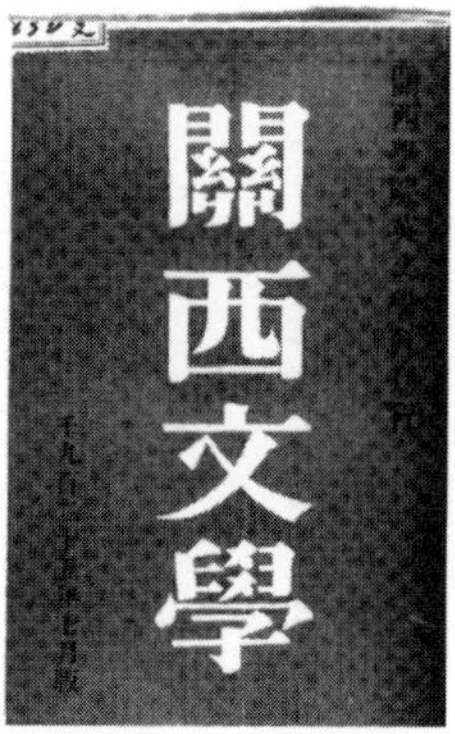

【図2】「関西学院英文学会刊行」の文字も印刷された1925年7月刊行の『関西文学』表紙

郎、大崎治郎、葉健二、江原深青（隆治）といったメンバーが加わって継続していくのだが、その中でも中核的な役割を果たしていったのは英文学科の学生たちであった。

この雑誌の奥付や表紙を順に追っていくと、そのことを端的に示す変化をいくつか拾うことができる。つまり、一九二四年六月刊行の同誌の奥付を見ると、そこに記されている発行所名は、それまでの関西学院高等部学生会から「関西学院文学部英文科」へと変更されている。ちなみに、同誌の表紙の意匠としてメルヘンを感じさせる鳩時計の絵を描いたのは、英文科二年の竹中郁だった。【図1】さらに、一九二五年七月発行の『関西文学』に至ると、「関西学院英文学会刊行」という文字が表紙に刷り込まれ、扉にもそれと歩調を合わせるかのように「一千九百二十五年第一輯」という文字が、たしかにその年に限っていえば第一号なのだが、通算では第一一号にあたることについての情報は伏せて記されていったのである。【図2】

このようにして発行を続けていく過程で、『関西文学』が文学部の機関雑誌、さらには英文学科生の文芸作品発表機関としての〈純粋〉性を形作っていったことは、それ以前には稀薄だった、文芸創作に対するアンビショナルな情熱の発露を連想させる現象であったと捉えることもできよう。だが、その反面、この〈アンビション〉は同誌に集うメンバーの層や人数を限定する方向に働いたとも思われる。そして、そういう状態にあって、仮にこの集団の求心力となっていた存在が失われたり、彼らのそれとは異なる新たな〈アンビション〉を有する集団が出現することがあれば、その活力は、外部からの補充を元から排除しているがゆえに一気に弱体化してしまわないだろうか。『文学部回顧』の筆者が言うように、竹中郁が同誌への寄稿を続けていたにせよ、それ以上に学院の外にあって海港詩人倶楽部での活動に力を傾注していき、そしてまた、関西学院文学部木曜倶楽部を発行所とする詩誌『木曜嶋』が、創刊後またたく間に左翼文芸誌的な旗幟を鮮明にしていく状況と対応して、『関西文学』は終息に向っていった。

以上見てきた『関西文学』の性格と比べた時、一九二二年六月に創刊された『想苑』は、よりゆるやかな同人の結合に基づいて作品を提供していくのを、その基本的な性格としている。なるほど、創刊号巻頭の「巻頭雋語」や、最後の頁に掲載されている「『想苑』規定」に明らかなように、この雑誌もまた関西学院文学部文科研究会機関誌という性格も具えて出発しているのだが、第二号にあたる第一年秋季号（一九二二・一〇）掲載の『想苑』清規」ではそうした趣旨を明文化した一文が早くも姿を消し、[4]奥付にある発行所も前号の「関西学院文学部文科研究会」から、彼自身はたしかに当時文科の一年生ではあったが、兵庫県武庫郡鳴尾西畑の小松一朗方の「想苑社」に移っている。

次いで第三号の奥付を見ると、そこには新たに大阪市北区梅田町三二一（阪神電車梅田停留場南）にある上田長文堂の名が発売所として出てくる。この書店が、第二号に「詩四編」を載せて以降、しばしば同誌に作品を寄せた佐藤清の第一詩集『西灘より』（自家出版、一九一四・四）及び第二詩集『愛と音楽』（自家出版、一九一九・九）の発兌元であった点に注意したい。英文科教授の佐藤清は、すでに触れたように『関西文学』出発期における実質的指導者としての役割を果たしていったが、それに続いて出された『想苑』においても、この一事をとってみるかぎり、やはり同誌の要の位置に立っていることが想像できる。やがて『想苑』には、彼の第三詩集『海の詩集』もこの書店から発見されることを知らせる広告や、同誌の発行所もまた小松一朗方の「想苑社」から『上田長文堂内』の「大阪想苑社」に移ったことを告げる奥付が現れることになろう。[5]

とはいえ、『関西文学』が出発当初、佐藤清のもとに集った文科に籍を置く〈文学青年派〉の牙城となっていたのとは異なり、『想苑』の方は、年齢的に見ても、またその職業からしても、より幅広い層にわたる書き手たちの参加する場となっている。一九二三年四月刊行の第二巻第二号には、佐藤清、小松一朗も含む六人の「編輯同人」の名が初めて掲げられているが、そこに名を連ねた竹内勝太郎と喜志麦雨は、ともに当時『大阪時事新報』の記者であり、佐藤との繋がりでこの雑誌に参加した人たちだった。三木露風の影響下で詩作を開始していた彼らは、第一年第三号（一九二二・一二）にそれぞれ「詩『湖心』その他」、「詩『路なき林』その他」を寄せたのを皮切りとして、同誌が終刊[6]を迎えるまで数多くの詩、時評、論説、書評、翻訳詩、戯曲を発表していった。

こうした外部からの寄稿者には、この二人以外にも第二巻第一号（一九二三・二）に詩「奇蹟」を寄せた『大阪朝日新聞』神戸支局長の藤木九三や、富田砕花、土井晩翠といった詩壇的にはそれまでに充分注目を浴びていた詩人たちもいて、彼らのようなパトロン的存在の作品も含めると、『想苑』という雑誌は、毎号そこに掲載される、ロマンチックな風合いや、イマジスティックな傾向を示す詩編を軸として、中央詩壇や出版界に向けてその存在をアピールする性格を多分に有しているとみなすことができよう。竹内と喜志のコンビによって、『日本詩人』『詩聖』『詩と音楽』のような名うての詩誌から『青騎士』といった新進の詩誌までを取り上げる「詩壇月評」が第三巻第二号（一九二三・七）[7]から始まり、三号連続して掲載されたのも、このような『想苑』の性格を物語っている。すでに見たように、『想苑』の発行所が関西学院文学部文科研究会→小松一朗方「想苑社」→上田長文堂内「大阪想苑社」という変遷を辿るのも、同誌が採った、より広汎な流通経路を獲得するための出版戦略であったとも言える。

学院外からの寄稿者の中には詩人的出発を遂げたばかりの若者もいた。その中の一人が草野心平である。第三巻第五号（一九二三・一〇）の「想苑雑記」中で竹内勝太郎は、当時中国広州の嶺南大学に籍を置いていた心平から、亡兄民平との合著詩集『廃園の喇叭』を直接手渡された折の感動を語っているが、同号の巻頭に置かれた竹内の詩のすぐ後には、この青年詩人の「赤い夕月とまつてゐる」と題する詩が『想苑』に初お目見えのかたちをとって掲載されているのだ。次いで第四巻第一号（一九二四・二）が出たが、心平の詩はここにも「虫よ」、「まんだらな風景」——前号の作と合わせてこういう野放図なタイトルの付け方がいかにも心平らしくないか——の二編が掲載された。一方、竹内の『廃園の喇叭』評を介して心平と知り合い、やがて心平が広州で創刊する詩誌『銅鑼』の同人になっていく原理充雄こと岡田政二郎も、心平より一足早く第三巻第三号（一九二三・八）に詩「星の匂ひ」を発表、大阪郵便局に勤務しながら文学活動を開始していった。[8]

ところで、こうした人たちの参加によって『想苑』が遠心的な広がりを見せていくことは、学院関係者、とりわけ草野心平や岡田政二郎と同世代の学生たちの文芸動向に対してどのような作用を及ぼしていったか。折しも一九二三年三月、佐藤清は学院を退職し東京女子師範学校に転任、『文学部回顧』の語り手は、そういう精神的支柱が外されていった状況下においても、この雑誌は、後身誌の『智恵樹』の段階でも小松一朗が終始編輯の任にあたったことも含めて、学院らしさを示していたと述べている。

だが、同じ文章の中では、そうした学院のカラー、関学の学生が中心となる傾向が強かったのはその出発期であったことも確認されているとおり、これまで見てきたような外部からの様々な才能の流入が繁くなっていくにしたがい、それらを束ねていき、雑誌全体の舵取りをする役割を彼らが果たしていけたかというと、その点については疑問視せざるを得ない。つまり、竹内や喜志らの活動が前面に出てくるに及んで、関学の〈文学青年派〉がそこでの主流とはなりにくい環境が『想苑』とその周囲においては形成されていた。そしてまた、その一方では『関西文学』のように、それ自体は関学の〈文学青年派〉を結集する形をとってはいたが、出発当初のアンビシャスな魅力を徐々に失っていく雑誌が存続していた。そんな状況の中、学院生による関西学院の内と外とを巻き込んでの、また新たな文芸誌発行の動きが生じてくる。『文学部回顧』の言葉を借りれば、〈然し此処に注意すべきはこの時代から徐々

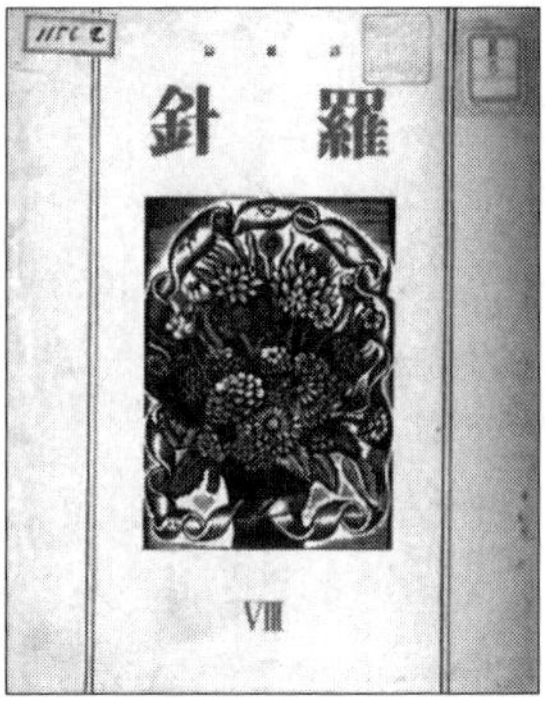

【図3】1925年12月刊行『羅針』第八輯の表紙。竹中郁の「後記」によれば、この絵はアンドレ・シュアレスの著作の挿絵とされたGARANISの木版。

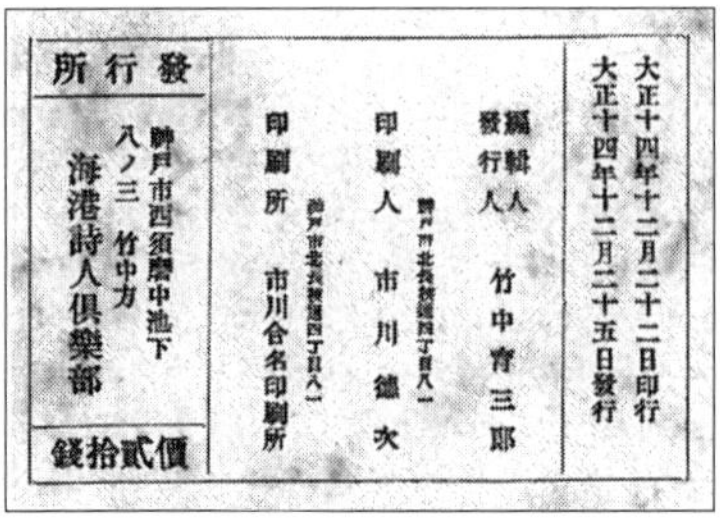

大正十四年十二月二十二日印刷
大正十四年十二月二十五日發行
編輯人
發行人　竹中育三郎
神戸市北長狹通四丁目八一
印刷人　市川德次
神戸市北長狹通四丁目八一
印刷所　市川合名印刷所
發行所
神戸市西須磨中池下八ノ三　竹中方
海港詩人倶樂部
價拾貳錢

【図4】『羅針』第八輯の奥付。発行所が「竹中方　海港詩人倶楽部」とされている。

に『関西文学』を離れての文学運動が別に興り来つ〉たのであるが、その事例として、ここではとくに、竹中郁の活動に触れてみようと思う。

すでに兵庫県立第二神戸中学校に通う頃から、画家今井朝路[9]のアトリエに出入りするなどして神戸在住の芸術家との交遊圏を広げる動きをとっていた竹中郁は、『関西文学』への詩の投稿と並行して、一九二四年一一月に創刊された『横顔』にも同人として参加、第四号まで毎号詩を寄せていくが、さらにその一ヶ月後の一九二四年一二月には、神戸市西須磨中池下八十三にあった自宅を「海港詩人倶楽部」と称する発行所にして詩誌『羅針』を創刊した。『横顔』という雑誌が、その頃竹中が親しく交際していた岡本唐貴・浅野孟府といった在野の画家、彫刻家も同人に加えて外部への通路を持つ一方で、その発行所が「関西学院文学部内横顔社」に置かれていた点では文学部の雑誌としての輪郭をとどめているのに対し、『羅針』が「海港詩人倶楽部」と名づけられた竹中の自宅を発行所とした【図3・4】ことは、それだけこの雑誌の立ち位置を、学院内で出される機関誌がともすれば纏いつかせていきがちな同人間の濃密すぎる関係やマンネリズムの傾向[10]から離脱させ、よりシンプルで軽快な精神に満ちた文学運動を始動させようとする意欲の現われであったと見なせよう。こうした目的に賛同する者であれば、その帰属は問わずともよし、この〝海港〟都市で〝詩〟を介した出会いさえあればよい。竹中郁が『羅針』の刊行について語り、彼と二人三脚のかたちをとって始めていった相手は、雑誌刊行の一ヶ月前に神戸三宮神社境内にあった「カフェー・ガス」で、ギョーム・アポリネールの六年忌を記念する詩の展覧会を、二人きりで開いていた福原清だった。竹中と同じ神戸二中から明治大学に進み、一九二一年にはすでに詩集『不思議な影像』（自由詩社、一九二一・二）を世に問い、その後同大学を退学して帰神していた若き詩人である。

このようにして滑り出していった「海港詩人倶楽部」の文学運動は、それから約一年の間に『羅針』の同人の拡大、[11] 第六号（一九二五・五）をもっての一時廃刊、それぞれ『射手』、『豹』、『骰子』という誌名を持つ詩誌の立て続けの創刊、[12]「復活第七号」と記した「羅針」の復刊（一九二五・一一）というように、めまぐるしい動きを見せている。こうした動きを必然とさせていくものが何であったか、とりあえずは、それほどまでにひとところに停滞してはいられない詩的情熱の存在があったという想像は許されるにせよ、それ以上の説明を加えられる用意がないので、快走といえば快走、気まぐれといえば気まぐれにも見えるといった言い廻しを用いるしかないのだが、そうした動きと並行して進められた同人たちの詩集刊行の動きは、このグループの活動の独自性を引き立てていくものとして、いっそうの注目を引く出来事であったと考えられる。

すなわち、一九二六年二月に海港詩人倶楽部より刊行された竹中郁の第一詩集『黄蜂《くまばち》と花粉』は、彼をエスプリ・ヌーヴォーの詩人として周囲に認めさせていくに足るものだったが、さらにそれに加えて海港詩人倶楽部からは、同じ年の八月までに『羅針』同人の詩集が四冊世に送り出されることになったのである。[13] その中の一冊、関西学院を中途退学してセリストを目指してパリに渡っていた一柳信二の『樹木』（一九二六・四）に収録された作品を、同時期の竹中の作品を念頭に置きながら読んでいくと、たとえば前者の「網を引く」という題名の詩は後者の「海の色調」（『横顔』一号一九二四・一一）、そしてまた「五月のお嬢さん」の方は「とんと気まぐれなお嬢さん」（『横顔』二号、一九二四・一二）とそれぞれ詩想や表現を通い合わせていて、二人がほぼ似たような詩的精神圏を行き来していることが確かめられる。[14]

竹中や福原と同じく、一柳も兵庫県立第二神戸中学校（現・兵庫高校）の出身で、『樹木』の「上梓ノ言」で竹中が述べているように、二人の交友はその頃から続いていたものだった。だが、出身校を一にしていることは彼らの場合、あくまでも彼らの出会いの場を用意していただけにすぎず、そういうこととは別のレベルにある文学的な環境や城砦を彼らがどうやって築き上げていったかということの方が問われねばならない。こうした見地からすれば、いま着目した竹中と一柳の作品上での近接感や、「海港詩人倶楽部叢書」と銘打ってもよい同人たちの矢継ぎ早の詩集刊行の動きは、竹中・福原を楕円の中心として集った青年詩人たちが、自分たちが創造する文学運動の旗幟として「関西学院」の名をあえて被せなくてもよい、自律したモダニズムの詩人集団として、この海港都市神戸で自己成長を遂げていく証であると言い切ることができよう。

二、外部との交通——同人誌間ネットワーク・梁山泊としてのカフェ

ここらで少し視点を変えてみよう。『羅針』創刊前後の、和暦で言えば大正後期から昭和初頭にかけては、日本近代文学史上におけるいわゆる同人雑誌全盛時代であった。[15] 大正文学の残照と入れ替わるかのように、既成の文学概念を打破しようとする若き詩人や小説家たちのエネルギーを溢れさせた同人雑誌が、彼らの主義や思潮の多様性に応じて全国的に氾濫していった旋風時代であった。こうした動向は、『羅針』の巻末（編輯後記）に掲げてある受贈雑誌あるいは書目一覧を見るだけでも確かめられる。今回目にしたのは、関西学院学院史編纂室所蔵の同誌三号（一九二五・一）、六号（一九二五・五）、八号[16]（一九二六・一）の三冊であるが、そのどれもが一〇点から二〇点近くの詩誌を件の頁で挙げており、その中には『亜』、『ゲエ・ギムギガム・プルルル・ギムゲム』、『銅鑼』のような近

代詩から現代詩への転換を告げる詩誌[17]の名も出てくるのだ。

しかし、重要なのはそれだけではない。今度はためしに『亜』や『銅鑼』の側での受贈雑誌一覧を通覧してみる、するとそのいずれにも『羅針』の名が見出されること、そのことがいまからの話題に関連していっそう注目すべきことなのだ。つまり、この一連の現象からは、「海港詩人倶楽部」の文学運動と、そこからは地理的に遠く隔たった大連や広州といった外地で興った新詩運動との間に相互の交流が生じていることがたちどころに想起できるのである。[18]そうした交流の内実やそれが彼らにもたらす刺激の一斑を示すものとして、『亜』の廃刊を前に竹中郁が「『亜』はわれわれヤンガアゼネレーションにとつては、誇張してでなく、「支那海の真珠」だつたのです」という言葉を贈ったこと[19]や、その竹中の『黄蜂と花粉』を『亜』の中心にいた安西冬衛が取り上げて、「著者ハ新興詩場ノ新精神トシテ仏蘭西騒壇ノEsprit Nouveau ト多ク軒軽ヲ見ズ」と評していたこと[20]を挙げることもできよう。

【図5】1925年1月刊行『横顔』第三輯の本文中に掲載された浅野孟府の木版「無題」。

【図6】岡本唐貴がデザインした1925年3月刊行の『横顔』表紙。

『羅針』、『亜』、『銅鑼』の同人雑誌間ネットワークに端的に示されている、内向きの閉じた関係ではなく、その目的や向うところを共有するがゆえに外部の人間とも積極的に交通していくこと、こうした志向と選択が関西学院文学山脈に連なるひとつの雑誌のうちで積極的に働いたものとして、『横顔』についてもやや詳しく見ておこう。とは言っても、この雑誌に学院外から参加した浅野孟府と岡本唐貴の二人が、竹中をはじめとする学生たちとどのように交わり、彼らにどんな刺激を与えたかについては、足立巻一『評伝竹中郁　その青春と詩の出発』（理論社、一九八六・九）中にそれに関する叙述があるほか、当時の新聞・雑誌記事を用いてこの問題を仔細に検討した平井章一の論考「岡本唐貴、浅野孟府と神戸における大正期新興美術運動」（『兵庫県立近代美術館研究紀要』第五・六号、一九九六・三、一九九七・三）もあって、格別新しい資料を提示するには至らない。その表紙や本文中に浅野・岡本の木版画が掲げられた【図版5・6】ことをはじめとして、創刊号の「編輯雑記」（執筆は関西学院生の犬飼武）中に、雑誌発行資金調達のために浅野・岡本の彫刻や絵画の頒布を行う旨が記されていたり、その浅野の書いた「私のグループDVLに送るコンストラクション」と題する前衛的な詩が第三号（一九二五・一）に載っていることを確認するにとどまる。

ただ、そういう確認作業を経る中で、関西学院の学生が外部との交流をさかんにし、それによって関西学院の文学的環境もまた推移していく問題を考察していくためには、より仔細に調査、検討していかねばならない課題があることも見えてきた。それはたとえば、両者に出会いと交流の機会を提供していく場所の問題、具体的に言うと当時原田の森（現在の神戸市灘区、王子動物園・兵庫県立美術館王子分館あたり）にあった学院と近接する地域や、三宮・元町界隈に群立していた、〝カフェ〟の実態を探っていくことである。同じ頃、東京の白山にあった南天堂書店二階の喫茶室は、『赤と黒』に拠ったアナーキーな詩人連中が、連日連夜の饗宴や乱闘をそこで繰り広げることによってその名をとどろかせていたが、そのような若き詩人たちにとっての〝梁山泊〟が関西学院周辺ではどんなふうに出来上がっていたのかを追うことによって見えてくるものはいろいろとあるはずである。

むろん、この点に関しても、三宮神社境内の勧商場近くにあった神戸瓦斯株式会社直営の「カフェー・ガス」の場合のように、そこに集った学生、詩人、画家たちの交流の様子が、『岡本唐貴自伝的回想画集』（東峰書房、一九八三・六）に載った「或る日のカフェー・ガス」（一九八〇年作）と題する回想画や、「自伝　走りがき」によって生き生きと描き出されかつ語られていて、そうしてそれらを紹介する前出平井論文などもあって、そう目新しい材料が見出せるわけでもない。[21]
しかし、それでも、第二、第三の「カフェー・ガス」を尋ねる余地はまだ残されていよう。そして、そこに集う顔ぶれやそこで行われる編集会議、合評会、展覧会を単独のものとしてではなく、「カフェー・ガス」をはじめとする他の場所における動きと対応させていくような方法を繰り返しとって見ていくならば、〝カフェを通して見る関西学院を含む一九二〇年代神戸の文芸グループ交流図ないし勢力地図〟なるものが描き出せるようになるのではないか。

今回は『横顔』と関西学院文学部木曜倶楽部発行の同人詩誌『木曜嶋』、それに関西学院文学部内関西学院文芸聯盟発行の『文芸直線』のうちの何冊かに載っている、喫茶店やカフェの広告をチェックしてみた。すると、たちどころに十指に余る店の名前が拾えた。その中でも頻繁に出てくるのが喫茶寮「銀」の広告である。『横顔』ではほぼ毎号にわたって出てきており、そこには「ある夜のメエゾン銀にすゝる茶の香りよろしく秋たつらしも」や、「メエゾン銀のＰが六疋のかあいゝ、仔を産んでそろ／スヰートピーが香うてそろ」といった気の利いた文句も添えられている。店のあった場所が原田神社の鳥居を出た水道路際だから、学生たちは当然集まりやすかった。『横顔』二号の会が開かれたのも「銀」の二階だったし、[22]『文学部回顧』には、東大新人会の俊英として文学部社会学科教授として赴任してきた新明正道を中心とする「傾斜地」なる短歌会もここで開催されたという記述も出てくる。

一方、こういうホームグラウンド的な溜まり場でなく、様々な個性がぶつかり合う他流試合にふさわしい実質を備えていたカフェで、「カフェー・ガス」に次ぐものとしては、元町通三丁目山側にあったエスペロ喫茶室が挙げられる。「エスペロをまだ訪れて見ない方が神戸にありませうか？」といった広告を『横顔』五号（一九二五・三）に掲げた、外国航路の船長がマスターで、「深夜の太陽」と呼ばれる美しい女給もいたこの店は、そんなふうに店の雰囲気を回想する、当時元町通りにあった紙文具店の印刷部で少年勤労者として働いていた林喜芳が、竹中郁が花嫁役で登場する未来派驚愕劇[23]を観て度肝を抜かれた帰途に、友人の板倉栄三と立ち寄って以来、休みの度に足を運んでは文学への夢を膨らませた場所であり[24]、築地小劇場の吉田謙吉――彼は関西学院劇研究会[25]が第二回学院創立記念祭（一九二七年一一月）で前田河広一郎作「手」を上演した折に舞台装置を手がけた――が一九二五年四月に来神した際、個展を開いた会場でもあった[26]。『横顔』の広告でこの店の存在を知り、一ヶ月後にそこへ出かけた学生は、大正期新興美術運動の一翼として東京で活躍していた、吉田の「構成派」風の作品を目の当たりにすることになるだろう。

三星堂ソーダファンテンも注目していい店だ。一九二三年に組織の改変を経て株式会社となった三星堂（前身は三星堂薬舗）は、利用客の便宜を兼ねた喫茶部を元町六丁目にあった店舗の一階に設けたが好評を得て、翌年の大改築の際に二階に移り、革のソファーも据えた七〇名収容のどっしりとしたたたずまいになった。それが、ここで話題にするソーダファンテンである。前出の林喜芳がここにも赴き、「画廊喫茶の皮切り」だった店内に飾られた湊弘夫の絵に見入って空想にふけったことも含めて、この店に集った何人かの画家たちのことをたかとう匡子は紹介しているが[27]、さらにそれらの情報に、『木曜嶋』第一号（一九二七・六）の「同人」欄の中で、関西学院の哲学科に当時在籍していた米澤哲の住所（連絡先）が「神戸市元町三星堂喫茶店気付」と記されていた事実を付け加えておこう[28]。米澤のこの住所は、同誌第二号（一九二七・一〇）の「同人」欄では早くも「神戸市上筒井通四丁目三番地ノ一愚聖庵方」に移っていて、彼が三星堂ソーダファンテンを連絡先としていた期間はそう長くはなかったと推測されるのだが、しかしこのことには興味を惹かされる。彼を中継点として、『木曜嶋』同人たちと三星堂ソーダファンテンに集まった学院外の詩人たちとの間にはどんな関係が生じていたのだろうか。

さらに、時代はそれよりもやや下るが、当時関西学院中学部五年生だった足立巻一も、一九三一年の年の瀬の一日、中学には進学しなかった幼馴染の川崎藤吉、吉田一鶴（本名＝鶴夫）と連れ立ってこの店に入り、その年の六月に歌誌『あさなぎ』を萩沢紫影、月井奈津夫（亜騎保）と創刊した余勢を買って、自分たちより創作歴の長い長谷川伝次と竹村英郎の「元ブラ」する姿を、二階の窓ぎわから見下ろす挙に出ていた。(29)

ややくだくだしい叙述になったが、ほかにも今井朝路が元町五丁目にある実家の今井度量衡器店横の小路に開店した「欧風茶寮ランクル・ブルウ（青い錨）」、学院在学当時は〈オカッパにして断然たるシイクボーイ〉ぶりを発揮して築地小劇場に進んだ青山順三が、その解散後帰神して神戸女学院出身の妻と元町に開いた喫茶店など、関西学院系の文学青年が自分たちとは異なる世界の空気を吸っている詩人や芸術家たちと接触する機会をもったと想像されるカフェが、まだまだある。青山の店のように、その店名も所在地もわからない場合もあり、その掘り起こしには困難が伴うだろうが、これまで掲げてきた「カフェー・ガス」以下の場合も含めて、これらのカフェを舞台として、関西学院系の動きも含めてどういった文学、演劇、美術に関する交渉や衝突のドラマが、どのような重層性を帯びて形成されていったかを精査することを後日の課題としたい。

三、『木曜嶋』の中を走った力線

ところで、これまでの叙述中に登場させた林喜芳や足立巻一は、前者の場合は未来派驚愕劇に足を運んだり、後者の場合は自宅が西灘村にあったため、学院の仁川移転後も上筒井にあった白雲堂やエスペロ書店(30)に足繁く通うなどしたというように、その点では関西学院の文学的環境の周辺に位置づけられる動きをとっていたとは言えるにせよ、その精神の向うところや交友圏、そしてまた選び取った文学的針路は、学院のそれと同調するものではなかった。

つまり、林喜芳のその直後の動向を『神戸文芸雑兵物語』（冬鵲房、一九八六・四）をもとに整理してみると、「カフェー・

ガス」をめぐる噂話に刺激を受けた友人板倉の発案に応じて同人雑誌『戦線詩人』を創刊した林は、それを携えて「無名詩人の会」の能登秀夫宅を訪問、そこで彼や及川英雄と知り合う。さらに能登宅を辞した彼は、柳原本通りにあった「兵庫ミルクホール」なる店で「無風帯社主催の座談会」のビラに目をとめ、板倉を誘って「柳原文壇」を自称する連中の溜まり場に乗り込んでいくのだ。このようにして林が身を投じていく文学環境の中心には、「先き手」という労働者用語を日常会話の中でごく自然に用いる連中や、「WC文学」を宣揚するアナーキーな活力に満ちた街頭詩人らがいて、そこに渦巻く空気は学院生が味わっていたモダニズムや団欒的な匂いがするものとは自ずから異なっていた。[31]

そして大事なのは、時代のテンポが、そうした異質なものの存立を並行状態にとどめておくのではなく、それらを出会わせ、交わらせる方向に進んでいったことである。これは、関西学院文学部内関西学院文芸聯盟発行の『文芸直線』の第五号（一九二八・一）に、県庁の衛生課に勤める一方でプロレタリア文学の傾向を多分に持つ作品を書き出していた及川英雄の創作「都会の眼」が載り、そしてまた第九号（一九二八・八）に、能登秀夫の詩「向ひあった鮮人」が掲載されたことからも確かめられる。

ひるがえってみれば、一九二〇年代の関西学院文学部は、そこから様々な文学的潮流を生み出しただけでなく、河上丈太郎、新明正道、松澤兼人を軸とする社会学会も全盛期を迎え、学外での学術講演会開催や、政治研究会神戸支部創設（一九二五）などを通じて、外部運動を活発化させていく時期にあたっていた。『文学部回顧』が当時の学院新聞から抜粋して載せた、社会学会の分会にあたる社会思想研究会の発足を告げる文章の中に、こういった言葉がある。

遂に社会学会は広くなり、深められた。私は歓喜にたへない。いよいよだとの感じがする。痛切にする。（中略）

　私達は、太く荒くやってみたい。何処迄も進まう。私の力を信ずるが故に、がそれと共に私達は同志の来り投ぜん事を最も望む。文学部に限らず商科、神学部、いや校外からも押しよせて来る事を、人数の多数は問題ではない。（傍点引用者）

「同志」の意味を広いスタンスで受け止めるならば、これらの言葉は、いまから話題にしていくことに向けて、ある種の示唆を与えてくれる。すなわち、関西学院への対抗体との接触や、その積極的な取り込みは、学院の文学的環境を自家中毒の弊から解放し、それを活性化させていくとともに、その勢いが臨界点を超えると、それまでの学院の文学的環境に自壊作用をもたらし、その結果をどう見るかは別として、その質や次元をこれまでとは全く異ならせた目的や機能を持つ運動体や組織体を立ち上げる要因にもなっていかないだろうか。そして、そのような力となって現れてくるものは、同時代思潮の急激な転換、外部からの購入者といった存在、さらにはそれらが複合したものであろう。一九二〇年代後半にあって、同人誌『木曜嶋』と『文芸直線』の中を走った亀裂ないし力線は、こうした問題を提起しているように思われる。

【図7】竹中郁の命名でスタートした『木曜嶋』創刊号（1927・6）表紙。絵は小磯良平。

　そもそも『木曜嶋』は、竹中郁の命名によってスタートした文学部最初の詩専門の同人誌であった。彼の友人小磯良平の画を表紙に掲げた創刊号【図7】の巻頭を飾ったのは、竹中と英文科同級で、この年詩集『たんぽぽ』（銅鑼社、一九二七・九）を刊行する坂本遼が書いた「春」と「おかん腹おさえてくれ」二編の詩、次いで竹中の詩「午後三時」が載っていて、同人中にあってこの二人の先輩詩人が上座に据えられているのを見てとることができる。そして、掲載作品全体を通じての一定の傾向といったものはなく、各自が好きなものを好きなように書いているといった感じ、むしろ岩崎悦治や池田昌夫の詩などは、「おら」という方言を取り込んだり、透んでリリックな詩精神の発露に努めたりしていて、それぞれ坂本や竹中の影響下にあることも感じられる。

だが、この第一号が出た時、すでに英文科を卒業していた竹中は上京しており、やがて翌一九二八年の早春にはフランスに向けて旅立つのである。(32) また、坂本の方も郷里の兵庫県加東郡に戻っていて、同年の冬からは姫路砲兵連隊に入営することになる。そして、それと入れ替わるかのように投げ込まれた外部からの爆裂弾が鱶十治という存在だった。

鱶十治こと原理充雄が関西学院の文学山脈に近づいたきっかけについては、先に『想苑』を話題にしたところで触れておいた。しかし、その時の彼は、本名の岡田政二郎でロマンチックな暗愁に満ちた抒情詩の作者として登場していたのだ。高橋夏男の調査(33)によれば、彼が「思想上の一転機に際して名を原理充雄と改め」たことを竹内勝太郎に向けて告げたのは『想苑』に登場した翌一九二四年暮れのことだったが、このペンネームをさらに鱶十治に代えて関西学院系統の同人誌に再登場してきたこと自体が、彼の立ち位置を象徴的に物語っていると思う。すなわち、この事態をあえて単純化して言えば、一九二五年創刊の『銅鑼』同人として詩的アナーキストの時期を経由した彼は、いまやそこからも袂を分かち、明確な階級意識に裏打ちされた革命運動の闘士、実践家に変貌して、関西学院の学生層に対する左翼オルガナイザーとして言説を揮っていくのである。

『木曜嶋』第三号（一九二七・一二）に寄せた「「アナアキスト」へのノート」で、理論と実践の統一を志向しないアナーキストの闘争過程を批判したのを皮切りとして、「木曜島の緊急問題」（第二巻第三号、一九二八・三）、「木曜島の更に緊急なる問題」（第二巻第六号、一九二八・七）において、鱶十治が自身の言説をさらに先鋭化していく様子については、高橋氏の労作がすでに詳しく記しているので、それらを逐一取り上げることは控える。そして、その代わりに彼の主張や、その背後にあるマルキシズムの台頭に接して、山田初男の詩「或る左翼芸聯へ」（第三号）が硬直化した政治性の優先に対して抵抗のそぶりをみせていったり、西村欣二の詩が、第一号掲載の「薄暮の祈り」と第二巻第六号掲載の「戦に抗して立て」との間に甚だしい作風の変貌を示していったりするなどのかたちをとって、『木曜島』同人の中には様々な衝撃が走っていったことを指摘しておこう。いや、事態はそこにとどまるものではなく、さらに、そうした思想的攻勢に対する陣立てが整うか整わぬかのうちに、第二、第三の爆裂弾として、草野心平を中軸とする詩的アナーキストの群れも流入を開始、このようにして学生同人たちは、多極化し、しかもそのいずれもが一学院、一都市、一地方の中だけでは収まらない流域と伝播作用を持っている同時代文学の思想的奔流と、じかに向き合う地点にまで突き動かされていくのである。[34][35]

この激流を渡りきるのに、どれだけの細心の注意と体力とが必要とされたか。ある者は足をすくわれて押し流され、ある者はその中に突き出た岩端にぶつかり五体を挫かれていく――と、そんな情景が『木曜島』、さらにはこちらでも一九二八年から二九年にかけてナップ本部のオルグとして大阪、神戸で活動していた久板栄二郎の参加の動きがあった『文芸直線』に集っていた何人かの学生たちの、その直後に辿った人生を知ると、浮かんできてしまう。[36]

一方、それとは逆に、この奔湍《ほんたん》の底に根を張り、自らの文学の幹を肥らせることにある程度の成果を示していく者も出てくる。たとえば、『木曜島』『文芸直線』両誌に自作の詩を発表するのと並行して、カール・サンドバーグに関する評論や彼の詩の翻訳を載せていった池田昌夫。池田が『シカゴ詩集』（一九一六年）に代表されるこの社会主義的詩人の作品に格別の関心を示し、その紹介を精力的に行っていくことは、それよりも数年前の広州嶺南大学在籍中に、やはりこの詩人に惹かれて相当数の翻訳を試みた草野心平の詩的閲歴とも通じ合いながら、彼にとっての文学的営為が、政治的立場の優劣を論じ合うことだけではうかがい知ることのできない、精神活動の一環として定位されていったことを想像させるのである。

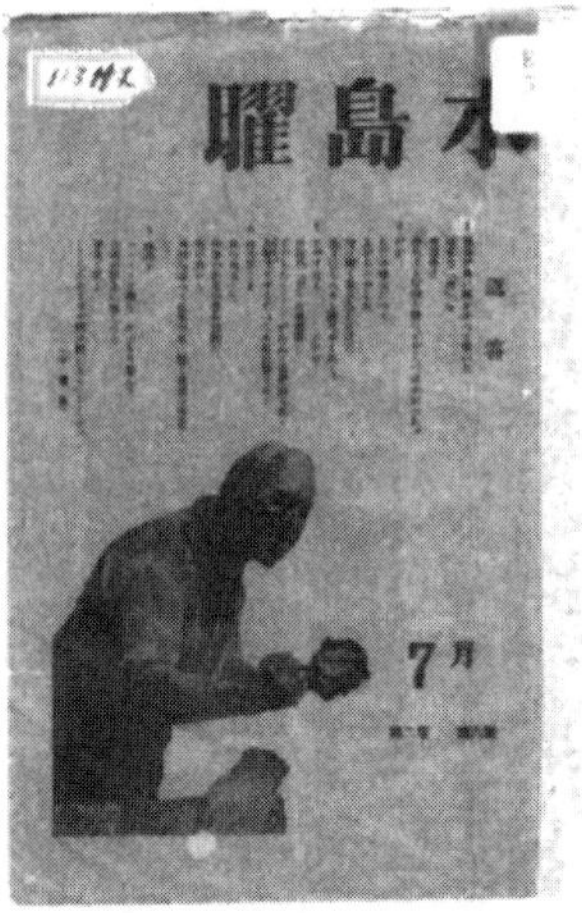

【図8】1928年7月刊行『木曜島』第二巻第六号表紙。地色は真紅で誌名が誤記されている。題字下には「返答」と題する詩が掲載。扉ではさらに、映画「戦艦ポチョムキン」のハイライトともいえるオデッサの階段シーンの写真も使われている。

しかし、両誌の行く末を見た時、『木曜島』と『文芸直線』の前には、そういう個人的な文学の深まりや発酵などを斟酌《しんしゃく》する余地のない局面が開かれていく。すなわち、前者の場合は、この雑誌を発展させるために同人は全日本無産者芸術聯盟（ナップ）との結びつきを強める必要のあることを述べた、鱶十治の「木曜島の更に緊急なる問題」を巻頭に載せた第二巻第六号が発禁処分を受けてそれ以降の発行の道が閉ざされ、後者の方も、この雑誌が果たすべき役割は、それがナップの全国的機関誌『戦旗』の地域誌となっていく点に存すると規定した、楠本定の「同人雑誌の問題」が載った第一一号（一九二八・一二）を、同人雑誌としての幕引きの号とした。【図8】

このようにして同人雑誌という運動体と決別していった彼ら学生同人は、〈各自の世界観の把握〉に努めていくために、より大きな運動体の渦の中に進んでその身を挺していくかどうかを自身に問いかけていかざるを得なくなる。巨大な渦巻の前でめまいを起こしそうになったり、慄然とした感に襲われたりする彼らの脳裏に、つい一年か二年前の文科祭の折に、同人みんなで準備して演じた合作劇の情景が楽しい団居の一時となって浮かんできたかもしれない。『文学部回顧』の書き手は、そんなふうにして彼らの苦衷に寄り添おうとしている。が、退路は断たれてしまった。そして、さらにそこに新たな試練を課してくるものとして、関西学院の文学的環境にとっての転換点、学舎の原田の森から仁川への移転という事態も生じてくるのである。

【付記】

本稿の執筆を開始してまもなく――二〇〇九年の夏――、季村敏夫『山上の蜘蛛――神戸モダニズムと海港都市ノート』（みずのわ出版、二〇〇九・九）を手にとる機会を得たが、戦前から戦後にかけて神戸モダニズムが紡いだ歴史を膨大な資料を駆使して複眼的、横断的に考察していく叙述に大いに刺激された。二〇〇九年七月の関西学院歴史サロンでの話題提供の任にあたったことが発端となって私がこの半年ほどの間に目にした資料の大半は、長年の調査に基づいて氏が同書において提示しておられるものの一部に過ぎない。関西学院を取り巻く文学的環境は、学院の内にいた人たちの活動それ自体を掘り下げていくとともに、彼らの外部で展開されていた文学運動との交通の多様性を見ていくことによって、ようやくまとまった相貌を表すのではないかという思いを抱きながらこの拙稿を書き終え、今後もそうした姿勢でこのテーマと向かい合っていこうとしている私にとって、氏のこの著述は、同様のモチーフに貫かれた労作として、多くの宿題や課題を与えてくれたことを記しておく。

【注】

1　平井章一「岡本唐貴、浅野孟府と神戸における大正期新興美術運動」（『兵庫県立近代美術館研究紀要』第五、六号（一九九六・三、一九九七・三）における発言や、季村敏夫『山上の蜘蛛――神戸モダニズムと海港都市ノート』（みずのわ出版、二〇〇九・九）など。

2　この雑誌の誌名は創刊号（一九二七・六）から第三号（一九二七・一二）までが『木曜嶋』と表記、第二巻第一号（通算四号、一九二八・二）以降が『木曜島』表記となっている。本文ではこの雑誌名を出す前後の文脈に合わせて両方の表記を用いた。

3　この雑誌の読み方は「カン（クァン）セイ」だろうか、「カンサイ」だろうか?校名に従って考えれば前者のように思われるが、第七号（一九二三・三）表紙では、誌名が「Kansai Bungaku」とローマ字表記されている。

4　すなわち、創刊号の「『想苑』規定」中にあった、「『想苑』は関西学院文学部文科研究会の機関雑誌として、発刊されたので、将来は文学部の有に帰したいと思って居ます」という一文が第二号で消えている。また、投稿資格に関する部分をみても、前者では「関西学院文学部の方なれば何方でも自由」となっていたものが、後者ではより枠を広げて「『想苑』への投稿は何方でも自由です」という表現となっている。

5 『海の詩集』の広告が載ったのが第二巻第二号(一九二三・四)、発行所の変更が奥付で告げられたのが第三巻第一号(一九二三・六)。

6 一九二四年一月発行の第四巻第一号をもって終刊。なお、一九二四年七月には『想苑』の後継誌として『智恵樹』が刊行されたが、今回はこの雑誌にまで調査の範囲を広げられなかった。

7 同じ一九二三年の発行であっても、月刊のかたちをとった六月号から、巻数は第二巻から第三巻へと変わっている。

8 『想苑』では「岡田政二郎」と表記されるこの人物の本名については、高橋夏男が『流星群の詩人たち——草野心平と坂本遼・原理充雄・木山捷平・猪狩満直』(林道舎、一九九九・一二)の中で、小学校の卒業者台帳と、彼が後に思想犯として検挙されたときの「特高月報」に拠って、それを「岡田政治郎」だとする意見を提出している。

9 一八九六年神戸元町生まれ。当初日本画を志したが、一九一五年に神戸駅前にあった珈琲店「ブラジレイロ」で個展を開催、川西英と知己を得た頃から西洋画に転じた。須磨にあったアトリエを芸術家の卵たちの集いの場として開放したり、一九二〇年代に入ると「コルボー」と名づけた画家たちのグループも結成、旧居留地大阪商船ビルを会場として展覧会を開催するなどして、神戸のモダニズムの旗頭となっていった。青木重雄『青春と冒険——神戸の生んだモダニストたち』(中外書房、一九五九・四)に彼についての詳しい記述がある。

10 たとえば、編輯の中心的役割を果たすメンバーが学年の順に回っていったりするといった現象など、その一つに数え上げられないか。

11 「この号はだいぶ顔ぶれが賑やかである」と、竹中郁が「編輯後記」に記した第三号(一九二五・二)には、竹中と福原に加えて、一柳信二、富田彰、山村順、橋本実俊の作品が載った。

12 足立巻一『評伝竹中郁　その青春と詩の出発』(理論社、一九八六・九)にそれぞれ写真版で紹介されている『射手』、『豹』、『骰子』の創刊は、一九二五年七月、八月、一〇月で、いずれも第一号のみで終っている。また、それぞれの表紙には「神戸・海港詩人倶楽部刊行」「海港詩人倶楽部刊行」、「神戸海港詩人倶楽部版」という表記がある。

13 一柳信二『樹木』(一九二六・四)、山村順『おそはる』(同・六)、橋本実俊『街頭の春』(同・七)、福原清『ボヘミヤ歌』(同・八)。

14 ここではためしに、「五月のお嬢さん」と「とんと気まぐれなお嬢さん」の本文を引いてみよう。まず、前者の出だしは「お起きなさいお嬢さん／もう陽が上りました／はやく朝のお化粧をすまして今日はどなたを御訪問」というもの。これに対して後者の出だしは「とんと気まぐれなお嬢さん！／じつさいわたしは途方にくれてゐるのです／季節の移りかはりよりはやく／猫の眼のやうにくるりくるりとかはつてゆくあなたのこころ／お嬢さん！」となっている。両者の親近性は明らかだろう。ただ、その一方、両者の作品傾向の相違もあるのであって、その点については足立巻一『評伝竹中郁その青春と詩の出発』が、一柳の詩集に現れている「懐疑的憂鬱的」傾向と「楽天的進取的」傾向のうち、後者の方を竹中郁が推奨する発言を行っていることを取り上げて注目している。

15　高見順『昭和文学盛衰史』（文芸春秋新社、一九五八・三、一二）参照。

16　八号に関しては、表紙に「第八輯」と表記。

17　『亜』は一九二四年一一月に中国の大連で創刊され、そこで展開された安西冬衛の短詩運動は、新詩運動の地平を押し広げる役割を果たしていくこととなる。一方の『ゲエ・ギムギガム・プルルル・ギムゲム』の創刊も、同年の六月。関西学院関係者では稲垣足穂、石野重道も参加したこの雑誌は、未来派、立体派をはじめとする前衛芸術の動向を視野に入れて言語の方法的実験を多彩に繰り広げて見せたところに特徴がある。『銅鑼』は、これら二誌にやや遅れて一九二五年四月に、草野心平を編集発行人として、当時彼が留学していた中国の広州で創刊されたが、草野の有する詩的ネットワークの広がりに対応して、発行地が日本に移ってからも、宮澤賢治をはじめとする様々な強烈な個性が集う場へとなっていった。

18　ついでに言えば、『亜』と『銅鑼』の間でも相互の受贈は行われていた（『亜』第八号〔一九二五・六〕の「受贈誌」欄、『銅鑼』二号〔一九二五・五〕の「寸言」（心平）末尾「寄贈誌」に、相手方の誌名が記載されている）。さらに「海港詩人倶楽部」から出ていた『射手』は『亜』『銅鑼』双方の受贈雑誌一覧に、『豹』と『骰子』は『銅鑼』の受贈雑誌一覧に挙げられていることも確認できた。

19　『亜』三五号（一九二七・一二）。

20　「安西覚書」（『亜』一八号、一九二六・四）。

21　ちなみに「カフェー・ガス」を撮った写真でもあるとよいのだが、今もって紹介されていない。

22　『横顔』三号（一九二五・二）の「編輯後記」。

23　一九二六年二月に開かれた関西学院文科祭のプログラムの一つ。

24　林喜芳『神戸文芸雑兵物語』（冬鵲房、一九八六・四）。同書の一節「街頭で立ち売り〝進メ〟」中に、「エスペロ」と看板にあった喫茶店を出た後、自分たちの行きつけの店とは全然ムードのちがう店内で働いていた美しい女給仕人を思い出して、「あの娘、きれいやなァ、あんなのを深夜の太陽と言うんや。」と、板倉が「私」（林）に向かって冗談口を叩く場面がある。

25　一九二四年四月創設。

26　前出平井章一「岡本唐貴、浅野孟府と神戸における大正期新興美術運動」参照。

27　「神戸・三星堂ソーダファウンテン」（『行きかう詩人たちの系譜』（編集工房ノア、二〇〇二・二）所収）。

28　季村敏夫も『山上の蜘蛛』に載せた「補註1『兵庫文学雑誌事典詩誌及関連雑誌』（仮称）作成のために」の中で、このことについて触れている。

29　足立巻一『親友記』（新潮社、一九八四・二）。

30　『親友記』には、朝鮮人とおぼしき「ぼんさん」が、発禁となる『戦旗』をそっと「わたし」に渡してくれる白雲堂、店の主人が「エスペラントおやりなさいよ」と薦めてくるエスペロ書店、高畠素之訳『資本論』や河上肇の『貧乏物語』などを「わたし」が買った宇仁菅《うにすが》書店といった、一九二〇年代後半に上筒井周辺で営業していた古本屋について触れた文章がしばしば出てくる。のちに彼とともに『青騎士』の同人となった冬木渉（丘本冬哉）がやはり上筒井に開いた店で同人の巣ともなっていく博行堂書店も含めて、これらの古本屋の存在も当時の文化的ネットワークの実態を探っていく上で重要な位置を占めている。

31　無風帯社の座談会で林が出会った沖志摩平なる人物が口にした言葉は、次のようなものだった――「僕は以前からWC文学を提唱しているんだが、雪隠、つまり糞壺を彩どる数多《あまた》色彩の美を見逃がすようでは芸術家ではないと思う（後略）」。

32　竹中を乗せた鹿島丸が神戸を出航したのは、あの共産党員の大量検挙があった「三・一五事件」当日であった。

33　『西灘村の青春　原理充雄　人と作品』（風来舎、二〇〇六・一）。

34　西村の詩風の転換については『文学部回顧』でも言及されている。

35　たとえば、第二巻第一号（一九二八・一）に「吹雪の夜」を寄せた猪狩満直や、二巻第五号（一九二八・四）に「高原」を寄せた三野混沌らの名を挙げることができる。

36　『文芸直線』第一〇号（一九二八・九）には久板の評論「芸術を武器として」が掲載されている。

二章　竹中郁の詩の才気

一、小さなミラクル――白秋的感覚を越えて

竹中郁の第一詩集『黄蜂《くまばち》と花粉』（海港詩人倶楽部、一九二六・二）の題名は、最初からそれに決まっていたわけではなかった。当初は『海にひらく窓』あるいは『海の日曜日』がタイトル候補として念頭にあったことが、詩集刊行のほぼ一年前の、彼が編輯兼発行人を務めていた同人詩誌『羅針』によって確認できるが、(1)それらを押し退けてこのタイトルになった。

『羅針』の発行所である自宅を「海港詩人倶楽部」と銘打つくらいだから、郁と海との関わりは深く、現にこの詩集に収めた五二篇の詩篇群を自身の詩的閲歴に沿って三つのパートに分けた時、その中の一つの見出し語は「海の子」とされた。このように郁は海に親しみ、海に愛着を寄せている。だが、仮に詩集の題名を当初考えられていたものに差し替えるとしたら、そこには郁のそうした感情があまりにもストレートに反映していってしまう。

一方『黄蜂と花粉』という標題からは、それとは異なる変化球が投じられて、ちょっとした目新しさ、ミラクルが初手から引き起こされていく、そんなムードが立ち上ってはこないだろうか。言葉それ自体の来歴を探れば、「海の子」の初めに置かれた詩「日曜日」の冒頭の一行「花粉のやうな太陽のひかり！」と最終行「軒のあたり　たち

まよふ蜜蜂の翅音と……」中にそれぞれ出てくる「花粉」と「蜜蜂」、あるいは郁の詩的僚友の福原清が『羅針』創刊号（一九二四・一二）に寄せた詩の題名が「黄蜂《くまばち》」だったことも気にかかってくるけれども、それとともに、「黄蜂」と「花粉」という言葉の組み合わせが、夏の炎天とも冬の曇天とも異なるやわらかい光が遍満する中、なべてのもののありようがいと軽やかに浮き立ってくる感を与えてくることも押さえておきたい。『黄蜂と花粉』巻末の「例言」が言う「近々一年余の作品」の一つである「室内」が発表された直後、(2) 福原が郁の詩風を評した言葉は「世紀末の陰翳ある詩派からスラリと脱け出したこの若々しい横顔を見よ」であったし、(3) 詩集刊行直後にも「彼の詩は単純で明るくて軽快でいつも感覚の頂点で跳ねてゐるやうな印象を読者に與へる。光線のよく届いた快適と屈託なさと小さな興味と言葉かず少ない多弁とが渾然と融合して燕尾服を着てゐる」とも評した。(4)

　このように竹中郁の詩は、それに先行するいわゆる大正年代の詩が、感情の流露や情緒のたゆたいに読者の心を牽きつけていき、また他方では崇高な人格や愛の理念をめぐっての思索に読者の心を巻き込んでいく傾向を持っていたことを、そのまま踏襲せずに出立しようとしていた。とともに、詩壇への登場は彼とほぼ同時期であったが、アナーキズムの思潮の飛沫を浴びて、「詩とは爆弾である！」、「詩人とは黒き犯人である」（詩誌『赤と黒』創刊号（一九二三・一）表紙に掲げられた「宣言」中の言葉）だの、「死刑宣告」（一九二五年一〇月刊行の萩原恭次郎の詩集タイトル）といった激烈で攻撃的な言葉を振りかざしていく者たちのやり方とも、郁の詩は一線を劃していた。そうしてむしろ、そこで弾けている感覚の新鮮さは、少年期の彼が親しんだ北原白秋の詩歌に現れていたそれを彷彿させるところがある。それはたとえば、郁における「黄蜂」と「花粉」の組み合わせよりも一足早く、白秋においては「桐の花」と「カステラ」の組み合わせが現れていたことからも確かめられる。白秋の第一歌集『桐の花』（東雲堂書店、一九一三・一）に収められた小品文「桐の花とカステラ」がそれに該当する。初夏晩春の頃に咲く桐の花の淡い紫色と、カステラの持つ暖か味のある新しい黄色さとのアレンジメントがこの標題の狙いだったし、本文中には「六月の棕櫚の花粉」

（傍点引用者）という表現も見出される。

とは言え、竹中郁の詩語が伝える感覚性は、白秋のそれと全く同質であるというわけでもない。たとえば、一顆のサクランボを前にした時に白秋はこう歌っている。「燕、燕、春のセエリーのいと赤きさくらんぼ啣え飛び去りにけり」。あるいはまた、「さくらんぼいまださ青に光るこそ悲しかりけれ花ちりしのち」とも。対する郁の詩「桜果」の本文は「緑色の朝食卓（ブレクファアスト）／／丹念にみがきたてた食器の顔に／微笑がある／——赤い桜果《さくらんぼ》！」（「／／」は一行分の余白、「／」は改行を示す。以下同）である。白秋の「さくらんぼ」は、それを前にして心が晴れやかに踊ったり、言い知れぬせつなさを覚えていったりするさまをデリケートに伝えてくるけれども、郁の作品の方はそうした繊細な感覚のふるえをあまり感じさせない。そこにある感覚はもっと明朗快活、ぴちぴちしていて弾けている感がある。

比較の対象が短歌であれば、そこに詠嘆のしらべが生じるのは当然ではないかと見る向きがあるなら、白秋の詩「六月」（『東京景物詩及其他』〔東雲堂書店、一九一三・七〕）と、『黄蜂と花粉』中の「庭」とを読み比べてみてはどうか。両者からは、日の光を最もよく反射する「白色」を好んで取り上げていった印象派の絵画と繋がる要素が、どちらからも引き出せると思う。すなわち、白秋の詩においては「白い静かな食卓布《テエブルクロース》、／その上のフラスコ／フラスコの水に／ちらつく花、釣鐘草」や、「高窓の日被《マルキイズ》／その白い斜面の光」、郁の詩では「ぼくの寝台《ベッド》の白布《シーツ》のうへに／庭の樹々が青々と染みついた」という表現がある。ただ「六月」の場合は、その後のストーリーラインが「噎《むせ》びあがる／苦い珈琲」と、「高窓」の下に広がる都会の方から聞こえる「やはらかい乳房の男の胸を抑へつけるやう」な「幽かな響」とに刺激されて、「静かに私の心は泣く」といった状態に滑り込んでいくのに対して、「庭」の方は先の引用も含めて、「日光《ひかり》を浴びた庭の風景《けしき》は／寝室の窓から踊りこむ／夏の朝！／僕の寝台《ベッド》の白布《シーツ》のうへに／庭の樹々が青々と染みついた」と、全体で五行の鮮やかなスナップショットを完成させている。そこには官能のほめきを軸にしての物語性への志向はない。代わって重視されるのは視覚詩としての効果の上げ方。みがきたてた食器の微笑となった桜果、白布の上に投影された青々とした樹影——いずれも小さな世界のことではある。だが、それが一つの新たな発見として詩の表現中に持ち込まれれば、そのこと自体が詩の存在価値を優に証することになるであろう。そして、その実現のためには、現実と渡り合うことによって生じる愁いやら思案やらによって自身の才気を消耗させてしまうことを避けて、それをフルに発揮できるような状態に保っておくこと、初発期における郁の詩作の照準はそこに定められていたと言ってよいだろう。

二、詩の培地となる神戸

詩人の才気の有無は当然言葉を通して証明されることとなる。竹中郁の詩は初発の段階から、そこにある明快で機知に富んだ表現を一つの特徴として持っていたと言えよう。たとえば青春の特権とも言える恋愛が題材となって持ち込まれた場合、「▲弓術道場」というタイトルの後には「張り切らない弓は的をはづれる／張り切らない恋は女をはづれる」といった言葉が紡がれ、[5]『黄蜂と花粉』所収詩「氷菓《アイスクリーム》」でも「こんな冷たい接吻《べぜ》があるものか／それにうつかりしてゐると／対手《あひて》は夢のやうにとけてしまふ／はかない恋の一時《ひととき》だ！」といった効果的な比喩が作品を際立たせている。

詩の題材として幾多の詩人が目を向けている雪、——それを郁がどんな風に扱っているか。『黄蜂と花粉』中の「雪」本文は「だまつて／この羽毛に埋れてゐやう／きれいな白鳥の羽交締だ！」である。雪にやさしく抱きとめられていく様子を表すのに、「羽交締」といった、日常的な感覚に従えばこういった文脈中には出てこない言葉が使われていることにハッとさせられる。後に書いた詩で、狭い寝床の中で背中合わせになった子どもの身体から伝わってくる命の躍動感に触れた歓びを告げようとして、「たのしい磔刑」という言葉を郁は発想しているが、[6]この「きれいな白鳥の羽交締」も、それと同等の言語的センスを先取りして示している。

その一方、こうした鮮度のある言葉が、竹中郁の個としての才能としてばかりではなく、彼が身を置いていたどのような文学的な環境からも助けを得て生じていたかについても、思いを巡らしておく必要があると思う。

たとえば、「雪」において白鳥の羽毛に雪が見立てられていくケースであるが、そこにはあの堀口大學の訳詩集『月下の一群』（第一書房、一九二五・九）中のアポリネール「雪」に出てくる、「料理人《コック》」となった一人の「天使」に毟《むし》られて地上に舞い落ちてくる、鵞鳥《がてう》の毛のイメージが及んでいるとも考えられる。また、「氷菓」を「冷たい接吻《べぜ》」に譬えた郁だが、『羅針』の同人福原清の方は「曹達水《ソーダ》」を「すずしい接吻」だとする。兵庫県立第二神戸中学校（現・兵庫高校）の先輩で郁よりも詩人としての出立は早かった、福原の第三詩集『ボヘミヤ歌』（海港詩人倶楽部、一九二六・八）に収録された「曹達水」の本文は、「私の想像は／はれやかにしぶく曹達水《ソーダ》のなかに／あの女の微笑をうかべる……／そして更に私の情感が欲するとき／すずしい接吻が咽喉《のど》をとほる……」である。「氷菓」と「曹達水」を並べて見た時、そこには二人の詩人の個別の才能を秤にかけるのとは別に、両者の相互浸透、相互影響といった問題を考察する必要も生じてくる。そしてまた、彼等の作品が成立していくにあたって、それを下支えするものはこうした仲間や先行テクストの存在ばかりではないという問題にも逢着する。つまり、一九二〇年代半ばの神戸という都市の文化空間と、その内実を伝える活字メディアの中にも、それを育てていく培地があったことにも目を向ける必要があろうかと思う。再び郁の作品に戻って、そのことを確かめてみたい。

試みに一九二四年七月から八月にかけての『大阪朝日新聞』の「神戸附録」に載った広告を繰ってみると、そこでは三星堂の新装を告げるものが頻出している。神戸元町六丁目に店舗を構える三星堂は、当初は薬舗として開業した店だが、この時期の神戸でのカフェ文化の浸透にあやかり、新たに「ソーダファアウンテン」という一角を同店舗内に開設した。夏の開幕にあわせてこの喫茶部が用意した宣伝文句の一例を示すと、「白銀のファアウンテンより迸り出るソーダ水の泉」（一九二四・七・五）といった案配。カットには、泉水の中に立ってソーダ水を噴き上げる魚を抱きかかえた、小便小僧ならぬソーダ水小僧の姿が描かれている。そして、「清冽」な「ソーダ水」をモーターールームに設置した電動器械を用いて提供するとともに、アイスクリームの方も準備万端であるという言葉も当然と言っていいように添えられている。八月二二日付の紙面には、お下げ髪の少女の顔、口元から伸びたストロー、グラスに入ったクリームソーダが組み合わさったイラストと、「暑い暑い時に／三星堂の／冷たい　冷たい／アイスクリームソーダ」といった文句が組み合わさった広告が載った。郁が「氷菓」を作り、福原が「曹達水」を作った頃、彼等の住む街にはこうした嗜好品に接する機会が確実に増えていたのである。

街路樹
に飾られる神戸

プラターヌや
銀杏の緑葉に
包まれる電車沿線
優しい都会の番兵よ

神戸の都市計畫部では神戸市他山手幹線道路計畫の際道路と共に市街の風致を調べるべく加納町三丁目より五番町を經て湊川公園に到る山手、東西線、市電第三期線の大江戸から東須磨に到る新線、湊川公園又は三新開地この間の道路両側に街路樹プラターヌ二千五百四十一本、銀杏二百三十本を三町毎に一本宛植え込む事となつた、プラターヌは佛國より取り寄せるこの街路でこの費用は約二萬圓の豫定である、この計畫が完成した曉は石疊の殺風景な電車道に都會の優しい番兵となつて柔かい緑の日影をつくり又埃をよけ都會生活者に新しい潤ひと情緒を與へるであらう

【図1】「プラターヌ」を「優しい都会の番兵」に見立てた新聞記事（『大阪朝日新聞』1924・3・27）。

もう一例、『黄蜂と花粉』の初めの方に出てくる「撒水電車」も見てみる。この詩についての紹介はまだだったので、まず本文を引用する。「この移動噴水は／懶い午睡《ナップ》をさましてゆく／／見よ！／颯爽と／街路《まち》の篠懸樹《プラタン》は整列した。」――「撒水電車」が「移動噴水」に譬えられているのは「雪」や「氷菓」と同様の趣向であるが、この詩の肝となる表現は「見よ！」という命令形に続けて発せられた「颯爽と／街路《まち》の篠懸樹《プラタン》は整列した」であろう。稲垣足穂の短編「星を売る店」（『中央公論』一九二三・七）の冒頭でも神戸の「山本通り」の街路樹として登場しているように、「篠懸樹」＝プラタナスは、西洋からの風を受ける港都神戸の街景にふさわしいものの一つだが、市内を走る路面電車の沿線にこの樹木を植え込む計画があることを報じる記事が、これもまた一九二四年三月二七日発行の「神戸附録」に載っているのだ、そしてその見出しの言葉はと言えば、「街路樹に飾られる神戸　プラターヌや／銀杏の緑葉に／包まれる電車沿線／優しい都会の番兵よ」であった。この最後に出て来た「都会の番兵」に見立てられたプラターヌは、「颯爽」と「整列し」た「街路《まち》の篠懸樹《プラタン》」とイメージの上では重なりあう。【図1】

むろんそうした照応関係は、郁がこの記事を読んで記憶にとどめておき、それを自らの詩作の際に利用したことを直接指し示すものではない。郁がそれを読んだかどうかについては、そうであったかも知れないし、そうでなかったかも知れない。同じことは詩「氷菓」と三星堂の広告との関わりについても言えよう。だが、もし竹中郁が、あの中野重治のような越前の国の出身で、長くて寒い冬の夜、囲炉裏端で暖をとる一家のところへ酒の糟売りが訪うてくるような場所で生活していたならば、「氷菓」や「撒水電車」のような作品ができる確率がうんと下がることも確実に予想されるであろう。

このように竹中郁の詩の培地となった神戸の風物の中で、現在の私たちが直接見聞きすることができなくなったものはいろいろある。『黄蜂と花粉』未収録作品だが、制作時期がほぼ同じの「海港風物集」（『関西文学』、一九二五・一二）を見るなら、そこには造船都市神戸の象徴とも言える「大起重機」[7]や、海岸通りに建つ「オリエンタルホテル」[8]が、それぞれ「僕たち」中学生が学ぶ「立体幾何学」の格好な練習台の役割を担ったり、「ウヱッデング・ケークのやうに輝」きながら登場したりしている。その他、「信号塔」や「栄町通　三井銀行」といったランドマークも「僕たち」の眼を惹き付けていくのだけれども、さらにそれに輪をかけた昂揚感や酩酊感を「僕たち」にもたらしていったものとして特筆すべきものがある。それはサーカスだ。

三、曲芸《チャリネ》と室内――竹中郁と川西英《ひで》が見た景色

アメリカのトーマス・エジソン研究所が開発、大きな箱の中で動く映像を覗き穴から見る方式の映画が、日本では神戸で初めて上映されたのは一八九六年のことであったが、この街でイタリアのチャリネ曲馬団がサーカスを興行したのはさらに古くて一八八八年の頃にまで遡れる。以降、外国の曲馬団は神戸でしばしば興行するようになり、野外に設えられた大天幕の中では異国情緒溢れる演目の進行に伴う喝采や歓声が沸き上がった。一九〇四年生まれの竹中郁も、少年時代にそうした雰囲気に感染したこともあってのことだろう、「曲芸団《チャリネ》」と題する詩を作り、『羅針』第一〇号（一九二六・四）に発表している。

「さあ　行かう」、あるいは「さあ　行かう　行かう」というフレーズを各連の冒頭に置き、六連構成、初出誌では全四四行を数える、比較的長い詩である。ここでは第一連を引いて、詩全体を貫く情感を想像してもらおう。

　さあ　行かう／あそこでは自由と快活とが天幕のやうに風に鳴つてゐる／口笛と鞭の響が昼の煩雑を払い落す／そこでは僕たちは小ちやな銀貨一枚わたせばいいだけだ／僕たちは襯衣《シャツ》一枚でいいのだ　破れ洋袴《ズボン》だつていいのだ

続く第二連では、玉乗りをする熊、輪くぐりをやる洋犬、花形騎手の登場、天井から降ってくる楽隊の音、ご祝儀代わりの「白い薔薇、赤い薔薇！」の世界に巻き込まれて、「僕たちは天国に住つてるやう」な気分になっている。この天真爛漫さを世間ずれした目から冷ややかに見るより、このように日常性から解放されて感情が浮き立つ様子を、

「快活」、「軽快」、「快感」、「痛快」といった〈快〉の文字の入った言葉を本文の随所にはめ込んで伝えていこうとする詩的営為の方を重視したい。「僕たち」の「軽い陶酔」を誘い出す「アセチレン瓦斯」が撒き散らす臭いも「快臭」(!)と表現されている。倦怠《アンニュイ》や神経衰弱をはねのけて、爽快にして快適なる感を起こすものに出会うこと、ないしは創ること、彼と同じく一九〇四年生まれの堀辰雄も、この時期同様の文学的立場を口にしていたが、(9)それが竹中郁と神戸との関わりも規定していく。それだからこの街の海の方を見やれば、そこにも「快走艇《ヨット》」が滑走し、散歩しているのだ。(10)

【図2】川西英「曲馬」色摺木版　1928年

曲芸の話題にもう一度戻す。たぶん、竹中郁以上に、この見世物を自身の作品制作上のモチーフに据えることに夢中になった芸術家が、神戸にはもう一人あった。郁より一〇歳年長、神戸の創作版画界にあって、この時期から戦後に至るまで中心的存在となった川西英（一八九四―一九六五）である。彼が神戸に入ってきた外国文化の一つであるサーカスに作品制作のモチーフを見つけたのはかなり早くて、一九一八年には油彩画で「ヒッポドローム」、「曲芸」を描いており、「曲馬する女」（油彩、一九二三）、「曲馬」（木版、一九二三）、「曲馬（チャリネ）」（木版色刷、一九二四）を経て、一九二〇年代後半から三〇年代前半にかけて、簡明で冴えた版画刀のタッチと、明るくて濁りのない大胆な色の配置を持味とする木版色刷りの画面に、天幕なしの星空のもとにかかった曲馬団からドイツのハーゲンベック・サーカス団の興行に至るまで、数多くのサーカスの光景を登場させていくのであるが、そんな彼の画業に対して竹中郁は大いに関心を寄せていた。【図2】

その一例として、「川西英の版画展」（『大阪朝日新聞』一九三三・一・一二、『ユーモラス・コーベ』一三号〔一九三三・二・一六〕に再掲載）の一節を見てみよう。

ピカソがいつた（。）『阿片の匂ひはよいものだ。曲馬か海港かゞこれに匹敵するのみだ』と。（中略）ピカソのこの言葉はまるで川西氏の芸術をながめて発せられたかのやうだ。／この古い港で生れ育ってきた人間のみが感じる異国風なノスタルヂイと、あの少し寂しくうら悲しい曲馬と、いつも疲れた心を愛撫してくれる海港の景色にことよせて、純情な川西氏は人しれず自分の芸術をもりたてゝ来られた。それが開花して罌粟をさかせ、私はそれを嗅ぐだけで阿片に酔ふたやうになるのである。

「少し寂しくうら悲しい」という形容句は、先に見た郁自身の詩「曲芸団」と同様に川西の版画が伝えてくる開放感に少しそぐわない感も与えるが、川西の作風の魅力を述べるにあたって、ピカソの発言も含めて「曲馬」という鍵語を繰り返し用いている点が注目される。それに加えて、海港都市神戸の持つ異国情緒を芸術の世界に昇華した版画家として郁が川西を高く買っていることはすぐに分かるけれども、ここでのエキゾティックな感が、たとえば北野の異人館やダンスホールといった西欧的なイメージのみに回収されるものではないことにも注意を払う必要があろう。

なぜならば、竹中郁は川西の創作版画の魅力を、それが「明治・大正・昭和の新感覚」とともに、「古来」より「日本人の芸術の一面」を支えてきた「洒脱」という「なつかしい精神の故郷」を感じさせてくるところにも求めているからだ。そして、その特性を育んだ一因として、川西が「兵庫の古い商家の出」[11]であることを挙げつつ、そういう郷土の恩沢《おんたく》は自身の芸術にも及んでいると郁は述べている。

厳密に言えば、居留地の誕生以前から栄えていた「兵庫」と、その東隣にあって明治以降都市化が進んだ「神戸」の文化史的位相には、歴然とした違いが認められるだろう。だが、時代の進展は、前者のそれを包摂して後者が国際貿易港都市として膨脹して来たという見方を一般化させた。そうした問題を念頭に置いて、この竹中の評言の意義を押さえるなら、それは一九二〇年代以降の神戸の文化的風潮の代名詞としてしばしば引き合いに出される「神戸モダニズム」というものには、近代以前の伝統文化とも接続する側面があって、それによってそこには〈古風なモダン〉も醸成されていく契機も含まれていたことを示唆している点にあるのではなかろうか。ひるがえって見れば、モダニズム詩人としての竹中郁もそうした特性を所有していると言えよう。本書五章において詳述する、神戸元町の鯉川筋で開業した「画廊」（通称「鯉川筋画廊」）が一九三二年から発行を開始した『ユーモラス・コーベ』は、同画廊のＰＲも兼ねた機関誌、情報誌であり、多くの軽妙洒脱な記事、読物を登載した点に一つの特徴があったが、そこでの常連執筆者であった郁を囃し立てた仲間たちの言葉には、「竹中郁氏　モダン詩人と聞いてたが　長唄すきとは知らなんだ」[12]というものがある。

詩と版画というジャンル面での相違はあっても、創作（制作）モチーフの上で二人のそれが重なっているケースは、サーカスのほかにもう一つある。それは〈室内〉である。川西の方からその点を確認すると、たとえば『川西英自選版画集』（神戸新聞社出版部、一九六五・五）に収録された原色版五〇点の版画作品からは、原画のサイズが畳二畳分ほどもある「室内静物」（一九三七）をはじめとして、「室内」（一九三八）、「室内水仙」（一九四七）を取り上げることができ、川西が長きにわたってこの室内風景というテーマに取り組んできたことが確かめられる。一方、郁の場合のそれは『黄蜂と花粉』所収の「室内」一編といった、単独の形で表れているけれども、その詩の中に出てくる様々なモノたちと詩人との向き合い方は、「自選版画集随筆的解説」中で川西が「どの一点にもわたくしなりにエピソードがある」と述べていることと繋がっているように思う。すなわち、郁の「室内」では、彼とモノとの間に生じる挿話的な出来事や関わりを、それが「玫魂花冠《ろざりよ》の十字架」との場合であれば「基督が嘆いていふのに／――かうぶらさがつてばかりゐると／手がいたくつてしやうがない」、そしてまた「骨牌《トランプ》」との場合であれば「女王《クイーン》――あなた　弱いものいぢめはもうよしてくださいまし／王《キング》――いや　女たちの口を出すところではない」というように、軽妙なユーモアや機知によって伝えることに成功している。

この才気煥発の気配はタイトル脇に記されている「ノックなくして入るべからず」からも感得できるが、それから約一〇年の時の経過は、郁に人生を通して室内を見ることを学ばせていったようだ。一九三四年一一月刊行の第二次『羅針』五号には、「船乗りの部屋」と題した詩が掲載された。戦後まもなく、銀座の路上で郁とばったり出くわした、文壇デビューを果たしてまもない三島由紀夫が、詩人への敬愛を伝えるためにやおらこの詩の暗唱を始めたので、郁自身驚かされたというエピソードが残っている(13)作品である。

円い真鍮の窓から／白い小いさな部屋が覗ける。／／壁にはひとつ／潮風にやけた麦藁帽子。／机の上に／青い包みの安煙草。／それに小柄な額に入つた若い女の写真。／／長い旅路の終りにきて／ここの主人《あるじ》はいま不在だ。

本文全体を引いたが、ここで川西英にも「船窓」（一九五二）と題した、鋲で固定された円い真鍮の窓枠を画面中央に大きく据えた版画のあったことが思い出される。けれども、こちらでは視点人物が船室内にいる。そしてその円い窓枠を額縁にして、版画の鑑賞者とともにその向こうに点在する瀬戸内の島と青い海原とを眺めている。

それに対して郁の詩では、視線は船外から円い真鍮の窓を通して船室内に入り込んでいる。その結果様々な想念を湧き上らせてくる、写真の中の若い女と、この部屋の主人との間にある何らかの交渉。「長い旅路の終りにき」

た主人とは違い、郁の詩人としての活動はまだ道半ば。しかしすでにあの『黄蜂と花粉』の時代は過去のものとなりつつある。「白い小さな部屋」や「潮風にやけた麦藁帽子」はそんな青春のかたみなのかもしれない。そのような地点にあって郁の詩は他者の人生と向かい合っている。

四、「飛躍の足つき」――マン・レイ作品「ひとで（海の星）」から学んだもの

昭和初年代の竹中郁の詩風の展開を見た時、詩史的な観点からしばしば注目されるものにいわゆる「シネ・ポエム」と称されるものがある。二年近くに及ぶパリ遊学から戻った後に刊行された詩集『象牙海岸』（第一書房、一九三二・一二）の巻頭に「五つのCinépoèmes」と記して掲載された、「ラグビイ」をはじめとするシナリオ形式を用いた詩篇群である。そして、この新たな創作手法に対する意欲を掻き立てたものとして、パリ逗留中にその演奏を聴く機会があった前衛音楽家の一人アルチュール・オネゲル作曲の管弦楽曲「ラグビー」と、それがスクリーンに映し出されたのを観賞した、マン・レイとロベール・デスノス共作の映画『ひとで』の存在があったことはよく知られている。本節では後者に的を絞ってその内実をより詳しく検討する。

当時のモンパルナス界隈では有名だった女性のキキとともに開いた晩餐会に呼ばれた詩人デスノスが、両人の前でポケットからしわくちゃになった紙片を取り出して読み上げた「ひとで（海の星）」という詩をもとにして、写真家マン・レイが映画作りに挑戦、その結果出来上がった上映時間二〇分ほどのシュルレアリスム風の作品『ひとで』は、一九二八年五月にカルチェ・ラタンのスチュディオ・デ・ユルシュリイヌ館で初めて上映された。当初はプライヴェート・フィルム的な扱いだったが、同年秋から一般公開の運びとなった。パリから寄せたエッセイ「映画〝海の星〟について　写真師マン・レイ」（『週刊朝日』一九二九・三・二四）によれば、郁もまた「「海の星」／「海の星」

と連呼しながら「二度まで見た」と言う。むろんそれは、この映画が当たっていることを知って「釣込まれた」からでもあるが、郁がこの映画に関心を抱いたのにはもう少し深い背景もあったかもしれない。つまり、シュルレアリスムの詩人デスノスの想像力の中にあっては、星という言葉が様々なイメージに変身する重要な意味を帯びていて、たとえば金星の変身したものが「ひとで」(étoile de mer) であるという発想に繋がっていくのであるが、それと同様のイメージ喚起力を、この詩人の言葉の存在を知る前に、少年詩人竹中郁が発揮していたのではないかと思われるからである。デスノスの言葉が生み出される回路より素朴であるかもしれないが、数え年一八歳の折の郁が活版印刷で刊行した詩集『万華鏡』中にあって、『黄蜂と花粉』に再掲された「星」と題する詩は、「海辺のひとでは流星の残骸／牽牛星の失恋体／喀血してあけに染つた弾性の足跡」(・点は原文。以下同)といった詩句でもって始まっているのである。

「映画〝海の星〟について　写真師マン・レイ」の内容に沿って、郁がこの映画から受容したものをまとめるとこうなる。すなわち、「海の星」には筋らしい筋はなく、主人公とおぼしきものも存在しない。そして、きわめて短いショットが次々と映し出されていく間々に差し挟まれる、原作のシナリオから抜粋されたらしい字幕も、それを読んだ観衆に解らせるための文句とは言えない。『ドノゴトンカ』一九二九年一月号掲載の「巴里たより」にあっては、郁が件の映画を観に出かけた当夜、このキネマの最前線に集まった高級らしい「観衆《けんぶつ》」にも何の事か判らぬらしく、しきりに「皓笑」が繰り返されたと報告されている。にもかかわらず、なぜそれは同じプログラムのまま七週も続けられたのか。「海の星」にあるのは何なのか。竹中郁はそれを「光の旋律《リトム》」、「飛躍の足つき」だとしている。すなわち「海の星」の各場面は一見バラ〱であるように思われるが、それは文学の表現によって得られそうな筋をそこに求めているからなのであって、むしろ感得すべきものは、人間のする呼吸や音楽のように高低衰弱の調子と変化に富んだ呼吸使いを各場面が持っていることだと郁は言う。そして、そのことに気づけば、「海の星」

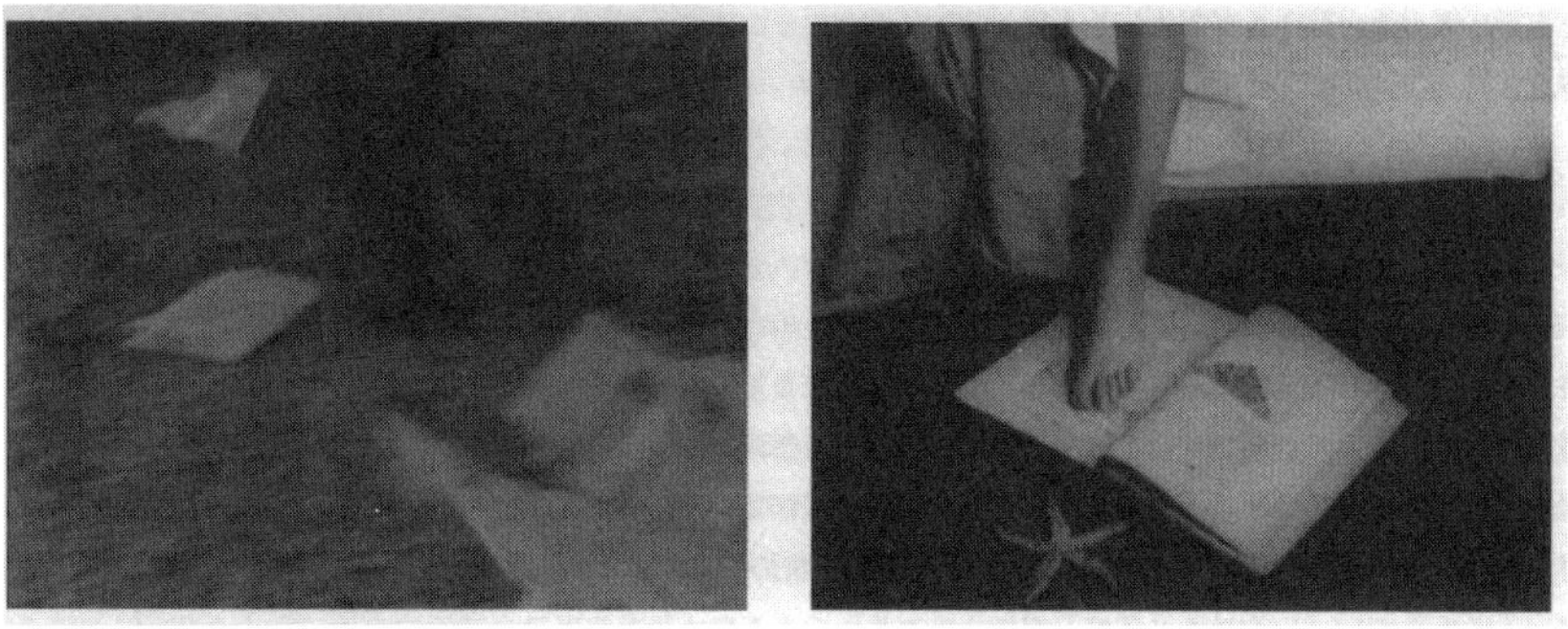

【図3】左は「風に吹き散つてゆく新聞紙の群れ」、右は「――素足、開いた本を踏んでゐる素足」といった郁の言葉に、それぞれ対応する「海の星」の場面。

の各場面には「飛躍の足つき」を含んだ連鎖が生じ出し、それによってこの映画は「新しい感覚の朗々とした美しさ」を発現し得たのだと郁は主張する。

【図3】

「海の星」の前衛性にこのように感心する郁は、自身が映画から感受したものを「――風に吹き散つてゆく新聞紙の群れ。／――窓の光線を十分に吸ふチユーリツプの花鉢。／――水族館《アクワトユウム》の硝子の中でうごくひとでの顕微鏡的拡大。／――階段。／――寝台。／――素足、開いた本を踏んでゐる素足。」といった言葉に置き換えて表現しているが、これはもう『象牙海岸』の「ラグビイ」の表現を先取りしたものとなっている。

各行のはじめには「1」「2」と番号が記され、それが「30」まで続くシネ・ポエム「ラグビイ」は、映画のスクリーン上に現れる映像に置き換えるなら、そこでは運動競技場で始まったラグビーの試合の光景と、工場における操業風景とが様々な角度から切り取られ、交互に目まぐるしく出現してくる。ラグビーという競技も工場内での操業も、ともにスポーツ選手の集団と労働者の集団があって成り立っているが、そうした繋がりを思念でもって確認するだけではこの詩の醍醐味を味わうための勘所を外してしまう。

この詩を読みながら私たちがハッとさせられ、詩を読む愉しさに身を委ねていかれるのは、「靴の裏」の「鋲」、「美しい青年の歯」、「昇る圧力計」などのかたちがアップで現れてくるたびに自分の感覚がそれらに吸い寄せられ、

「4　水と空気とに溶解《と》けてゆく球《ボール》よ。楕円形よ。石鹸《サボン》の悲しみよ。」や、「10　心臓が動力する。心臓の午後三時。心臓は工場につらなってゐる。飛んでゐるピストン。」中に出てくる〈ラグビイボール〉から〈石鹸〉、〈動力する心臓〉から〈飛んでゐるピストン〉といった、そこに用いられた言葉たちの「飛躍の足つき」に接して、弛緩した知覚が刷新されていくからであろう。「海の星」が映し出す「新聞紙」や「素足」のイメージに触発されたのだろうか、「6　脚。ストッキングに包まれた脚が工場を夢みてゐる。」とか、「26　飛んでゆく新聞紙、空気に海月《くらげ》と浮いて……」という表現もある。繰り返すがマン・レイの「あまりにも純粋すぎる映画」を見て、「ずばりと切り込まれた新しい感覚の朗々とした美しさに酔つ」た経験が、郁をしてこうした試みに打って出させる一因ともなったのである。

五、コクトーの〈闘牛〉・郁の〈闘牛〉

竹中郁とマン・レイの出会いは、『ひとで（海の星）』の上映がはからずも郁のパリ滞在時と重なっていたことを思えば、たまさかの一期一会的な性格を有していたとも言えようが、それとは対照的に、二〇世紀の西欧芸術を代表する奇才ジャン・コクトーに対する郁の関心は、すでに『黄蜂と花粉』の前から具体的な創作を通して現れており、芸術の神に召喚されて、件の芸術家が世を去る一九六三年に至るまで持続していった。

その一端を示すと、福原清・大鹿卓と創刊（一九二五・八）した同人詩誌『豹』を改題した『骰子』第一号（一九二五・一〇）には、コクトー詩の日本語訳の最初の仕事として、「マルセイユ暮景」「踊子」「些事」「野薔薇」といった作品を、彼の詩集『ポエジー』（一九二〇）と『用語集』（一九二二）から訳出したのを手始めに、大正末年の同人雑誌隆盛時代を代表する一つであった『辻馬車』（一九二六・九）には、「A JEAN COCTEAU. 諷刺の手帳…小悪魔の覚え書…」

と題する作品を発表した。これは〝en affectueux hommage.〟（＝深い敬意を込めて）という言葉をタイトル脇に添えて、「夫人《おくさん》！輪投げはむつかしい／あなたの首に腕《かひな》を捲きつけるよりも」（「輪投げ」）、「可愛く咲いた花がいふ／――こんな胸当《コルセット》なんか着けるのはいやだわ」（「素焼の植木鉢」）など九篇の短詩を並べたものである。

一方、郁のコクトー芸術への接近姿勢は詩のジャンルに限られない。その才気煥発な彼の戯画にも関心を向けていたらしく、『羅針』第一二号（一九二六・八）の扉には、彼の著書『ポトマック』（一九一九）中にある「ねむり」を持って来て載せている。そしてこの傾向には、パリに着いてからの郁にとっては彼の存在を身近に感じて拍車がかけられていったようだ。「左官や大工が、お昼餐《ひる》の休みに、ちょっと画商をのぞく図を諸君は想像できますか」[14]と、日本とはけた違いな巴里人の芸術への関心の向け方に接して、この地に身を置いたことを実感する郁は、こちらに来ると怱々に、ギャラリー・デ・カルト・シュルマンでコクトーが開催した素描展を見に行き、「彼の画集「デッサン」や「療養院《メイゾン・ド・サンテ》」でみてゐたのより、はるかに腕は上達して、へまな画家なんか足許へよれないくらいはかけてゐた」[15]という感想を抱いている。また、バレエ・リュス・ド・ディアギレフの一九二九年度の新作の一つ「舞踏会《ルパル》」（モンテカルロ劇場、五月二日初演）を観て、振付も担当したジョージ・バランシンの舞踏と、ジョルジオ・デ・キリコの舞台意匠との間に生じている絶妙のコンビネーションについて報告する際にも、「ジヤン・コクトオがキリコを評し得て妙な言葉に「俗な神秘」といふことがある。この言葉がのこ〱と舞台へ出て来たのがこの「舞踏会」で」と、コクトーのキリコ評を引き合いに出している。[16]また、「阿片の匂ひはよいものだ。曲馬か海港かゞこれに匹敵するのみだ」というピカソの言葉を引き合いに出して、川西英の版画の魅力を竹中郁が解説していたことについては先述しておいたが、実はこのピカソが言った云々の叙述は、これまたコクトーの著書『鴉片』（一九三二）中にある一節をアレンジしたものであった。

このあたりで、郁がコクトーの詩から学んだものの内実に目を凝らしていきたい。その点についてまず言えるのは、郁と同世代でほぼ同時期にコクトー詩の翻訳を行っていた堀辰雄の場合も視野に入れれば、「私の耳は貝の殻／海の響きをなつかしむ」（「耳」）や、「シャボン玉の中へは／庭は入れません／周囲《まわり》をくるくる回っています」（「シャボン玉」）といったジャンの詩のように、そこで扱われる対象がいかに些細なものであっても、これまでにはないその扱いによって、対象の見え方や感じられ方が百八十度回転していく才知の閃きを示すことが、コクトーに倣った彼等の到達目標であったということである。現にこの小論の一節や二節の前半では、私はそうしたことを念頭に置いて『黄蜂と花粉』中のいくつかの作品を取り上げて来た。

けれども、「耳」や「シャボン玉」と同じく彼の詩集『ポエジー』中の作品でありながら、郁とコクトーの関係を論じるにあたってこれまであまり注目されてこなかった「ESPAGNE」と題するコクトーの詩、その詩の翻訳をかなり後年になって試みるとともに、それに解説を付した郁の「えすぱにや――ジャン・コクトオの詩による」（『国民地理』一九四六・七）を取り上げ、そうしてそれらから昭和初年代の郁の詩を再度照射していくならば、もう少し違った両者の関係が見えてこないだろうか。

「えすぱにや――ジャン・コクトオの詩による」はなかなか愉しい読み物である。というのも、たぶんマドリッドの大闘牛場の光景を写したであろう、コクトーにとっては他愛ない風俗詩であっても、その写し方の手際よさが気に入ったと述べてから、郁が日本語に引き写したらさもあらんと思わせる俚謡調な言葉遣いも交えて、闘技場全体を包んだ熱気や浮き立つ気分を全文訳出して見せているからである。そしてまた、それに続く部分の大半を使って、彼にとってもマドリッドがパリ滞在中の曾遊の地であったという回想を差し挟みながら、原詩の逐語的翻訳とは言い切れない作業をどのようにして自身試みたのかについて、郁が言及しているからである。【図４】

たとえば、原詩の一行目が、ただ〝Eventail borgne〟（片目の扇）となっているのを、自分は「片目かくして扇をかざし」と訳したが、それは競技開始前に階段状になった席へと急ぐ貴婦人も交えた観衆の頭上から、南欧の強烈

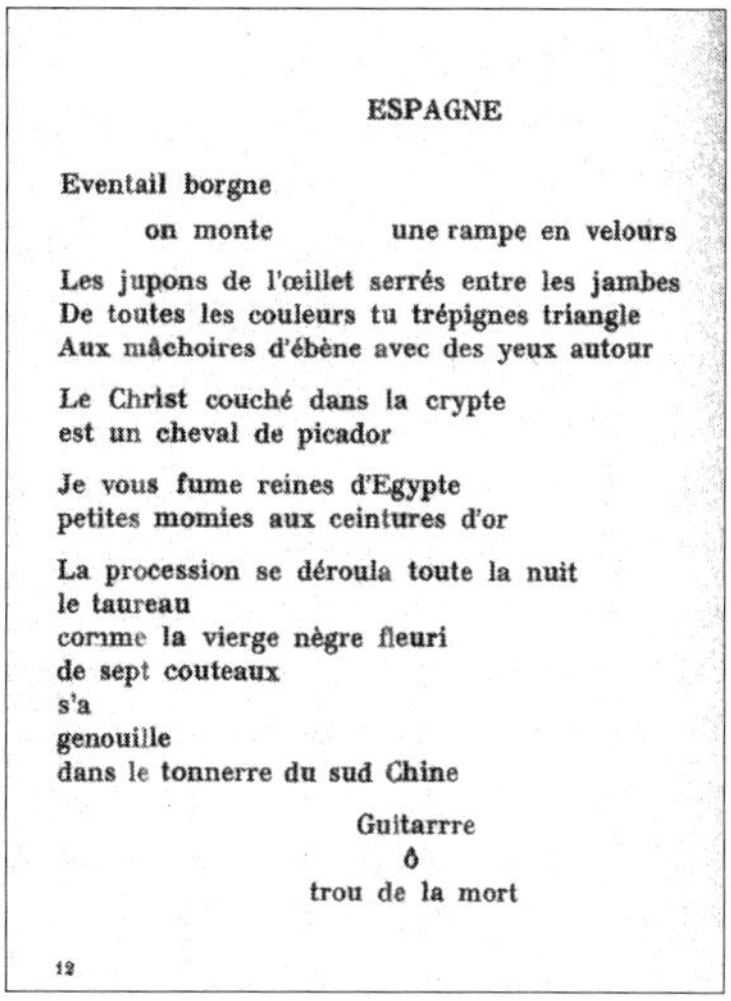

ESPAGNE

Eventail borgne
on monte　　　une rampe en velours
Les jupons de l'œillet serrés entre les jambes
De toutes les couleurs tu trépignes triangle
Aux mâchoires d'ébène avec des yeux autour

Le Christ couché dans la crypte
est un cheval de picador

Je vous fume reines d'Egypte
petites momies aux ceintures d'or

La procession se déroula toute la nuit
le taureau
comme la vierge nègre fleuri
de sept couteaux
s'a
genouille
dans le tonnerre du sud Chine

Guitarre
ô
trou de la mort

12

【図4】コクトーの詩集『ポエジー 1917-1920』（1920）に掲載された詩“ESPAGNE”。

な太陽が赫つと照りつける光景が目に浮かんだからだと郁は言う。また〝un cheval de picador〟（闘牛騎士の馬）中の「馬」に「白」の一字を冠して「白馬」に変えた理由として受け取れる、闘牛場での実見とそれが彼の内部に作り出したイメージとが綯《な》い交《ま》ぜになった「角がめり込むと血がしたたる。白い肌に絹糸の朱の一すぢ、はつきりと、いやにはつきりと」という郁の言葉は、彼の翻訳が一種の創作であったことを裏書きするものであり、同様の言説をこの文章中からさらに拾いたくなる。原詩のおしまい三行の〝Guitarre／ô／trou de la mort〟を「闘牛場は四絃琴《ギタアル》だ／O《おお》!まん中に／死の穴がぽかりとあいた」と訳出したことについては、「コクトオは詩句にはただ「ギタアル」と云ひ放つたのみであるが、これは明かに競技場の広場を指してゐる。その中央近く、黒牛が横仆ふしに倒れているのを、ぽかりと穴があいたと観じて、「おお、死の穴」と云ひ、視覚的と時間的とのイマアジユを写しとつたのである」と述べている。そして、こうした各詩句の表現上の機微について触れた後、「コクトオの詩風は、絵画に於ける立体主義の勃興と並行してゐ」て、「紙の上へ言葉でもつて建築を組み立ててゐるやうな印象をうける」といった総括的な言葉も呈している。

さて、ここからは昭和初年代の郁の作品に目を移す。「ESPAGNE」を載せた『ポエジー』を刊行した（一九二〇）のはコクトー三〇歳の折だったが、それより数歳若い年齢で竹中郁もまた、スペイン土産といった感のある、〈闘牛〉をモチーフとするいくつかの詩を発表していったのだった。

その一つで、『象牙海岸』に収録された散文詩風の作品「殺される牛」（『歌劇』一九三一・一）を見ると、そこには「桟敷に列んだ女たちの、ゆらめく扇が死の刻を数へてゐるやうだ」とか、「牛の背中は赤い血のリボンで飾られた。（略）誰もほどくことの出来ないリボンだ」といった、――後者では深手を負った動物が「白馬」と「牛」との違いがあるが――後年の「えすぱにや――ジャン・コクトオの詩による」中の解説に通じる表現が記されていて、もうこの時点で郁はコクトーの「ESPAGNE」を知っており、そこから詩のイメージを膨らませていったことが想像できる。ただ、「殺される牛」には、この詩固有の主題も刻み込まれている。おそらく、郁が試みていることは、「馬徳里《マドリ》の太陽は若い。黄金色《きんいろ》の髪を風に吹かせてゐる。」というように、若い生が光となって揺らめいているのと、「演技が終つて観客《けんぶつ》が帰つてからも熱心な彼一人が取残されてゐる。血と蠅とで汚れた闘牛場の真ん中に、柱の影にとりまかれて。」というように、興奮と熱気とに包まれた中にも隠れ潜んでいる死が現れ出て来てその世界に楔を打ち込んでいくのとを、等分に見渡すことではなかったか。

未刊詩篇だが、『詩と詩論』第五冊（一九二九・九）に発表された「闘牛」も印象に残る。

円形建築の砂の中の牛は、表面張力でもりあがつたインクだ。Watermanのブリユウブラックだ。やがてペン先が弄びはじめる。形がくづれる。砂の真中に書かれたのは死といふ文字だつた。

――散文詩スタイルの詩の全文を引用したが、闘牛場の中央に放たれて気負い立つ黒い牛を「ESPAGNE」の詩人が〝la vierge nègre fleuri〟（ネグロ美人）と見立てたのに対して、郁は紙の上に滴り、表面張力で盛り上がった「ブリユウブラック」色のインクを闘牛になぞらえる。続いての表現「ペン先が弄びはじめる」は、騎乗闘牛士《ピカドール》の太い槍が牛をからかったり、槍闘牛士《パンデリシュ》が牛の背に突き立てた何本かの花で飾られた槍がぶらぶらと揺れ動くさまを思い描かせる。そして、正闘牛士《マタドオル》の短剣の一閃にとどめを刺されて牛がどおっと仆れた時、自らの書くべき文字を探し

【図6】コクトーの戯画「闘牛」。

【図5】『羅針』第12号（1926・8）の表紙を飾るピカソの素描画。

あぐねて彷徨していたペンも動きを止めて、その先に「死」という一字を書きつけることができた。牛の身体とインクの滴との盛り上がり、動物の死と詩のテーマとしての「死」――このようにイメージが二重になるよう計算しながら、作品を堅固なかたちに組み立てていくこと、そうした言葉による構成や造型への意欲を持って詩作に臨んでいく姿勢も、郁がコクトーから吸収したものだった。

最後に、本論の主旨からはやや逸れるが、郁やコクトーも含めてこの時期の芸術家たちにとって、〈闘牛〉というモチーフが意外に広がりを持つものだったことに触れておこう。郁の身近にあったものでは、『羅針』第一二号（一九二六・八）がパブロ・ピカソの素描画「闘牛」を表紙の意匠に取り込み【図5】、その用紙は「薄紫の色も艶々し」[17]く装われていた。コクトーの戯画は『羅針』のほかに、『明星』（第二次）の一九二五年一〇月号でも裏画と挿画として多数掲載されたが、雑誌本文を繰るとその最初に出てくるのが「闘牛」である。【図6】郁がパリで観たバレエ・リュスの「舞踏会」では、バランシンが「赤い布を肩のあたりにひらひらさせ」[18]、闘牛士に扮して踊った。前衛写真家としてやがて神戸大丸に写真室を開設する中山岩太も、「スペイン風景（闘牛）」を撮っている（一九二六）。そして竹中郁の詩人としての全生涯にも目を向ければ、たまさかの符合なのだろうか、彼の生前の意志を継いだ足立巻一、小宮山量平の手で詩人の没後二年目に出版された著書のタイトルは、『竹中郁少年詩集　子ども闘牛士』（理論社、一九八四・三）であった。

【注】

1 『羅針』第二号（一九二五・一）の最終頁に載った「海港詩人倶楽部刊行」の広告中に「竹中郁著　第一詩集　海にひらく窓　近刊」の表記があり、第三号（一九二五・二）の竹中による「編輯後記」では「前号で予告した僕の詩集の名は「海の日曜日」といふことに決めた」とある。
2 『羅針』第一号（一九二四・一二）に発表。
3 「竹中の詩」（『羅針』第二号、一九二五・一）。
4 「「黄蜂と花粉」について」（『大阪朝日新聞（神戸附録）』一九二六・二・二二）。
5 「関西学院風物詩」（『関西学院新聞』第二二号、一九二六・六・一五）の一節。
6 詩集『動物磁気』（尾崎書房、一九四八・七）収録詩「たのしい磔刑」。
7 川崎造船所が経営規模の拡大に応じて、一九一二年に第四船台上に完成させたもので「ガントリークレーン」とも呼ばれた。一九六二年に解体。
8 一八七〇年に旧居留地で開業した本格的な西洋式ホテルで、一九〇七年に三代目にあたる建物が海岸通りに竣工。一九四五年六月の神戸大空襲の折に半壊し、後取り壊された。
9 「快適主義」（『校友会雑誌』二九号、一九二四・一〇）。
10 『黄蜂と花粉』所収詩「海の色調」には、「きのふまで」の「こころよい情感」、「わたし」と「あの娘」との「二人の感情」を「のせてはし」る「白い軽い快走艇《ヨット》」が現れている。
11 川西英の生家は屋号を淡路屋と称し、代々廻船業と乾物米穀問屋を営み、北海道、津軽方面と通商していた、兵庫の町有数の商家であった（『特別展　川西英と神戸の版画――三紅会に集った人々――』（神戸市立小磯記念美術館、一九九九・一〇）参照）。

12　「知らなんだ」（『ユーモラス・コーベ』第四号　一九三二・四）。なお、竹中郁のこうした性向に言及したものとして、安水稔和「神戸モダニズムの系譜――稲垣足穂・竹中郁を中心に」（『竹中郁　詩人さんの声』〔株式会社編集工房ノア、二〇〇四・六〕）がある。安水はその中で、少年時代の郁が「月に一、二度歌舞伎見物を欠かさなかった」と述べ、また郁が書いた短編小説に「歌舞伎見物に行く少年とその姉が出てくる」ものがあることを指摘しているが、それに該当する作品は「芝居行」（『龍舫』一九二四・四）である。

13　竹中郁「奇才の人」（『神戸っ子』一九八一・七、のち『私のびっくり箱』〔神戸新聞出版センター、一九八五・三〕所収。

14　「巴里たより」（『ドノゴトンカ』〔一九二八・八〕。

15　注14と同じ。

16　「一九二九年の巴里の露西亜舞踊《バレーリュス》」（『週刊朝日』一九二九・九・一一）。なお、この箇所で竹中が視野に入れていると思われるのは、その前年にカートル・シュマン画廊出版から刊行されたコクトーのキリコ論『世俗な神秘』。

17　竹中郁「羅針の復活まで」（『羅針』第二次第一巻第一号、一九三四・二）。

18　注16と同じ。

三章 〈貧民窟〉出身の詩人・井上増吉の文学活動とその周辺

はじめに——井上増吉への視角

この小論で取り上げる井上増吉という人物が日本近代文学との関わりの中でとった行動については、ごく一部の人を除いてこれまでほとんど注目されることがなかった。そんな彼の残した作品を一九二〇年代のものを中心にして紹介、考察しようとするのは、主に次のような理由に基づいている。

舞台は神戸である。そして、時間軸は繰り返しになるが、大正半ばから昭和はじめにかけての一九二〇年代。この時期の神戸で、どういった新文学とそれを生み出す環境が形成されつつあったかという問いに対しては、幾通りかの答えを示すことができる。

たとえば、神戸の都市空間が醸し出すモダンで洗練された雰囲気に寄り添いながら伸長していったモダニズム系の文学がその一つ。稲垣足穂・竹中郁をはじめ、後者のリーダーシップのもとに陸続と各自の第一詩集を刊行していく「海港詩人倶楽部」に集った若き詩人たちの群像がそれにあてはまる。

他方、モダンでフレッシュな風が吹き抜ける海港都市神戸は、第一次大戦以降の重工業の急速な成長が社会を繁栄させるとともに多くの歪みも生じさせ、その煽りを食らった階層の呻き声が漏れ聞こえ、彼等のそこからの反撃が具現化していく港湾都市神戸でもある。すでに明治の末から神戸新川の貧民窟で救貧活動を開始していた賀川豊彦も参加した三菱・川崎造船所争議が起きたのは一九二一年だが、それを一つの象徴的な出来事として神戸における労働運動は上げ潮に向かう。さらには、マルクス・レーニン主義を旗印とする日本共産党の政治上のプログラムと結びついて、その労働運動の性格も変容していく。そして、このような環境の変化に、同時代の文学が何らかの反応を示さないわけがない。

一八九八年に神戸の新川[1]で生まれ、爾来《じらい》その地で暮らしてきた井上増吉の詩・評論・翻訳を主とする作品の発表が始まり、あるいはまとめられたのはこのような時期である。それらの発表媒体となった新聞及び雑誌メディアや単行本化されたものの中、次節以降で詳しく見ていきたいものは、雑誌『労働文化』に連載された「貧民詩論」（一九二四年七月～一二月）、第一詩集として一九二六年一二月に警醒社書店（東京）から刊行された『貧民窟詩集　日輪は再び昇る』、第二詩集として一九三〇年一二月に同書店から刊行された『おゝ嵐に進む人間の群よ』である。『労働文化』が、当時の関西労働界の立役者の一人だった久留弘三によって一九二二年四月に創設された労働文化協会の機関誌であることや、詩集タイトルの冒頭に〈貧民窟〉という言葉が記されている点をふまえれば、井上の作品がすぐ前の段落で挙げておいた問題系とつながりを持つという予想は立てやすい。

しかし、それだけではない。二つの詩集を繰っていくと、「未来派の死」といったタイトルを持つ作品や、活字のポイントや配置の仕方に変化を与え、文字以外の記号も織り交ぜて詩のフォルムを著しく解体、変形、再構成していく、いわゆる構成主義的な手法を駆使した作品にも出くわす。つまり、その点では井上の作品も、モダニズムの詩人もその一翼を担っていた、神戸の文化界を取り巻いていたアヴァンギャルドの芸術を指向する空気に感染していたのだと言える。そうした傾向にも留意しつつ、労働文化協会教育部が開設した神戸労働学校で彼が繰り広げた実践的活動や、少年時代から相識の仲である賀川豊彦との関係などにも触れながら、井上増吉が自らの創作活動を通じて目指そうとしたもの、あるいは彼の意図を超えてそれらのテクストが語りかけてくるものを考えてみたい。

さらに、井上増吉を今回取り上げたい理由はまだほかにもある。それを端的に言えば、彼の言説を取り巻いてそれを流通させるべく機能している人的ネットワークやメディア環境の問題も見てみたいと思うからである。おそらく、その最たるものとしては、賀川豊彦を核とするイエス団、宗教運動家たちのネットワークが挙げられるだろうが、ここではそれに触れることは必要最低限にとどめる。代わりに神戸の文化界や労働界の動向をいち早く吸い上げて伝達し、かつまた結果的には関西圏の文学の新人発掘の面においても一定の役割を果たした、『大阪朝日新聞』とその周辺のメディア状況の中に井上増吉の言説を置いてみようと思う。加えて、井上の作品が雑誌『日露芸術』にロシア語に翻訳されて掲載されたり、神戸大丸デパート教育部が刊行した『神戸店友』という冊子に載ったりした出来事からも、どのような問題が抽出できるのかについて言及してみたい。

一、活動拠点としての『労働文化』

「はじめに」でも述べたように、一八九八年に新川で生まれた井上増吉の、一九二〇年代に詩や評論の書き手として現れてくるまでの足取りをざっと確認しておこう。

一九一〇年から賀川豊彦の同労者として新川で救貧と伝道の活動にあたった武内勝の口述記録をまとめた『賀川豊彦とボランティア』（神戸新聞総合出版センター、二〇〇九・一二。私家版は一九七四年）によれば、賀川と出会った折の増吉は、賭博好きな少年であったという。そんな彼に教育を受ける機会を授けようと考えた賀川は、ローガン宣教師に依頼して学資の援助を受け、関西学院の中学部に入学させ、後には神戸神学校を卒業させたとのこと。現在関西学院学院史編纂室が所蔵している学籍簿によると、入学は「大正二年四月十七日」、本籍・現住所は「神戸市吾妻通六丁目十番ノ弐百〇六番」と記されている。この住所は第一詩集・第二詩集の「緒言」末尾に作者自身が記したそれとほぼ一致している。(2) 家族については「実母」井上キヌの名が「父兄姓名」として挙がっているが、「父」の欄は「継父」となっていて名は記載されていない。「家業」は「土木業手伝」と記されており、本人並びに家族の「宗教」は「基督教」となっている。これに関しては前出武内勝の口述が別の箇所で井上キヌのキリスト教への入信について語っているのが参考になろう。(3) 卒業後の志望を「伝道師」、進学先として当初は関西学院の「神学部」を考えていた井上の学業成績は第四・五学年段階で一気に上昇、約百人前後の同学年生徒の中にあって常時五番前後の成績を取り続けている。

神戸神学校時代に関する調査は今回できなかったが、右にまとめたような少年期を過ごした井上が、一九二二年四月に創設され、翌年には協会本部を神戸市相生町に移した労働文化協会と関わりを持っていくことになる。すなわち、創立三周年を迎えた一九二四年の四月に、久留弘三前主事を再び神戸に迎えた協会は、活動の拡大と陣容強化の一環として久留を校長に据え、川崎及び三井造船所、神戸製鋼所、市内大小の雑工場で働く一七歳から三四歳までの職工三六名を採用して神戸労働学校を開設するのだが、そこで井上は講師（担当学科は英語）の任に就く。この時点ではまだリーフレット版だった『労働文化』の大正一三年五月号に「希望に輝やく神戸労働学校開校式」という記事があってそれらの情報が拾えるのだが、奇しくも同号には、その前月に病没した神戸職業補導会の井上きぬ＝増吉の母を追悼する「さやうなら井上のおばさん」と題する記事も載っている。

次いで『労働文化』の体裁が雑誌版となり、発行編輯兼印刷人も森脇甚一から久留弘三へと代わった同年七月号に掲載された「神戸労働学校記事」を見ると、同校の校友会メイ・クラブが発足し、井上が同会の顧問に選ばれていることもわかる。校友会の設立を発議し、かつ井上を顧問に推したのも久留校長であった点から推測すれば、労働者教育の現場において、彼は有能な働き手として一定の評価を受けていたのであろう。

そして、こうした動向に加えて注目できるのが、翻訳も含めた井上の創作が、この協会機関誌が雑誌版となって以降一九二五年六月号をもって廃刊されるまで、そこに毎回掲載されていったことである。連載評論「貧民詩論」[4]（一九二四・七～一二）、キングスレーの小説「ウオター・ベビー」の翻訳（同年七・八）、連載評論「プロレタリア文学論」（一九二五・一～三）、「醜き裸形」をはじめとする、後に『貧民窟詩集　日輪は再び昇る』に収録される九篇の詩（同年四月～六月）の掲載がそれだが、「はじめに」で断ったように、まずは「貧民詩論」を見ていくことにする。

第一回目のタイトル脇に「この稿を逝ける母の霊に捧ぐ」という言葉を添えて連載が始まった「貧民詩論」は、「序論」中の言葉に拠れば、著者がこれまで蒐集した日本人の詩人・文学者の手によって書かれたもので、貧民問題・労働問題・社会問題と何らかの関連を持つと判断された百十四冊の著作を、「藤村詩集」以下年代順に取り上げ、その内容の紹介と批評を試みたものである。「第一節」、「第二節」のように、コンパクトな区切りを設けて対象となる詩集を変えていく構成をとっているため、それぞれを論じる紙幅は少なく、重厚な文芸評論といった印象は得られない。が、そのような評価を得ることは当初から筆者の関心の埒外にあり、代わりに自身の新川の貧民窟での長きにわたる生活体験を拠り所とする、一種の実感的文学論の姿勢を井上はとっている。つまり、〈貧〉を扱う詩を前にして、「「貧民詩」は玩具の詩でない。人間即生存の詩である。人間即現実の詩である。然も現実の底流にある人間の呻吟きであり、喘ぎである心して読まれよ」（第七節）と述べるように、井上は貧困に虐げられていることに対する詩の書き手たちの同情や理解、切実な思いがどれだけ溢れ出しているかを見ようとしているのだが、そうした人間の「内形的精神」の発露の深浅によって作品の価値を決定していこうとする姿勢は、「あらゆる改造は正義と人類愛を基調とせねばならぬ」として、「階級的偏愛の労働運動」を「人類的相愛の段階」へ引き上げていくことを目指して発足し、〈同胞愛〉・〈自愛心〉・〈人性〉・〈人格〉を労働運動の鍵語として機能させる論文が頻繁に機関誌『労働文化』に載っていく、労働文化協会の思想的立場とも一脈通じていると言えよう。こうした点も確認した上で、〈貧民窟〉

出身の井上が対象と切り結ぶ姿を、生《なま》のかたちで伝えてくる場面を取り上げてみよう。

たとえば、その一つが「第一三節」から「第一七節」よりなる連載三回目（一九二四・九）の「貧民詩論」中にある、室生犀星の『愛の詩集』（感情詩社、一九一八・一）を評した箇所である。具体的に対象となった詩は「ある街裏にて」。集中「我永く都会にあらん」と題する章の中にあって、「恥知らずの餓鬼道の都市」の底に追いやられた人間たちが、「下劣な利己主義者の群」と化して「のら犬のやうに生きてゆ」くさまを叙した作品だが、井上はそこに前景化されてくるものが「陰惨」と「絶望」的な気分だけであることに対して違和感を抱く。むろん、「我永く都会にあらん」の章には、「ある街裏にて」を挟んで「この苦痛の前に額づく」、「この道をも私は通る」と題する、娼婦の裡に善良な魂が息づいていることに出会った「私」の感動を伝える詩もあるのだから、井上の評が『愛の詩集』の半面しか捉えていないのは明らかなのだが、そのことはここでは措くとして、「私は貧民窟で生れ且つ育つたものである。二一数年、住み慣れた貧民長屋も四畳敷に今も現に住んでゐ」て、そこにも「光りと喜びと相互扶助の美の明るさのあること」を知っている思いが、犀星詩に示された貧民の観察を「暗の一方に偏」しているとみなす地点に井上を導いている点をまずは押さえたい。そして、こうした批判を繰り出した井上の手になる実作で、「暗黒面の冷たさを歌ったのみ」の詩と対峙するものの一つとして、一九二五年四月号の『労働文化』に載ることになる「貧民窟の夜」[5]が挙げられることも付言しておこう。

井上の内心が鮮明なかたちで表される、もう一つの事例が、連載五回目（一九二四・一一。なお、この折の題目は「貧民日本詩論」となっている）の後半に「第二十四節」として置かれた、賀川豊彦の詩集『涙の二等分』（福永書店、一九一九・一二）についての評である。「貧民詩論」は、当初予定されていた詩集すべてを取り上げる前に第六回（一九二四・一二）で終了するが、賀川の作品を扱う「第二十四節」は、そこでの紙幅をすべて用いて続きが六回目に掲載されたように、「貧民詩論」中、もっとも紙幅を費やすものとなった。とはいえ、全体を貫くモチーフはきわめて明瞭でシンプルである。つまり、「美しい人間味」の発露や、「労働讃歌」として価値ある作品がそこにあるのを認めながらも、『涙の二等分』がはたして本当に「貧民その者が生活に苦しみ悶ら《ママ》抜いた詩」の集成たりえているのかという疑義が提示される。そして、その根拠となるものはここでも、賀川の作品に登場するほとんどの人物のことを知っていて、賀川との出会いも一二歳の時に遡ることができ、彼と同居した経験もある自分が、外遊後の彼の言動を目の当たりにしてそこに見て取った彼の人性の変化といった、誰のものでもない井上自らの個人的な体験と観察なのだ。こうした態勢のもとに繰り出されていく言葉は、「今の暴君（Tyrant）の態度が嫌いで堪まらない」、「おゝ！汝、偽善者よ！と叫びたい位」といったように、賀川を攻撃する激越な調子で貫かれている。

けれども、これらの言説が井上と賀川の懸隔を浮き上がらせ、両者の関係を途絶させる方向にだけ機能していくとは言い切れまい。ちょうど井手訶六の長編『新しき生へ』（大阪朝日新聞社、上巻＝一九二二・七、下巻＝一九二二・八）において、それぞれが賀川豊彦と武内勝の一面を想起させる、作中人物の本田正郷と小鷹牧夫とが強烈な自我をぶつけ合い、精神的な組討ちを繰り返しながら二人にとって共通の使命に向かって突き進んでいく場面が用意されているように、井上が賀川の変質を詰るのも、二人がよりいっそう貧民の立場に身を寄せつつ彼らの救済を目指す道を歩むためには、一時の交流は犠牲にしてもそうした衝突が不可避のものであることを伝えているのではないか。そのようにして言説が内包しているものが汲み取られていけば、両者の間にはまた新たな精神上の紐帯が生じてくるだろう。したがって、当然というべきか驚くべきといおうか、「貧民詩論」の連載が終ってまもなく上梓された井上増吉の『貧民窟詩集　日輪は再び昇る』には、賀川豊彦の「序文」が掲げられたのである。

二、二つの詩集『貧民窟詩集　日輪は再び昇る』と『おゝ嵐に進む人間の群よ』をめぐって

『貧民窟詩集　日輪は再び昇る』（以下『日輪は再び昇る』と略記）に寄せた「序文」の中で、賀川は「貧民詩論」で井上が彼に対して放った批判を甘受するかのように「私などは、永く貧民窟に住んでゐたとは云へ、井上君の様に、その旋風濁塵の中央に座つてゐるのと異つて、私はかほどまでに、深刻な感覚を持つことが出来なかった」と述懐するとともに、「大抵の人は、この詩集を読んで、此処に書いてあることを、ほんとにしないであらう。然し私は、井上君の書いてゐることを、一つも疑ふ事は出来ない」といった言葉を書きつけている。これを実際の作品に登場するナレーターの科白で代弁させれば、（ほんとですか？／ほんとですとも／嘘言って得になりますか[6]）ということになるだろうし、詩の作り方の問題とも関わらせるなら、詩の〈形式〉だとか、詩とそれ以外の作品との間に〈ジャンル〉上の区別を設けることだとかにさまでこだわらない、無手勝流の創作意識が突出してくる事態が予想されるのである。

【図1】『貧民窟詩集　日輪は再び昇る』表紙

たとえば、全部で一三〇編の作品を収める同詩集の冒頭に置かれた「晩鐘と暁鐘の交響楽」の場合。「時代の進むと共に／脱ぎ棄てられた外殻は／ぶち壊されるであらう」といった詩句で始まる四連一二行よりなる作品なのだが、その初出はと言えば、それが何と先にふれた「貧民詩論」第二四節の後半に出てくる叙述なのである。すなわち、この評論を締めくくるにあたって、井上は賀川を乗り越えていこうとする自身の思いを叙しているのだが、そこにはいま引用した「晩鐘と

「晩鐘の交響楽」の一節と行分けの有無を除いて同じ表現が使われており、それ以降の表現も、行分けをしていないことと一語のみの異同を除いては、詩の最終連である「晩鐘は一哭き叫喚び／晩鐘は喜悦に泣き／響いて流れて波を搏つ…。」に対応するところまで同じ叙述が続いていたのである。(7) ここにおいて、書き手の意識は〈詩〉と〈評論〉との間にある区別を易々と無化してしまっている。

「晩鐘と暁鐘の交響楽」には、その題名からも察せられるように、惨めな生の渦中にある人々を救おうとする意志だけには回収しきれない宗教観や人生観も投影されているので、よりいっそう貧民窟の現実に沿って作者の深刻な体験を表した作品である「人肉の廓へ」を使って同様の問題を考えてみたい。この作品の初出は一九二五年六月号の『労働文化』で、「お君さんの言葉」、「日輪は再び昇る」(8) とともに、こちらの方は最初から「詩」と称して発表されている。詩集収録に際して注目すべき異同はない。この詩の題材となるのは、酷薄な両親によって、「貧民窟の日曜学校で私の教えた……純」な少女の「お秋さん」が娼妓にさせられていく出来事なのだが、彼女のそうした境遇の変化を告げた箇所に出てくる、「大正十四年の――／五月二十日の夜八時過ぎ／お秋さんの売られて行った話を聴いて／私は辛い思ひに……」といった表現、とりわけ「大正十四年の――／五月二十日の夜八時過ぎ」に注目したい。この表現が、そこに生じた出来事が「現実ありのまゝ」であることを伝えて、作品全体に一つの「人間記録」としての意味を付与していく点については首肯できよう。

ところで、こうした記録性を重視した表現は、例の「貧民詩論」の「第二十四節」で賀川の変貌を前景化した箇所でも、「大正十年の八月下旬だつた。神戸の新川北本町五丁目の角の饂飩屋の前で夜――路傍説教のあつた時氏は私に（後略）」というように、こちらの方は場所までも明示して採られているのだ。「日曜学校」にも通い、「柔和しい気品を備え」た「お秋さん」が、「人肉の廓」に売られねばならなかったことを知っての悲憤、崇敬するに足ると信じていた師の持っていた誠意が底の浅いものであったことを目の当たりにした折の痛憤、そうした内的衝迫が、〈詩〉といわず〈評論〉といわず、これらの傷ましく厭わしいことがいつ起きたのかという記録性を担保する言葉を呼び込んでいる。

そして、こうした記録性重視の傾向は、作品の題材に即してみても確かめられよう。「蜜柑箱と只一人の見送人」という詩がある。生後一週間目にして死んでしまった「常さん」を、長屋の住人の中で「私」だけが見送ったことが告げられる詩だが、題目の一部である「蜜柑箱」に「常さん」の亡骸が入れられて擔がれていくくだりは、武内勝の回想中[9]に出てくる「貧しさのため赤ん坊が死んでも葬式ができないというので、みかん箱の中に赤ん坊を入れて春日野墓地にもって行く」といった事実と対応している。そしてまた、幼い頃に「親父」と乞食をして歩いた「私」が、空腹のあまり「下駄の足型の入ってゐる／泥まびれの水瓜の皮」を拾って食べた[10]のも、おそらく事実そのままのことではなかったか。この詩集に収録された、貧民と貧民窟を扱った数多くの詩は、そこに書かれてあることを実際にあった悲惨事として読者に信じさせずにはおかない告白の衝動に確かに支えられている。

だが、一つの作品や詩集に収録された作品相互の関係を前にして得られる印象は、それに作者内心の発露を確かめ、素材と事実との一致を見出したりするという次元だけに回収されずともよい。現に「蜜柑箱と只一人の見送人」の次にくる「未来派の死」では、「金色の砂を／みな噛みしめて／一度死んで見たいネ」という前半を受けて書かれた「今日も／海は鈍感な／欠伸を後から後へ／撫でて行く」にあっては、詩の言葉それ自体が乾いた響きをともなって作者の体験に還元しなくても済む詩的幻想空間を立ち上げているように思う。また、さきの「蜜柑箱」にしてからも、この言葉が与える印象を「緒言」末尾に記された「三十年近く住み慣れし貧民窟四畳敷」をはじめとして、『おゝ、嵐に進む人間の群よ』に収録されたものも含めて他の作品中に出てくる、老耄《ろうもう》の浮浪人が宿代わりにしている「塵芥箱」[11]、呑んだくれの男が発作を起こして転がり込む「便所」の中の「肥壺」[12]、夫を亡くした女が生きていくために自身の貞操を売る場所として選んだ「築港の小舟の中」[13]へとつなげていくならば、そこに共通して出てくる〈狭隘《きょうあい》〉なるイメージを、〈貧〉それ自体を集約化あるいは象徴化したものとして捉えることもできるだろう。

その一方、「海境」・「山境」・「自然」・「日輪」・「天地」・「宇宙」といった、〈壮大〉なイメージを伴った語群が題名から拾えるのもこの詩集の特徴である。そしてそれらが「動」き、「踊」り、「歌」い、「笑」い、「昇」り、「交響楽」を奏する中に登場する「人」は、そこにある真理の「内核」に触れて己が生命の拡充を図っている。絶望の淵に沈んで苦しみ悶えるのも真ならば、行く手に黎明が広がるのを信じて自らを鼓舞する感情が溢れてくるのも真実、もしこの詩集を通して井上の精神のありようを把持しようとするなら、問題にすべきは、ある一つの道理に心を預けていく位相なのではなく、人生の光明と悲惨との間を揺れ動いていく、その振幅の大きさなのだ。そしてそれらを仮託されていく言葉も、聖書や讃美歌の中にある文句を想起させるものもあれば、「人生は踊りぢや!!」[14] のような豪気で放胆なものも見られるというように、多声的な響きを持ちはじめる。

さらに、『おゝ嵐に進む人間の群よ』の段階になると、以上の傾向に加えて一目見てそれとわかるアヴァンギャルドの傾向を打ち出した詩が増えていく。前著『日輪は再び昇る』の「姉妹篇の貧民窟第二詩集」と著者自らが位置付けるこの詩集は、同詩集「緒言」中の作者の言葉を借りれば、彼が「各国の貧民窟の実状と、その救済事業及び社会施設を見聞し」ようと「昭和二年六月から……三年十一月まで。一年有半。欧米の世界一周の旅」に出ていたため、当初の予定より遅れて一九三〇年の暮れに刊行されたのだが、そうした旅の産物の一つで作

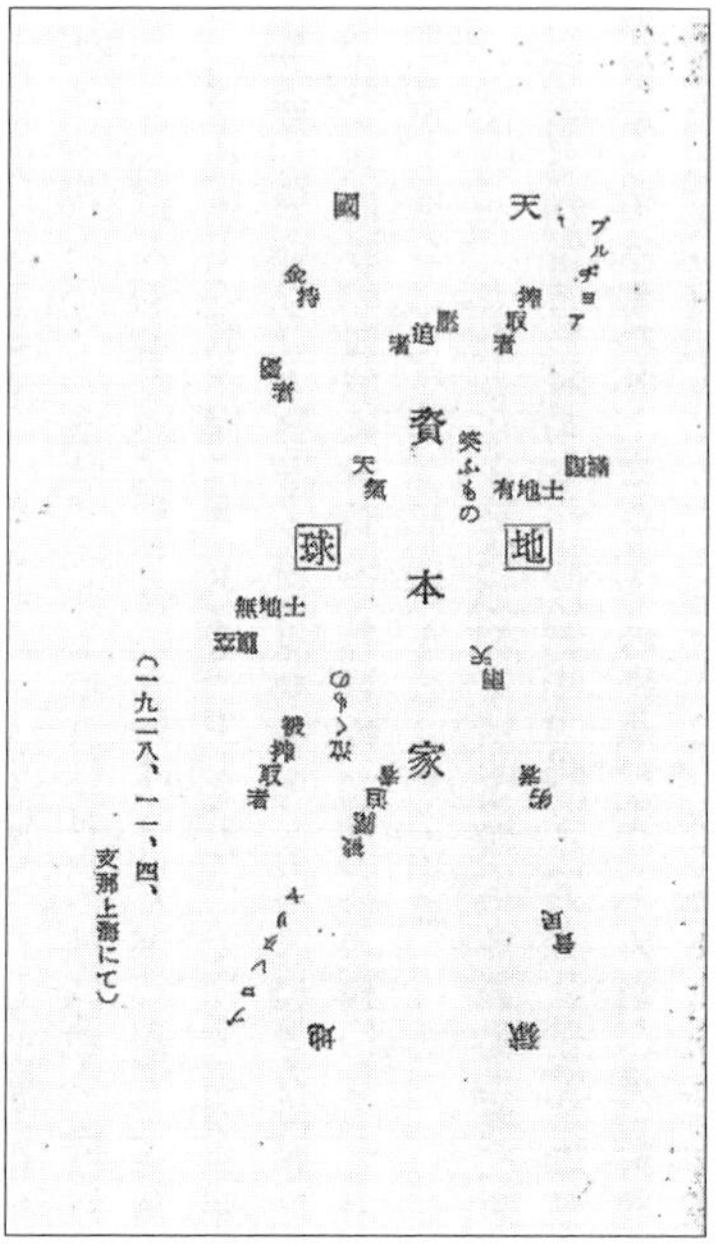

【図2】詩「世界の貧民窟」の後半部。

品末尾に（一九二八、一一、四、支那上海にて）と記されている「世界の貧民窟」という詩の後半部分は、現在の人間社会が搾取／被搾取の構造を胚胎していることに関連する二〇余りの単語を、それを構成する文字を「□」で囲ったり、それぞれの向きや活字のポイント、あるいは文字と文字とのスペースのとりかたにまで変化を与えて配置している[15]【図2】。

従来の詩が有するフォルムを解体、変形、再構成していこうとする試みは、まだそれ以外の表現法も演出した。「少年の質屋通ひ」と「幽霊が生きてゐる」を取り上げてみる。作品の素材となったのは、前者は井上自身の幼いころの質屋通いの経験、後者は殺人の罪を犯した「豆腐屋の三やん」が、出所した後も良心の呵責に責められている姿というように、いずれも〈貧〉もしくはそれが招いた悲劇に関する物語としての性格を持つものである。しかし、そこでの筋の運びたるや、『増吉……行つて来い／二銭やる……』〔原文ではこの箇所は後続部分より二字下げ＝引用者注、以下同〕／／〔「／／」は一行あけ〕高飛車　父の威圧《おどし》／怖い……嫌／哀願の眼　母の寂寥《さびしさ》／未練………」であったり、「ガス・タンク前　角道《かど》／（神戸葺合脇ノ浜）／／豆腐屋の三やん　売り声……／衝突！……酔漢《よいどれ》／豆腐の洪水メチャ〳〵〔二字下げ〕／天秤棒　五ツ　六ツ／脳天　破裂！…真紅《くれなゐ》／あッさり　お陀仏」となっているのだ。けっしてこなれたものとは言えないけれども、新感覚派の誕生、映画のモンタージュ理論の移入、「シネ・ポエム」の流行といった同時代の芸術思潮に対応していくかのような、断片化された言葉をコラージュさせながら、心理の明暗や状況の変化を即物的に描出していく傾向が一応は指摘できよう。

けれども、こうした特徴は同時代にあってほとんど注目されなかった。その理由としては、当時の前衛詩の先端を行こうとしていた詩人たちが行った言語実験と比べて、彼のそれがどうしても〈貧〉の生活体験に根差して発せられるメッセージ性に強度を与えるための手段としての性格を脱却できていなかった点が挙げられると思う。『おゝ、嵐に進む人間の群よ』では、いま見たような手法に加えて、「モダン・ガール」の出現や「失業全盛時代」の到来、そしてまた米国のヨセミテ大公園に足を踏み入れた体験も含めて、自分の境遇と社会に生じた新たな変化も取り込まれている。しかし、それらを前にしても、詩人の立ち位置はやはり、「嘘ぢやない／作話ぢやない／人生の貧乏を舞台として／正真正銘の実演　開幕！……[16]」と宣言したり、「大地に　厳然と起つてー／預言者のごとく／両手を挙げて／俺は　呻吟る」[17]（傍点引用者）という態のものなのである。こうした言葉で統括された作品を読んで、実際には存在しない世界が立ち上ってくるような感覚が生じ、それによって現実を知る事以上に現実に対する認識のありかた自体を改変される経験が得られるだろうか。その意味で、井上増吉は自らの内にある〈救済者〉と〈詩人〉との間に折り合いを付けることができず、一九二〇年代後半の数年間にあって、その生を活発にではあるが急速に濫費していった人物のように思われる。ちなみに彼の没年は未詳、武内勝の回想によれば、外遊後「新川の名物になっていた」が「早く亡くな」ったという。

とはいえ、そのような意味での文学的価値の多寡を正面に据えて井上の作品を論ずること以上に、同時代の文芸界や言論界が提示してみせた井上増吉とその作品の受け止めかたは、再度強調すれば、虐げられた人々を救うための熱情をたぎらせ、彼らが陥っている悲惨な現実を余す所なく書きつける詩人というものであった。『おゝ、嵐に進む人間の群よ』の巻末に一括して掲載された、『日輪は再び昇る』に関する各批評がそのことをよく伝えている。その中で長文のものの一つが『大阪朝日新聞』評であるが[18]、この小論の終章では、同新聞に作品を発表したり、自らがニュースソースとなった人々の動き、さらにはそこに形成されていく人的ネットワークが、どのようにして〈貧民窟〉に立脚した詩人像を創出し、あるいはそれに関与していったか、そしてそのようにして出来上がった詩人像は、さらにどんなメディア環境に向かって進出していったのかについて見ていくことにしたい。

三、井上増吉を取り巻く活字メディア環境

『日輪は再び昇る』収録作品のうち、『労働文化』に掲載されたもの以外に初出のわかる一篇として、一九二六年一月一八日の『大阪朝日新聞』に載った「海境と山境との交響楽」がある。「曖昧の闇迷」や「甘睡の整墳」を離れ、「海境の歓楽」と「山境の応歌」を背景にして人格の陶冶に向かおうとする意欲を歌った作品なのだが、掲載状況についてもう少し説明すると、井上のこの作品が載ったのは、同紙の「神戸版」で、当時週一回のペースで文芸および学芸に関する記事をまとめて登載していた、「ざつさうゑん」という見出しを掲げる欄であった。

片岡鉄兵、富田砕花、山川菊栄、山田耕筰、満谷国四郎といった諸家からの寄稿を仰ぐ一方、読者による投稿作品も積極的に取り上げ、加えて神戸を中心とする演劇・美術・音楽・文芸界の動向に関する評論も多数登載した「ざつさうゑん」（「雑草園」の表記が中心になる時期もあり）欄は、一九二〇年代の関西モダニズムを再検討する際に多くの情報と示唆を与えてくれる資料だが、そうした文化交流と情報発信の〈場〉の仕掛け人に、大阪朝日新聞社の神戸通信局に籍を置いていた岡成志《しげゆき》という人物がいた。彼は「岡十津雁」「とつがん生」「咄眼」に加えて、いかにもその欄を仕切るのに相応しい「園丁」という署名も用いて、一九二三・二四・二五年にかけての「ざつさうゑん」欄に、政治・労働・文化・文芸に関する文章を頻繁に載せている。いずれもがジャーナリスティックな才幹を感じさせるものだが、それは一方では彼をして、ニュースソースを得るための現場に足を運ばせ、様々な人的ネットワークを作らせていったと考えられる。たとえば、一九二四年四月に、彼が神戸労働学校の開校式に出席して祝辞を述べたという事実[19]、これなどは岡と労働文化協会との間に何らかの繋がりや連絡のあったことを示唆するものではないか。そう思ってこの時期の「ざつさうゑん」欄を見ると、そこには協会を代表する久留弘三が「仏蘭西チップ物語」（一

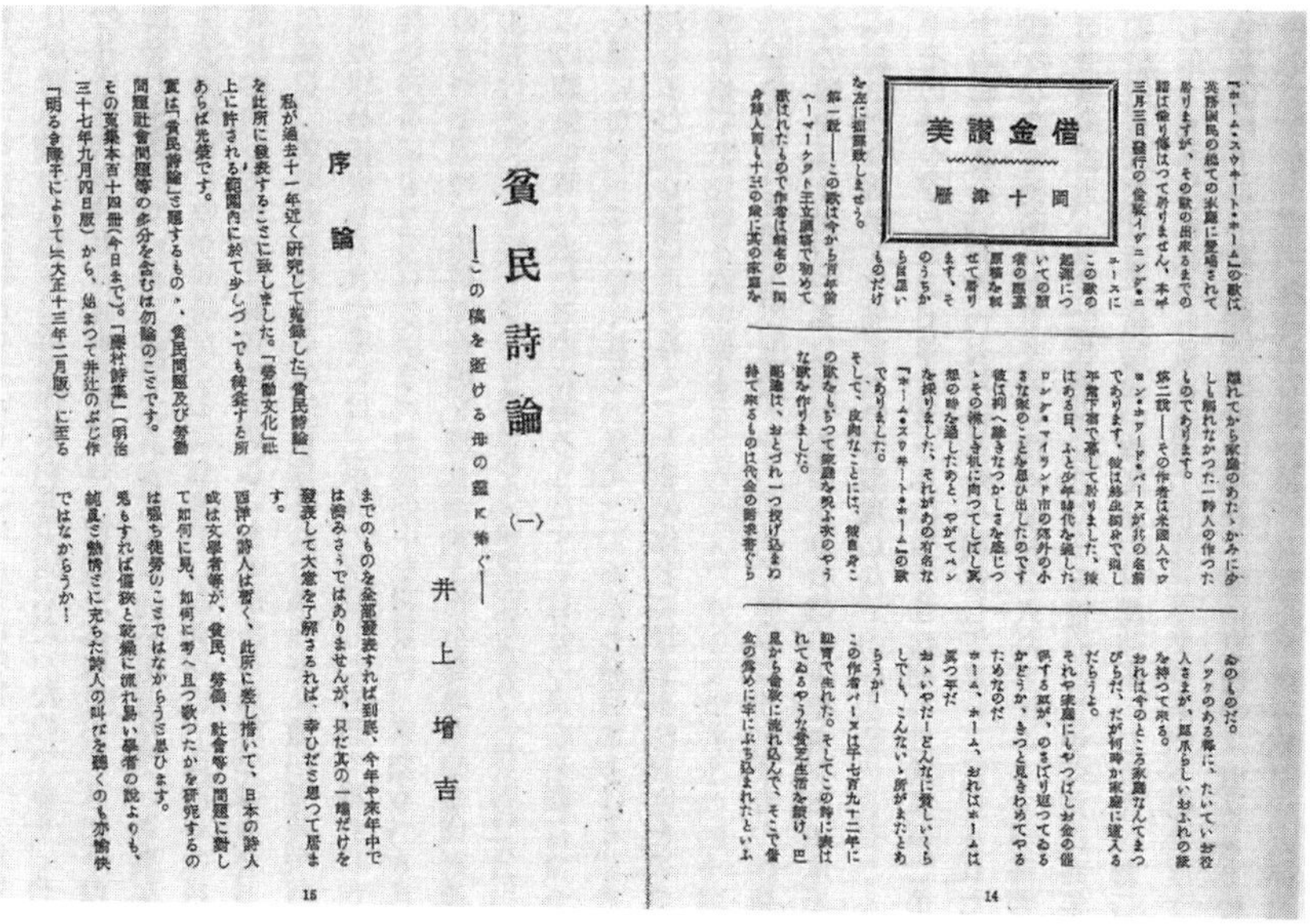
借金讃美
岡十津雁

貧民詩論（一）
――この稿を亜ける母の霊に捧ぐ――
井上増吉

序論

【図3】『労働文化』1924年7月号に掲載された岡十津雁の「借金讃美」と井上増吉の「貧民詩論（一）」。

九二四・三・一七）や「豆の花」（同・七・一四）といった随筆を寄せている。また、岡の方を見ると、一九二四年六月二日の「ざつさうゑん」欄に「園丁」名で掲載された「借金賛美「ホーム・スウ井ート・ホーム」の作者について」が、同年七月号の『労働文化』に「岡十津雁」名で転載された。そして、同じ号の対向ページでは、あの井上増吉の「貧民詩論」の一回目が開始されているのだ【図3】。

とはいえ、それはこうした機縁で知り得た井上を岡が積極的に推したことを直接証明するものではない。現に「海境と山境との交響楽」の発表直前に、岡は郷里岡山県における代議士補欠選挙に出馬するため、大阪朝日新聞社を辞している。[20] けれども、〈岡――『大阪朝日』の「ざつさうゑん」欄――久留労働文化協会〉というラインが、その協会の機関誌（『労働文化』）や教育機関（神戸労働学校）に活動の軸足を置いていた井上増吉の存在感を作り上げていく上での条件や環境を整えていたことは想像してよかろう。

もう一人、井手訶六という人物についても触れておきたい。井上の二つの詩集には賀川豊彦の他にも、今回は取り上げなかったが一九二四年一二月に井上の訳著『貧民詩歌史論（貧民詩訳論）（第一巻）』が東京八光社から刊行された折に、その序文を記した工学博士の田中龍夫や、かつて新川貧民窟に賀川を訪問したことのある徳富蘇峰らが序を寄せているのだが、そうしたメンバーと伍して『日輪は再び昇る』の「跋文」を書いているのが井手訶六なのである。井手訶六がそのモデルとして賀川豊彦を連想させる小説『新しき生へ』を書いていることについてはすでに述べた。また、ここで再び『労働文化』に目を向ければ、『日輪は再び昇る』に収録される井上の詩が掲載された一九二五年五月号・六月号（廃刊号）に、井手訶六が「未来の種子を撒く人」と題してヨバン・ボーヤーの作品「大飢渇」を取り上げた評論を載せていたことも確かめられる。

が、それ以上に注目したいのは、「跋文」末尾の執筆者名に付された肩書からわかるように、井手訶六の小説『新しき生へ』が大阪朝日新聞社の懸賞長編小説の当選作であったことだ。井手訶六の作品は、それまでにも一九一九年に同社が創立四〇周年を記念して懸賞文芸作品を募集した際に、長編部門で選外作として「落日讃」という題名を紹介されていたが[21]、件の小説の方は一九二一年度の長編小説募集で一等に当選し、翌二二年の一月一日から六月二二日まで『大阪朝日新聞』に一七三回にわたって連載されたのである。そして、一九二四年にあっても、休載の「已むなき事情」に至った谷崎潤一郎の「痴人の愛」に代わって、同紙では、井手訶六の新作「炬《ひ》を翳《かざ》す人々」の連載が六月一七日から始まっている。このように鳴物入りで大阪朝日新聞社が売り出していった新進作家が井手訶六だったのであり、その井手訶六が井上の詩集を称賛し、宣揚するスポークスマンの役を引き受けている。「跋文」で書かれている内容は、「貴重な生活記録」という鍵語がここにも出ているように、賀川らの言葉と比べてとりわけ目立って新しいものがあるわけではない。ただし、新聞の連載やその後刊行された単行本を通して井手訶六の作品に接してきた者には、現在の混乱した思想や穢れに塗れた物事によって行き詰まった社会の中で、来たるべき真の光明を求めて煩悶や苦闘を繰り返す人物を登場させる作家イメージができている。そして、そういう作家である井手訶六が、この詩集は時に虚偽の中に陥ろうとする自分の良心を鞭打つべく襲いかかってきてくれる「猛犬」[22]であると発言すること、それもまた『日輪は再び昇る』とその作者に対する注目度をアップさせていったと言い得よう。

ここまでは、『大阪朝日新聞』が形成するメディア環境と井上増吉の作品との関わりを追ってきたが、その一方で彼の詩やエッセイは、思いもかけぬ活字メディア上にも出現した。

その一つが一九二七年七月一日発行の『日露芸術』第一六輯である。一九一七年の革命を機としてロシアに生まれた、新たな芸術動向に対して強い関心を持つ人たちによって、日露の芸術的接近、文化的提携を図ることを目的として一九二五年に結成された日露芸術協会の機関誌『日露芸術』には、一九二七年二月発行の第一一輯以降「我文芸界をロシヤへ紹介す」る意図の下に「露文欄」が設けられ、葉山嘉樹の「セメント樽の中の手紙」や、「最近の日本詩抄」と題して蕗谷虹児、高群逸枝、神原泰、ドン・ザッキー（＝都崎友雄）の詩がロシア語訳で載り始める[23]のだが、問題の号では「貧民窟詩集『日輪は再び昇る』より」（目次）と題して、同詩集から「晩鐘と暁鐘の交響楽」、「竹夫の死と親」、「蜜柑箱と只一人の見送人」、「二銭と女の操」、「一輪の花は無惨に散らされたり」、「淫売婦の末路」の六編が選ばれ、スパルイン教授の手で訳載されたのである【図4】。日本近代文学館所蔵の日露芸術協会関連の雑誌資料としては、『日露芸術』がこ

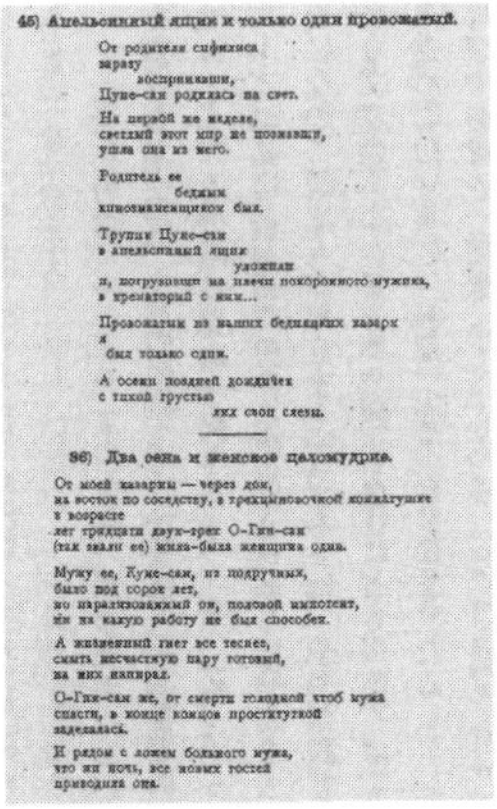

95) Апельсинный ящик и только один провожатый.

От родителя сифилиса
заразу
восприняв...,
Цуне-сан родилась на свет.

На первой же неделе,
светлый этот мир не познавши,
ушла она из него.

Родитель ее
бедным
кинозазывальщиком был.

Трупик Цуне-сан
в апельсинный ящик
уложив
и, погрузивши на плечи похоронного мужика,
в крематорий с ним...

Провожатым из наших беднацких казарм
я
был только один.

А осени поздней дождичек
с тихой грустью
лил свои слезы.

96) Два сена и женское целомудрие.

От моей казармы — через дом,
на восток по соседству, в трехциновочной комнатушке
в возрасте
лет тридцати двух-трех О-Гин-сан
(так звали ее) жила-была женщина одна.

Мужу ее, Куме-сан, из подручных,
было под сорок лет,
но парализованный он, половой импотент,
ни на какую работу не был способен.

А жизненный гнет все теснее,
смять несчастную пару готовый,
на них напирал.

О-Гин-сан же, от смерти голодной чтоб мужа
спасти, в конце концов проституткой
заделалась.

И рядом с ложем больного мужа,
что ни ночь, все новых гостей
приводила она.

【図4】左は『日露芸術』第16輯（1927・7）表紙。右は同輯掲載の「露文欄」の2頁目で、「蜜柑箱と只一人の見送人」及び「二銭と女の操」の前半部が確かめられる。

の号も含めて一九二六年二月の第七輯から二九年一月の第二四輯までの計一八冊、「日露芸術協会々報」の二〜四号（一九二五年九月〜一一月）、『ソヴェート芸術』（『日露芸術』改題）の第一巻一号〜四号（一九二九年四〜六・八月）があって、それらを一瞥したが、井上に関わる記事はこの一回だけだった。井上増吉が高群逸枝や神原泰のように同協会の会員であることを記す記事[24]もなく、前浦鹽（ウラジオストク）東洋大学日本語教授、日本文学研究者としての経歴もあって、一九二五年秋にはロシア大使館付高等通訳官として来任していた[25]スパルインが井上の詩を翻訳するに至る過程――全一三〇篇ある『日輪は再び昇る』の中からなぜ前述の六編が選ばれたかといった点も含めて――を詳らかにすることはできなかった。が、ともかくも発行所を東京に置いた、こういう革命ロシア最新の芸術思潮に通じた雑誌の上に、井上の作品がメイエルホリド劇場に関する記事や蔵原惟人の翻訳詩とも伍して並んだことの意義は、今後さらに考察されていってしかるべきであろう。

最後に再び神戸に戻ろう。対象となるのは一九三〇年九月二五日に発行された『神戸店友』の一〇月号。発行所は株式会社大丸教育部、発行者としては神緑会はじめ四つの社内団体名が奥付に記されている、神戸大丸の社内報的な性格を持つ小冊子である。大丸デパートのカットや、「KOBETENYU」というローマ字を配した瀟洒《しょうしゃ》なデザインの表紙には、「デパート／女性号」というこの月の特集タイトルが表示されていて、それを繰ると最初に現れるのが、当時芦屋に拠点を置いてモダニズムの写真家として本格的な活動に入っていた、のち神戸大丸の写真室を任されることになる中山岩太の写真「秋（巴里郊外ニテ）」である。以下、特集企画に応じて「女子店員への希望」、「あたし達の要求は」といった実利面を考慮した記事を挟んで、「マンガレヴュー店内名所案内」だとか「ドライアイスの話」、あるいはまた「ラブインアイドルネス」と題する随筆などが置かれ、全体として軽快でハイカラな街神戸にふさわしいトーンが生まれている。

だが、その中で一つだけ異彩を放つものとしてあるのが、『おゝ嵐に進む人間の群よ』の上梓を目前に控えた井

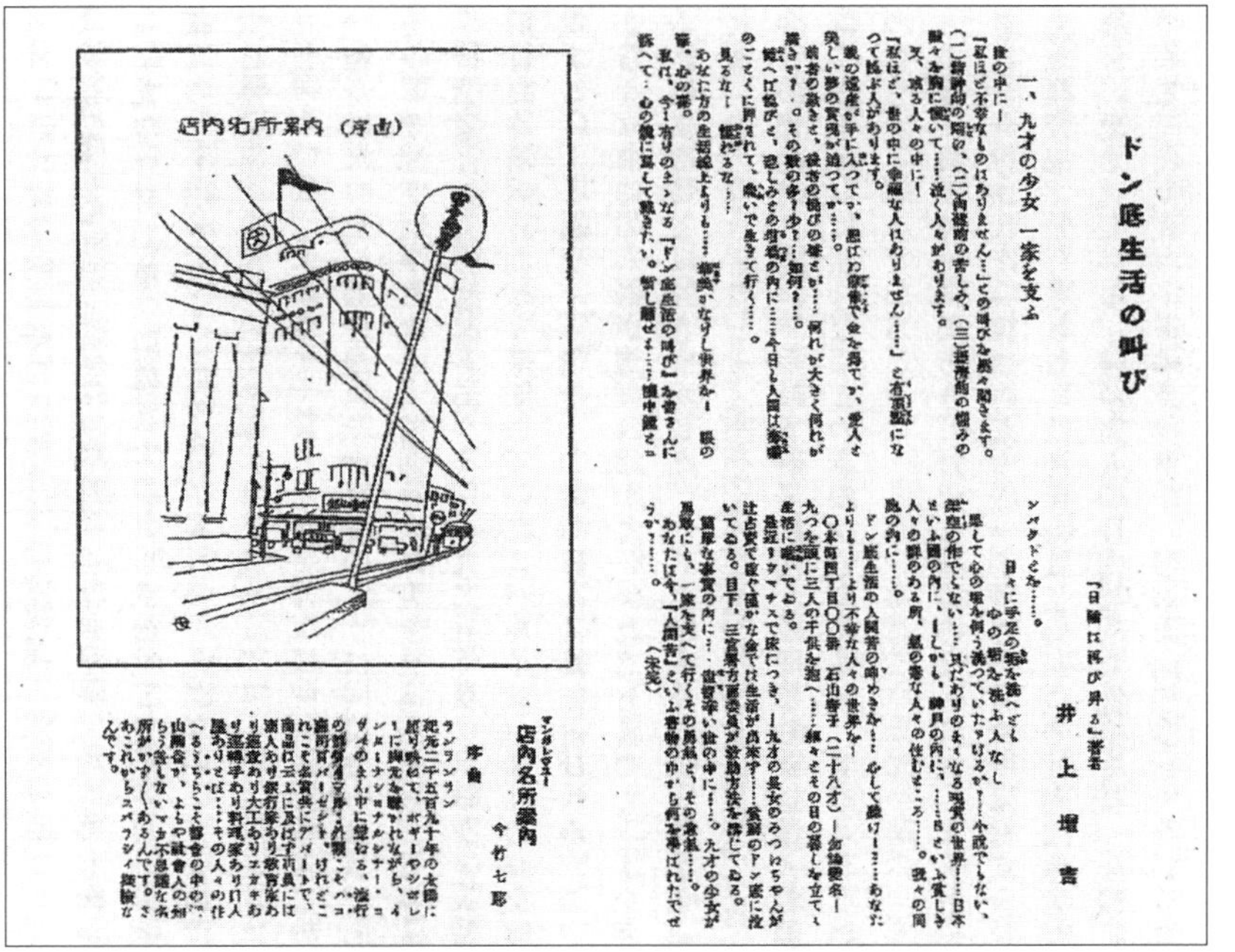
ドン底生活の叫び

「日輪は再び昇る」著者　井上増吉

一、九才の少女　一家を支ふ

世の中に——
「私ほど不幸なものはありません…」との叫びを屡々聞きます。
（一）精神的の悩み、（二）肉体的の苦しみ、（三）経済的の悩みの数々を胸に抱いて……泣く人々があります。
又、或る人々の中に！

「私ほど、世の中に幸福な人はありません……」と有頂天になつて悦ぶ人があります。

親の遺産が手に入つてか、思はぬ儲けで金を得てか、愛人と美しい夢の実現が迫つてか……。

前者の嘆きと、後者の悦びの声とが…… 何れが大きく何れが強きや？。その数の多？少？…如何？…。

笑へば悦びと、悲しみとの渦巻の内に……今日も人間は[illegible]のごとくに押されて、泳いで生きて行く……。

見るな！　憐れむな……

あなた方の生活線上よりも…… [illegible]かなしい世界を！　眼の華、心の華。

私は、今！有りのまゝなる「ドン底生活の叫び」を皆さんに訴へて… 心の鏡に写して戴きたい。暫し[illegible]

シバタドぐを……。
日々に手足の垢を拵へども
心の垢を洗ふ人なし
果して心の垢を洗つていたゞけるか？……小説でもない、空想の作でもない…… 只ありのまゝなる現実の世界！…日本といふ国の内に、——しかも、神戸の内に、……Sといふ貧しき人々の群のある所、気の毒な人々の住むところ……。我々の同胞の内に……。
ドン底生活の人間苦の呻きを…… 心して聴け！……あなたよりも……より不幸な人々の世界を！
○本町四丁目○○番　石山春子（二十八才）——勿論変名——
九つを頭に三人の子供を抱へ……繰々とその日の暮しを立てゝ生活に喘いでゐる。

[illegible]で床につき、一九才の長女のみつゐちやんが辻占売で僅かな金では生活が出来ず……貧窮のドン底に沈いてゐる。目下、三宮署方面委員が救助方法を講じてゐる。

簡単な事実の内に……世智辛い世の中に……。九才の少女が果敢にも、一家を支へて行くその勇気と、その健気……。

あなたは今、「人間苦」といふ書物の中から何を学はれたでせうか……。

（未完）

マンガとレヴュー
店内名所案内　今竹七郎
序曲
ランランラン
紀元二千五百九十年の太陽に照り映えて、ボギーやシボレーに御光を輝かれながら、インターナショナルシナー・コダイのまん中に聳える、流行の[illegible]
[illegible]

【図5】『神戸店友』1930年10月号に掲載された井上増吉「ドン底生活の叫び」。

上増吉が、「『日輪は再び昇る』著者」として寄せている、随筆「ドン底生活の叫び」[26]【図5】なのである。

　タイトルの後に「一、九才の少女一家を支ふ」という見出しを掲げた本文は、「世の中に——／『私ほど不幸なものはありません……』との叫びを屢々聞きます。（略）又、或る人々の中に——／『私ほど、世の中に幸福の人はありません……』と有頂天になつて悦ぶ人があります」のように、やや傍観者的、解説風な文章のトーンでもって始まるけれども、いくばくも先に読み進めないうちに「私は、今！有りのまゝなる『ドン底生活の叫び』を皆さんに訴へて…心の鏡に写して戴きたい」（傍点引用者）という声がそれに代わり、「神戸の内」の「Sといふ貧しき人々の群のある所」で現在起きている「気の毒」な出来事を伝えはじめる。まだ書き継ぐ予定であったのか、末尾に（未完）と記されている本文はせいぜい八百字程度の短文なのだが、「人間苦」

に喘ぐ人々の代言者による呪詛の声が、今度は「懐中鏡とコンパクト」を携えてデパートに足繁く通う者の上に放たれていたのである。

【注】

1　神戸市東端葺合村の新生田川周辺の「新川」地域は、一九世紀末に推進された市区改正の動きの中で木賃宿や「不良長屋」の移転先として指定され、一九〇〇年代に入って劣悪な住宅や安価な長屋が密集し、約一五〇〇〇人の都市下層大衆を抱える、いわゆるスラムの様相を呈していった。そこで生活する人々が就く職業は、仲仕、土方、人夫という日雇い労働をはじめとし、履物直し、羅宇仕替え、拾い屋、マッチの箱張りのような内職であって、その生活は困難を極め、教育や衛生環境も満足なものとは言えず、賭博や喧嘩、騒擾沙汰も日常茶飯事のことであった。

2　詩集の「緒言」中に記されている地番はいずれも「六丁目二〇六」であり、間の「十番」の文字はない。

3　「無学」で、夫婦喧嘩の際には短刀を持ち出す夫に向かって出刃でつっかかっていくような井上キヌが、キリスト教との出会いによって路傍説教の証人を務めるなど、その生き方を大きく変えたことが語られている。

4　連載五回目・六回目ではタイトル表記が「貧民詩論」から「貧民日本詩論」へと変わっている。

5　「春の朧夜／月はしづかに長屋の屋根を／みつめてゐる。／昼の喧騒と苦闘と汗との世界とは全く別の感じを起さしむ。」と始まっていく六連二六行の作品である。

6　詩「淫売婦の末路」の一節。

7　さらに言えば、「貧民詩論」に次いで一九二五年一月号の『労働文化』から連載が始まった「研究プロレタリヤ文学論」と題する評論の一節にあっても、いくぶんその間に挿入される語句は増えていても、やはり『晩鐘と暁鐘の交響楽』の本文と同じ叙述のあることが指摘できる。

8　このうち『日輪は再び昇る』の方は、詩集収録に際して「自序に代えて」と題名を変更されているが、「晩鐘と暁鐘の交響楽」の場合と違って、そこにはジャンルの無効化といった現象までは認められない。

9 武内勝『賀川豊彦とボランティア』（神戸新聞総合出版センター、二〇〇九・一二）。
10 詩「西瓜の皮」の一節。
11 『日輪は再び昇る』所収詩「塵芥箱の浮浪人」。
12 『おゝ嵐に進む人間の群よ』所収詩「ドブンチャブン」。
13 『おゝ嵐に進む人間の群よ』所収詩「米一合と女の操」。
14 『日輪は再び昇る』所収詩「貧民窟の踊りぢや」。
15 これと同様の傾向を持つ作品として「最後は真理の勝利」、「人生の総勘定」なども挙げられる。
16 詩「十九人目に」の冒頭の一節。内容は、夫を病で亡くした女が、一家の生計を支えるために「大晦日の晩から…／元旦の朝四時過まで」客をとりつづけ、「十九人目」で「心臓麻痺で冥途へ」向かったというもの。
17 詩「霧のヨセミテ」の一節。
18 全文は以下の通りである。
「著者井上氏は、かつて賀川豊彦氏らによつて広く世に紹介せられた、かの神戸葺合新川の貧民窟に、今なほ血の滲むやうな、苦しい悲惨な生活をつゞけてゐる人である。——この貧しい人々の群の中にあつて、つぶさに人生社会のなまぐしい暗黒面に、その辛酸をなめつくしながらも、なほどうかしてその人達をもつと明るい幸福の途に導いて行きたい、といふはげしい熱情に燃えてゐる人なのである。

かくの如き不遇な環境にあつて、氏の温かい瞳には、果たして何が映するであらうか。そこには、博奕打の妻「お光つあん」がゐる。彼の女は夫の資本を拵えるために五十に近い身をひさいでゐるのだ。またそこには僅か十円の金で妻を乞食坊主に売り拂ふ沖仲仕の「九やん」もゐる。沸湯を浴びせて愛児を殺しておきながら、その葬ひの日にも相かはらず酒に浸つてゐるといふ、葬礼人足の「虎やん」もゐるのだ。かうして数多の赤裸々な、最も嫌忌すべき社会の現実相をはつきりと見せられては、誰しも世の悲哀を感ぜずにはゐられないだろう。また実際こんな不幸な、畸形的な社会の存在すら未だ知らない人もあるかも知れない。そんな人には是非この一本をおすゝめしたい。本当の文学的価値を云々する立場からいへば、或ひは多少の異論の挿まるべき余地はあらうけれど、立派な人生記録として、またありのまゝなる社会描写として、本書がまこと貴重な一巻の文献であること、信じる。」

なお、この文の初出を確かめるべく、詩集刊行後より一九二七年三月までの『大阪朝日新聞』を見たが、当該の評は出てこなかった。さらなる調査の必要を感じている。

19　リーフレット版『労働文化』一九二四年五月号に掲載された「希望に輝やく神戸労働学校開校式」の記事中に、そのことが報じられている。

20　「岡氏の立候補」（『大阪朝日新聞』一九二五・一二・一四）。ただ、その後も岡の文章は「ざつさうゑん」欄に間歇的に掲載されている。

21　一九一九年一二月二三日の『大阪朝日新聞』掲載の社告「本社創立四十年記念文芸募集懸賞長篇小説当選」参照。このことは、日本近代文学会二〇一二年度六月例会で「吉屋信子「地の果まで」の転機――〈大正教養主義〉との関係から――」を発表した竹田志保氏作成の報告資料から教えられた。

22　「跋文」中で用いられた言葉である。

23　「セメント樽の中の手紙」は目次では「セメント樽の手紙」（テルノーフスカヤ女史訳）と表記されて第一二輯（一九二七・三）、「最近の日本詩抄」はスパルイン教授の訳で第一三輯（一九二七・四）にそれぞれ掲載。

24　『日露芸術』第一三輯（一九二七・四）「編輯後記」参照。なお『日露芸術協会々報』三号（一九二五・一〇〔誌面には九月一日発行と記されているが、二号が九月、四号が一一月発行とそれぞれ記されているので「一〇月一日」の誤りだと思われる〕）には協会発起人として秋田雨雀以下三〇名の氏名が掲載、また、高群、神原が新入会員として紹介された翌号（一九二七年五月発行の第一四輯）の「編輯後記」では、その後の新入会員として、両者とも一九二〇年代の神戸モダニズムと深い関わりをもつ画家、岡本唐貴、浅野孟府の名が挙げられている。

25　「催し二つ――スパルイン教授歓迎会」（『日露芸術協会々報』四号〔一九二五・一一〕）参照。

26　本文の表記に従った。目次では「どん底の叫び」となっている。

〔付記1〕本稿執筆にあたり、日本近代文学館はじめ法政大学大原社会問題研究所、西宮市大谷記念美術館、神戸市立中央図書館所蔵資料を活用した。また本稿は関西学院大学二〇一一年度大学共同研究「海港都市神戸と関西学院との文化的通路をめぐる総合的研究」の一環として位置付けられるものである。

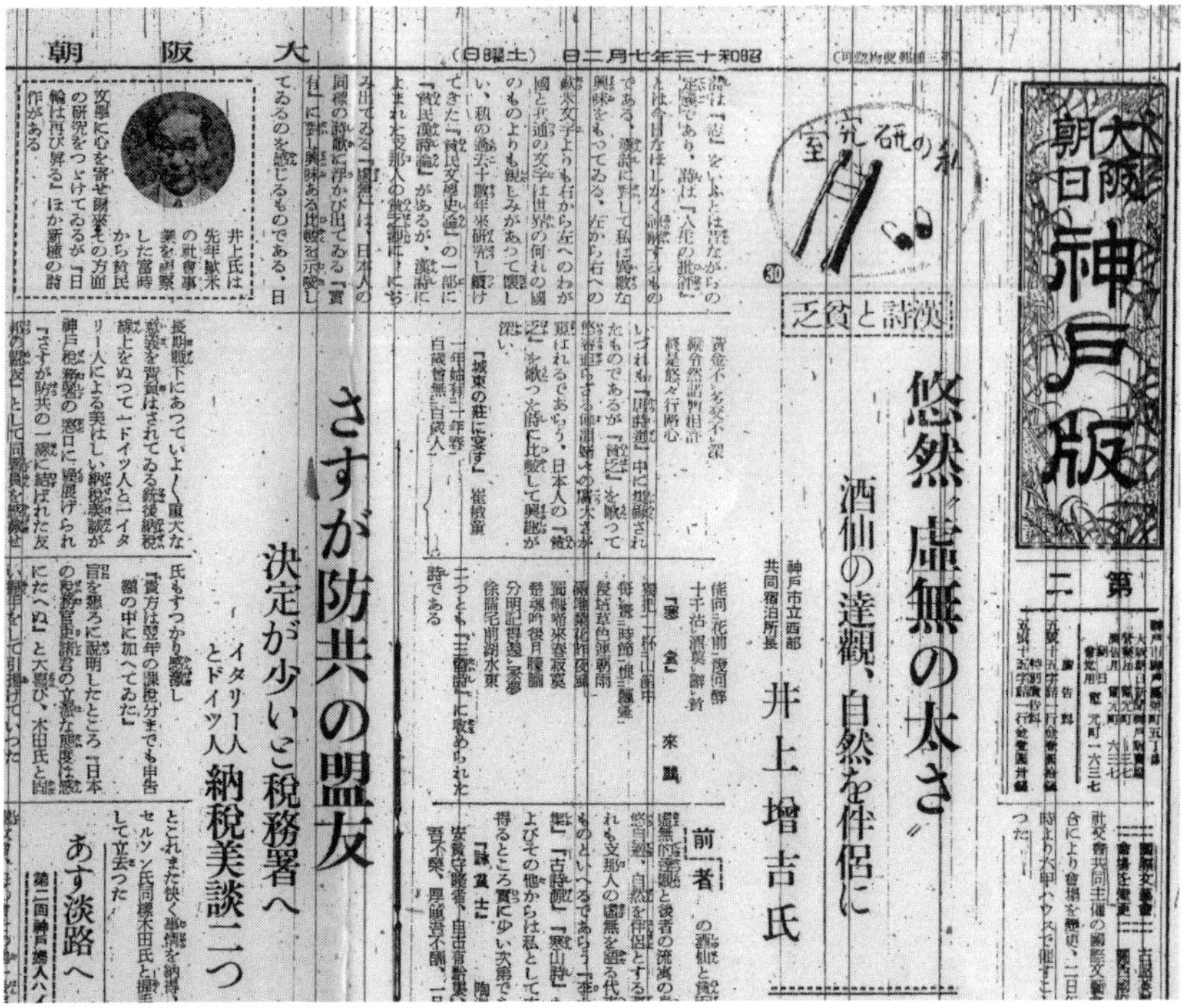
大阪朝日　昭和十三年七月二日（土曜日）

大阪朝日 神戸版

私の研究室 30

漢詩と貧乏

悠然〝虚無の太さ〟

酒仙の達観、自然を伴侶に

神戸市立西部共同宿泊所長　井上増吉氏

さすが防共の盟友

決定が少いご税務署へ

イタリー人とドイツ人　納税美談二つ

あす淡路へ

【図6】『大阪朝日新聞』の「神戸版」（1938・7・2）に掲載された井上増吉の評論「漢詩と貧乏　悠然〝虚無の太さ〟」。

〔付記2〕二〇一二年に本稿を執筆した時点では、本文中で井上増吉の没年は未詳、「武内勝の回想によれば、外遊後「新川の名物になっていた」が「早く亡くな」ったという」と記しておいたが、その後の調査によって、やはり没年は分からないけれども、一九四三（昭和一八）年六月に編集兼発行人池田良雄名義で関西学院から刊行された『関西学院同窓名簿』の三三二頁に「井上増吉　死亡」の記載があることは確認できた（この情報提供者は季村敏夫氏である。記して謝意を表したい。）。

また、この名簿刊行の五年前にあっての彼の活動の一端が、別の資料で明らかになった。すなわち、一九三八（昭和一三）年六月一日発行『大阪朝日新聞』の一三面「神戸版」の「一門一見」欄には、井上の談話記事「宿泊所昨今　貧民救済より住宅難を解決」、また七月二日の「神戸版」には、連載記事「私の研究室」の三〇回目として「漢詩と貧乏　悠然〝虚無の太さ〟酒仙の達観、自然を伴侶に」の見出しを持つ評論がそれぞれ掲載されている。その時点で井上は神戸市立西部共同宿泊所々長の職に就いていて、前者の談話では、現在の日本の共同宿泊所が社会事業でありながら、一宿泊所に多人数を収容して「儲け」を優先する傾向にあることなど、どのような問題を抱えているかについて報告している。一方、後者の評論では、長年〈貧民文学〉に関心を持って研究を続けてきたことを活かして、杜甫の「貧交行」や陶淵明の「詠貧士」などの漢詩が伝える「支那人」の「貧乏観」が、「虚無」に根差していることを説いている。そして、それが日本の貧民詩人が作るものとは別趣の「太さ」を持っていることをも指摘するのだが、そのあと、彼の論調は、この「虚無的な詩心」は「破壊的な短所」ともなり得るものであると述べ、それとは異なる日本人の持つ「建設的」な「実有」の意義を高く評価する方向に流れていく。そこには本論で考察したこととは異なって、昭和一〇年代の思想的潮流と無関係ではあり得なくなっていく、井上増吉の姿勢の一端が現れているように思われる。

四章 〈こわれた〉街・〈騙り〉の街への遠近法
——神戸発・昭和詩始動期の詩人たちの仕事——

はじめに

神戸ゆかりの詩人で昭和詩の第一線で活躍し続けた人物といえば、ふつう想起されるのは竹中郁であろう。関西学院英文科在学中に同人誌『羅針』を創刊、それと並行して海港詩人倶楽部と称する自宅を発行所として、そこから自分と友人たちの詩集を次々と発行して詩的出発を遂げた竹中は、それ以降も『詩と詩論』に同人として参加、シネ・ポエムの作者として注目され、戦後においては児童詩誌『きりん』を主宰、生前に計九冊の単行詩集を編んだ。

一方、詩人としての出発期と活動拠点とが竹中のそれとほぼ重なりつつも、それほど注目されてはいない存在がある。『彩色ある夢』（東京・富士印刷株式会社出版部、一九二三・八）の石野重道、『街の性格』（主観社、一九二九・一二）の能登秀夫、『こわれた街』（詩之家出版部、一九二八・七）の衣巻省三が、すなわちそちら側に属する詩人たちなのであって、本稿の目的はこうした詩人たちの創った詩の再評価をあえて試みるところにある。

むろん、彼らの存在が昭和詩研究の現在にあって重きを置かれない理由も、考えれば見つけられないことはない。石野の場合は世に問うた詩集が『彩色ある夢』一冊かぎりであって、それから二、三年後に彼が書いた詩を『大阪朝日新聞』紙上に見出して読んでみても、感じられるのは詩の才能のさらなる広がりではなく、むしろ詩的精神の衰弱と呼びたくなるようなものである。能登の場合は、詩を書くことと同じくらいに暮らしを立てていくことが彼の人生にとって抜き差しならないものとなっていた。それ以前から国鉄職員として勤務していたが、福知山へ転じて以降は、神戸の詩壇からの距離を置くことを余儀なくされる。衣巻は如何か。その詩才を以てしてよりは、第一回芥川賞候補作となった「けしかけられた男」（『輸林』一九三四・一〇～一九三五・五）をはじめとする小説の方で、彼の文学者としての認知度は高まっているのかもしれない。

このように彼らの詩業は営々と積み上げられた感は与えてこないが、そのさほど量の多くない詩編を読み進めてみた時、昭和詩のスタート時点におけるそれらが、〈街〉というモチーフに即して様々な興味関心を惹起させるものたり得ていることへの気づきを得た。翻って同時代の小説世界に目をやれば、そこには「無礼な街」もあれば、「太陽のない街」もあり、そしてまた「変装を必要とするほど、蔭の多い街」浅草（「浅草紅団」）もある。そんなひそみに倣って、いまから考察していく〈街〉のイメージを名づけるなら、それは〈こわれた〉街であり、〈騙り〉の街と言ってもよいものだ。そしてそれは、いわゆる神戸のモダニズム詩の土壌を掘り下げていくと同時に、そうした符牒にはなじまない詩的領域からの視線も借りることによって、その内実に迫ることができるものでもある。この点を証していくにあたっては、石野や衣巻とは実際の交友関係があって、彼のものした数多の小説群によっていま出した代名詞を背負って立っている感のある稲垣足穂の存在や、神戸から出立した前記三人の詩人の他に、彼の詩人としての立ち位置も、その文学者としての全航跡から判断すればその中心を占めているとは言い難い、井東憲の詩も、本論においては取り込んでいくつもりである。

一、自由にこわれてあるということ――石野重道『彩色ある夢』の一面

一九二三年の一月と八月にそれぞれ短編集『一千一秒物語』と詩集『彩色ある夢』を刊行した稲垣足穂と石野重道が、ともに自分たちの出した本に佐藤春夫の序を冠せられていることのほかに、芸術への志向性においてどのように共振しているかといった点について、本節の中心に据える『彩色ある夢』の内と外にわたって見てみよう。

【図1】稲垣足穂の装幀より成る石野重道の詩集『彩色ある夢』（1923・8）。

まず、あまりに明瞭な、二人の近しさを証拠立てるものは、この詩集の装幀を足穂が買って出ていることである。いくつもの三角形や三日月型の弧線と、詩集の中に出てくる言葉を英字表記やシンプルな図像（尖塔や城砦のかたち）に置き換えたものがばら撒かれているそのデザインは、足穂の小説「煌《きらめ》ける城」（『新潮』一九二五・二）に拠れば、「私」の友人の「石野」が考案していた「トリッピリズム」と称する、「ただ画用紙にむちゃくちゃに切った布ぎれが貼りつけてあるだけ」の描法が援用されたものとして受け取れる。ただし、そんなユニークなアイデアが、それを着想したのは彼のみであるといった孤立したものではなく、これまた足穂の後の回想記風の作品「カフェの開く途端に月が昇った」（初出題＝「未来派へのアプローチ」〔『作家』、一九六四・八〕、のち改題、増補、改訂して『人間人形時代』〔工作舎、一九七五・一〕所収）にも目を向ければ、それがチューリッヒ・ダダに参加したハンス・アルプが

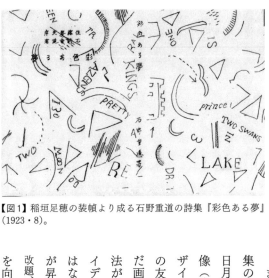

試みた、いわゆる〈ちぎれた紙〉によるコラージュと気脈を通じている点を押えておく必要もある。【図1】

両者の作品間に見られる相互浸透や相互影響のありようについても考えてみよう。それに言及したものとしては、『彩色ある夢』に収められた石野の詩「廃墟」が、足穂の小説「黄漢奇聞」（初出『中央公論』、一九二三・二、『星を売る店』〔金星堂、一九二六・二〕収録に際し改稿）の成立にあたってそれなりの影響を及ぼしている点を指摘した小野塚力の論考[1]があるが、前述の足穂の小説「煌ける城」にふみとどまって検証を続けるならば、二人にとっての「象牙の塔」と呼ぶにふさわしい家に向かう途中で、「私」と「石野」がそのそばを通り過ぎる「坂田さんの犬が近所の猫と心中した池」が、『彩色ある夢』の最後に置かれた作品「哀愁の部分」に登場する「Y子」が話し始める「犬の失恋自殺物語」と、素材的に繋がりのあることが確かめられよう。

あるいはまた、とある夜に「奥平野の森女学校」の「校長さん」を二人して訪ねていった帰り道、「石野」は待望の家を見つけたなら室内にピアノを置いて「赤い作曲をする」ことを「私」に告げるのだが、彼が口にしたこの「赤い作曲」はそのまま『彩色ある夢』の中にある一篇の詩のタイトルになっている。そして「煌ける城」のこれより少し後の部分で語られている、この曲の主題を伝える「チタニヤが星と月のある晩、隣国の森の中の城へ、豆の花や罌粟の実や、パックやコボルト連を引きつれて、白い馬に乗つて、三角のおもちゃを奪いに行く」という言葉も、当の詩の方にある、「――サラセンの星月夜／白馬にエビ茶の帽子の王様が、赤い服をきて、豆の精やヒナゲシの実やフェアリーや、コボルトをともなつて、月に向つて馬を走らせる」という表現をほぼそのまま下敷きにしていると言って差し支えないのである。妖精の女王タイターニア（チタニヤ）や、茶目な小妖精パックらを登場させたシェイクスピアの幻想劇『夏の夜の夢』に想を得た曲のイメージがこれらの表現には示されているのだが、稲垣足穂や石野重道がこうした夢幻世界に逍遥する機会を得たのは、二人が在籍した関西学院中学部の英語の授業でリーダーの教科書を広げ、そこに件の作品の一節や挿絵を見出した時にまで遡れるかもしれない。[2]

『彩色ある夢』中の詩「赤い作曲」についてさらに言及したい。妖精の出現はこの詩にある種の「お伽噺」的な風韻をもたらす。だがそれはいわゆる中世的なものとは異なっている。佐藤春夫が寄せた序文「石野重道を紹介す」には「ダダイズムのお伽噺さね」という言葉も見られるが、「赤い作曲」中に登場してフェアリーやコボルトらと戯れる「L・O氏」は、実は「未来派」の音楽家なのである。この詩は次のようにして始まっていた。

深夜 モモ色のカーテンを窓におとして、未来派の作曲者L・O氏は、ピアノの前に居る×××／古への、サラセン帝国の蒼空と尖塔に乱れて、深紅のストッキングが騒音と、怪韻に舞踊をする

五十殿利治『大正期新興美術運動の研究』（スカイドア、一九九五・三）の助けを借りれば、すでに一九一〇年代前半にあっての日本では、イタリア未来派の「パフォーマンス」について関心が持たれ、それが一九二〇年代に入ると神原泰、村山知義、高見沢路直、石川義一らの演劇や音楽を通じて具現化されることになるのだが、「赤い作曲」の冒頭に現れる「騒音」や「怪韻」——それらが与える効果を、「煌ける城」に登場する「私」と「石野」の友人「菊池」の言葉を借りて言うならば、「こんなものを弾きよったら気狂いになりまつせ」（原文のまま引用）という体のものである——、さらには「舞踊」といった語は、たとえば未来派音楽の領域で活躍したルイジ・ルッソロの〈騒音芸術〉をたちどころに想起させもする、近代芸術の前衛的な動きに通じる鍵語になっていると考えることができる。『彩色ある夢』が、このように同時代の新興芸術運動の動向と交流する側面を多分に有することは、「赤い作曲」以外の作品を見ても確かめられる。この詩集の装幀を行った足穂が試みたのがダダ的なコラージュであったことは既述したが、それと同様のモチーフに下支えされた表現が、たとえば「キイロい覆面をして、手、足、面に、三角や四角の色紙をはり付けた、曲者」（「キイロい覆面の曲者」）、「誰も住んではゐないらしい、表札には色々の形と色との

色紙が、はりつけられてあった」（「忘人」）のように見出せるのである。また、このコラージュ的手法を採用して従来のタブロー中心の芸術観からの解放を目指した美術家たちが、作品制作の際に絵具を脇において鉱力《ブリキ》までも用いたことはよく知られているが、この金属素材でできたものが、「ブリキ」製の「お月さん」をはじめとしてしばしば出てくることも見逃せない。そしてまた、「キイロい覆面の曲者」の引用中にも見られる「三角」や「四角」への偏愛が、いわゆるキュビズム（立体派）の世界と手を繋ぐものであることは言うまでもない。

以上、ごく簡単に『彩色ある夢』が、同時代にあって様々なかたちで現れてきていた芸術界の前衛的な流れを汲み込んでいたことを一瞥したが、その中でもかなりのインパクトを持つ表現を具えており、かつまたその作品が描き出す街のイメージを、次節以降で取り上げる同時代の他の詩人たちが創出するそれと比較したら面白いと判断し得た詩を、あと一つ取り上げてみたい。

その詩のタイトルは「B街に起つた事」。「長四角立体の長短の大理石で、窓も入口もない、まるで大理石の町であるP市の、市街電車の線路交錯点Bに、その夜七色の月光がいづこからともなく、明かに放たれてゐる」といったシュールな街景の描写から始まる、全体で五五〇字程度の散文詩だが、その中に次のような表現がある。

> 僕は、そのボックス（直前にある「ポリスボックス」を指す。引用者注）の前につき立つて、しばしその町を眺めて居ると、M停留所からやつて来た一台の電車が、丁度僕の前に停まった。その電車は、窓ガラスには世にも奇怪に美しい彫刻がある、それは恰も自由にこわれて居るやうである。窓柱は左右、上、横、に倒傾して居つたのである。此の町の総ては、キユービストの頭に映った町のやうな感じがするのであつた。

作品の末尾には、こうしたことが書けたのは、「僕」の友人でオートバイ好きの「K」が一夜市街電車と衝突したことを彼から聞いたからだといった、いわば話のネタを知らせる言葉が置かれている。このように作品のモチーフの拠ってきたところを作品外の現実の次元に延伸して捉えようとすれば、再び足穂の「カフェの開く途端に月が昇った」からの引用になるけれども、「ある晩、加納町方面からやってきて「三角帳場」を西に向かって歩いていた時に、石野重道が行手を指して、「あそこは、カリガリ博士の街みたいになっている」と口に出した。この広い中山手通りの電車道の中央を、ずっと一筋と伸びている灯火の列が、遥か向うの坂上の所から急に下方へ折れ曲っている有様が、ドイツ表現派の舞台のようだと、彼は言うのである」といった、神戸の山の手の電車道を足穂と二人して歩いていた時に発見した光景が、石野の作品に投影されたとも考えられよう。

とは言え、大切なのはやはり詩の表現だ。換言すれば「ドイツ表現派」と「キュービスト」のイズムとしての差異を、ここではあまり厳密に考えずに、それよりはむしろ「僕」の前に停まった電車の窓ガラスに施された彫刻が「世にも奇怪に美し」く、加えて「自由にこわれて居るやう」に感得されていることの意味を問いたい。

すなわち、前者の形容が何を示唆しているかといえば、それは、詩集刊行の一ヶ月後に起こった関東大震災による都市の惨状復興の過程において、「野蛮人の装飾をタヽイズムでやりませうかと云ふ主旨」や、「鶴亀雪月花の如き模様を描くことを禁ず」[3]といった規約をひっさげて、今和次郎を中心として活動を開始したバラック装飾社が手がけていく、アトリエから街頭へ進出する造形芸術の行き所の一つを予告しているものとしても受け取れないか。ちなみに、この因襲や普通から隔絶した感のある「美しい」模様の彫刻を施された電車が、バラック装飾社の屋外装飾の一バリエーションに見立てることも可能な石野流のイマアジュの産物だとすれば、先に引いた「あそこは、カリガリ博士の街みたいになっている」云々の石野の言葉に触発されて足穂が着想した[4]「星を売る店」(『中央公論』、一九二三・七)に登場する「私」が、夜の街の辻の向こう側に見出す「ふしぎな青色にかがやいている窓」や、二人と同じくこうした神戸の夜のアトモスフェアに魅せられていた[5]仲間の田中啓介が、足穂の別の作品「バンダライの酒場」（『ゲエ・ギムギガム・プルルル・ギムゲム』、一九二五・五）の登場人物となって「私」に告げる、「すてきに大きいガラス」の中に満ちている水中で、広告文字が「赤い豆電球の明滅によって三日月型にまはつてゐる」のが特徴的な「バンダライバー（酒場）」の「ショーウインドー」は、今度はバラック装飾社のひそみにならった足穂流、啓介流の店頭装飾を示しているとも言えよう。

他方、「自由にこわれて居る」という表現が、どのように読者の想像力に働きかけるかについても一言したい。この表現は電車の彫刻や窓柱の形状を発条として、「此の町の総て」から受け取った印象を集約していると言ってよいだろう。で、おそらくは何ものも生み出し得ない破壊ではなく、逆に既存の枠が取り払われることによって新しい何ものかが生まれてくることを約束し期待させる破壊のイメージである。いわば自己創造的な破壊。こうした破壊に見舞われた町は「左右、上、横、に倒傾」し、形象としての安定さを喪失している。だが、その代わりにそこは、日常の整序された対象の力を借りなければ心が安んじていられないような状態を抜け出すことにまんまと成功した者が、目の前にひろがる混沌、流動、無秩序の渦の中に巻き込まれながらその生を賦活させていく処なのだ。

そんな印象を側面から支えるものとして、少し後の作品になるが一九二六年一月発行の『ゲエ・ギムギガム・プルルル・ギムゲム』に掲載された、石野を含む五人の書き手[6]による合作「ヌポセチエンスク街」がある。この作品中で表現される「ヌポセチエンスク」の街は、「RATAN・RATAN・RATAN・と鳴りながら廻転する、あの巨大な電気塔」をはじめとして、「建築なぞと云った生ぬるさ」を拒んだ、驚異的な運動やリズムを持つもので溢れかえっている。高層建築の何層階からは「途方もなく太い、赤い、縞ズボン」が ぶらさがつて来」るし――何だか意識的構成主義の時期を迎えた村山知義が手がけた舞台装置のようだ――、「美しい露台」は「いよいよ益々、雪晴れの空に遊離してい」く。さらには、街の中の「魔術小路」を進む「遍歴詩人」さえもが「膜質となつて薄れてゆく」のだ。

このように「ヌポセチエンスク街」の自由なこわれかた（傍点引用者）は並大抵のものではない。で、そうしたものに出くわした際の読み手の心意の先回りをするかのように、「あの巨大な電気塔は何を意味するのであらう」という問いかけが繰り返されるが、それへの解答は「――↓さ、だぜ、君」だとか、「この音こそは、いつたい何を意味するであらうことであるだらうか、それとも、ないであらうか。あるでないだらうか」といった、言葉の持つ有意味性を無化したり、文中における語の配列構造に混乱を生じさせる態のものなのだ。同様の感想は「何処かの街であり」だとか、「ヌポセチエンスクの街と関係のないボベンスクの街こそは、ヌポセチエンスク何処かで何かにならう」といった言語表現に接しても生じる。だが、石野も含めたこの作品の書き手たちは、それらを芸術の創造にあたってのマイナス要因としては考えていないだろう。むしろ彼らは、意思や思想を伝達する言葉の役割を、こうしたわけのわからない、たわごとめいた言葉でもってこわしていくプロセスそれ自体を、いままでになかった芸術創造の証しだと受けとっているのである。

二、「欺瞞者《カタリ》」から〈騙り〉へ、そして〈贋造〉へ――能登秀夫と井東憲

石野と足穂の漫歩に言及した際に実際の土地の名称をいくつか挙げたが、ここで大正末から昭和初年にかけての神戸の文化マップの一端を見ておこう。『彩色ある夢』の大売捌所である川瀬日進堂の所在地は元町一丁目だが、この元町通り界隈は、その前後の時期にいくつものカフェーが営業を始め、そこに多くの文化人、美術家、文学青年らを集わせる場所ともなっていた。元町三丁目のエスペロ喫茶室や、六丁目の三星堂ソーダファウンテンがそうであり、五丁目の欧風喫茶ランクル・ブルウ（青い錨）は、「赤マントの朝やん」こと前衛芸術家の今井朝路が実家の今井度量衡器店横の小路に開店したものだ。トアロードを下った三宮神社に隣接していたカフェーガスでは、「ア

クション」や「三科」に参加した浅野孟府と岡本唐貴による前衛美術展が一時期頻繁に催されており、竹中郁と福原清がギョーム・アポリネールの六年忌に因んで企画した展覧会も同所で一九二四年に開かれた。

　こんなふうにしていわゆるモダン都市神戸の風貌は際立ってくるわけだが、そうした見取り図を提出する途上で見落としてしまうものについても一考の価値がある。いわばモダンの陥没点における同時代神戸の文芸文化動向[7]を探ること、その一例としてここでは能登秀夫の〈街〉を詠んだ詩を取り上げてみたい。

　さて、能登秀夫の文学的始発期の活動拠点はどこにあったか。一九二六年四月一二日付『大阪朝日新聞』の「神戸附録」に掲載された「たより」の中に、「無名詩人の会」主催の啄木研究会が「柳原ミルクホール」で行われることを伝える記事があるが、たとえばこうしたものが当時の能登の立ち位置を知らせるものなのだ。すなわち、神戸元町からやや隔たった「柳原」の「長屋の隅っこ」[8]で生まれ育った彼は、元町通りに蝟集する詩人グループとは一線を劃すかたちで「無名詩人の会」を結成しており、会の機関誌『無名詩人』は「西柳原町十五ノ八」[9]が発行所となっていた。以降、洋画配給のパラマウント社に勤める上田秀や、県の衛生課に勤務する及川英雄らと交友関係を持ち、他の同人誌にも参加していくのだが、そんな能登が初めて世に問うた詩集が一九二九年一一月に刊行された『街の性格』だった。当時、彼が参加していた『焔』を発行していた福田正夫の主観社から刊行されたもので、「自序」に従えば詩人が「混迷と苦悩とに暮した二二歳より二三歳」の間に書いたものを中心に三四篇の詩を収めている。

　内山斐[10]が描いた「工場の街」と題するスケッチ画を扉にして始まる同詩集の巻頭には、詩集の題名ともなっている「街の性格」が置かれた。作品の前半では友へ呼びかけるかたちで、一刻もとどまらない動きを呈する現実の中では自分たちの未来がまだ定まってはいないことを告げた語り手は、その茫洋とした大海に乗り出すにあたっての決意を後半にあって次のように口にする。

　友よ…／その眼をしつかりと開くのだ／感激の裏にひそむ／恐ろしい街の性格を思ふのだ／／（一行略）
思ふのだ　考へるのだ／このきらびやかに濁った都会の／永遠の道化者であつて、ならない。

　以下、詩集中の作品は、この「きらびやかに濁った都会」および「永遠の道化者」の実相を拾い上げていくのだが、その中でも繰り返し取り上げられるのが〈カフェー〉であった。すなわち、詩集中には「カフェー」と題する詩が二篇収録されていて、うち一篇を例にとれば、その中では「男は勇敢なる生存の救済主？／女は媚と肢体をうねらす奇怪なる道化者／ジャズは高く舞ひ昇り／盃は低くさまよふ／憂鬱は白く消され　苦悶は酒におぼれる」というように、「文明の速度に乗った寵児」たちの姿が捉えられている。とともに、そんな場に身を置いても、「いじけ」たその心に「歓喜の花弁はひらか」ず、「いつも燃へない心は／黄昏れた街の彼方へ」という思いを口にする「わたし」も現れており、こうした両者の立ち位置の違いは、もう一つの「君と僕」という詩になると、「君の姿はカフェーにあり　君の心は色街をさまよふ」に対して、「僕は懐疑と不平と純情に混迷しつゝ／あ、街の反逆者として／たゞひとり〳〵苦しんでゐるのだ」という言葉が置かれるように、より鮮明なかたちをとって示される。
　能登の文学的僚友の及川英雄は、『街の性格』に寄せた跋文「近代都市文化の流を凝視して」の中で、彼のそうした姿を「街に燃ゆる眼、能登秀夫であり、彼こそ爛熟せる資本主義的近代都市文化自体の生める反逆児である」と紹介しているが、同文中の別の箇所で詩人の批判（闘争）の対象となっている街の性格を言い表すために及川が持ち出している、少しばかりユニークな表現にいまは注目したい。それは次のようなものだ。

　街は直立していつまでも欺瞞者《カタリ》の造形を排泄して動かない。

「欺瞞者《カタリ》」という言葉が印象に残る。ここでこのように呼ばれる者は、他者のみを欺く輩なのではない。この直前に「脅威に迫はれ不安に引づり廻され、生活の重力に圧しつけられて猶、都会への愛着を断ち得ざる矛盾こそ都会生活者の弱みであり」といった言葉があることからもわかるように、都会生活が投げかけてくる重圧に蝕まれながらも、自らの生がそのような危殆に瀕していることをたばかって夢や享楽を追い、その結果自身の生をますます消尽していく者が、ここでいう「欺瞞者」なのであろう。と同時に、この言葉は、そうした存在を生み出す街それ自体も〈カタリ〉＝〈騙り〉の街である、といった連想を生じさせないだろうか。

そしてその連想は、〈騙り〉の街とほとんど同義であると言ってもよい「贋造の街」と題する散文詩が、『街の性格』より少し前に井東憲によって書かれていた事実に、さらに関心を向かわせることになる。『井東憲詩集』（騒人社、一九二七・三）に収録された件の詩の初出は一九二五年一一月号の『日本詩人』なので、元号に拠る区分法に従えば〈昭和〉に入る一歩手前の作品なのだが、作中に出てくる「彼らの、安直な図案技術の生んだブリキの家並」や、「あの幻想狂の、意識的構成派の画家」といった表現は、前節で話題にした『彩色ある夢』の世界を下支えする新興美術運動に対して、この詩人も関心を持っていることを告げていて面白いし、『街の性格』の詩人が「欺瞞者《カタリ》の造形を排泄して動かな」い街に対して反抗と呪詛を浴びせながらも、そうした奇態な街の姿に限りなき興味を覚えていくのと対応して、「贋造の街」の「私」も、「私の畸形心理は、まつたく不思議にこの市を愛する」という言葉を口にしているといった、モチーフ上の共通項は無視しえない。

とは言え、両者の文体、詩的リズムが与えてくる印象には相当の開きがあって、能登のそれが伝えてくるものが生真面目な街の反逆児のイメージであるとすれば、井東の示す反逆児はもっとアナーキーな情調や気分に憑かれているると言えよう。それはもう「この舞台装置は、まるで、梅毒性狂人のかぼちゃ頭を割ったやうだ。或は、カイゼルの横つ腹を足蹴にした、ドイツの不良幼年のおもちゃ箱を、エナメルの道の真中へぶちまけたやうだ」という詩の書き出しからして容易に受け取れるものだ。こうした調子で街上歩行を始めた「私」が向かう先は、〈贋〉の烙印を捺されたものが氾濫する世界、――すなわち、そこには「贋造道徳」が屑籠一杯に詰まっていたり、「大川」の歪んだ橋を背景に「贋造紙幣」が舞っていたりしている。あるいは、「贋物の宗教家」が「贋物の聖像」を売買している。そして最後には「贋造の街が、蒼白く、につこり笑った」となる。詩のコンテクストは、これらのものに対して「私」が倒錯的な愛を抱いていることも示しているのだが、むろんこの〈贋造〉という言葉が、その少し前から急速に発展し始めた日本資本主義に席捲されかけた都市生活の中で、個々の人間の人格や魂の問題など見向きもされなくなっていく、社会生活上での価値観の崩壊現象を告発するものとして機能していることは言を俟たない。(11)

能登秀夫に話を戻そう。彼の第二詩集『都会の眼』(文学表現社)の刊行は一九三三年七月だが、「能登秀夫は街に生れ街に育つ。『都会の眼』は充血してゐる」と、詩人仲間の奈加敬三が「跋」で指摘しているように、処女詩集の性格はやはりここでも受け継がれている。(12) もちろん両者における識見や表現に違いが全くないということではなく、文明の毒牙に苛まれた街に対する自らの意思表示を前面に出していく傾向の作品が、前者では多く見られたのに比すれば、こちらの方ではそれよりも詩人の社会的視野が拡大し、同時代の文芸思潮の動きからすれば、遅ればせながらのプロレタリア・リアリズムへの接近を告げる作品が詩集の初めの方に集中しているところなど、注目してよいところだ。

三、間奏曲――水彩画家別車博資《ひろすけ》と「神戸画廊」という文化装置

ただ、小論ではこれ以上能登秀夫論には踏み込まない。その代わりに、同時代の神戸から出立したもう一人の詩

人を取り上げるために、そしてその前提作業として、その頃の神戸の文化的ないし芸術的環境に新たな照明をあてる目論見もあって、『都会の眼』のテクスト中に三点の挿画を提供した別車博資のことに言及しておきたい。

一九〇〇年に神戸市湊西区（現・兵庫区）に生まれた別車（本名は繁太郎、博資は画号）は、兵庫県立工業学校卒業後[13]に同校の教員となるが、その一方で水彩画家の道も歩み始めた。一九三二年の二科展で初入選を果たした折の作品タイトルが「倉庫街風景」であることから察せられるように、その少し前から神戸（兵庫）の港湾風景や都市風景を彼は好んで描くようになっていた。

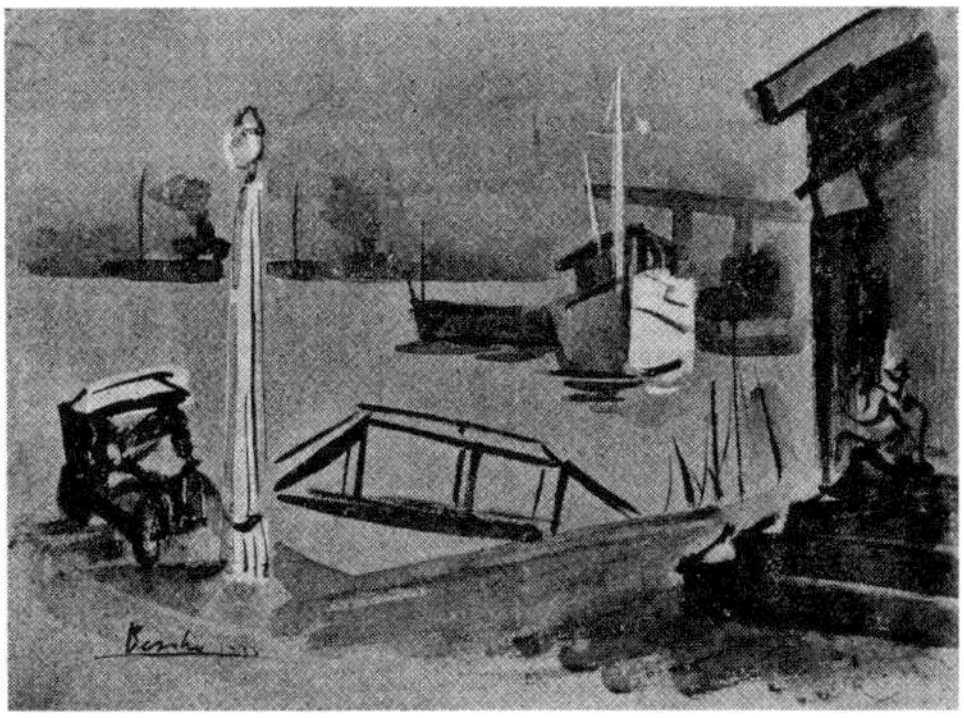

【図2】能登秀夫の詩集『都会の眼』（文学表現社、1933・7）に挿入された別車博資の画。

『都会の眼』に挿入され、うち一点を図版としてここで紹介するもの【図2】もそれに該当するわけだが、「メリケン波止場」や「ガントリークレーン」といった「ミナト・コーベ」を代表するものではなくて（むろんそれらも別車は描くのであるが）、いかにもその土地に馴染んできた者でないと見過ごしてしまうような、小さな突堤のたたずまいが、素早いタッチで描き出されていて印象に残る。

そして当時の神戸で、彼のこうした画業を紹介する役割を担っていたのが「神戸画廊」であった。兵庫県立美術館の常設展示「「画廊」をめぐる作家たち――『ユーモラス・コーベ』と画廊の青春――」（二〇〇三・一一～二〇〇四・二）パンフレット中にある解説に拠ると、同画廊は大阪毎日新聞神戸支局勤務の経験のあるジャーナリストの大塚銀次郎が世話役となって、一九三〇年に神戸元町鯉川筋にオープンしたもの。神戸在住者を中心とする多くの美術家たちが集い、作品の発表と交流の場となった同画廊では、一九三二年から三四年にかけての三年間で約二百を数える小さな展覧会が開催され、かつまた機関誌『ユーモラス・コーベ』が一九三二年一月に創刊され、斯界に関する多くの情報が発信されるとともに、その名のとおりユーモアと活気に満ちた記事や作品も載せていった。それを繰ると、画廊同人（会員）たちの懇談会に出席し、定期的に開かれる洋画展に出品して「毎回一点は売れて行く」[14]というように、別車がさかんに活動している様子が伝わってくる。彼の初の個展である「別車博資水彩画個人展」がこの「神戸画廊」で開催され、五〇点の作品が出品されたのは、能登の詩集『都会の眼』刊行の三ヶ月前であった。

神戸画廊に関しての追加情報として、一九三三年一一月一〇日から一三日までこの画廊で個展を開催した洋画家の衣巻寅四郎について少しだけ触れておく。『ユーモラス・ガロー』第22号（一九三三・一一・二二、『ユーモラス・コーベ』は第19号から25号にかけてと、第30号以降の三号分の誌名が『ユーモラス・ガロー』となっている）には、同個展出品作「バラ」の図版とともに、神戸二中で彼と同窓だった竹中郁による展覧会評が『大阪朝日新聞』から転載されている。故郷における友人の初めての個展を見た竹中の感想は、「君の生を吹きこまれた植物は場中で愛と真とを語ってゐる。それらは快い諧調で君の人間力を奏でゝゐるやうである」と好意的なものだが、こうした評を贈られた画家はそれより五年前に、実兄衣巻省三の詩集刊行にあたって装幀の役を買って出ていたのだった。

四、ふたたび「毀れた街」へ――衣巻省三の詩集『こわれた街』の一面

ここで神戸出身の詩人とその詩業に話題を戻して、衣巻省三の詩集『こわれた街』を取り上げてみる。本の包装・表紙・扉には、弟の寅四郎描くところの毛皮のコートをまとって爪を磨いている外国人女性の立ち姿、薔薇と蜥蜴とがカット風に組み合わされた図柄、兄省三をモデルにしたと思われるクロッキーとがそれぞれ描かれており、[15]一九二八年七月に刊行された。発行所は詩之家出版部。石野・足穂同様に関西学院中学部を経て上京、早大英文科

に在籍中は川端画学校に通う寅四郎とともに早稲田鶴巻町に下宿し、神戸から上京してきた足穂とさかんに交流、さらに彼とともに佐藤春夫の知己を得て文学的出発を遂げた衣巻省三の、それ以降三四年の間に書き上げたものを収めた『こわれた街』は、その「序」には佐藤春夫、萩原朔太郎、稲垣足穂の三人、「跋」には佐藤惣之助がそれぞれ言葉を寄せていて、先輩詩人や文学的僚友らによる強力な援護射撃の下に刊行されたことがわかる。そして、「これは又ふしぎな碁盤縞、さうはお思ひになりませんか、手ざわりがリンネルのやうで、あたらしくつて、古くつて、意気で、ダダで、だらしのないやうで、キチンとして、お上品でやゝエロチカルで、物理的で、非科学的で、どこか素的におもしろい」という佐藤惣之助の言葉を掛け値なしのものだと言っていいほど、ここに収録された計六六篇の作品群は、衣巻の多彩な詩才を伝えてくるものである。北原白秋や室生犀星の抒情詩の風合いに繋がるリリカルな味を持つ作品、グールモンやアポリネールらの詩の本歌取りを狙ったもの、竹中郁や『博物誌』のルナアルばりの機知に富んだ、スピーディな展開を持つものなど、読んでいて退屈しない。

だが、そうした多彩さを揚言するのは小論の趣旨ではない。いまは、それに代えて次の二点に問題を絞りたい。その一つは、先に挙げた四人全員が、この詩集あるいはその著者に「神戸の匂い」（惣之助）を嗅ぎつけていることだ。それとても多様性のうちの一つという側面を持つわけだが、しかしこの言い回しをハイカラな神戸というイメージと短絡させることは、できるならば避けたい。彼らは衣巻の何を以て〝HE COMES FROM KOBE〟（春夫&足穂）だとしていくのか?もう一つは〈こわれた街〉というタイトルをめぐって、これには後書きを記した衣巻本人も加わって、彼らが各々の意見を提示していることから生じる問題関心である。すなわち、「「こわれた街」は「こわした街」にちがひない」と足穂は言い、「そこで凡てがバラ〳〵になった時、一つの現象があらはれて古い夢、新しい街、ふしぎな男がとび出してくる。（中略）何があるか、何もない、何にもなくてそこは又ぱらぱらと一つの現象が生れる。諸君「こわれた街」です」と惣之助も言う。惣之助の同じ文章中の言葉を用いて結論を急ぐなら、そのこわす対象としては「旧態の情緒、生理の味、神聖なる美」が挙げられよう。あるいは「文学臭」や「詩壇の主義」もあてはまってこよう。だが、そうした概念レベルでの追認ではなく、衣巻の実作を鑑賞する過程を通じてその点を検証することが肝要だ。そのために一篇、題名の読みは詩集のそれと通じる「毀れた街」を見てみたい。また、第一の点に関しては、とりあえず「メリケン波止場」と題する詩を取り上げる。二篇の作品鑑賞への入り口はこのように異なるが、中に入ってそれぞれの通路を辿っていけば、どこかで両者がクロスする地点に出会わすかもしれない。

「メリケン波止場」は、暮春の夜のメリケン波止場のたたずまいを題材とする叙景詩である。五連三九行にわたる、詩集の中ではやや長めのこの作品には、「うれひのまゝ手をひろげてくたばつてゐるベンチ」や、波止場の「とつぱし」にあって「混血児のやうに目をくもらせ」た「ARK LANP」、さらには各国領事館や商館やホテルが組み合わされた海岸通りが現れていて、「君は（中略）いつも神戸港から来たマドロスみたいに、いろいろなエキゾチックな景色をもつてる」（朔太郎）という評言にとってはお誂え向きの光景を提示している。そしてまた、岸壁に打ち寄せる海水に「ポオルとビルヂニイのなみだ」のイメージを付与して物語的な興趣を掻き立てもすれば、そうした「数々の物語」に「人魚のおしつこもちょいとまざつ」て、「夜の波止場が海をのむ」音が「がぶ　がぶ　がぶぶぶ」というように、卑俗な言葉がもたらす効果への計算も働いていて、幾通りかの角度からの鑑賞に応じる体を成している。

そうした中にあって、「マドロス少年」との取り合わせで出てくる、小蒸気船の立てた「ボーッ」という響き、表現それ自体とその狙いとするものも、「夢をみながら走る小蒸気船？」というようにややありきたりの感を免れないが、ただこの「ボーッ」という音が所を変えて「毀れた街」の中に置かれるとどうなるか。こちらの方は詩の全文を引用する。

崩れた階段を薔薇が一輪をりてゆく
蜥蜴めがアスフワルトの罅にのがれた

港の街のまひるどき
ボーッと汽笛がなる

この詩の内容に対応して描かれているのが、衣巻寅四郎の表紙画である【図3】。竹中郁の詩「午前十時の風」（『黄蜂と花粉』所収）の冒頭は「いま／「春」が／垣根に沿うつて喋言つて往った」だが、それと一脈通じあう始まりかたである。ただし、ここには音がない。一輪の薔薇は階段を降りていくのに足音は立てないし、次いで現れる蜥蜴もすっとその身をアスファルトの割れ目に滑り込ませる。換言すれば、薔薇の花の優雅で気品のあるふるまいと、蜥蜴という生物の可憐でなめらかな動きとが、想像の視覚に働きかけてくる。そしてそれらの残像を追っていると、今度は「ボーッと汽笛がなる」音が流れてくる。その前の一行を飛ばしたが、「港の街」はとりあえず港町神戸だとしておこう。時刻は「まひるどき」だが、天気は如何？『こわれた街』には、その中で雨や雪を降らせている作品が結構多く収められているが、ここでは陽光の存在を思い浮かべるのが自然な連想であろう。

【図3】衣巻省三の詩集『こわれた街』（詩之家出版部　1928・7）の表紙絵（衣巻寅四郎筆）。

　と、このような注釈的な作業を行う一方で、作品全体から与えられる印象として忘れてはならないことを一つ付け加えるとすれば、それらの情景の語り手はどこにどんな状態でいるのかといった問題があるように思う。

仮にその人物を〈私〉だとすれば、たとえばこれもまたメリケン波止場を舞台とする「港」と題する詩では、「海岸通りに人な」く、「街灯には灯がつい」た時に「私」がそこに現れ、そうして語りのベクトルは「寒い心に今なつかしいものは潮の匂ひ飯の匂ひ　サンフランシスコの夕べの匂ひ」というように、「私」の郷愁を伝える方に向いていく。ついでに言えば、この時、メリケン波止場と「私」の肌にしみ入る「小雨」は、そのようにして人の心や感情をある一定の地点へ収斂させていく役を担っている。

こうした印象に引き替え、「毀れた街」における〈私〉はその姿をどこにも現していない。港の街の閑雅な真昼時の空気に化してしまっているかのようだ。ここで再び「ボーッと汽笛がなる」に返れば、その気怠くうす甘い音は、周囲の現実から〈私〉を分け隔てておくためにその心や体を覆っていた、ある種の被膜をゆっくりと剥ぎ取り、〈私〉という存在を浮揚させ、自他の境界の区別がつきにくくなった風景の中に連れ去っていくのではないか。

「毀れた街」は詩集の掉尾を飾る「GOLDEN BAT」の直前に置かれているが、この作品の後半部にある「思ひほそぼそ煙りとのぼせ　ひらひら夢のやうなものを飛ばせながら　私は消えて行つてしまひたい／ゴールデンバットの青空に」という詩句が、ここでの問題に結びついてくる。あるいは「毀れた街」と同じく、この詩集の最終章「こわれた街」中にある「MURMUR」という詩を見ても、「がんらい地球が尖病質なので／いろんな故障が起りがちなんだ／何だかとけてゆく脳髄　なんにもない　見えるものとは虚空ばかり／本当は見えざるものを虚空と言ふのだが　匂ひの高いシガーを吸ひませう」という表現を確認することができる。この「虚空」を前にしての「私」の心はニヒルな状態にははまり込んでおらず、むしろ放心の安逸さの中を遊弋《ゆうよく》している。

詩集刊行後まもなくして北川冬彦が寄せた書評[16]中に記された、「不思議なことだ。読んでゆくに従つて、衣巻省三の詩は風船玉の口又は香料の様に豊麗な色彩と芳香とを撒き散らしながら、片っぱしから忽ち消え失せてゆくのだ。

彼の詩は一向頭に残らない。頭には一向残らないが、これほど何も残さない詩と云ふのも、また一つの魅力である」という評言は、このあたりの事情にさすがに通じている。衣巻とほぼ同世代の竹中郁や堀辰雄も、彼らの実践を通じて昭和の始まりを告げる詩や小説が担うべき軽快さや快適さに読み手の関心を引きつけていくが、『こわれた街』の場合は、それよりはもう少しゆるやかな、あたかも「風船玉」がゆるゆると上昇していくような軽い精神のありようを持ち味としている。そしてそんなところに〝HE COMES FROM KOBE〟の秘密を解く鍵も潜んでいるのではないだろうか。

【注】

1　「稲垣足穂「黄漠奇聞」と石野重道「廃墟」をめぐって」（『PEGANA ROST』11号、二〇〇五・一二）

2　その点に関連して状況証拠の域を越えるものではないが、足穂の「カフェの開く途端に月が昇った」の中では、彼らと同じく「麻耶山下の学校」（＝関西学院中学部）に通っていた「N君」が、その頃から「リーダーの頁にあるエルフや、コボルトロニンフを我流に描き換えて、丹念な古典的彩色画に仕上げることが得手であった」ことが回想されている。

3　今和次郎「バラックを美しくする仕事」（『建築世界』一九二四・一）

4　石野の言葉に触発されて、足穂が「人けのない不思議な街」を「星を売る店」の中に書き入れた次第も、「カフェの開く途端に月が昇った」では記されている。

5　「カフェの開く途端に月が昇った」では、石野と一緒に出かけた夜の街の街上遊歩のシーンの後に、「自分は更に、狭苦しい煉瓦横丁の奥に、眼付きの怪しい連中が出入している酒場「ダイアナ」があって、真暗な晩、表の電車道に出て、ポールの先から零れ落ちる青い火花を皿に受けて来て、これを肴に火酒を飲むことを想像してみた。田中啓介の「パンタレイの酒場」も、こんな夜の着想だった筈である」といった叙述が続く。

6　橋本健吉（＝北園克衛）・石野重道・坂本謹・宇留河泰呂・野川隆。

7　たとえば神戸新川の貧民窟出身の詩人井上増吉のこの時期の活動もその一つだが、この点については本書三章「〈貧民窟〉出身の詩人・井上増吉の文学活動とその周辺」を参照されたい。
8　能登の回想「その頃を思う」(『半どん』13、一九五九年秋季号) 参照。
9　雑誌は未見だが、「無名詩人」の発行所の所在地は、一九二六年三月一五日発行『大阪朝日新聞』の「神戸附録」に掲載された「雑草園」中の「新刊紹介」欄で確認。
10　一九三〇年七月一七日付『大阪朝日新聞』の「神戸版第二」に掲載の「美術界たより」中には、「内山聚(原文通り)氏個展」との見出しを持つ記事があるが、そこで彼は「兵庫県衛生課に勤める医学士」でもある「洋画家」だと紹介されている。
11　ちなみにこの〈贋造〉のモチーフは、同時代の上海における政治情勢に対する関心をもとに、同じ作家によって書かれた小説『赤い魔窟と血の旗』(世界の動き社、一九三〇・五) においても、左右の政治勢力の繰り出す術策や、両者の暗闘をもとにして生じてくる奇怪な現象というように、その意味する事柄に関しては若干の変化を見せつつも、「贋造人間」、「贋造犯人」、「贋造報告」といった用語に繋がっていく。
12　たとえば、「そして、いま/街はもろくも崩れかゝつた、/鈴蘭燈はくらい影を地に描き、/三味の音はもみ消されたジヤズの騒ぎに、/安価なもてなしが、胡蝶のやうに狂ひ」のようなフレーズを作品の中程に置く「街の子」がそれにあたる。
13　機械科卒。ちなみに彼より七歳年少の能登が卒業したのも同校の電気科である。
14　『ユーモラス・コーベ』第7号 (一九三二・七・一五) 掲載の「画廊日誌」より。
15　同詩集巻末にある「こわれた街目録」中に「挿画　衣巻寅四郎」とある。
16　「「こわれた街」衣巻省三著」(「批評」〔『詩と詩論』第二冊　一九二八・一二〕)。

〔付記〕衣巻省三著・山本善行撰『衣巻省三作品集　街のスタイル』(国書刊行会、二〇二四・一) が先日上梓されたことを、印刷所入稿後に知った。これから目を通さねばなるまい。「あとがきに代えて」のスペースがないので、あえてここに記す。

また、一九二〇年代に関西学院の文学圏に参入してきた前衛美術家浅野孟府の活動を俯瞰した、浅野詠子著『彫刻家浅野孟府の時代』(批評社、二〇一九・一〇) も、遅ればせながら入稿後に読了、こちらからも多くの宿題を課された気がしている。

五章　神戸モダニズム空間の〈奥行き・広がり・死角〉をめぐる若干の考察
——補助資料『ユーモラス・コーベ』『ユーモラス・ガロー』掲載記事題目一覧——

はじめに

大正末から昭和初頭、西暦にすれば一九二〇年代半ばから三〇年代前半にかけての神戸文芸文化空間を考察するにあたって、当時の新聞・雑誌メディアを切り口の一つとする手がある。たとえば、高見順『昭和文学盛衰史』が言う「同人雑誌全盛時代」が神戸にも訪れていたことを、浅野孟府・岡本唐貴といった前衛美術家と関西学院の学生らが共に参加した『横顔』や、自宅を「海港詩人倶楽部」と称した竹中郁がそこから発行した『羅針』でもって確かめることができる。あるいはまた、竹中郁の命名によってスタートした関西学院英文科系学生たちの『木曜嶋』が、短時日の間に左傾化していったことも、この時期の思想的潮流の内実を鮮やかに反映した出来事だと言えよう。ただ、神戸の文芸文化空間は、そうした〈文学〉系の同人雑誌だけで形成されていたのではない。より多くの人たちが手に取る新聞メディアと、そこに関わるジャーナリストらの動向が、そこではかなりのウェイトを占めていたとも考えられのではないか。その一端を伝えてくるものとして、この小論では「雑草園」という文芸欄を取り上げていく。

「雑草園」は『大阪朝日新聞』が創刊四〇周年を迎えた年の夏（一九一九・六・三〇）から、同紙の地方版である『神

ざつさうゑん

夏が來た、夏が來た、降りに降つた水つたらしい五月闇が霽れて野にも山にも、お宮の古ぼけた屋根の天邊にも草が延びる、ぐん／＼延びる、延びる草には雜草もあらう、藻草もあらう、赤い花も白い花も時には青い花も咲くかも知れない。咲いた花から什麼實が結ばれてるか、そんなことは秋にならねば判つた事ぢやない。夏だ夏だ、灼く様な陽光を吸ふて滅多矢鱈に延びるのだ隠居の庭の盆栽ならいざ知らずコヽは眞夏の「雜草園」延びて延びて延びぬくのだ

倭歌 浦《うら》島《しま》新《しん》話《わ》

杉々居

夏になると誰しも憧れ誘はれるのはあの紺碧の海であるその海から先づ想ひ起すのは「三俵雲浮七萬里之程分浪、五城霞峙十二樓之構挿天」と豐富な空想と綺麗幽麗な構想に充ちた水江の浦島子の傳説だらう、所でその血であり肉である空想と構想とを一切抜き取つて骨ばかりにして「浦島」と最も新しい「發現」と理論とを楯にとつて單なる漂流談・無味な解釋を下した學者の說をこの場だけ一寸是認(?)して扶桑略記、雄略記、釋記、丹後風土記、そんなものは一切撥ね除けた現代式浦島乙姫――ウンと新しい所はザツト斯くの通り

【図1】『大阪朝日新聞』の「神戸附録」上に掲載された「ざつさうゑん」欄の第一回目（1919・6・30）。

戸附録』上でスタートした、読者からの投稿も交えて、神戸通信部のスタッフ（神戸支局員）も随時書き手として登場する、一種の文芸欄の名称である。ほぼ週一回ペースで掲載されるこの欄が目指したものは、その第一回目で「夏だ夏だ、灼く様な陽光を吸ふて滅多矢鱈に延びるのだ〔、〕隠居の庭の盆栽ならいざ知らずコヽは真夏の「雑草園」延びて延びて延びぬくのだ」という言葉に端的に現れていたが、そうした自由なスタイルと発想に支えられた作品群、その生え方も異なれば、花の咲かせ方も違う雑草たちでもって、同紙の文芸文化面に活気を与えていこうとする意欲は一九二〇年代にあっても健在だった。それに加えて、その主力部隊である「園丁」たちは、「雑草園」の外にまで足を運び、神戸の文化的土壌を耕す動きを活発化させていったように思える。そのあたりのことをまずは見ていこうと思う。【図1】

そしてもう一つ、これも一見、〈文壇〉や〈文学史〉の動向のみに注意を向けすぎると死角に入ってしまいがちなある場所と、そことゆかりの深い刊行物も取り上げていく。それは神戸元町鯉川筋で一九三〇年に「画廊」（通称＝鯉川筋画廊）の名でもって開業したアート・ギャラリーであり、同画廊が店の宣伝・広報も兼ねて一九三二年から刊行を開始した、『ユーモラス・コーベ』と名付けられたパンフレット形式の機関誌である。

「画廊」があった鯉川筋は当時「移民坂」とも呼ばれていた。一九〇八年から始まったブラジルへの集団移住者たちが、この道を上り詰めたところにある、一九二八年に開設された国立移民収容所から、この道を下って神戸港に向かったからである。自分たちを待ち受ける未来に対して心が一杯になっている移住者たちの、おそらくはそのほとんどの者がその存在を目に留めはしなかっただろう場所に、このアート・ギャラリーは建っていた。かと思えば、一九三三年の秋、第一回「神戸みなとの祭」の開催で華やぐ国際的港都神戸に目を向けると、その祭の輪の中に、彼等一同仮装して百鬼夜行の集団よろしく繰り出していく画家たちのたまり場となっていたのもこの「画廊」だった。このような一面のあった「画廊」と、その機関誌『ユーモラス・コーベ』は、どのような運動体として機能していくのだろうか。当然のことだが、そこには美術家たちと様々なかたちで繋がりを持つ文学者たちも顔を覗かせる。この新たな人的ネットワークの形成によって、「雑草園」の「園丁」たちの活動を通して見えていたものとはまた異なるムーヴメントが、時代的にはやや下る一九三〇年代前半の神戸の文化空間で生じていたことも確認したい。

さらに、この作家の小説作品について本格的に論じるのは本書の後半になるが、本章においても小田実の小説『河』の一部を取り込むこともあらかじめ断っておきたい。「雑草園」ならびに「鯉川筋画廊」（『ユーモラス・コーベ』）という対象を通して見えてくる風景を、ある点においては補完し、またある点においては異化する力線が、同時代の神戸の都市空間に走っていたことを、この虚構言語の世界が描き出していると思われるからである。

一、「雑草園」・『おほぞら』・関西学院の近接度

一九二〇年代前半における『大阪朝日新聞』（以下『大阪朝日』と略記）神戸支局員の活動の一端を見るところから始めていきたい。

岡成志《しげゆき》、藤木九三、坪田耕吉ら、『大阪朝日』神戸通信部記者たちの一九二〇年代前半の活動を特徴づけるものとして、同紙「神戸附録」及びそこに週一回ペースで掲げられる「雑草園」欄[1]において、彼ら自身が書き手ともなれば、新聞の読者からの投稿作品を取捨選択するいわば「園丁」の役目を果たす、さらにはそれに加えていくつもの文化的な企画を発信し、そこに読者を巻き込んでいく動きを指摘することができる。

こうした文化活動の企画の実践例を一九二三年の場合で拾うと、「雑草園」主催の「スケッチの会」や、「短歌の会」が挙げられる。すなわち、前者について紹介すると、新聞紙上において「会費は（中略）止め、餓死せぬ程度の昼食を園丁が心配しておきます」のようなユーモラスな口調で参加者を募り、今井朝路をはじめとする前衛美術家グループ「コルボー会」メンバーの指導も仰いで芦屋近郊で写生会を行い、その作品展を六甲ホテルで開催、アマチュア画家の作品を江湖に知らせる動きがとられた。また後者に関しては、来会希望者に予め短歌二首を「雑草園」宛てに送ることを伝え、会当日には会場となった県会議事堂でそれらを印刷した「雑草園短歌の会詠草集」を配布、芦屋在住の郷土詩人富田砕花による講演「石川啄木の歌について」が行われたといった情報が、写真入りの記事も含めて「神戸附録」から拾えるのである[2]。

一方、こうした動きをとるのと並行して、「雑草園」の「園丁」たちが、さらにその外の世界に出て、その場においても各々の鍬を振い始めたことも見逃せない。たとえば、それ以前に『神戸労働争議実見記』（警醒社書店、一九二一・一二）を著していた岡成志は、神戸労働学校の開校式に臨んだ後に同校での講師を務め、戦前の神戸短歌界を代表する短歌雑誌『六甲』の創刊にこの後与ることになる坪田は、大正中頃から神戸文化界をリードしていた奥屋熊郎の妻庸子が連絡人となって発足した婦人短歌会「珠藻の会」との繋がりを強めていく。また、一九二〇年代は文化領域でスポーツが脚光を浴びていく時期にあたっていたが、神戸六甲、芦屋の地勢を活かしたロック・クライミング倶楽部創設の立役者となったのは藤木九三だった。三人のこうした動きは、いずれも一九二三年から二四年にかけてとられた。

これらの事柄は、当時の神戸の文化的動向に種々の新たな局面をもたらす起爆剤としての役割を、『大阪朝日』神戸支局の記者たちがそれぞれの才覚を生かして果たしていることを示しているが[3]、彼らのこうした作業が、より端的に一つどころで落ち合うかたちとなったものが、さきに名を挙げた奥屋熊郎を中心として設立された神戸芸術文化聯盟の機関誌、『おほぞら』だった。

その一ヶ月前に県公会堂で刊行を記念する柳兼子女史独唱会[4]が行われ、一九二四年三月に刊行された『おほぞら』創刊号は、総ページ数九四頁で、大部の雑誌とはけっして言えない。だが、「目次」を一瞥すれば[5]、それがいわゆる同人雑誌の域を越えて、この時点での神戸にあっての芸術家ならびにその愛好家らによる、ある意味での大同団結が目指されていたのではないかとの察しが付く。そして、そのラインナップの一郭を占める「雑草園」の「園丁」たちも、藤木の場合は〈山〉をモチーフとする詩、坪田は「海原を往く」と題する連作短歌というように、自らの十八番と呼びうる作品を寄せているわけだが[6]、とりわけここで注目したいのが、岡成志の作品と、それを起点として見えてくる、『おほぞら』の周囲に広がる文芸文化上のネットワークのありようである。

まず、『おほぞら』の巻頭に置かれた翻訳作品、ウォルター・デ・ラ・メアの「謎」を取り上げよう。本文末尾でそれが岡の訳であることが確認できる、デ・ラ・メア初期のこの小品（一九〇三年）は、おばあさんのいる古い家に住むことになった七人の子どもたちが、彼女の忠告を守らずに二階の寝室の隅に置かれた古くて大きな棚の櫃の中に一人ずつ入って姿を消してゆき、ついには皆いなくなってしまうといった、どこか古い言い伝えや伝説の中にその淵源が求められそうな作品である。子どもたちを消し去っていく力を行使するのは何者か？――荒俣宏がこの作品の魅力を、デ・ラ・メアの『妖精詩集』中にある一篇とつなげて解説していることに[7]とりあえずは留意しておきたい。岡が、なぜこの作品を訳出するに至ったかについては不明だが、いま問題にしたいのは、ほぼ同時期の神戸では、『おほぞら』と別の文学場にあっても、この作家に注がれる眼差しがあったことである。

具体的に言えば、それは当時神戸市外原田の森にあった、関西学院の英文科に在学、新進詩人としての頭角を現しつつあった竹中郁が、自身の卒業論文執筆の際に選んだ文学者がこのデ・ラ・メアだったことである。一九二六年に提出した「近代詩に於けるウオルタア・ド・ラ・メーアの位置」と題した卒論の中で、竹中は「現実」と「非現実」とを織りなす才に長けている点にこの作家の特徴を見てとっているが、そのように彼が捉えたデ・ラ・メアの作品の性格と、岡の訳出した「謎」が読み手に与えてくる感銘とは重なってくる。

さらに、竹中の周辺にいた、関西学院との結びつきの強かった青年文学者たちの文学的嗜好が、竹中のそれと共振していく光景も見えてこよう。すなわち、デ・ラ・メアとその作品を評して竹中が口にする、「この世ならぬ清純な幻想の詩人」像や、「恐ろしい怕い厭なと云ふよりむしろ親しみがあり、好ましい」と思われる妖精たちは、稲垣足穂や石野重道にとっての、ロード・ダンセイニやシェイクスピアを想起させるものなのだ。足穂の「煌ける城」（『新潮』一九二五・一）と石野の「赤い作曲」（詩集『彩色ある夢』〔一九二三・八〕所収）双方に、妖精の女王チタニヤや、コボルトの連中が、シェイクスピアの「夏の夜の夢」を下敷きにして登場していることがその一証左となるだろう。(8)むろん、ダンセイニの母国はアイルランド、デ・ラ・メア、並びにシェイクスピアはイギリス出身であって、両国の文学のありようには、その間に横たわる政治的歴史的条件の推移によって、たとえばアイルランド文芸復興運動に象徴されるような質的差異が生じてくるわけだが、いま、ここで話題にしている〈幻想を育む〉といった芸術上の次元に立てば、英国詩人とアイルランド詩人は、竹中郁らにとっては地続きの関係にあったと言ってよいだろう。(9)

『おほぞら』掲載の岡の作品に戻って「朝代夫人の生活の断片」も見てみる。「咄眼」の筆名(10)を用いたこちらの創作は、七月の日曜日の午前を自宅で過ごす、昼からは自分が主宰する音楽会行きを予定しているドクトル高原夫

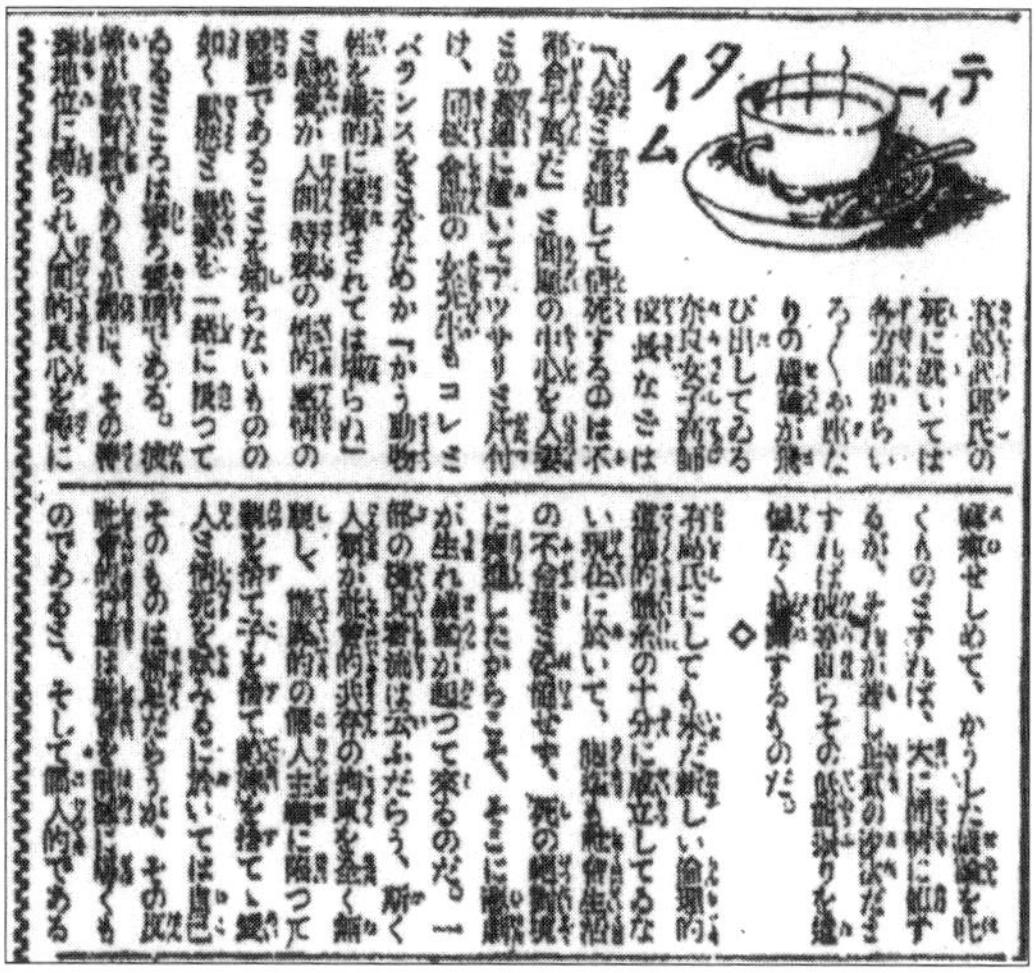

【図２】有島武郎の死を取り上げた、『大阪朝日新聞』「神戸附録」中のコラム欄「ティータイム」（1923・7・11）。

人朝代の身辺に起こる出来事と、それに接して移ろっていく彼女の心理をよどみなく描いたものである。家の中には洋風の応接間兼ピアノ練習室があり、患者以外にも多くの客人が朝から訪れる習慣になっている、そんな生活環境の中に身を置く若い母親でもある朝代が、音楽仲間の急病の知らせを受けて、人生の不慮の災いをかこち、死の恐怖に軽く見舞われるところまでが書かれているが、そこに至るまでには、前の晩遅くまで高原家に集まった人たちの間で「有島さんの死」についての議論が交わされていたといった、センセーショナルな時の話題を盛り込んでいたり、看護婦の政江さんが居間で「神戸附録」中のコラム欄「ティータイム」に目を通しているといった一齣を挿入して、『おほぞら』の読者は『大阪朝日』の「神戸附録」の読者に重なるという前提に立って彼らへの接近を図ろうとする、あるいは彼らとこの物語の書き手との間にすでに成立している親密なコミュニティ空間を確かめようとする作意が読み取れたりして、その点が面白い。そう言えば有島武郎の死については、『大阪朝日』一九二三年七月一一日朝刊の「神戸附録」に載った「ティータイム」が取り上げていたし[11]【図2】、「女学院の先生」（おそらく神戸女学院のことであろう。引用者注）も参加する、朝代主宰の娘たちばかりでする音楽会が小学校で開かれるという設定もまた、「若葉会」なる団体をはじめとして、この時期の神戸から御影、芦屋一帯にかけてこの種の室内音楽会が頻繁に催されるようになったことを、新聞記事が報じていくことと対応しているようだ。[12]

二、もう一つの〈アイルランド〉イメージ

ただ、注意しておきたいのは、このように確認できる作品の作り手とその享受者との間に形作られるコミュニティ空間ないし文化的ネットワークなるものが、それ相応の広がりを持っていたにせよ、やはりそこには一定の制約もかけられていたのではないかということだ。なるほど、「朝代夫人の生活の断片」が醸し出す雰囲気は、どこか軽快で爽やかな感を呈しており、新興の海港都市神戸の、梅雨の晴れ間に相応しいものである。

けれども、こうした生活感をわがものとして享受しうる現実態はどこまで成熟しているか。朝代の夫は「この頃すつかり医者よりか政治家になり切って、この秋は県会に出る」という地位にある。そしてまた朝代も、「マダム高原」と呼ばれる存在である。『おほぞら』の発行母胎である神戸芸術文化聯盟は、「常に芸術の民衆化運動に努める」ことを同連盟の目標として掲げたが(13)、この〈民衆〉の中に、富田砕花の講演「石川啄木の歌について」に県会議事堂で聴きいる短歌愛好家や「珠藻の会」の御婦人方は含まれているが、たとえば神戸の工場地帯に隣接する柳原の「ミルクホール」で啄木研究会を開催する「無名詩人の会」のメンバー(14)までをも組み込むことはできないだろう(15)。

さらに、これと同様の問いは、デ・ラ・メアを焦点化して先に提示した見取り図に対しても、小田実の未完の長編小説『河』(『すばる』一九九九・三〜二〇〇七・五、のち集英社より『河1』・『河2』・『河3』〔二〇〇八・六〜八〕として刊行)を持ち出すことによって放つことができる。小田の最期の小説となったこの作品は、朝鮮人の父と日本人の母を持つ木村重夫(朝鮮名は玄重夫《ヒョンジュンブ》)少年が、一九二〇年代の激動する東アジアの様々な都市に身を置いて、歴史の目撃者から歴史の参加者へと変貌する姿を描き出したものだが、小説が始まって間もなく、関東大震災直後の東京で自警団に連れ去られた父と生き別れになった重夫が、母とともに彼女の実家のある神戸に移動してきて、そこで出会っ

た、アイルランド人の父とイギリス人の母を持つキャシー・オブライエンという女性から英語を習う場面がある。

ところで、その授業の後の「アフタヌーンティ」の折、彼女は重夫に何を伝えたか？神秘と幻想に彩られた妖精の国としてのアイルランドのイメージ？いや、そうした情報は彼女の口からはもたらされない。代わってキャシーが告げるのは、彼女の父が一九一六年四月にダブリンで起きた「復活祭蜂起《イースター・レベリオン》」に参加して死刑に処せられたこと、そんな残酷な宿命から逃れるべく上海を経て神戸の街に辿り着いたが、やはり自分は父の遺志を継ぐ者として今ここにあるのではないか、という思いである。いわば、イギリスの「colony」からの独立を闘い取ろうとするアイルランドのイメージが、同じ一九二〇年代――正確には一九二四年の重夫がやって来た神戸の地で屹立しているのである。

とは言え、作品の表層や書き手の意図を比較しただけでは隔たりを感じさせる両者の〈アイルランド〉イメージではあるが、イエーツやシングらが実践していったアイルランドの伝説や昔話を掘り起こして再現させる文芸復興運動が、宗主国イギリスによる支配下からの文化的な脱却を目指す性格を有していたことをふまえるならば、根底においてはある種の繋がりを持っていたかもしれないことを、ここであえて付言しておきたい。それは例えば、『おほぞら』創刊号で、岡成志訳「謎」の次に載った岡田春草の創作「胡桃船長の話」において、クリスマスの夜、暖炉の火があかあかと燃える室内で七人の青年たちを前に自らの過ぎ越し方を滔々と語りだす「胡桃船長」が、「シンガポール」や「コロンボ」での英国の植民地政策の「づる」さを問題視する一方、「印度洋の落日」の美しさを歌う「日本の愛蘭土文学研究者のS――といふ詩人」（傍点引用者）の存在を伝えている点からも感得できる。

三、『ユーモラス・コーベ』が伝える郷土色の内実

さて、ここまでの考察の小括を兼ねて、『おほぞら』創刊後にも目を向けておくと、どうやらこの雑誌は、いわゆる「三

号雑誌」としての運命を辿ったように思われる。創刊号刊行三ヶ月後の「雑草園」欄中の「たより」（一九二四・六・一六）には、同誌七月第二号が出る模様との記事があるが、それ以降の「新刊紹介」欄に第二号の刊行を報じる記事は見当たらない。そして、神戸芸術文化聯盟主催の三専門学校（神戸高商・関西学院・女学院）聯合音楽祭が開催された同年一一月の段階になると、今度は聯盟が月刊雑誌『十字街』をその月上旬に創刊する予定が告げられる（「ざつさうゑん」中の「たより」（一一・二））ものの、翌月七日の「たより」を見ると、それが延期されて一月の創刊になると報じられる。だが、実際に『十字街』が創刊されたかどうか、現時点では確認できない。図体が大きく、それゆえ身動きがすぐにはとれない団体や組織と比べて小回りが利いている感も与えるが、その半面では腰の据わらなさ、一つの企画が長続きせず、短命で已んでしまっているという印象を拭い去ることができない。加えて、「雑草園」の「園丁」たちにも、一九二六年一月に岡山県衆議院補欠選挙に出馬して落選した岡が「神戸又新《ゆうしん》日報」社に移り、藤木は同じ年の五月に大阪朝日留学生としてパリに向けて出発、一年間国内を留守にするといった変化が生じてくる。

　こうした離合集散が繰り返される中で、神戸の文化的土壌をまた別の力でもって耕し、神戸の文化空間を広げていったものとして次に目を向けたいのは、「画廊」（神戸画廊、鯉川筋画廊とも称す。以下「画廊」と略記）とその機関誌『ユーモラス・コーベ』（以下『コーベ』と略記）の存在である。いま、それについての基本的な情報を提示すれば、一九三〇年に神戸元町鯉川筋にこの画廊を開設したのが、元大阪毎日新聞社神戸支局員だった大塚銀次郎、件の店舗を「ギャラリー」をもじって「画廊」と名付けたのは、大阪朝日神戸支局長として一九二八年に大阪本社から転任してきた朝倉斯道（芥郎）というように、やはりここでも二人の新聞関係者が新たな文化の仕掛人となっている。画廊の営業は、アジア・太平洋戦争が激化する一九四三年まで続いたが、機関誌『コーベ』が創刊されたのは一九三二年一月である。現在兵庫県立美術館には、創刊号から第三一号までのものと、一年以上の休刊を挟んで一九三九年一月に刊行された号数が記載されていないものとの、合わせて三二号分が所蔵されている。途中二度にわたって誌名が

『ユーモラス・ガロー』（以下『ガロー』と略記）に改題[16]、一九三二年と三三年は月一回ペース、一九三四年以降の発行間隔はやや開いていくが、いずれもA４判四頁仕立てとなっている。「今度画廊を中心として、創刊致しましたHUMOUROUS　KOBEは、恐らくNIPPONで一番高価な、一番莫迦莫迦しい新聞であらうと存じます。處で幸に、日本で一番賢明なあなたが、本誌を御愛読下さいますれば賢愚両極端が寔に旨く合致ゐたしまして、この深刻に不景気な、陰惨限りなき現世界が、多少とも朗らかなものに好転して参ることと深く確信致します」と始まる「創刊の辞」を読めば分かるように、ある種のしたたかさを持った、くだけた味を売りにして画廊の存在を喧伝していこうとする戦略がそこにはあるが、大塚・朝倉両名の硬軟どちらにも通用するジャーナリストとしての才幹が、それを支えていたと言えよう。[17]【図３】こうしたユーモラスな口調で書かれた記事に交じって、各紙より随時転載されるこの画廊で開かれた各展覧会評、そしてまた毎号掲載される「画廊日誌」も貴重な資料庫である。これらを一瞥して気づかされたいくつかの点について述べてみたい。

1932年1月1日　ユーモラス・コーベ　第1號　【1】

HUMOROUS KOBE

長唄「畫廊」
作詞　酒留波絵縷
作曲　杵屋濁十郎

本調子『いりにける　合　船何ぞうを、末廣の港賑わし元町や懸しこひしの鯉川筋に、つどふ絵のわざ美しの侶　合『うきにごりえをよそに見てしばし心の憩ひをば、ごうぞゆつくり遊ばせと、よちにきこえし新名所、こゝぞ畫廊の白堊館　二上り『はるかあなたはふらんすの、まろにえ花咲く巴里より、あづまの空や京大阪、西方十里の扇港に、名だたる絵師が意をこめし、いろくさくの作品を、いつも飾りてみせのおく　合『くらぶにあそぶ圍碁將棋、だれちいぽんの麻雀もいと樂しくぞ見えにける
本調子『もろびとつどふたのしさは春夏秋冬藝術の神秘をかたる陶酔境めでたくかしことうたひけれ、めでたくかしことうたひけれ

創刊の辭

今度畫廊を中心として、創刊致しました HUMOROUS KOBE は、恐らく NIPPON で一番高價な、一番莫迦莫迦しい新聞であらうと存じます。

處で幸に、日本で一番賢明なあなたが、本紙を御愛讀下さいますれば賢愚兩極端が寔に旨く合致ゐたしまして、この深刻に不景氣な、陰慘限りなき現世界が、多少とも朗らかなものに好轉して參ることと深く確信致します。

斯るいとも怪し氣な自信のもとに吾人は恥を忍んで、本紙の編輯に取り掛りました。

大方諸彦の御愛讀を、編輯局員一同に代りまして、一重にお願ひ致す次第でムゐます。

畫家志望者
天文試驗問題
答案解說
日本人アイ・セアンスキー

先づ氣を落つけて左の呪文をフルスピードにて十三回一語の云ひ間違ひなく云ひ續けること、熟練することを要す。

『畫かき畫賣つて畫で喰つて人喰つて夢喰ふ』

愈愈問題にとりかゝります緊張!!

第一問題
太陽のなかにも獨立展、二科展、帝展に比すべきものありや
答　有之候コクテン

第二問題
月と畫家と何れが樂いか
答　畫家の方樂し。お月樣は夜お酒を飲むことが出來ません

第三問題

— 昭和七年　謹賀新年　一月元旦 —

繪廊派歌留多

繪は美なもの味なもの（美術）
ガロウかどには福來る（畫廊主人）
繪を賣つて尻つぼめる（職業畫家）
文は賣り度し買ひ手は持たず（佐久間義雄）
繪の具下塗り力もち（林義雄）

神戸市元町一丁目鯉川筋　畫廊　電話三宮三三五一番

【図3】『ユーモラス・コーベ』創刊号（1932・1・1）の第一面。

経費の面や展覧の規模などの理由もあってのことだろう、「画廊」で開かれる展覧会の会期はいずれも三日間程度と短いものだが、逆に言えばそれだけ多くの催しが可能になるのであって、一九三二年度の場合で言うとその回数は七八回、[18]一九三七年四月の『ガロー』からは「足掛け八年、その間各種の展覧会を開くこと三百何十回」という言葉が拾える。[19]洋画、日本画、水彩画、版画、エッチング、商業美術品など、様々なジャンルにわたっているが、それらを紹介する画廊の機関誌の中で圧倒的に多いのは、やはり神戸もしくは兵庫県ゆかりの芸術家の作品を取り上げて、郷土色の宣揚に努めたものである。紙幅の関係上、タイトル中心の紹介になるが、第三号（一九三二・三）掲載の稲垣足穂「坂本君の神戸風景展」（又新日報二月一五日所載）、一三号（一九三三・二）の竹中郁「川西英氏の版画展」（『大阪朝日』一月一二日所載）、一五号（同・四）の仲郷三郎「別車氏水彩画展評」（『大阪毎日』四月八日所載）、二二号（同・一一）の竹中郁「衣巻寅四郎の個展」（『大阪朝日』一一月一一日所載）など、いずれも他紙からの再掲であるが、それに該当し、当該画家の作品の図版もそれぞれ掲載されている。そして、稲垣足穂による坂本益夫の絵画評などは、彼の絵に対して愛着禁じ得ない思いを「それらはいづれも、女学院の裏の方とか、トアホテルやタンサン水の出る辺りにあると想像させられる家や街の一角を取扱つたもので私をして活動写真と青い瞳の少女を思ひながらあの辺りを歩いてみた時代を、今更に懐かしく呼び醒ませるものであった」と語って、足穂の一九二〇年代中頃の作品を知る者には馴染深い、あの黄昏迫る港町の坂道や、華やかな外灯がしんとして点った小路をぶらつく若き芸術家像をも蘇らせる。

ただ、その一方で、こんなことまで彷彿させる絵画評や、その対象となった作品それ自体が、西洋風のエキゾティックな感からはみ出た息遣いを示していることにも留意したい。もう一度、『コーベ』創刊号に目をやれば、「創刊の辞」のすぐ横には、長唄「画廊」と、伊呂波歌留多をもじった「絵廊派歌留多」といった、近世の文芸の持ち味を生かした創作が載っていたことがこのことと関わってくるし、それと歩調を合わせるかのように、とりわけ竹中郁の川西英評は、彼の兄が有名な俳人川西和露[20]であることを紹介しながら、英の創作版画が「古い伝統と教養」

に裏打ちされた「諧謔」や「洒脱」を売りにしている点をマークしているのである。川西英の新作「カルメン」や「曲馬帖」を取り上げた別の機会（第二八号〔一九三五・三〕掲載「川西英氏版画展を見て」）においても、竹中はこれらの作品の眼目が「絵草紙趣味をねらった」ところにあると見なしているし、そんな竹中自身のプロフィールも、第四号（一九三二・四）に掲載された俗曲風の作品「知らなんだ」の中では「モダン詩人と聞いてたが長唄すきとは知らなんだ」と紹介されているのである。少し脇道に逸れるが、この時期の神戸の探偵小説界においても、この街出身の酒井嘉七が「ながうた勧進帳稽古屋殺人事件」（『月刊探偵』一九三六・五）、「両面競牡丹《ふたおもてくらべばたん》」（『ぷろふいる』同・一二）、「京鹿子娘道成寺（河原崎座殺人事件）」（『探偵春秋』一九三七・六）といった、〈長唄もの〉と称される一連の作品群によって注目されていたことも思い合わされる。

四、神戸画廊にとっての〈東京〉

けれども、右に述べてきたこととはまた別に、『コーベ』の掲載記事と「画廊」での催しを通して、「雑草園」や『おほぞら』を見てきた場合とは違う力線が、神戸の文化空間を走り始めているのを感じさせるものがある。それは一口で言って、東京との関係性というものが様々なかたちでそこに現れてくることだ。

それはたとえば、山村順の詩集『おそはる』（海港詩人倶楽部、一九二六・六）の挿画を描いていた頃から神戸とゆかりのあった伊藤慶之助や、兄衣巻省三の詩集『こわれた街』（詩之家出版部、一九二八・七）の装幀を手掛けた衣巻寅四郎に代表される、一時の東京滞留期間を経て再び神戸に戻ってくる画家たちの移動という形をとって現れる。次いで帝展、二科展、独立展などの開催と関連する、画廊主大塚赤面子（銀次郎）や関西画壇の動向を告げる記事も目につく。「二科の関西展で新入選画の陳列が問題――画廊における二科展画談会」（第九号、一九三二・一〇）、「残慮なるかな帝展――それでもコーベから特選二人」（第一〇号、一一号）と、記事名を見ても東京への対抗意識が見て取れるし、それにつなげて第二五号（一九三四・四）にこの時期の彼の代表作「舞妓」（洋画）の写真版が載った、独立美術協会会員林重義の存在も視野に入ってくる。父は大阪商船株式会社の神戸支店に勤務、神戸市中山手に生まれ、大阪、京都、東京、パリ遊学を経たのち帰神、「画廊」開業の年に彼自身の最初の個展をここで開き、以後通算九回にわたって同画廊で個展を開いた林重義が事あるごとに口にしたのは、イタリア＝ルネッサンス期における文化のヘゲモニーをめぐる各都市の攻防になぞらえて、関西画壇を〈フィレンツェ派〉の東京に対抗しうる〈ベネチャ派〉たらしめようとする抱負と気概だった。[21]

他方、東京との共振を図る動きも見られる。それは結果から見れば、東京からの影響を被る、ある意味では東京で流行する文化のパッケージ化現象でもあったが、見様によっては、そのことが「画廊」という場に多層的な相貌を与えていくのである。それを端的に示すのが、「画廊」二階スペースを用いた黒木鵜足《うたり》スタジオの開設（「黒木君のスタヂオ」第二六号、一九三四・一二）、画廊美術書籍部の新設（第二八号、一九三五・二）、画廊染織品部新設（第二九号、同・五）といった多角的経営に向けて舵を切る、いわば「画廊」の多機能化である。書籍部は「東京美術社、アトリエ社、みづゑ社」等と特約し、染織品部は「東京銀座の港屋の手織手染の工芸品が頗る好評」なのを受けて新設されたとのことであり、それ以前に画廊に集う鈴木清一、川西英らが会員となって発足した「雅芸展」（第五号、一九三二・五「画廊日誌」）がこれら商業美術の普及に向かう動きを用意したとも言えるが、東京との関係性も念頭に置くなら、こうした経営方針の雛形として、一九二七年に東京新宿でスタートしていた「紀伊國屋画廊」の存在も視野に入れるべきなのかもしれない。

また、文学ジャンルにもっと近接する事象で東京との繋がりを指摘するならば、それは一九三九年七月一〇日から一三日まで、浅原清隆の個展がこの「画廊」で開かれたことではないか。兵庫県加古郡阿閇村大中（現・西播磨町南大中）出身の浅原は、帝国美術学校（現・武蔵野美術大学）在学中から二科展、独立展などに出品して将来を嘱望されていたが、応召により出征、一九四五年にビルマ（ミャンマー）沖で行方不明となった。享年三〇歳。そんな彼の最初で最後の個展が神戸で開かれたわけだが、この一九三九年は、彼が北園克衛の主宰する「VOU」クラブに参加した年でもあった。ここで北園克衛と神戸出身の青年文学者たちとの交流史の一端を素描すると、上京した稲垣足穂や石野重道が橋本健吉（＝北園克衛）とともに参加した前衛雑誌があの『ゲエ・ギムギガム・プルルル・ギムゲム』（一九二四年創刊）であったし、「近頃流行の階級文学とやらは僕達に縁遠いものであるらしい」という「はじめの言葉」を枕にして一九二八年一月に創刊された、神戸西宮を発行地とする米谷利夫・井上昌一らの同人誌『薔薇派《さうびは》』の同年一〇月号の表紙・扉・カットを手がけたのも北園だった。そして今度は、浅原清隆という若き画家が北園の影響圏に参入してきたのである。

浅原の入会を告げた『VOU』第二六号（一九三九・四）には、彼の油彩画「多感なる地上」が写真版で紹介されているが、それは彼の代表作の一つであるとともに一九三〇年代の日本のシュルレアリスム系絵画の一つの極を示す作品でもある。続く『VOU』第二七号（同・八）にも「郷愁」二点が紹介され、会員の近況を知らせる「DECOUPAGE」欄には、「VOUクラブ員浅原清隆は七月中旬神戸画廊に於て絵画16点の個人展覧会を開催した」との言葉も出てくる。二〇〇三年に兵庫県立美術館で小企画展「「画廊」をめぐる作家たち——「ユーモラス・コーベ」と画廊の青春」が開催された折のパンフレットには、浅原の個展会場を撮った写真が掲載されていて、室内に「郷愁」が展示されているのが確かめられる。また、同じ『VOU』第二七号の「はがき通信」欄では、この年五月に陸軍省より軍属として中支方面に出征したクラブ員樹原孝一（＝木原孝一、引用者注）が、「プラットフォム・シンバシに立つてゐた浅原清隆がリンゴのやうに光つてゐます」といった印象に残る言葉を書きつけている。病のために内地還送された直後に、自らの「ポエジィへのシンセリテ」を託して『戦争の中の建設』（第一書房、一九四一・七）を書き上げる少年詩人木原らしい表現だが、その彼をしてこのようなプロフィルを紹介させた浅原もまた、画布の上に静謐でリリカルなトーンを湛えた世界を創造していく若き芸術家であったことが伝わってくるし、こうした言葉の架橋によって、文学と美術の違いを越えた二人の精神的紐帯が確かめられるのである。

五、神戸と上海の間を行き来するもの

再び『コーベ』の記事に戻る。すると今度は、東京以外の都市と神戸の間にも、ある種の文化的通路が開かれていたことを想像させる記事のあることにも気づかされる。一九三二年八月発行の第八号掲載「画廊日誌」中の「八月四日」の箇所に、「上海に行つてゐた独立展の会員清水登之氏が大阪の講習会の為め帰つて来たので上海事変洋画展を今日から三日間開く。神戸には上海に馴染の深い連中が多いので興味深く眺められた」と記されているのがそれだ。

一般に文学者の大陸行がそうであったように、従軍画家のブームが到来するのも第二次上海事変以降であったのに先んじて、第一次上海事変直後の戦跡を清水は描いた(22)わけだが、ここで注目したいのは、彼のそうした行動が可能になったのは、東亜同文書院卒業後外務省に勤務していた弟の董三が、この年春に上海に赴任していたからではないかということ以上に、その作品が「上海に馴染の深い連中が多」いるこの「神戸」で「興味深く眺められた」と述べられている点、そのことである。東京と上海との文化的通路を問題にする際に、どれだけこんな風に言われる関係があったか、仮にあったとしてそれと比較したなら、神戸におけるそれはいかほど前者を凌駕していたのか、興味が惹かれる問題である。話柄は時間的に見てやや拡散するが、日本郵船株式会社の上海・長崎航路が神戸まで延伸されたのは一九二四年、探偵小説作家としてデビューする以前の酒井嘉七が『神戸又新日報』の懸賞論文募集

に応じて書いた「十年後の神戸」と題する評論中に、作中で設定した一〇年後の「昭和十三年」の時点から現在の神戸を振り返って「神戸は日本の上海だ」と記すのが一九二八年、[23]同人誌『薔薇派』掲載の小松一朗の小説「ホクロの女」が、「よく神戸を評して、「上海のやうだ」と云ふ人がある」という一文から始まり、三宮の「dark-side」の一郭に棲息している「魔性の女」を登場させたのが一九二九年、[24]そして写真家の中山岩太が「上海から来た女」というポートレートを撮ったのが一九三六年頃である。

このように、上海との対応を具体的に指摘できる事例と比べると、「画廊」に集った人々の何が上海と結ばれているのかを明確に告げてくれる記事そのものは、件の清水登之の個展開催を告げたもの以外、見つけられなかった。その代わり、この画廊で個展を開催したある一人の女性画家を通じて、ここでの論の展開と少しは繋がりを持つ話題を提供するならば、一九三八年七月に第一回目の洋画展をここで開いた村尾絢子の場合が注目されてくる。

一九三三年一一月に第一回「神戸みなとの祭」が開催された折に、小磯良平が制作したポスターの中に、竹中郁をモデルにしたシルクハットの青年とともに、「港のクイーン」をイメージさせる扮装で登場している村尾絢子[25]は、第一神戸高等女学校出身、東京の女子美術専門学校（現・女子美術大学）高等科洋画部に入学、新制作派協会の立ち上げにも関わり、一九三八年に同校を卒業、帰神している。彼女が母とともに海を渡ってその地で暮らし始め、現地発行の日本語日刊新聞『大陸新報』に連載された草野心平の小説「方々にゐる」（一九四二・二・一〜三・三一）の挿絵を描いたり、中日文化協会上海分会美術組の主要メンバーとして活動するというように、実際に上海との関わりを持ち始めるのは一九四〇年夏以降を待たねばならないが、[26]その一方、上海に渡航する少し前の一九四〇年一月に、彼女は大阪市立美術館で開催された「新制作派」展に、「支那服をきる」と題した作品を出品している。[27]どういった制作動機が働いていたのか、気になるところである。さらにこの年の五月二五日から二九日にかけて、日本を離れる直前の彼女が二回目の個展会場として選んだのも、この神戸の「画廊」だった。[28]

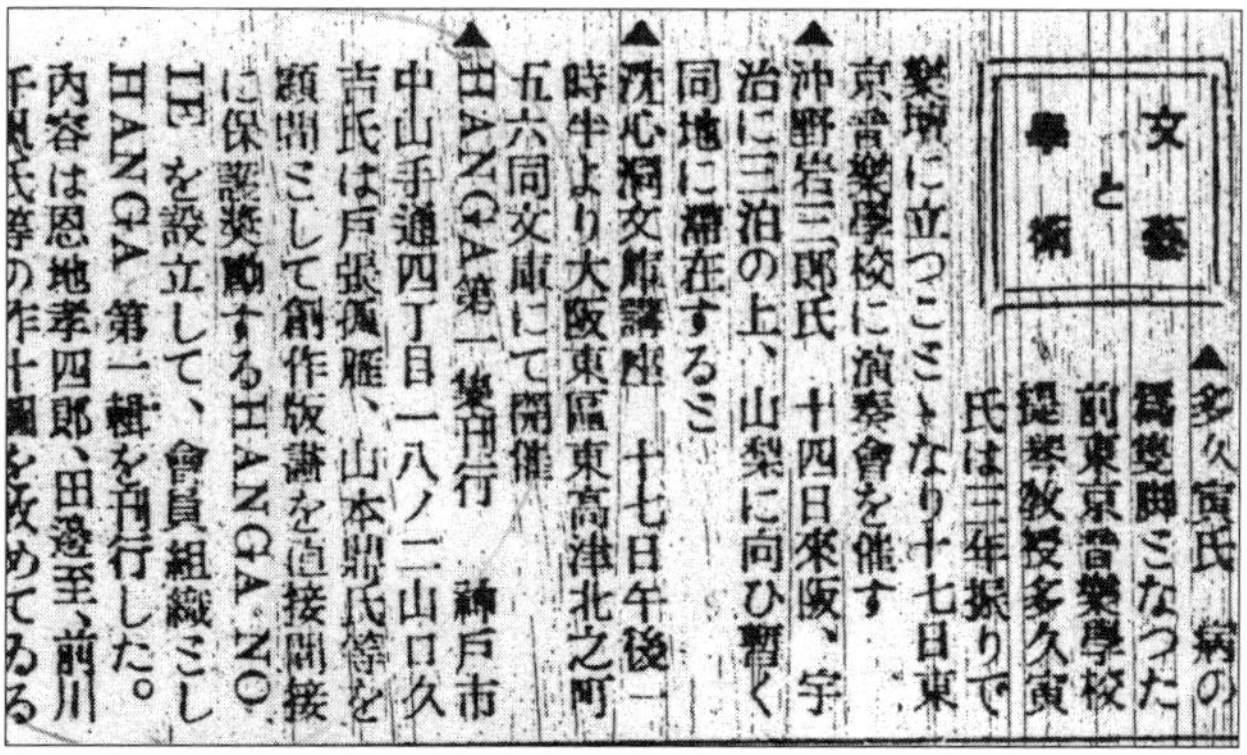
文藝と學術

▲多久寅氏　病の爲辭職となつた前東京音樂學校提琴教授多久寅氏は三年振りで樂壇に立つこととなり十七日東京音樂學校に演奏會を催す

▲沖野岩三郎氏　十四日來阪、宇治に三泊の上、山梨に向ひ暫く同地に滯在するこ

▲洗心洞文庫講座　十七日午後一時半より大阪東區東高津北之町五六同文庫にて開催

▲HANGA第一集刊行　神戸市中山手通四丁目一八ノ二山口久吉氏は戸張孤雁、山本鼎氏等を顧問として創作版畫を直接間接に保護奬勵するHANGA NO IE を設立して、會員組織としHANGA 第一輯を刊行した。內容は恩地孝四郎、田邊至、前川千帆氏等の作十圖を收めてゐる

【図４】「版画の家」の開設ならびに『HANGA』第一輯の刊行を伝える新聞記事（『大阪朝日新聞』1924・2・17）。

振り返ってみると、神戸の美術界と上海との間には、「画廊」開設以前にも注目すべき交流があった。一九二四年、版画コレクターの山口久吉がオーナーとなって中山手通りで開業した「神戸版画の家」は、それと併せて、版画集形式の版画誌『ＨＡＮＧＡ』を同年二月に創刊した【図４】。同誌の刊行は一九三〇年の第一六輯までが確認されているが[29]、実はこの雑誌を、上海にいた魯迅が注文して取り寄せているのだ。魯迅の日記を見ていくと、一九二九年一二月二六日に彼は「神戸版画の家」に手紙を出しており、翌一九三〇年一月二七日に代金と手紙を送付、二月一一日には『ＨＡＮＧＡ』五冊（第三、四、一三、一四集各一帖と特集一帖）とを受け取っていることがわかる[30]。この時期の魯迅が入手した版画の雑誌は何もこれに限るわけではないが[31]、文学者として中国の革命を目指す活動として、版画芸術の普及も必要だと考える、彼の新木刻運動の推進にあたって、この神戸で発行されていた創作版画誌が何かしらの役割を果たしていたことを想像するのは許されようし、先に紹介した『コーベ』が言うところの、上海に馴染深い連中が多くいる神戸画壇の淵源に、この一事を据え置くこともできるのではないか。

しかし、神戸から海を渡って上海に贈り届けられるものは、このような芸術上の交流を促進させるものばかりではなかった。そうした幸福な関係を転倒させるものもまた、同時代の神戸と上海との間には確かに存在していたことを、小説の言葉を通して知らせてくるものとして、最後にもう一度、小田実の『河』を見ることにしよう。

母とともに神戸に来た重夫少年がキャシー先生の他にそこで出会ったもう一人の外国人として、シュナイダーというドイツ人がいる。「異人館」が立ち並ぶ坂の中途にある家で暮らしている、神戸と上海に事務所を置く貿易商人の彼は、自邸に招いた重夫の前で、ベートーベンが作曲、シラーが詩をつけた合唱曲を人間のよろこびの極まったものだと紹介し、ピアノを弾きながら自らそれを歌って聞かせるといった一面を見せていたが、そんな彼が上海にやってくる目的の一つには、この街の雑踏の底にひっそりと存在している阿片窟に出入りすることが含まれていた。母とともに神戸から上海に移った重夫は、フランス租界で暮らし始めた自分たちの家に通ってくる中国人家政婦ベティに連れられて見に行った件の阿片窟で、その事実を知る。そして、このことを窟で出会った重夫に告げたのも、彼の神戸時代の友人である、中国人李雷山の一番上の兄だった。やがて、神戸からやって来たこの青年は、阿片溺愛者となったばかりでなく、阿片の密売にも手を染め、その取引の利害に絡んだ抗争の渦の中に巻き込まれて青幇に惨殺されてしまう。いや、阿片に侵される者はまだほかにもいる。すなわち、上海に移動する前の神戸で、重夫の母がタイピストとして勤めていた、貿易商を営む彼女の兄——重夫にとっての伯父——と、こちらの方は早くから上海を拠点にして、したたかな貿易商人ぶりを発揮してきたもう一人の伯父とが、こぞって阿片の取引に関わりを持っていってしまうのである。

重夫の父の友人である高《コウ》博士は、こうした状況は第二の阿片戦争のはじまりだと言う。つまり、小説内の時間として設定されている「一九二四年」の時点において、日本の軍隊とそれと結託した日本の阿片商人とが、日本から青島、済南、天津、そしてもちろん上海へと、朝鮮で栽培される罌粟《けし》から採れた阿片や、それから精製されるモルヒネ、ヘロインなどの麻薬を輸出していく動きが膨れ上がっていくのである。では、それらの積出港となるのは？高博士は地図上の一点を指さし、「「神戸」から」という重夫の答えを引き出す。こんなふうにして、神戸から上海に移動するモノが創作版画誌『ＨＡＮＧＡ』だけではない世界が立ち現れてくるのである。

【注】

1 『大阪朝日新聞』(以下『大阪朝日』と略記)創刊四〇年を迎えた一九一九年の六月三〇日から同紙「神戸附録」上でスタート。

2 『大阪朝日』の「神戸版」では一九二六年四月から「雑草園歌壇」が開設される(直後に「港街歌園」と改称)が、これはおそらく「短歌の会」が母胎となってその規模を拡大させた編集方針ではなかっただろうか。

3 「雑草園」に関しては、神戸近代文化研究会による「[調査報告]一九二三年の『大阪朝日新聞神戸附録』その1」(「武庫川女子大学紀要　人文・社会科学編」第6巻、二〇一三・三)中、大橋が担当した「1「雑草園」に関する動向」でも触れたので参照されたい。

4 「新曲目を持つて　柳女史独唱会　一六日県公会堂で」(「雑草園」一九二四・二・四)。

5 以下『おほぞら』創刊号の目次を掲げる。なお同誌は芦屋市立美術博物館が所蔵している。

『おほぞら』創刊号目次　( )内の数字は掲載頁

謎	ワルター・ド・ラメーア	(二)
胡桃船長の話	岡田春草	(九)
鑰――外三篇	ソログーブ	(一八)
朝代夫人の生活の断片	岡咄眼	(二二)
聖燭(詩)	富田砕花	(三二)
秋近き空(歌)	楠田敏郎	(三四)
海外文芸短信		(三五)
狂熱作曲家ユーゴー・ヴォルフ考察(評論)	鎌尾義一	(三六)
登高随感(詩)	藤木九三	(四六)
幻に見る(詩)	本田節	(四八)
『恵まれたる廃人』(エタウニエの紹介)	片山真琴	(五一)
海外楽壇コボレダネ		(五二)

映画劇はたして芸術か　伊東緒生（七九）
菊五郎の「棒しばり」を観る　大島得郎（八二）
神戸芸術文化聯盟へお入り下さい（社告）（八三）
珠藻の会第一回短歌会詠草（八四）
音楽（消息）（八六）
聯合音楽会を聴いて（九〇）
美術（消息）（九二）

表紙
おほぞら（凸版）秦テル
扉絵　もろもろの天（凸版）長尾己
挿絵　夜の茂み（木版画稿に據れる凸版）広島晃甫
同　郊外（木版―自刻）北村今三
同　挿花（木版―自刻）川西英雄
同挿　二人の子供（木版―自刻）北村今三
楽譜　舟人　佐々木信綱詩
　田中銀之助曲

6　「雑草園」では聚楽館で催される歌舞伎の劇評で健筆を揮う「園丁」の一人である森川舟三も、『おほぞら』創刊号に「大正十二年の神戸劇団を顧みて」を寄せている。
7　自身翻訳したデ・ラ・メア『妖精詩集』（ちくま文庫、一九八八・五）の「文庫版あとがき」の中で、荒俣は集中の一編「サムの三つの願い、あるいは生の小さな回転木馬」と「なぞ」とのムードが似通っていると述べている。
8　ただし、作品内容や制作モチーフに関してのこうした二作間の相互浸透の問題とは別に、石野の「赤い作曲」には「未来派の作曲家」も登場。その点については本書四章「〈こわれた〉街・〈騙り〉の街への遠近法――神戸発・昭和詩始動期の詩人たちの仕事」で論じた。

9　関西学院大学学院史編纂室所蔵の英文科の卒業論文を調べたところ、竹中郁の卒業と同じ年には、のち演劇方面で活躍する青山順三がシングについて、その一年前には同人誌『横顔』同人として活動していた堀経道がイエーツについて卒論を書いていることがわかった。また一九二〇年に遡ると、この年英文科で提出された卒論は一本だけだったが、それは小田切平和という学生の「ダンセニー卿の戯曲」と題するものだった。

10　「雑草園」で岡がよく用いた筆名の一つで、他に「咄眼生」「咄眼野郎」「とつがん」「十津雁」などもある。

11　文責は「O生」、おそらく岡成志だろう。

12　たとえば一九二三年七月七日の「神戸附録」には、「若葉会音楽会」を見出しにした記事があり、また一九二四年一月の同附録で連載された「芸術に生きる人々の群」の四回目（一四）でも、「若葉を象徴したる若葉会」なる記事が掲載された。

13　『おほぞら』創刊号掲載の「神戸芸術文化聯盟へお入り下さい（社告）」。

14　「雑草園」（一九二六・四・一二）中の〔たより〕。

15　ついでに言えば、一九四〇年の神戸を舞台として日仏合弁企業の「日仏酸素株式会社」に海軍のプレゼンスが及ぶさまを描いた、大岡昇平の小説「酸素」（『文学界』一九五二・一～五三・七）でも、「啄木」という存在は、非合法下に置かれた共産党員が謄写版の同人誌『リベット』を通して党員同士の意思の疎通・統一を図ろうとするにあたって、それをカムフラージュするために発表した「石川啄木論」という記号へと変換されている。

16　英国の"Winsor & Newton's LTD"の日本代表事務所が大阪心斎橋に「大阪画廊」を新設したのを受け、機関誌名の変更に及んだことが第一九号（一九三三・八）で告げられている。

17　たとえば大塚赤面子（銀次郎）が脚色を担当した「師走顔見世興行扇港積話旭解雪《かうべみなとつもるはなしあさひにとけるゆき》」（『ガロー』第二三号、一九三三・一二）や、『ガロー』掲載ではないが、朝倉がこの時期詠んだ「元町行進曲万容集」（『朝倉斯道随想集』〔兵庫県社会福祉協議会、一九七三・九〕を参照）などに、ここで述べたような彼らの才幹が認められる。

18　「画廊一ヶ年の回顧」（『コーベ』第一二号、一九三三・一）。

19　「画廊を改造したいデス」。

20　たとえば、上筒井通七丁目のなつめや書店内の和露文庫刊行会から「俳諧生駒堂」が刊行されたことを告げる記事が「雑草園」欄（一九二六・五・一七）中の〔新刊紹介〕中にある。

21 大塚銀次郎編『林重義』（神港新聞社、一九五二・三）に、一九四四年に没した林についての思い出を寄せた伊藤廉、小磯良平、川西英の回想が、それにあたる。

22 同じ八号に転載された仲郷三郎「清水氏の上海事変画」（大阪朝日八月五日所載）によれば、大作五枚の写真版のほか小品、色紙のスケッチが展示されたとのこと。『清水登之展』（栃木県立美術館、一九九六・一一）、『栃木県立美術館所蔵　清水登之』（二〇〇七・一）からの情報と照らし合わせれば、前者には「蘇州河陣地」、後者には「歩哨」や「嘉定県市街」などが含まれていたのではないかと推察される。

23 『神戸又新日報』夕刊、一九二八・三・二九～四・一三、全九回。四月二日、六～一一日は休載。

24 『薔薇派』九月号（一九二九・九）掲載。

25 梅田画廊・梅田近代美術館ニュース『木』一五号（一九八二・七）掲載の足立巻一と小磯良平との対談中にその旨の記されていることを、関西大学東西学術研究所非常勤研究員の恵崎麻美氏よりご教示いただいた。記して謝意を表したい。

26 荘司達人「村尾絢子さんの個展に寄す（上）」（『大陸新報』一九四一・七・一四）。なお、この標題中にある絢子の個展は、一九四一年七月一一日から一五日まで上海南京路の上海画廊で開催されたもの。

27 兵庫県立美術館で新制作派の機関誌『新制作派』第四号（一九三九・一一）を閲覧中、たまたまその中に挟まれていた「18th Jan 1940」のメモが記された「新制作派展評」と題する新聞の切り抜きによって、そのことを確認した。ただ、この記事の出典はまだ確認できていない。なお、一九四〇年一月一八日『大阪朝日』朝刊には、これとは違う評を春山武松が寄せており、そこからは同じ第四回新制作派展に「ひるさがり」と題する作品も村尾が出品していたことがわかる。

28 「会と催」（『大阪朝日』（一九四〇・五・二五）「神戸版」）、「学芸短信」（同〔五・三一〕）参照。ただし両記事とも出品作の紹介はない。

29 加治幸子編著『創作版画誌の系譜総目次及び作品図版　1905－1944年』（中央公論美術出版、二〇〇八・一）。

30 『魯迅全集』十八「日記Ⅱ」（学習研究社、一九八五・一一）。

31 料治朝鳴が主幹する「白と黒」社の機関誌『再刊白と黒』『版芸術』や、中国・広州発行の『現代版画』なども挙げられる。

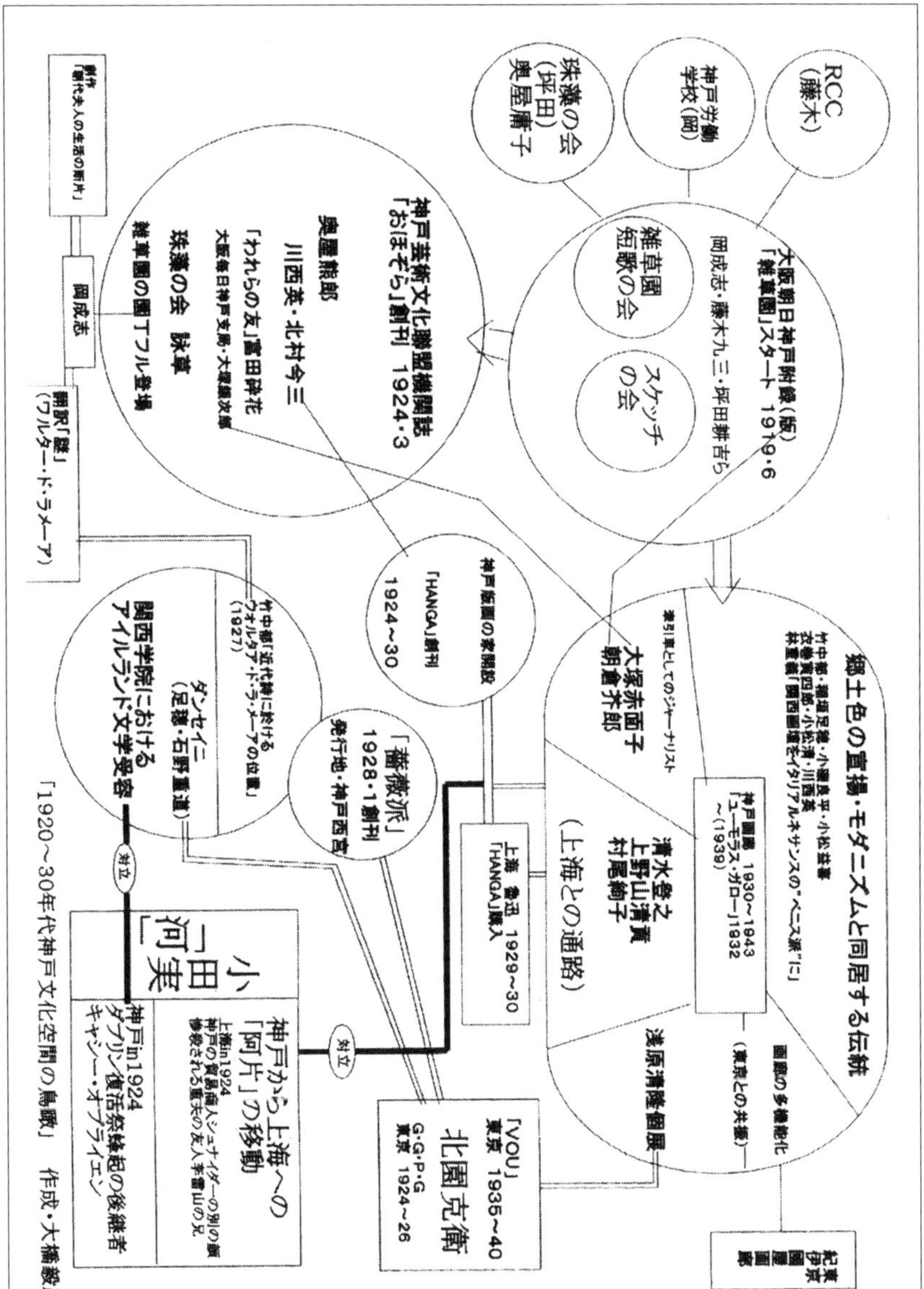
RCC（藤木）
神戸労働学校（岡）
珠藻の会（坪田）奥屋庸子
大阪朝日神戸附録（版）「雑草園」スタート 1919・6
岡成志・藤木九三・坪田耕吉ら
雑草園短歌の会
スケッチの会
神戸芸術文化聯盟機関誌「おほぞら」創刊 1924・3
奥屋熊郎
川西英・北村今三
「われらの友」富田砕花
珠藻の会　詠草
雑草園の園丁フル登場
岡成志
翻訳「謎」（ワルター・ド・ラメーア）
郷土色の宣揚・モダニズムと同居する伝統
神戸画廊 1930～1943
「ユーモラス・ガロー」1932～(1939)
清水登之
上野山清貢
村尾絢子
（上海との通路）
牽引車としてのジャーナリスト
大塚赤面子
朝倉斧郎
画廊の多様化
（東京との共振）
浅原清隆個展
神戸版画の家開設
「HANGA」創刊 1924～30
竹中郁「近代詩に於けるウォルタア・ド・ラ・メーアの位置」(1927)
ダンセイニ（足穂・石野重道）
関西学院におけるアイルランド文学受容
「薔薇派」1928・1創刊
発行地・神戸西宮
上海　魯迅 1929～30
「HANGA」購入
「VOU」東京 1935～40
北園克衛
G・G・P・G
東京 1924～26
対立
対立
小田実
「河」
神戸から上海への「阿片」の移動
上海in1924
神戸in1924
ダブリン復活祭蜂起の後継者
キャシー・オブライエン
「1920～30年代神戸文化空間の鳥瞰」　作成・大橋毅彦

●補助資料　『ユーモラス・コーベ』『ユーモラス・ガロー』掲載記事題目一覧

第1号　1932年1月1日

創刊の辞　1
画家志望者　天文試験問題　答案解説　日本人アイ・セブンスキー　1
長唄「画廊」　作詞　酒留波綺纓　作曲　杵屋満十郎　1
絵廊派歌留多　1
(画)〈画廊の外観スケッチ〉　1
(広告)投稿歓迎〈「他人の生活を脅かさない程度の悪口蔭口憎れ口」以下三例〉　1
画廊一月の予定　1
　一日―五日　祝賀休廊　六日―九日　神戸洋画観賞会 新着名家作品展
　十日―十二日　第六回 鯉川会日本画展
　十四日―十七日　小磯良平氏 洋画個人展覧会
　十八日―二十日　第十回 商業美術展覧会
　二十日―二十五日　木村磐男氏 滞欧作品展覧会
　二十七日―三十日　画廊同人作 額絵皿入札展覧会
伊藤廉氏の個展を見る(十二月六日大阪朝日所載)　坂本益夫　2
林武氏の個展を見て(十二月一日大阪毎日所載)　元川克己　2
第八回商美展を見て(十一月十九日大阪毎日所載)　小高　親　2
五目並べ画廊名人番附　2
画廊一ヶ年の回顧(1931年)　3
(広告)趣味の額絵皿　画廊で焼付〈写真〉　3
画廊日誌〈11月20日～12月10日〉　3
ユーモラスよろづ案内　3
何処で?何を見て?何う思つた?　4
　〈「①上筒井のサロン・プッペで　福井市郎君の『人形』を見て先生やつたなと思つた」以下⑥まで〉
もし百万円持つてたら　立案　奇餅想造　4
　〈佐野実氏(医学博士)以下13氏からの回答を掲載〉
里見勝蔵氏筆『静物』神戸洋画観賞会新着名家作品展出品(画)　4
奉天特派員便り(12月17日発)　4
画廊人銘酒鑑　赤垣源三(投)　4
昭和六年十一月卅日締切　麻雀得点表　4
＊奥付　発行所　神戸市元町一丁目鯉川筋画廊
　編輯兼発行人　神戸市灘区河原町五九一　大塚銀次郎
　印刷人　神戸市神戸区下山手七丁目　高見太郎〈2号奥付では「高見重太郎」〉
　　定価　十部まで金一円

第2号　1932年2月1日

百万円抗議　1
　〈「前号に『若し百万円持つてゐたら』奇餅想造―といふ記事が出てゐましたら果然各方面より次の如く抗議が来ました。全文を掲げて謹んで取消します」という言葉と、大阪朝日神戸支局長朝倉斯道・又新日報主筆岡成志・詩人竹中郁・写真師黒木慶男の「抗議文」〉
なぞかけ風な画廊人乗物見立　1
ワイ・びつくりした　1
洋風に飾つた床の間(画と文)　1
　〈「軸の代りに油絵かけて。書棚に蓄音器。花瓶に花でも入れておけば。畳の上での椅子テーブルでも不自然ではありません。足触りも柔かに。紅茶の薫りも心地よい洋間です」〉
画廊動物園　2
パリだより　大森ケイスケ君より　2
麻雀得点表(一月中成績)　2

画廊囲碁段級表　2
ムスメさんに　マダムに　2
麦藁帽子の女（ｐ15）　木村盤男氏（画）　2
画家の歌　2
〈「画けども画けどもなほ我がくらし楽にならざりじつと画を見る　啄木」ほか3首〉
うるさき人々　2
寄贈図書（画廊備付）　2
〈「たやすい版画の作方　兵庫東出町川西英」ほか9点〉
三都大家日本画展を見る（十二月廿五日大阪朝日所載）　朝倉芥郎　3
小磯良平君の個展を見る（一月十四日又新日報所載）　竹中　郁　3
横はる裸婦（ｐ50）　小磯良平氏（画）　3
木村磐男氏滞欧展を見て（一月二十二日又新日報所載）　岡　成志　3
東京だより　4
〈「一月十五日　伊藤廉」・「一月廿六日　平野零児」〉
画廊日記（12月14日～1月27日）　4
奉天珍画報（写真）　4
〈俥を曳くのは中央公論特派員の平野零児君、すまして乗つたのは大毎特派員の金子秀三君〉
画廊二月の予定　4
1日―4日　第九回 画廊会洋画展　5日―9日　吉田博一氏個人展
10日―12日　第七回 鯉川会日本画展
13日―16日　坂本益夫氏 神戸情緒風景展
17日―20日　第十一回 商業美術展覧会
22日―25日　田村孝之介氏個展
27日―28日　神戸アマチュア・パステル会 第二回会員作品展
ユーモラスよろづ案内　4
〈「野球　勝ちたいと思ふチームは申込まれよ、当分光輝ある歴史を尊重して上手に負けて上げます　画廊野球部」など六件の案内〉

第3号　1932年3月3日

洋画の納ひ場所　新しき建築家に望む　阪本清雄　1
画家の歌　1
〈ゑかき商売サラリとやめて　好きなモデルと手に手をとつて　抱いてくらしてパトロンらしく　せめて一夜の紅い夢〉
画廊を設備した洋室（画と文）　1
〈「室の一隅にかうした画庫を設備したらマントルピースの上の絵もチヨイチヨイ取替られ気分を一新する事が出来るでしよう。今後の新築には是非必要です。」〉
初対面　川西英氏の印象　仲郷三郎　2
VERYむつかしい画用日本語　Y.SEIYOJIN　2
〈「モデルにもてる　柿かきなぐる　絵画習ふたかいがあつた　塾の人に軸を頼んだ　晩画廊へ行きませう」〉
額絵皿の売れた記（又新日報二月一日夕刊所載）　岡　咄眼　2
YOKATTA NE!　2
〈「ロハの原稿ばかり書いてゐた佐久間君　大阪朝日ビル倶楽部の主事になるYOKATTA NE!」以下、画廊関係者5名の近況〉
パリーだより〈一月十日　伊藤慶之助〉　2
画廊人円満番付　2
緊張した鯉川会展（二月十二日朝日新聞所載）　朝倉芥郎　3
〈鯉川会（神戸付近在住日本画家有志の団体）の今月の定例展覧会（神戸元町鯉川筋画廊）評〉
吉田氏の個展を見て（朝日新聞二月七日所載）　朝倉芥郎　3
〈神戸元町鯉川筋の画廊に開催されている吉田博一のガッシュ絵展覧会評〉
坂本君の神戸風景展（又新日報二月十五日所載）　稲垣足穂　3
〈元町鯉川筋の画廊に開催されている坂本益夫の個人展覧会評。「それらはいづれも女学院の裏の方とか。トアホテルやタンサン水の出る辺りにあると想像させられる家や街の一角を取り扱つたもので私をして活動写真と青い瞳の少女を思ひながらあの辺りを歩いてゐた時代を、今更に懐かしく呼び醒ませるものであつた」と述べる。〉

神戸京橋風景　坂本益夫氏筆(画)　3
田村君の作品展に就て(二月二十四日毎日新聞所載)　小磯良平　3
〈元町鯉川筋の画廊で開催の田村孝之介展評〉
画廊武器目録　4
〈「重爆撃機　林重義」以下17名の画廊関係者を兵器に見立てる〉
画廊日記(1月27日〜2月28日)　4
上海事件に奮起した画廊二勇士(写真)　4
〈「画廊日記」1月27日の項に記されている、画廊同人朝倉智蔵、人見立夫両君の入営送別会で林重義と大塚銀次郎が軍服を着て大見得を切った様を撮ったもの〉
画廊三月の予告　4
1日―4日　第十回 画廊会洋画展　5日―7日　庚午社日本画展
10日―12日　第八回 鯉川会日本画展　14日―16日　柳川一鷗氏近作展
17日―20日　第十一回 商業美術展覧会　21日―24日　観賞会洋画展
25日―27日　横手貞美氏遺作展　28日―30日　湊弘夫氏工芸展
ユーモラス仕入案内　4

第4号　1932年4月3日

蔭口一例　東京の旦那様まゐる　御存じより　(文責在速記者)　1
〈「あゝ、酔つた、酔つた、東京から神戸を荒しに来るやからは、何も独立に限つたわけぢやない、(中略)神戸は日本の玄関ぢや、ありとあらゆる芸術家は皆、一度は神戸を訪れずばなるまい、そして俎上にのるがよい」〉
三勇士談(カットと文)　1
画廊三勇士集　1
〈「爆談三勇士　朝倉朝閑・榊原一廣・吉川博一」以下「照明弾三勇士」「婚弾三勇士」「弾眼三勇士」「酒弾(乱)三勇士」「鉄砲玉三勇士」〉
ユーモラス・コーベより診たる　画家の体質　S医学博士　2
知らなんだ　2
〈「大塚銀次郎氏　画廊商売いいけれど　赤字続きとは知らなんだ」以下、画廊関係者8名のプロフィルを紹介〉
続　百万円抗議　医学博士　金崎周朔　2
倫敦の時計塔　三宅克己氏(洋画観賞会所蔵)(画)　2
エプリフール発電(四月一日)　2
画家百人一首　小倉百々子抜　2
〈「藤原敏行朝臣　墨の絵も油絵も売れぬ世の中や質の通ひ路妻のなくらん」ほか4首〉
第十回画廊会展を見て(大阪毎日三月三日所載)　榊原一廣　3
〈画廊会洋画展評。新入会院別車博資の作品に言及、「神戸の第一感はよく表現してゐる」〉
柳川一鷗氏の邦画展(大阪朝日三月十五日)　朝倉芥郎　3
第十一回商美展寸感(大阪毎日三月二十日所載)　吉田博一　3
横手貞美君の思ひ出(大阪毎日三月二十七日所載)　小磯良平　3
〈「画廊日誌」によれば横手貞美はスイス国境に客死。3月25日に彼の滞欧遺作展開かれ、翌日追憶の会が平和楼で開かれる〉
湊氏の芸術と生活(大阪朝日三月二十九日所載)　朝倉芥郎　3
〈元町鯉川筋の画廊で開催の洋画家湊弘夫の民芸展評〉
カンヌ海岸(F6)　中山正實氏筆(画)　3
〈中山正實の未発表の洋画三〇点、神戸画廊に四月一日から四日まで陳列。そのうちの一つ〉
画廊日誌(3月1日〜3月30日)　4
〈3月13日　伊藤慶之助帰朝歓迎会開催〉
(案内)所蔵絵画交換入札展規定　4
御注意　偽の中村研一　4
画廊四月の予告　4
1日―4日　中山正實氏洋画展　6日―9日　釣趣味の展覧会
10日―12日　富田渓仙氏春の新作展
14日―16日　鈴木清一氏 川西英氏　染色工芸パラソル展
17日―20日　第十二回 商業美術展　21日―24日　所蔵絵画入札交換展

26日―27日　即席染色 飾半巾入札展　28日―30日　黒木鵜足氏
性格写真展
マヂメな広告　4
「洋画材料一切　文華堂」「額縁製造販売　洋画材料一切　だけ
商店」「文房具絵具　洋画材料額縁　昭花堂」

第5号　1932年5月5日

挽歌(四月一日文藝春秋所載)　林　重義　1
〈酒好きな自身の入院生活の一齣を綴る。「林重義氏起死回生之
図」と題した画も掲載〉
NONSENSE DICTIONARY　（スマートより）　1
五月場所　画廊角力手捌き　2
〈「福井市郎(カタスカシ)今井朝路」ほか六番の取組と手捌き〉
罪にならぬ番附　2
なぞかけ画廊人　2
〈「田村孝之介とかけて　山案内人ととく　心は常々山の神(妻
君)を信心する」ほか11人の画廊人を取り上げる〉
画廊植物園　2
〈「天津栗　大塚赤面子」・「瓢箪　川西英」ほか15名を植物・野
菜に見立て〉
第二回独立展における兵庫県作家の活躍(大阪朝日三月二十二日
所載)　東京にて　大塚赤面子　3
〈県下からの入選者摘記、林重義の作品5点紹介〉
商業美術寸感(大阪毎日四月廿日所載)　鹽川淳一　3
〈鯉川筋画廊で開催された第12回目を数える神戸商業美術研究
会の展覧会評〉
上高地大正池(P6)　宮阪勝氏筆(画)　3
(広告)独立美術協会　第二回展覧会　5月5日―15日　大阪中之
島　朝日会館　3
家庭通信　4
〈亀高文子家、林重義家など〉

パリだより　KEISUKE OMORI　4
絵はがき集〈「大阪淡路町福井病院にて鶴丸梅太郎」ほか3名〉　4
画廊日誌(4月1日～4月30日)　4
画廊五月の予告　4
1日―4日　第十一回　画廊会洋画展　6日―8日　諸大家色
紙展
9日―10日　神戸創作図案協会 第一回作品展
11日―13日　第九回 鯉川会日本画展
14日―16日　第十二回 ドルメン洋画展
17日―20日　ペンテックス工芸展　21日―23日　第一回 雅芸展
24日―26日　中村貞以氏日本画展　28日―30日　久本弘一氏洋
画展
(広告)画廊の事業　4
〈各種展覧会・洋画観賞会・絵画の斡旋・美術懇談会以下六種の
事業案内〉

第6号　1932年6月6日

悪口雑言　里見勝蔵　1
静物(F8)里見勝蔵氏筆　1
天狗俳句選集
里見勝蔵・伊藤廉・林重義・林義雄・久本弘一・西垣キヨ　1
病院か?美術館か?　2
〈坂口通にある徳岡医学博士邸訪問記。同邸宅応接室の写真〉
湊弘夫君と犬　2
流石は一鷗闘〈柳川一鷗の豪傑ぶり〉　2
第一賞の別車君　2
〈別車博資、日本水彩画展で「街景」と「ブリテン号」で第一賞
獲得〉
中元御祝儀の進物　2
〈「中川郷一郎君に……シルクハット」以下25名への進物〉
画廊会所感(大阪朝日五月三日所載)　仲郷三郎　3

〈「場内では別車博資氏が一人気を吐いてゐる」とし、「街景」「兵庫港風景A」などの印象を記す〉
黒木氏の性格写真（又新日報五月一日所載）　XYZ生　3
〈黒木鵜足の「性格写真」評〉
ドルメン洋画展評（大阪朝日五月十五日所載）　中山正實　3
〈東京美術学校出身の若い五氏の集まりである「ドルメン」の第二回展評〉
雅芸展をみて（大阪朝日五月二十二日所載）　朝倉芥郎　3
〈第一回雅芸展をみて。川西英、鈴木清一らの作品の印象〉
エスキース　黒田重太郎氏筆（画）　3
〈昨年の二科展出品作「巌蔭に憩ふ女」のエスキース〉
川西君とオリンピック　4
山本君の改号〈山本春邨が大慈と改号〉　4
今井君のキャフエ　4
〈元町五丁目で洋画研究所を開いている今井朝路が研究所の向かい側にフランス風のキャフエを開く。名づけてランクル、ブルウ〉
林夫人の本名　4
〈林重義夫人幸子の訃〉
東京から（東京ステーション・ホテルにて　福井市郎）　4
画廊日誌（5月1日～5月28日）　4
〈5月14日　夜「独立展を見ての画談会」開催〉
画廊六月の予告　4
1日―4日　第十二回 画廊会洋画展
6日―9日　大久保作次郎・鍋井克之氏等編纂 諸大家デッサン集展
14日―16日　久本弘一氏洋画展　17日―20日　第十二回 商業美術展
21日―23日　山本大慈 柳川一鷗　中元御贈答用団扇子扇色紙の会
28日―30日　山本魁スタヂオ作品展
画廊後援会の趣旨　4
〈「一人の負担は月一円で一か年」として、同後援会への入会を募る。発起人代表として朝倉芥郎・福田眉仙の名前記載〉

第7号　1932年7月15日

画廊チーム大勝　対「又新日報」野球戦―嘘ぢやないホンマの話―　1
〈「画廊球団凱歌を唄ふの図」と題する漫画あり〉
春陽会の流れ　2
〈甲子園ホテルでの春陽会懇親会が済んだのち、元町時雨茶屋での一行の親交〉
（広告）二科会々員　東郷青児氏小品展　7月22日―24日　画廊　2
〈東郷の画も掲載〉
宇野東郷麻雀模様　2
〈東郷青児、宇野千代夫人とともに関西に来ての動向〉
三岸君のいたづら〈三岸好太郎について〉　2
三木氏の新築〈洋画家三木朋太郎アトリエ新築〉　2
国展来襲　3
〈大阪三越で国展開催中、神戸の会友が梅原龍三郎を担ぎ出して来神〉
初秋（帝展出品画）　村上一雄氏（画）　3
〈7月15日より三日間画廊において最初の個展を開催〉
美術家聯盟の茶話会　3
NRFの正体〈小松清の意見に言及〉　3
松葉氏の来住〈国展系の作家松葉清吾の近況〉　3
林重義氏また入院　3
吉田喜蔵氏も入院〈芦屋洋画研究所の吉田喜蔵の近況〉　3
福島金一郎氏の帰朝　3
他芸天狗　（白髪野若造）　4
〈6月21日から24日まで当画廊で開かれた他芸展第一回展評。「白髪野若造」は竹中郁のこと。〉
久本氏の個展を見て（大阪朝日六月十五日所載）　朝倉芥郎　4

〈当画廊での久本弘一洋画個人展〉
画廊日誌（6月1日—6月28日）　4

第8号　1932年8月25日

知らない間に　自分の好きな絵を　所得する方法　1
〈画廊後援会入会を勧める。〉
洋画糶売の成績　1
〈東京の画商石原求龍堂と室内者画室共催の第一回洋画糶売会が銀座の紀伊國屋ギャラリーで開催〉
困つた話　1
菊（神戸洋画観賞会画廊所蔵）　満谷国四郎氏筆（画）　1
聯盟オリンピック　小磯良平君走幅跳で一等　2
〈須磨海水浴場で開かれた催しものについて。「須磨浜珍角力」と題する漫画掲載。本文は3ページに続く〉
兵庫県美術家聯盟角力番附　3
隠し芸一般　第一回兵庫県美術家聯盟発表　3
〈「中山正實君…端唄」「竹中郁君…フランスの物売」など〉
林重義邸の解消　3
村田精一君の移転　3
伊藤慶之助君卜居　3
〈フランスから帰朝以来夙川甲南荘に止宿していた伊藤、武庫郡本山村岡本字中島に居を定む〉
村上一雄君の個展（大阪朝日七月十七日所載）　阪本清雄　4
清水氏の上海事変画（大阪朝日八月五日所載）　仲郷三郎　4
〈4日から6日まで当画廊で開かれている独立美術協会々員清水登之の上海事変画展覧会を見て〉
眉仙氏の県下新風景（大阪朝日八月十六日所載）　朝倉芥郎　4
〈当画廊で開催の福田眉仙の第一回兵庫県新風景展を見て〉
画廊日誌（7月10日～8月15日）　4

第9号　1932年10月1日

二科の関西展で　新入選画の陳列が問題　画廊における二科展画談会　1
〈9月21日から4日間二科系洋画展を画廊で開催〉
今年の二科入選者　1
新会員濱田葆光氏と新会友田村孝之介氏　1
新入選者も陳列に決定　1
アミアン・カルトンの発明にからむェピソード　画家の子供を持つた研究好の老人　2
〈杉浦三郎の父が件の製品を発明する経緯〉
志摩風景（F4）　杉浦三郎氏筆（画）　2
〈アミアン・カルトンに描いたもの〉
伊藤慶之助氏個展評（大阪毎日九月四日所載）　竹中郁　3
〈こゝにある作品は小さいものばかりであるけれども、フランスの麵麭を食ひ葡萄酒をのんだエスプリが十分にかくれてゐる〉
リオン河畔（F4）　伊藤慶之助筆（画）　3
明く朗かな他芸展（神戸又新日報八月廿日所載）　佐々木雄之助　3
眉仙氏の県下新風景（大阪朝日九月十三日所載）　朝倉芥郎　3
商業美術展雑感（大阪朝日九月二十日所載）　朝倉芥郎　3
中村貞以氏の名誉　4
小磯良平君のモデル　4
〈小磯が大阪朝日の下村千秋の小説に挿絵を描いてゐる〉
阪本清雄君と挿絵　4
〈阪本清雄が又新日報の阪本勝の小説に挿絵を描いてゐる〉
画廊洋画展公募　九月ノ鑑査員　林重義先生　十月ノ鑑査員　新井完先生　4
〈同展の目的、開催期間、出品数など八項目にわたって告知〉
画廊日誌（8月21日～9月24日）　4

第10号　1932年11月1日

惨虐なるかな帝展　それでもコーベから特選二人　1
〈日本画で三谷十糸子・東山魁夷、洋画で小磯良平・鈴木清一。本年度帝展審査員名掲載。「可愛いゝ小磯君」〉
中山夫人の渡仏　1
林重義君とぜんざい　1
画廊人芝居配役　1
東京より　便所にユーモラス〈湊弘夫からの短信〉　1
絢爛たる聯盟展　東都にも負けぬ大展覧会　2
〈兵庫県美術家聯盟第4回展覧会、10月25日から3日間大丸で開催〉
絵の価と観衆(神戸又新日報十月二十六日夕刊)　岡　成志　2
箱根から　独立秋季展を終へて〈高畠・里見らの短信〉　2
画廊洋画展公募(告知)　3
画廊洋画展審査について(十月一日大阪朝日新聞所載)　林　重義氏談　3
すげヱ展漫評(大阪毎日十月廿三日所載)　平田外喜二郎　3
六甲山　福田眉仙氏筆(画)　3
杉浦三郎氏洋画展(大阪朝日十月六日所載)　朝倉芥郎　3
カイ・スタヂオ図案展(大阪毎日十月二十七日所載)　阪本清雄　3
酒弾三勇士討死の巻　4
田村夫人の入選　4
喜ぶ事・喜ぶ事　4
〈聯盟展第一日懇親会の模様〉
恐縮した柳川君　4
予告　淡交会の女流展　十一月五日から　四器会洋画展　十一日から三日間　4
画廊日誌(10月1日〜10月29日)　4

第11号　1932年12月5日

対手は恐い検事局　負けてもダンない野球戦　3対2のクロスゲーム　1
しるこの食ひ方種々　1
歳末特別広告　1
〈小磯良商店　絆創膏　よくゝつゝく事請合」など〉
淡光会余話　2
よく似た名前　2
久保田君の落髪　2
結婚は労働に属す　2
阪本清雄君と画人賞　2
岡田七蔵君の味　2
伊藤継郎君の絵　2
同情週間の入札展　2
独立美術協会職業見立—東京秘報—　2
〈「清水登之　犬猫病院長」など〉
画廊公募洋画展所感(大阪朝日十一月二日所載)　新井完氏談　3
四器会洋画展評(大阪毎日十一月十三日所載)　伊藤慶之助　3
トランプをするアルルカン　林重義氏筆(画)　3
創作図案展評(大阪毎日十一月十五日所載)　XYZ　3
林重義氏近作展(大阪朝日十一月二十四日所載)　朝倉芥郎　3
〈神戸元町鯉川筋画廊にて25日まで開催。「構想と描写の上に一段の明快さを加へ何れも従来以上の健康なる作品」〉
画廊後援会の事　4
兵庫県新風景(大阪朝日十一月十一日所載)　富田砕花　4
〈福田眉仙の絵について〉
画廊日誌(11月1日〜11月29日)　4
画廊十二月の予定　4
1日—3日　第三回 画廊公募洋画展　5日—8日　伊藤継郎氏洋画展
10日—13日　岡田七蔵氏小品展
15日—17日　柳川一鷗子 山本大慈氏　日本画展
19日—20日　同情週間入札展　22日—24日　他芸会第四回展

25日―27日　三都大家日本画展

第12号　1933年1月15日

兵庫県美術家聯盟　第五回展は二十四日より大丸で　会員のみの作品で華々しく開催　1
レンメイ元気ソング　白髪野若造　1
〈美術家聯盟新年宴会の余興。作詞家「白髪野若造」は竹中郁〉
四海波静かだつたコーベの正月　1
川西英氏の版画展　1
〈得意のサーカス物や、港コーベの風景などエキゾチックな内に独特のユーモアを漂はしてみる人の気持を子供のやうに愉快にしてくれた〉
川西英氏の版画　サーカス(画)　1
画廊洋画公募展　講評は濱田葆光、田村孝之助両氏　締切は一月廿九日　2
林重義氏の新居　2
〈神戸衛生病院退院後、阪急御影停留場近くの郡家宮の浦の洋館風の家〉
厄を落した中山君　2
川西君のエン罪　2
用意周到な無名氏　2
小磯君のリトグラフ　2
画廊後援会申込の好機　第二回頒布は一月下旬　2
ハガキだより　図案宗画家寺　住食　久保田郁良　2
盛んなりし絵画入札展　同情週間催物の親玉(朝日新聞十二月二十五日所載)　3
伊藤継郎君の作風(朝日新聞十二月八日所載)　仲郷三郎　3
〈多分のグロテスク味とリファインされた色感との交錯〉
邁進　福田眉仙氏筆(画)　3
邦画壇二新人の精進(朝日新聞十二月十六日所載)　朝倉芥郎　3
〈神戸鯉川筋画廊における柳川一鷗、山本大慈両氏の新作邦画展〉
他芸展素見記(朝日新聞十二月二十六日所載)　鈴木清一　3
画廊一ヶ年の回顧　4
〈「観賞会新春洋画展…1月6日―9日」から「福田眉仙氏新春用邦画展…12月28日―30日」まで七八件の催しの名称と期間がそれぞれ記載〉
楽焼と粘土の会　二月十五日より十七日まで　画廊で開催　4
〈京都清水の若き陶工が出張〉

第13号　1933年2月16日

紅白両軍に分れて大暴れに暴れた美術家聯盟の懇親会　1
〈カットあり〉
国際愛のつどい　2
二人前の別車君　2
休胡さんのトロイカ　2
〈日本画家玉置休胡、多聞通にトロイカという喫茶店開業〉
有卦に入った眉仙老　2
林重義君の南紀行　2
博士になつた田中氏　2
〈他芸会会員の田中香苗、医学博士に〉
DOKO DE NANI MITA　2
〈洋画を展示しているカフェや喫茶店の紹介〉
展覧会予告　3
「伊藤氏のガッシュ絵展」・「神戸商業美術展」・「画廊後援会頒布展」・「榊原氏のモノチップ展」・「画廊の洋画公募展」
小磯良平氏のリトグラフ(画)　3
新聞と美術　3
「又新の兵庫大観」・「神戸の為永春水」・「三四郎と検事局」
聯盟展各部委員推薦　会期は二月廿一日からと変更(大阪毎日一月二十八日所載)　4
川西英氏の版画展(大阪朝日一月十二日所載)　竹中郁　4

〈鯉川筋画廊にて神戸ではじめての個展。「数にして三十九点。そのいづれを見ても氏の感覚の統制外のものはない」〉

画廊日誌（1月7日～2月4日）　4

第14号　1933年3月22日

戦争と美術　西田武雄　1
〈西田の著「GAKOSHIGAN」の一節をスクラップして紹介〉
酒飲みソング　1
〈竹中郁の作った「レンメイ元気ソング」に次いで画家の富永谷衣が発表〉
DOKO DE NANI MITA　1
神戸名物『二個連れ珍味』　独立展事務所で大好評　2
〈林重義はじめ画廊関係者の上京の様子〉
新井完氏の火イタヅラ　2
林の後に林あり　2
亀高文子女史の奇禍　2
湊弘夫君のワイゼン　2
甲斐仁代女史とタヌキ　2
〈「タヌキ」は神戸三宮にある酒場〉
益田君のヨーヨー　2
神戸では岡田君　2
展覧会予告　3
「大野麦風氏新作紙本展」・「久本弘一氏油絵入札展」・「小山敬三氏洋画個展」・「中田繁氏経文仏画展」・「独立展会員作品展」・「別車博資氏水彩画展」
モンテカルロ　伊藤慶之助氏筆（画）　3
画家への忠告　3
「クダモノ屋のオヤヂ曰く」・「或る素人園芸家曰く」
入選の喜び　独立展の入選者　3
〈兵庫県関係の入選者氏名掲載〉
林義雄君のポスター　3
伊藤君のガッシュ絵（大阪朝日新聞二月十六日所載）　小島善太郎　4
榊原氏のモノチップ（大阪毎日新聞二月廿八日所載）　仲郷三郎　4
静物　榊原一廣氏筆幹（画）　4
画廊日誌（2月14日―3月17日）　4

第15号　1933年4月15日

ツマラネーツマラネー　KOBE, KONOGORO NO SAMISHISA!　1
雪どけ　小山敬三氏筆（画）　1
退屈だつたらYOYOです　東郷青児　1
川西英君と風呂　1
(広告)世界に於けるニユートン絵具の定評　1
田村孝之介君近来の傑作　神様でも気のつかない大名案　2
〈阪本清雄のアトリエでの阪本・田村・伊藤慶之助の雑談。田村のカット2点掲載〉
アドヤンのアトリエ　2
〈「アドヤン」はアドニス、サルーンの経営者で自ら美術雑芸家をもって任ずる三木瀧男のこと〉
吉岡君の別荘住ひ　2
土井君の本職　2
吉田博一君の壺編輯　2
山田・馬場両君東上　2
早春　大野麦風氏筆（画）　3
麦風氏紙本展寸感（大阪朝日新聞三月廿三日所載）　仲郷三郎　3
独立美術協会々員作品展（大阪朝日新聞四月五日所載）　朝倉芥郎　3
別車氏水彩画展評（大阪毎日新聞四月八日所載）　仲郷三郎　3
居留地にて　別車博資氏筆（画）　3
〈七日から九日まで元町鯉川筋画廊で別車の初の個展開催。「佳作の中にも海港風景を描いた諸作は水も船も手に入ったもので、溌溂たる生彩があり」と評す〉
画廊の予定　4

「独立系作家洋画普及展」・「第二十回神戸商業美術展」・「画廊後援会頒布展」・「向井潤吉氏洋画展」・「三木朋太郎氏洋画展」・「第五回創作図案展」・「中村貞以氏邦画展」
画廊日誌（3月22日―4月13日）　4

第16号　1933年5月17日

画家とREVIEWの女優　又新日報主催の座談会　1
〈又新の岡（成志）主筆の発案によって行われた件の座談会の模様を赤面子（大塚銀次郎）が紹介。座談会出席者は画廊側が「大塚画廊生・丸尾長顕・吉田台二・竹中郁・向井潤吉・阪本清雄・小磯良平・大野麦風」、女優側が「天草美登里・長門美代子・熱海芳枝・三田早苗・松島詩子・安田静子・鈴木壽美子・小野小夜子」の面々。座談会風景の写真あり〉
林重義門の一家　1
玄関は是非飾りなさい　洋画の額は目の線と直角に（神戸新聞五月五日所載）　2
無題　田村孝之介氏筆（カット）　2
コーベを垂れる　ジュン、エム　2
〈向井潤吉の置き土産の作品。「神戸、コーベ。ソーセージの家並に琥珀の陽が射す」という一節から始まる。〉
向井君の神戸みやげ　2
阪本君の東京みやげ　2
今竹七郎君の近況〈神戸大丸から大阪高島屋図案部へ〉　2
入選の喜び　3
春陽会・南画院・全関西・国画会
各紙の批評
神戸商業美術展寸評（又新日報四月廿一日所載）　阪本清雄　3
向井潤吉氏洋画個展（大阪朝日新聞四月廿八日所載）　朝倉芥郎　3
三木朋太郎君の絵（五月十六日大阪毎日所載）　小磯良平　3
シュミーズの女　三木朋太郎氏筆（画）　3
画廊の予定　4

「中村貞以氏邦画展」・「中村鐵氏洋画個人展」・「画廊後援会頒布展」・「葛見安次郎氏洋画展」・「乾田都氏邦画展」・「熊谷守一氏洋画展」
写楽　赤襦袢　東坊城光長氏複製（画）　4
画廊日誌（4月15日―5月14日）　4

第17号　1933年6月15日

仙人には勝テンデス　脱俗した熊谷さんの生活　個展延期の弁明　1
〈文末に「赤面子」の署名あり。熊谷守一の人となりの紹介。写真あり〉
椅子に倚れる女　熊谷守一氏筆（画）　1
重役室に納まつた阪本清雄画伯　2
〈神戸船主会の主事でもある画家阪本の近況〉
別府の山　中村鐵氏（画）　2
廉さんが酔払つて落して行つた紙片　2
福井君と岡田君　2
南展神戸に来る？　2
佐藤君の入選　2
多栄子さんの挿絵　2
〈赤艸社の金子多栄子、又新の夕刊の続き物「恋愛週間」の挿絵を描いている〉
神戸新聞は益夫君　2
〈神戸新聞の夕刊読物「森の洋館」の挿絵は坂本益夫〉
DOKURITSU BAR WINE LIST　2
〈「ドライ　ジン（里見勝蔵）」、「アブサン（林重義）」など〉
各紙の批評
中村貞以氏の気品（大阪毎日新聞五月廿四日所載）　仲郷三郎　3
中村鐵氏個展評（大阪毎日新聞五月廿八日所載）　伊藤廉　3
葛見氏の個展を観る（又新日報六月二日所載）　竹中郁　3
街道（F30）　葛見安次郎筆（画）　3
葉書だより　3

東京より…向井潤吉　秋田より…仲郷三郎　湯の山より…富永谷衣　六甲より…岡成志　4
贈物に洋画　効果百パーセント　4
絵画の実費　4
無料揮毫　4
画廊の予定　4
「画廊後援会絵画頒布」・「坂本益夫氏の洋画展」・「大野麦風氏魚の絵展」
画廊日誌（5月22日―6月6日）　4

第18号　1933年7月10日

WINSOR & NEWTON'S 大阪画廊の出現　心斎橋北二丁の中心地　1
〈英国のニュートン絵具で著名のWINSOR & NEWTON'S Ltd の日本代表事務所が大阪画廊を新設。神戸画廊と連絡契約が締結。大阪画廊の外観のスケッチと、内部見取り図掲載。「大阪画廊開設披露展」の知らせも。〉
独展台湾みやげ　2
〈独立展の清水登之、鈴木亜夫、鈴木保徳が台湾での独立展を済ませ、神戸に寄港。現地の印象を語る。〉
元川克己君の入院　2
鈴木清一君のお芽出度　2
坂本益夫君もお芽出度　2
南洋の魚（色紙）　大野麦風氏（画）　2
カフェーまはり　2
「元町の読書人」・「瀧道のナオミ」
画壇乗物見立　ユーモラス・テッドウ局調査　2
麦風氏の魚の絵展（大阪朝日新聞六月二十八日所載）　仲郷三郎　3
坂本益夫氏個展評（神戸新聞六月廿五、七両日所載）　小松　清　3
北野風景（F10）　坂本益夫氏（画）　3
観賞会新着大家作品展　3
神戸画廊三ヶ年の変遷　『画家の画廊』から『愛好家の画廊』へ　4
〈「神戸に画廊が出来てこの七月十日でマル三ヶ年になる、この間展覧会をやつた数百九十回」〉
神戸画廊の予定　4
熊谷守一氏洋画展　6日―11日　創作図案協会展　13日―15日
福田眉仙氏各国勝景展　17日―20日　画廊後援会頒布展　21日―23日
伊藤慶之助氏ガラス絵展　28日―31日

第19号　1933年8月12日

ユーモラスKOBEからGAROへ　1
〈本号より機関誌名を「HUMOROUS KOBE」から「HUMOROUS GARO」に改題。発行部数を五千に増加。題字をこれまで通り描く大阪高島屋図案部の今竹七郎への謝辞あり。〉
美術界漫談（夕刊大阪新聞七月十五日所載）　いしばし生　1
大阪画廊の入場者数〈開廊一週間の日毎の入場者数〉　1
野球狂時代　TIMELY HITの野球美術展　2
〈野球美術展が全国大会に魁て神戸と大阪の画廊で開催。福田眉仙の「野球用団扇」と「野球扇子」が評判となる。画廊で販売。眉仙の「野球用団扇」の写真掲載〉
眉仙老の大閉口　2
大石輝一君の大名案　2
洋画家の本名スッパ抜　2
霊前に花の油絵　永久に遺る記念の品　3
〈洋画愛好家徳岡医学博士の親族の死にまつわる挿話〉
ハーゲンベックと川西君　3
〈ハーゲンベック大サーカス来日に接した川西英の感激ぶり〉
観衆　川西英氏作（木版画）　3
〈野球美術展出品作〉
阪本清雄君の奇病　3
各派傑作の競演　3
創作図案の大阪進出　3

葉書だより　3
　佐渡より…林重義　下落合より…川口軌外
熊谷守一氏の洋画(大阪朝日新聞七月九日所載)　朝倉芥郎　4
眉仙氏の墨画(大阪朝日新聞七月二十日所載)　仲郷三郎　4
天草灘の月　福田眉仙氏筆(画)　4
海の風景展眺望(大阪毎日新聞八月十日所載)　仲郷三郎　4

第20号　1933年9月25日

ユーモラスにユーレーあらはれ　各派更生の途を説く　ゆめゆめ信ずる事なかれ　1
〈「帝展の行く道」・「二科の更生法」・「春陽会は転向」・「独立は飽迄独立」・「国展は一代限り」の小見出し〉
神戸画廊における二科画談会　審査の内輪話　2
〈濱田葆光からの審査の状況についての話を受けた雑談を紹介〉
小山君の茶目ッ気　2
小出卓二君のお冠り　2
別車博資君第二世　2
当人の知らぬ自画像　2
秋深画壇虫見立　2
二科院展を見る　県下の出品画評(大阪朝日新聞九月十四日所載)
東京にて大塚赤面子　3
風景　石井柏亭氏筆(画)　3
兵庫県美術家聯盟展　公募を交へて華々しく開催　十月廿四日より大丸で　4
個展時代来る　実力ある作家の進出すべき秋　4
〈「文藝春秋」九月号の「文藝春秋」欄の言葉を受けて〉
神戸 大阪 画廊の予定　4
　「独立美術会員素描展」・「東郷青児氏小品展」・「福井謙三氏滞仏記念展」・「第七回創作図案展」

第21号　1933年10月26日

帝展ヤッパリ厳選　神戸で三人＝大阪で十人　春と秋とに分けては如何？　1
〈神戸の初入選は赤艸社の金子多栄子只一人〉
金山さんの人形　1
画人文人好取組　1
各部委員の活躍目覚しく　兵庫県聯盟展開く　一般公募作品を交へて花々しく　2
吉田博一君とカラス　2
花嫁学校の絵の先生　2
岡田行一君の赤名刺　2
小磯家のお芽出度　2
画壇動物園　2
みなとの祭近づく　装花自動車の立案に画家図案家が乗出す　3
〈大森啓助、今井朝路、梶原庄之助の名が挙がる〉
神戸 大阪 画廊の予定　3
　「画廊後援会第十回頒布展」・「本年度帝展系作家展」・「ライジング商業美術展」・「岡田行一氏筆肖像画展」・「神原浩氏エッチング展」・「衣巻寅四郎氏洋画個展」・「大野麦風氏日本画展」・「松葉清吾氏デッサン展」
荒木陸相を描く岡田行一氏(写真)　3
各紙の批評
　独立美術会員の素描(大阪朝日新聞九月二十二日所載)　吉田博一　4
　神戸創作図案展評(大阪毎日新聞十月十八日所載)　ＸＹＺ　4
　児島善三郎氏の個展(大阪朝日新聞十月二十日所載)　朝倉芥郎　4
バラ(F8)　島雄健氏筆(画)　4

第22号　1933年11月22日

西部劇『ドン・ゼンザ』　原作　吉田博一氏　脚色　大塚赤面子　1

〈「筋書」冒頭には「メキシコは西の端、ミナト・コーベに現はれ
た密輸出の常習犯ドン・ゼンザは」云々とあり。〉
紬ぐ秋　大野麦風氏筆(画)　1
絵による若返り法　肖像画家の苦心　2
〈彫刻家福田青雲の場合〉
大石輝一君の喫茶熱　2
平田のアンチヤン転勤　2
ハガキだより　2
東京にて…小寺健吉　和歌山にて…林武　奈良にて…小島善太
郎
釣る人　神原浩氏作(エッチング)　2
ウソみたいなホントのハナシ　2
神戸新聞記者英雄見立　2
〈朝倉芥郎(朝日)ほか13名の新聞記者が挙がる〉
各紙の批判
帝展系小品展雑考(大阪朝日新聞十月廿九日所載)　朝倉芥郎　3
港のエッチング展望(大阪毎日新聞十一月七日所載)　仲郷三郎　3
〈鯉川筋画廊で開催の神原浩「港のエッチング展」〉
衣巻寅四郎氏の個展(大阪朝日新聞十一月十一日所載)　竹中郁　3
〈「君は「樹木」「松」などを人間のやうに扱ひたいといふ。さも
あるべし。君の生を吹き込まれた植物は場中で愛と真とを語つ
てゐる」〉
大野麦風氏近作展(大阪朝日新聞十一月十七日所載)　仲郷三郎　3
バラ　衣巻寅四郎氏筆(画)　3
神戸画廊の予定　4
11月21日―24日　児島善三郎氏色紙展
11月25日―26日　高橋雅子氏洋画個人展
11月28日―30日　湊弘夫氏作品展　12月1日―4日　福井市郎
氏洋画小品展
12月5日―8日　川西英氏新作版画展
12月9日―11日　乾田都氏第二回日本画展
大阪画廊の予定　4
11月24日―27日　各派大家洋画展　12月1日―4日　赤野塾第
二回洋画展
12月8日―11日　五洋会洋画展　12月12日―15日　小島善太郎
氏洋画展
12月16日―19日　榊原一廣氏モノチップ展
船のある風景　上田清一筆(画)　4

第23号　1933年12月15日
師走顔見世興行　扇港積話旭解雪
無断上演随意　原作　三木瀧男
脚色　大塚赤面子　1-2
〈芝居脚本。画廊関係者16名に「兵庫守　浅倉是道」のように、
それぞれ役を振る。「序幕　城中兵庫守居間」「第二幕　三木屋
二階場」「同返し　狸穴亭離座敷」「第三幕　東海本街道の場」
「同返し　本丸大広間」の構成〉
駒ヶ岳　柚木久太氏筆(画)　1
画廊野球部大敗　対創作図案協会戦　3
鈴蘭　高橋虎之助氏筆(画)　3
不景気につき転向　3
〈「エカキ、ヤメタラ　川西英君　代書屋に」ほか12人を対象に〉
神戸画廊の予定　3
12月13日―16日　五洋会洋画展覧会　18日―20日　鈴木清一氏
染織画展
21日―22日　同情週間絵画入札展　23日―26日　犬の絵の展覧
会
27日―31日　新春用画即売会
大阪画廊の予定　3
12月16日―19日　榊原一廣氏モノチップ展　20日―31日　和洋
画即売会
各紙の批評
高橋雅子氏の作品(朝日新聞十一月廿八日所載)　元川克己　4

川西氏の新作版画(朝日新聞十二月六日所載)　朝倉芥郎　4
〈「氏は殊にサーカス、歌劇ものに興味を持ち、今度も曲馬(主としてハーゲンベック)やカルメンを多数デビューしてゐる」〉
カルメン第二幕　川西英氏作(木版画)　4
ハガキだより　4
駒込にて…硲伊之助　代々木にて…児島善三郎　東京にて…吉田博一

第24号　1934年2月7日

P.Q.R.　さかも・きよ　1
〈酒癖をめぐる随感〉
自動車画廊に横着　1
独立美術会員道後行　2
〈野口弥太郎、三岸好太郎ら会員諸氏の道中記。「1、神戸港出帆」から「12、内海風光」まで〉
奇抜な病気見舞状　画廊同人から金崎博士へ　3
公園の少女(F12)　桑原儀一氏筆(画)　3
ドコで見たダレの絵が印象に残つてゐますか?　3
〈アンケート。竹中郁ら五人が回答〉
神戸画廊1933年の回顧　4
〈「川西英氏創作版画展　1月10日―12日」から「新春用和洋画即売展　12月24日―31日」まで五八件の催し物と開催期間が掲載〉
神戸港(F8)　久本弘一氏筆(画)　4
ハガキだより　4
奈良にて…小島善太郎　渋谷にて…林武　東京にて…中山正實

第25号　1934年4月10日

丹下左膳=林重義　『舞妓』の生みの苦しみ　1
〈独立展に出品した二点の舞妓の絵を仕上げるに要した五日間の林の苦闘ぶりを語る。画も掲載〉
春は旅の話　2
藤堂君は紀州へ　林重義君は東京へ　福井君は支那へ　大野君は琉球へ
衣巻寅四郎君逝く　2
I.J.L.の提唱　2
〈前号の「P.Q.S」の向うを張った発言〉
レビューの女　伊藤慶之助氏(画)　2
新発明　油絵の表具　2
独立美術協会　会員犬見立(東京同会事務所創作)　2
〈「秋田犬…清水登之」ほか13名の見立て。末尾に鈴木亜夫からの訂正申し入れ文章も掲載〉
倫敦で客死した頓野氏の遺作展　友人知己の斡旋で　3
県下本年度　独立美術出品者展　茶話会も開催　3
絵画交換入札展　五月中旬に開催(告知)　3
吉田喜蔵氏一派作品展　3
〈頓野の遺作展からここまで神戸画廊が会場〉
大阪画廊の予定　3
4月11日―19日　桑重儀一氏洋画展
4月20日―22日　パレット同人会関西部　創作写真展
台湾旅行通信　小磯良平・田村孝之介　3
〈「高千穂丸船上より(二月十一日)」・「台北にて(二月十三日)」・「臼杵にて(二月廿四日)」〉
新嘉坡から　林武　3
〈パリに向かう林武のシンガポールからの第一信〉
各紙の批評
創作図案展を見る(大阪朝日新聞二月九日所載)　田村孝之介　4
小磯・田村両氏の台湾風景洋画展(大阪毎日新聞三月十三日所載)　川淵辰雄　4
池畔の亭　小磯良平氏筆(画)　4
宿がへ帳　4

〈伊藤慶之助、山本大慈、山本魁の転居を報ず〉

第26号　1934年12月3日

〈4月10日の第25号から八カ月ぶりの発行。誌名は再び「ユーモラス・コーベ」に戻る〉

再刊の辞　1

〈定期刊行物ではないことを断り「生かすも殺すもアナタまかせ」と述べる〉

黒木君のスタヂオ　1

〈二年前に性格写真展を画廊で開催した黒木鵜足が、現在画廊の二階に写場を設営中〉

画家音楽家見立　1

勝つた勝つた勝つた　画廊野球チーム　1

藝術橋　F10　福島金一郎氏筆(画)　1

みなとのまつりに　浮れ出した画家連中　自描の面に顔を隠して元町通りを練り歩く　2

〈神戸の市民祭である「みなとの祭」を機会に兵庫県美術家聯盟有志で催した懇親会の行状記。「こも樽の鏡を抜いて」「大江山で百鬼の酒宴」「女王に飛付く恋人共」「竹中君のチヤカホイ節」「群衆に投げキツス」の小見出し。写真あり〉

絵を買ふ秘訣　3

宮下家の国際里帰り　3

坊主頭の伊藤継郎君　3

田村孝之介君の失敗　3

小松君のお芽出度　3

ベラボーな大壁画　3

無料揮毫で義捐　3

初夏の山　F4　榊原一廣氏筆(画)　3

同情週間に贈り度い物　3

各紙の批評

創作図案協会第十回ポスター展を観る(大阪毎日新聞十月十三日所載)　久保田郁良　4

湊氏の染色を見て(大阪朝日新聞十一月十四日所載)　鈴木清一　4

福島氏個展を見て(大阪朝日新聞十一月廿五日所載)　竹中郁　4

海辺　F8　油谷達氏筆(画)　4

神戸画廊十二月予定　4

1日―3日　画廊後援会第十九回絵画頒布展

4日―7日　大野麦風氏近作画展　8日―10日　新井完氏洋画頒布展

11日―13日　福田眉仙氏邦画近作展　14日―16日　小磯良平氏近作洋画展

20―21日　大阪朝日新聞神戸支局同情週間絵画入札展

17日―19日　山本大慈氏日本画展　22日―24日　鈴木清一氏染色画展

第27号　1935年2月1日

画壇百人一首　1

〈藤島武二以下18名の画家に見合う和歌を百人一首から選んで紹介〉

THE USE OF PICTURES(STUDIO　九月号所載)　1

画廊人煮しめ見立　1

今度来た知事さん―絵がお好き―　2

〈兵庫県新知事として来任した湯澤三千男の美術への造詣・関心の深さを紹介。写真「兵庫県庁にて」(桑原前学務部長、湯澤新知事、林重義画伯)も掲載〉

この不景気時代に渡欧の二画人(一月十五日新聞通信所載)　3

〈上野山清貢と久本弘一の動向〉

林重義君断髪の理由　3

久保田君のお芽出度　3

各紙の批評

山本大慈氏日本画展(大阪朝日新聞十二月十八日所載)　鈴木清一　3

久本氏渡欧展を見る(大阪朝日新聞一月十九日所載)　仲郷三郎　3
(広告)「画廊の二階の黒木鵜足写場へお越し下さい」　3
画廊1934年の回顧　4
〈洋画観賞会諸大家展　1月7日—9日」から「新春用洋画即売展　12月28日—31日」まで六六件の催し物と開催期間掲載〉
裏庭　上山二郎氏筆(画)　4
画廊の予定　4
2月1日—4日　独立美術協会々員田中佐一郎氏洋画展
21日—23日　国展会友福井市郎氏洋画展
25日—28日　国展会員辻愛造氏洋画展
3月7日—9日　神戸創作図案協会展　16日—18日　中川郷一郎氏洋画展
25日—29日　上賀茂織、颯々織　本染手織友禅展覧会
4月1日—3日　佐藤章氏洋画展　5日—7日　赤艸社バザー

第28号　1935年2月20日
THE PLEASURES OF OWNING PICTURES(STUDIO九月号所載)　1
画廊美術書籍部新設(告知)　1
〈三月から新設。東京美術社、アトリエ社、みづゑ社、塔影社等と特約〉
藤田嗣治氏のトランク　1
大臣にならぬ福井君　1
岡田君のランデブーカード　1
虎は死して皮を残し　画家は死して何を残すや　1
〈「福田眉仙　死して　黒眼鏡を残し」から「小磯良平　死して竹中郁を残し」まで14人の場合を挙げる〉
かつぐはなし(文藝春秋二月号所載)　小林和作　2
〈京都以来の相棒林重義の人となり。文末に林本人の言葉も紹介〉
温室　川西英氏筆(木版画)　2
川西君と高麗蔵丈　2
〈川西英と歌舞伎役者高麗蔵丈との出会いのエピソード〉
散髪(アトリエ一月号所載)　林重義　2
(広告)額縁洋画材料　昭花堂　文房堂絵具代理店　3
白い橋　江田誠郎氏筆(画)　3
益田義信君の新婚旅行　3
(広告)額縁製造販売　洋画材料一切　だけ商店　3
各紙の批評
川西英氏版画展を見て(大阪朝日新聞二月三十日(ママ)所載)　竹中郁　4
〈「こゝには中年の男の持ち得る豪快と言つたものゝ芽生えと、未だに衰へやうとせぬ青年の新感覚が噴泉のやうに絶えず湧いてゐる」〉
辻愛造氏の芸術(昭和十年三月三日神戸又新日報所載)　尚蓼子　4
大野麦風展寸評(大阪朝日新聞三月十四日所載)　仲郷三郎　4
唐櫃村風景　辻愛造氏筆(画)　4
画廊の予定　4
25日—28日　上賀茂織、颯々織　本染手織友禅展覧会
4月1日—3日　佐藤章氏洋画展　5日—7日　赤艸社バザー
11日—12日　福島金一郎、坂本益夫、中川郷一郎　三人洋画小品展
20日—22日　ドルメン洋画展

第29号　1935年5月20日
土を捻り絵を描いて　春泥会の京都陶行　1
〈神戸画廊に集まる人たちで一日京都に土いじりの会を行ったことを報じる。「春泥や徐々に行く水」をはじめとする黒木鵜足の言葉も並ぶ。黒木撮影の写真も掲載〉
(告知)画廊染織品部新設　1
桜の枝に短冊吊して　美術家聯盟の懇親会　2
油絵皿「椿」　藤村初恵氏筆　2

MODERN KOBE　2
〈元町通の印象をスケッチ風に紹介〉
美しい相互扶助　中村鐵氏の慰問展　3
赤マント後日譚　3
〈今井朝路の赤マントのその後の消息〉
各地だより
福島から(四月十五日福島県庁にて桑原幹根)　3
春陽会より(四月廿八日東京にて伊藤慶之助)　3
国展会場から(朝倉芥郎・福井市郎・辻愛造・川西英)　3
丘の家　(F8)　大森啓助氏筆(画)　3
各紙の批評
佐藤章氏の個展(四月三日大阪朝日新聞所載)　亀高文子　4
大森啓助氏個展評(四月廿六日大阪朝日新聞所載)　竹中郁　4
鈴木亜夫氏小品展評(大阪朝日新聞五月十一日所載)　伊藤慶之助　4
長谷川君の個展のぞき(五月十四日大阪毎日新聞所載)　小磯良平　4
裸婦と花(F12)　鈴木亜夫氏筆(画)　4
CONTRAST　4
〈「湊弘夫(サイズ)小松益喜」はじめ10組のコントラスト〉
画廊の予定　4
5月17日—19日　初夏民芸染織工芸展　20日—23日　画廊後援会絵画頒布展　24日—26日　芦屋洋画研究所展　27日—29日　上田清一氏洋画個展　6月1日—2日　新井完氏洋画頒布会　6日—8日　神戸創作図案協会展

第30号　1937年1月1日
〈前号から一年七カ月を経て刊行(再刊)。誌名が「ユーモラス・ガロー」に戻る〉
阿呆陀羅経　再刊之辞　1
〈またも出ましたお笑ひ草は　チヤカポコ　チヤカポコ　神戸名物画廊のニュース　チヤカポコ　チヤカポコ〉
聯盟の新年懇親会　1
小磯邸のクリスマス　1
川西英氏創作版画カレンダー(神戸画廊蔵版二百部限定)(図版あり)　1
林重義氏の帰郷　1
版画第一王　自惘公　1
〈漢詩〉
兵庫県名所図会　2〜3
〈「眉仙窟」・「良平ヶ磯」・「英西川」など画家の名をもじった十七の「名所」解説〉
写真〈来神した藤島武二を囲んで。亀高文子邸で。黒木鵜足写〉　2
或る海岸　江田誠郎氏筆(画)　3
嗤文華君之禁酒　自惘公　3
中村鐵君の個展にて(十二月十七日大阪朝日新聞所載)　小磯良平　3
川西英氏版画展を見る(六月三日大阪毎日新聞所載)　黒木鵜足　3
元川克己氏個展所感(十二月十一日大阪朝日新聞所載)　鈴木清一　3
画廊一ヶ年の回顧　4
〈「月曜会第三回月例展　1月15日—17日」から「新春用画即売展　12月29日—31日」まで六九件の催し物と開催期間掲載〉
赤の風景　前田寛治筆(画)　4
東京諸先生へお年玉　ユーモラスガローより　4
画廊主催ユーモア会
小松益喜君モーニングの会　一月廿五日午後四時　オリエンタルホテル　4
鈴木清一君のテノール独唱会　三月上旬の予定　青年会館社交室　4

第31号　1937年4月1日
彼氏はイツ孕まれたか　神戸の画家の妊娠日想定　1

川西英氏創作版画カレンダー（神戸画廊蔵版二百部限定）（図版）　1
〈毎月発行いたします。四月号は「春の唄」で赤と水色の二色刷です〉
林重義氏の東京個展　1
美味求真　1
〈「鯛…岡田三郎助」「フグ…梅原龍三郎」はじめ十六の見立て〉
旅つれづれ（東京帝国大学新聞所載）　林重義　2
新緑　安井曾太郎氏筆（木版画）　2
画廊を改造したいデス　設計も御覧の如く出来ましたところで…サテ…少々困つたデス　3
〈画廊が出来て足掛け八年、その間各種展覧会を開くこと「三百何十回」とあり。設計図掲載〉
小磯良平君の友愛　3
中村鐵君の入院　3
各紙の批評
根木従之助君個展感（一月二十日大阪朝日新聞）　鈴木清一　4
ポスター展を観る（二月四日大阪毎日新聞所載）　森川豊三　4
〈新たに神戸に生まれたポスター科学協会の作品展〉
各派彫塑展を見る（一月卅日大阪朝日新聞所載）　湊弘夫　4
薔薇　山本鼎氏筆（画）　4
神戸画廊の予定　4
須磨総吉氏洋画展　4月3日—6日　香田勝太氏洋画展　4月20日—24日　桝井一夫氏洋画展　4月下旬　永井宏氏洋画展　5月7日—9日　島雄健氏洋画展　6月12日—15日　東山魁夷氏日本画展　6月17日—20日

号数記載なし　〈巻頭に掲げている新年挨拶文より、1939年1月発行と推測される。前号から1年8カ月経過。誌名は継続して「ユーモラスガロー」が用いられている。ノンブルがないので便宜的につける。2頁目に「再刊の弁」あり。〉

〈巻頭言〉〈「戦捷第三年の春を迎へ新年おめで度く存じます」（以下略）。「昭和十四年元旦　大塚銀次郎」とあり〉　(1)
〈画廊紹介文〉〈「画廊の展覧会場」（写真）と「画廊の間取り」図掲載〉　(1)
ユーモラス・ガロー再刊の弁　(2)
〈昨年中休刊した経緯と今後の刊行の見込みについて述べる〉
展覧会の意義（七月二十五日新聞通信所載）　(2)
川西君の支那行
〈日本版画協会から北中支戦線に派遣される版画家の一人として〉　(2)
奥入瀬　安井曾太郎氏筆（画）　(2)
鐵チャンの送別会　(3)
〈中村鐵の送別会、小磯良平のアトリエに集まる仲間によって〉
小磯君のモンペ姿　(3)
林さんと奥さん　(3)
鈴木君の骨折り損　(3)
辻愛造君の奇禍　(3)
画廊新春の計画　(3)
福田眉仙氏支那事変写生展　1月中旬　林重義氏日本画展　1月下旬　青山義雄氏新作洋画展　2月中旬　梅原龍三郎氏作品観賞会　3月中旬
富士　大森啓助氏筆（画）　(3)
各紙の批評
山﨑隆夫氏の個展（大阪毎日新聞二月十二日所載）　小磯良平　(4)
辻愛造氏展を見て（大阪朝日新聞六月二十二日所載）　川西英　(4)
麦風と魚の絵（大阪毎日新聞十二月二日所載）　仲郷三郎　(4)
画廊1938年の回顧　(4)
〈「大森啓助氏洋画展　1月15日—19日」から「歳末奉仕洋画自由入札展　12月27日—30日」まで三九件の催し物と開催期間掲載〉

六章　一九五〇年の二つの文化的イベントから展望する芸術家たちの協同

一、グランド・バレエ「アメリカ」と中国現代版画展覧会を取り上げる理由

一九五〇（昭和二五）年三月、一つは大阪朝日会館と兵庫県西宮球場に設営された野外劇場、もう一つは神戸市立図書館を会場にし、二つの催しものが開催された。その折のプログラムや新聞広告から、まずはそれらの輪郭を紹介しよう。

グランド・バレエ「アメリカ」は今回開催の朝日新聞社主催の「アメリカ博」に協賛して朝日新聞文化事業団主催の下に関西在住の詩人、画家、音楽家により制作され、小牧正英が按舞したものであつて、バレエに詩人や画家が積極的協力することはわが国バレエ界にとつて画期的なことであり、かつ既成の音楽から一つのストーリーを作り出すことも始めての試みである。（『グランドバレエ〝アメリカ〟』プログラムパンフレット「解説」）

中国現代版画展覧会　▽期日　三月十四日（火）―十九日（日）　▽会場　神戸市立図書館　▽出品点数は飢餓（李樺）釈放された父（麦稈）ほか百点であるが、そのほか木刻画発達の歴史や、過去二十年間における啓発

運動など一見してわかるように展示される　▽主催　中華全国木刻協会日本連絡部、神戸市立図書館　▽後援
神戸新聞社、日本美術会神戸支部（『神戸新聞』一九五〇・三・一二）

ジャンル、主催団体、開催規模、それぞれの企画に携わったメンバー等、両者に直接的な繋がりはない。また、相良周作「アメリカ博記念グランドバレエ「アメリカ」について」(1)や、当時の神戸で中国木刻の普及活動に努めた版画家李平凡について調査した張玉玲「研究ノート　日中版画交流史――李平凡在日期間中の活動を中心に――」(2)といった各々についての数少ない先行研究にあたってみても、もう片方の動向についての関心は現れていない。相良の仕事は『グランドバレエ〝アメリカ〟』パンフレット掲載記事、写真の網羅的な紹介と、この企画がアメリカに対する日本国民の関心を深めさせようとする博覧会の趣旨にマッチしていたことの確認にとどまっており、張の場合は、一九四三年の来神以降、一九五〇年五月に帰国するまでの李平凡の活動を、彼の遺した著述や戦後日本における中国版画交流の歴史を踏まえて丹念に追いかけているが、結論としては、彼の活動を、魯迅の新木刻運動に端を発し、抗日の時期を経た中国版画が戦後の民主化に向かう日本で受け容れられていくことと直結させていて、それ以外の問題系や可能性を見出していない。約めて言えば、双方の論考は綿密な調査を行っていても、そのイベントや推進者の評価にあたってはイデオロギッシュな立場を押し出していて、しかもそれを先験的に持ってしまっているような感を与える。このように、片やアメリカニズムの盛行、片や革命中国の再評価といった見方のみを優先させれば、いま取り上げている二つのイベントを架橋するものはなかなか見えてこないだろう。しかし、両者を直接結び付けていく事実は見出していけないながらも、それぞれの企画が実現されていく過程や、それに下されていく評価、加えて事後に生じていく動きなど、そういった現象の奥をさらによく見ていけば、両者からは、そこに共通して在る、芸術の在り方を問う研究視点とでも呼び得るものが導き出せはしないだろうか。そして、そのため

の一つの取っ掛かりとして、私はタイトルに記したように芸術家たちによる協同という問題を持ち出そうと思う。

本論では演目や各自の役どころも確認することになろうが、「グランドバレエ〝アメリカ〟」の企画に携わったのは、竹中郁、小磯良平、小牧正英、朝比奈隆、服部良一、吉原治良らである。これら活動ジャンルを異にする者が一堂に会して一つの芸術作品を創造していくことの中には、どのように意義深いものが含まれているだろうか。また、彼等の繋がりのありようとしては、少年時代は二人とも画家になることを夢見ており、やがてそのうちの一人は神戸モダニズムを代表する詩人としての頭角を現わしてからも交流を維持してきていた竹中と小磯のようなケースもあれば、戦時下の上海におけるフランス租界で、一方はロシア・バレエの代表的な男性舞踏家、一方はその舞踊団の公演でタクトを揮う指揮者として出会って意気投合していった小牧と朝比奈、そしてさらには彼もこの街を訪れ、ジャズを通して前二者の交流圏に接近する姿勢を示していた服部といったケースもあって、それぞれ注目される。このようにして始められ、積み重ねられてきた交流の途上にあっての協同作業は、その場限りの一過的なものとは違う厚みを持っていただろうし、その性格を受け継ぎ発展させた、また新たな協同の賜も生み出していくだろう。

これに対して中国現代版画展覧会の方だが、実は李平凡が代表を務める中華全国木刻協会日本連絡部は、同展覧会と同じく一九五〇年三月に開催、六月まで続いた神戸市大博覧会の王子会場内の世界館にも「中国木刻全日本流動展」の一環として作品の展示を行っており、李本人の回想によれば「博覧会の統計によると、鑑賞者はのべ二百万人を超えた。中国版画の複製は数回増刷され、空前の盛況となった」(3)という。にもかかわらず、両展覧会についての同時代評やその時点における関係者の発言があまり拾えない。そのため、「グランドバレエ〝アメリカ〟」のようには、これらの企画に関わった人たちの協同の実態を浮き彫りにすることが現時点ではかなり困難であることを予め断っておかねばならない。そこで、その責を少しでも果たすため、この小論では神戸出身の創作版画家である川西英と李平凡、あるいは彼が代表する中国現代木版画との関わりに焦点を合わせようと思う。李の著書『版画滄桑』中でもしばしばその名が見え、日本滞留中の彼を支援し、多くの刺激を与えてくれたとして回想されている川西が、実際にはどういった評言を彼に向けていったか。この資料とても僅かなものしかないのだが、しかしそれを具に検討していけば、中国版画を民主化運動の担い手として扱っていくのとは位相を異にした、李平凡と川西英との協同の可能性が――それが実際どこまで実現できたかは改めて問う必要があるけれども――浮上してくると思われる。

二、〈協同〉の視点から『グランドバレエ〝アメリカ〟』パンフレットを読む

朝日新聞社の主催で、一九五〇年三月一八日から六月一一日[4]まで兵庫県西宮の阪急西宮球場で開催された、アメリカ博覧会に協賛して企画された「グランドバレエ〝アメリカ〟」は、博覧会の開催に先立つ三月一七日から一九日まで大阪中之島にあった大阪朝日会館にて、またそのプログラムの一部であるバレエ「ラプソディ・イン・ブルウ」は、それに加えて二〇日から二二日まで西宮第一会場の野外劇場で上演された。この企画をプロデュースした佐藤邦夫によれば、前年の一〇月に最初の打ち合わせをしてから四ヶ月半の間に、二木の創作バレエと、新作のシンフォニック・ジャズを作り上げて実現に至ったものだった。[5]相良論文と重複するが、これに関しての情報提供は必要なので、『グランドバレエ〝アメリカ〟』パンフレットの2・3ページに掲載された公演プログラムを摘記してみる。

グランドバレエ　アメリカ
小牧バレエ団公演

関西交響楽団演奏

第一部

バレエ「新世界交響曲」ドヴォルザーク曲

詩的構想　竹中郁　　装置衣裳　小磯良平

演出振付　小牧正英　　指揮　朝比奈隆

第二部

シンフォニック・ジャズ「アメリカ人の日本見物」　服部良一新作曲発表

指揮　服部良一

第三部

バレエ「ラプソディ・イン・ブルー」　ガーシュイン曲

構想美術　吉原治良　　演出振付　小牧正英

指揮　服部良一　　ピアノ演奏　伊達純

照明　穴沢喜美男

プロデュース　佐藤邦夫

第一部では「配役」として「移民の若者　小牧正英」「怪鳥　関直人」をはじめ二九名、第三部では「出演者」として関直人、廣瀬佐紀子、笹本公江ら二三名の名が列なっているがここでは省略した。バレエ「新世界交響曲」における竹中郁の「詩的構想」、バレエ「ラプソディ・イン・ブルー」における吉原治良の「構想美術」の内容についで気にする向きもあろうかと思うので、それについてもパンフレット掲載の「解説」を引いて一応紹介しておくと、前者については「アメリカ大陸へ上陸した一青年が村に襲いかゝる怪鳥〝野蛮〟を退治しようとして弓で怪鳥を射つが矢は鳥にあたらず友人にあたる。そこへ別の白い怪物があらわれたと村の少年たちは告げてくる。最初青年はこの白い怪物を悪魔の同族だと思つていたが、文明であることを知り、素直にこの白いものの精神をとりいれて腕力でなく愛と智によつて〝野蛮〟を退治する」、後者については「物語の筋はない。ガーシュイン作曲のこの音楽がもつリズムによって、動く人間と人間群を描いたもので、おおむね抽象的な形態の組合せであり、一部分具象的な形態をも配している」というものである。

【図1】「グランドバレエ“アメリカ”」について打ち合わせするメンバー。左より小牧、竹中、小磯、吉原（同公演パンフレット掲載写真）。

〝野蛮〟に打ち勝つ白い文明という筋立ては、いかにもアメリカ博覧会の記念といった趣があり、ガーシュインの曲が与えてくるものの説明としては、この「解説」とは別に吉原が口にした「何か都会的なきらきらした美しいあと味」[6]の方が視覚的に強く訴えかけてくる感があるが、それらよりここで注目したいのは、バレエ「新世界交響曲」の構想の詩的構想を担った竹中郁と、「ラプソディ・イン・ブルー」の構想美術を担った吉原治良の双方が、ジャンルを異にしている芸術家たちが協同して一つの作品の創造を目指すことと、その営みがもたらす芸術上の成果や稔りについて意識的になっていることである。【図1】

『グランドバレエ〝アメリカ〟』パンフレットに載った竹中郁の「はじめてバレエに――」でそのことを確かめてみよう。舞踊の表現の自由さは自身の「ファンテジイ」を盛るにはうってつけだと思って台本を書くことを引き受けたものの、彼が任されたケースは「新世界交響曲」という曲の方が先にあって、しかもその曲調にはドラマチックな要素が目立たないというものだった。所期の期待と勝手が違うことに戸惑いながら一応は台本を書いた彼に対して、舞台に立つ肝心の小牧は「もっとドラマチックに筋立てを」と意見する。このアドバイスは「できるだけ簡単なすじで、大まかにドラマの波をこしらえぬと、この曲ではもたぬ」こと、そしてまた「台本をはじめにかいて、それに作曲家が、曲をつけてくれるなら、曲そのものを、ドラマチックな構成に作曲してさえもらえば、台本の少々のやわさも何ら恐るゝに足らないのだが、今度の場合は事情がちがつていた。まるで正反対だった」ことを竹中郁に気づかせ、学ばせた。ここにまず、芸術家が作品の制作にあたって単独者のままであるよりは一歩前進した証跡がある。

さらに「はじめてバレエに――」の後半で、郁は「わたしは、この次は、最初からの、台本をかいてみたい。自由に、曲にとらわれず。」という抱負を述べるが、それが実現に向かうプロセスを説明する中には「気ごころの知れた画家と組んで、こちらの意を十分のみこんでもらつた上で、デコオルの方をうけもつてもらい、作曲をつけて按舞といつた手順で」というように、〈協同〉に力点をおいた言葉が出てくる。そして、それを受けて、バレエの芸術性を担保するものとして、何よりも優先されねばならないものもこの〈協同〉性にありとする考えも、「バレエの筋は簡単なほどよく、むしろその成功不成功の鍵は、作者、画家、作曲家、按舞家のこの四つの横の連りにあるようだ。それがうまく行きさえすれば、台本の出来不出来はそんなに成果を左右するものではない。そんな気がする。」と示されている。

一方の吉原治良の場合を見ても、「視覚的造型に対して大きな食欲」を持ち合わせている美術家ならではの自負をもってガーシュインの「ラプソディ・イン・ブルー」を解釈し、受け止めていった自分のスタンスの取り方に対して、小牧が「非常に賛成の意を表」したと述べ、その「優秀な按舞によつて僕の意図するところは生かしていたゞ

ける に違いない」というように、こちらの演目においても、画家と舞踊家の協同態勢が実現することを確信している。

さらに、「新世界交響曲」の舞台装置を担当したのが、バレエの背景画を手掛ける初めての体験となった小磯良平、「ラプソディ・イン・ブルー」で指揮を務めた服部良一の発言を見ても、「ルオーが背景を描いた時もルオーが舞台装置の経験者だつたとはきいていない。ディアギレフがルオーのデッサンをいかしてくれる。私のデッサンも誰かがうまくやつてくれるだろう」（小磯）とか、「ガーシュインの「ラプソディ・イン・ブルウ」はいろ〳〵な人のを聴いているが（中略）僕が一番楽しく聴けたのは、ポール・ホワイトマン指揮のガーシュイン演奏のものであった。（中略）今回のバレエにおいても僕は小牧氏にも、ガーシュイン演奏のレコードを聴いてくれるように頼んだ」（服部）というように、自身の発想（アイデア）を、バトンタッチよろしく協同の場に参画した他のメンバーに手渡すことによって、そこで得られる成果がより大きくなっていくことを期待、予想していることがわかる。[7] そして、このように彼らが期待し、目指すところを集約的に言い表したものが、小牧正英の発言中に出てくる「音楽とアブストラクトのデザインと踊がいかにマッチするかが冒険（的）な仕事」、「バレエのもつ可能の限界で、絵画と音楽と舞踊の橋渡しをつとめようとする試み」なのである。小牧のこの言葉は文脈上では創作バレエ「ラプソディ・イン・ブルー」を指している。が、ここまで取り上げて来た「グランドバレエ〝アメリカ〟」の企画に携わってきた芸術家たちの考えに照らすなら、それは「新世界交響曲」における試みも説明していると言えよう。

三、「グランドバレエ〝アメリカ〟」と呼応する催し

そして、こういった協同作業は、何も「グランドバレエ〝アメリカ〟」に限られたものではなかった。すなわち、マッカーサーの指令による日本共産党委員の追放、朝鮮戦争の勃発、放火による金閣寺の焼失など、政治、軍事、社会の各

方面において大きな事件が続けざまに起こった、一九五〇年の春から夏にかけての新聞の他の欄も見ていくと、たとえば「グランドバレエ〝アメリカ〟」で顔を合わせた服部良一と竹中郁とが、今度は服部が「ビッグジャズ」の指揮をとり、竹中が神戸文化会館建設促進の歌「あたらしき五月頌」を作詞してそれを五百人が大合唱、さらにはそこに谷桃子バレエ団が加わってロマンティック・バレエ「レ・シルフィド」（ル・シルフィード）を演じる「ビッグ・ジャズとバレエの夕　五百人の大合唱」が、五月一八・一九日に宝塚大劇場で開催されることに関する広告や記事が拾える。(8)【図2】

【図2】1950年5月3日発行『神戸新聞』朝刊に掲載された広告。

谷桃子は、戦後上海から引き揚げてきて日劇ダンシング・チームのバレエ教師兼演出家に就いた小牧正英の指導によって才能を伸ばし、「バラの精」の少女役でバレエ界にデビューした。小牧とは他にも「イゴール公」をはじめ舞台をともにし、一時は結婚もしたがまもなくそれは解消し、谷桃子バレエ団として独立する。そんな谷桃子バレエ団が登場するこの年の夏の催しとして、毎日新聞社主催「星月夜のワルツ祭」があった。広告の一つには「5名のソリスト・300名の大合唱と群舞　空前のグランドバレエコンサート」という謳い文句とともに、「コッペリアより」「ファウストより」「美しき青きドナウ」などの曲目も挙がっているが、注目すべきは「美術　小磯良平」となっている点である。

「グランドバレエ〝アメリカ〟」の「新世界交響曲」で、太い幹を持つ広葉樹の林の中に群れ集う赤い羽根をした鳥たちをはじめとする背景画[9]を仕上げてから五ヶ月後、その折にあった「私は気もちのいゝはれやかな背景をつくつてバレエ本来の美しさといわれている群舞のリズムに舞台装置が調和する様に」といった目標を達成しようとする営みが小磯にあって継続中であったことが想像できる。いや、それればかりではない。相良は一九五一年に東京・日比谷公会堂で谷桃子バレエ団が公演した、ストラヴィンスキイのバレエ「火の鳥」の美術も彼が担当したことを、その背景画草案の図版も添えて紹介しているが[10]、舞踊雑誌『バレエ　BALLET』第五号（一九五〇・一一）に載った谷桃子の「装置のこと――随想」によれば、「星月夜のワルツ祭」の一ヶ月前に、大阪の北野劇場で同バレエ団が「白鳥の湖」を公演した折にも、その装置を担ったのは小磯であった[11]。

ところで「星月夜のワルツ祭」の開催日時は八月二六日の夕七時、会場は甲子園球場だったが、その二週間前の八月一二日のやはり午後七時に、こちらの方は西宮球場を会場として「たそがれコンサート　野外グランド・バレーの夕」というイベントが開催されたことも注視したい。主催は「グランドバレエ〝アメリカ〟」の時と同じく朝日新聞文化事業団であり、当日の出演者もまた、小牧正英率いる小牧バレー団々員約三〇名と、朝比奈隆が指揮をとる関西交響楽団であった。そして、プログラムの中で最も呼び声の高かったと思われるのは、本邦初演となったバレエ「ワルプルギスの夜」で、ゲーテの「ファウスト」をもとにグノーがオペラ化、それに華やかなバレエ場面を追加して成ったものである。二週間後の「星月夜のワルツ祭」で、谷桃子バレエ団が「ファウストより」を演目の一つとして取り入れたのは、そのことを意識してのものだったかもしれない[12]。

それはともかく、ここで再び両者の協同が実現している小牧と朝比奈の繋がりを、その出会いの時に遡って見ていくことがここでは肝要だと思われる。というのも、そうした検討を可能にさせるだけの様々な協同のプロセスをこの二人は踏んできているのであって、そうした時間軸も組み込んで「グランドバレエ〝アメリカ〟」や、この「たそがれコンサート」の性格を探っていけば、それらはけっして一過的なものではなく、伏流水が時に地表に溢れてくるようなかたちもとりながら、二人の芸術および二人の結びつきがその成熟度を増していく証として映じてはこないだろうか。これからしばらくは小牧と朝比奈の関わりにフォーカスを合わせるが、おそらく、そういった傾向は、二人の場合だけに限らず、この企てに参画して彼等と交渉を持った他のメンバーの場合を取り上げても確かめられよう。

四、小牧正英と朝比奈隆の上海での出会い——〈協同〉の発端

小論の冒頭でも触れたが、小牧正英と朝比奈隆との邂逅は一九四三（昭和一八）年初冬の上海においてであった。アジア太平洋戦争開戦前夜にハルビンからこの都市に移り、フランス租界にあるライシャム・シアター（蘭心大戯院）を活動拠点とするロシア・バレエ団「上海バレエ・リュス」（以降「バレエ・リュス」と略記）に加わった小牧は、この年は「白鳥の湖」や「シェヘラザード」をはじめとする名作バレエに重要な役どころを得て出演、バレエ・マスターのソコルスキーらとともに同バレエ団を代表する男性舞踏家としての名声を博するようになっていた。一方、バレエ・リュスの公演での演奏をこれまで受け持っていた工部局交響楽団の役割を受け継ぐ上海音楽協会の結成が発表され、その創立記念演奏会が同協会の運営する上海交響楽団の演奏で開かれたのは一九四二年六月であり、楽団による夏季の野外演奏会、冬季の屋内での定期演奏会は、一九四四年前半までほぼ順調に開催されたが、朝比奈隆は一九四三年の一二月から四四年一月にかけての定期演奏会に客演し、指揮をとるために上海を訪れたのだった。

朝比奈は逗留中に小牧を知る機会を得たのだが、後年になって書いた「小牧君・上海・私」の中で、その出会いの模様をかなり詳しく語っている。この文章は一九四八年一月に大阪朝日会館で「コッペリア」が公演された折の

プログラムに載ったもので、すでに榎本泰子がその主要部分を紹介しているが[13]、論の展開上、私もまた印象に残った箇所をマークせざるを得ない。また、その際、原資料は未見のため、この場合も含めて関係者諸氏が書いたものを紹介している小牧の著書『バレエと私の戦後史』（毎日新聞社、一九七七・一二）に拠ることを断っておく。

「交響楽団の草刈主事」と同道してきた小牧正英と初めて相対したとき、朝比奈が彼に対して抱いた印象は、「黙って坐っている丈」ではあるが、「鋭い感じのするたくましい青年」というものだった。一日、草刈に誘われてライシャム劇場三階の稽古場にバレエ団の練習を見に行った朝比奈は、「唯一人の黄色い東洋人の舞踊家」としてソロを踊っている小牧の姿を目の当たりにし、その次の日も「人気のない朝の劇場は冷たく凍っていた」が、小牧をはじめ「踊る者は寒さを感じない」といった光景を前に「新しい世界が開けて来たよう」な感動を覚える。その日、練習が済んでから出かけた珈琲店での三人の様子と、その日以降の自分たちの付き合いを、朝比奈はこう回想している。

練習がすんでから私達三人は連立って街へ出た。ジョッフル街の角の写真屋の二階にある小さな珈琲店で香り高いコーヒーを啜乍ら、私達は話し合った。こん度は小牧君は黙ってはいなかった。反対にほとばしるような激しさで滔々と舞踊についての意見や抱負を語って尽きる処を知らなかった。私は愈々この人を好きになった。私達の間を共通に流れる芸術家としての熱情が私達を結び付け始めた。それから毎日のようにお互の練習の後でこの小さな珈琲店に坐り込んで喋った。温厚な草刈さんもバレエの事となると別人のような熱い語調で私の蒙を拓くに懸命だった。こうして私達三人は何時の日か、必ず日本へ帰って「バレエ・ルッス」の正しい伝統を移植するために戦うことを語り合った。

日本の国内では、音楽芸術も、バレエをはじめとする劇場芸術も、押しなべて厳しい統制下に入っていた頃のことである。この文化統制の波は、欧米を中心とする様々な文化が集う租界都市上海にも、太平洋戦争の開戦によって日本が上海の全面統治に乗り出してからは押し寄せてこないわけはなく、たとえば現地刊行の日本語総合月刊雑誌『大陸往来』一九四二年一一月号は「現地文化の浄化」という小特集を組み、同号掲載の澤田稔の評論「現地音楽の浄化」は、ガーシュインの「ラプソディ・イン・ブルー」やグローフェの「摩天楼」などを、「アメリカの物質文明が主題とされてゐ」るのを理由に排撃の対象としている。そうした状況が一方においては確かに生じつつあった上海で出会った朝比奈と小牧の間で、「私達の間を共通して流れる芸術家としての熱情」が確かめられたことの意義は大きい。ついでに言えば、ライシャム・シアターでは一九四一年二月のことではあったが、「ラプソディ・イン・ブルー」が演奏されていた。「眠りの森の美女」の公演を「殆ど毎晩観」、その滞在も終わりに近づいた頃、朝比奈は「「イゴール公」の第三幕」の演奏を指揮し、そのバレエを小牧が踊った。こうして、「小牧君・上海・私」をプログラムに載せた「コッペリア」を含めての、戦後日本にあって二人が「一諸に仕事する」素地が出来上がったのである。

五、小牧と朝比奈の〈協同〉の種々相

というわけで、小論の舞台を戦後まもない大阪朝日会館に移すことにする。一九二六年に誕生、関西における文化の発信地としての役割を担ってきた会館で、アメリカ博覧会を記念する「グランドバレエ〝アメリカ〟」が開かれたのは、再度確認すれば一九五〇年三月であったが、上海と満洲からそれぞれ引き揚げて来た小牧と朝比奈の会館との関わりは、じつはその三年前、一九四七（昭和二二）年からスタートしていたのである。

そのことを『朝日会館史（大阪朝日編年史別巻）』（朝日新聞社編修室、一九七六・一〇〔社内用〕）、なつかしの大阪朝日

会館編集グループ編『なつかしの大阪朝日会館』（LEVEL、二〇〇四・九）所載の解説、小牧の『バレエと私の戦後史』などで確認するなら、小牧が演出を担当した「東京バレエ団」の関西第一回公演として「白鳥の湖」が上演されたのは一九四七年一月、[14]朝比奈によって結成された関西交響楽団の第一回演奏会が、ドヴォルザークの「新世界より」と歌劇曲からのアリアを曲目にして開催されたのは四月だった。以降、「東京バレエ団」の解散を受けて小牧が率いることになった「小牧バレエ団」による大阪朝日会館での公演は、「シェヘラザード」（一九四七・五）、「コッペリア」（一九四八・二）、「受難」・「牧神の午後」（一九四九・一〇）と続けて行われていったし、朝比奈が率いる関西交響楽団は、一九四八年一月に楽団結成一周年記念演奏会で「第九交響曲」を取り上げ、会館が閉館した一九六二年までの間に計百二十一回の定期演奏会を催した。そして、双方こうした歩みを経る中で「グランドバレエ〝アメリカ〟」の機会を待たずとも小牧と朝比奈の協同の機会は訪れる。現に、すでにその折のプログラムに載った朝比奈の文章を紹介した「コッペリア」は、繰り返しになるが一九四八年一月に大阪朝日会館で上演されたものだが、「小牧バレエ団」のこの時の公演から音楽の方は関西交響楽団が演奏し、指揮者として朝比奈が登場したのである。[15]

まだある。一九四九年一〇月二九・三〇日の両日にわたっての大阪朝日会館主催の関西実験劇場第二回公演として、「小牧バレエ団」はマチネーを含む三回の公演を「受難」「バラの精」「牧神の午後」の三本立てで行ったが、ここでも音楽は関西交響楽団、指揮は朝比奈隆である。このうちドビュッシー作曲「牧神の午後」は、一九四三年の秋に上海のライシャム劇場で踊ったこともあり、この大阪での上演が小牧にとっては日本での初演となったが、それとともに注目したいのは、もう一つのバレエ「受難」が、それより前に日比谷公会堂で聴いたローゼンシュトックが指揮するチャイコフスキイの「悲愴交響曲」から得た感動と、「約百記」第十章とを拠り所として小牧が自ら台本を用意した、いわゆる創作バレエであったことである。この創作的な近代バレエは、当時大阪朝日会館の館長を務めていた十河《そごう》巌からの依頼によって出来たものだったが、このような動きが生じていたことも、その半年後の「グランドバレエ〝アメリカ〟」における二本の新作創作バレエを準備していく、小牧も含めたスタッフの意欲に引き継がれていくとも考えられないだろうか。ちなみに、こちらの三本立ての公演をプロデュースしたのも朝日新聞文化事業団だった。

そしてもう一つ、上演されたのは「グランドバレエ〝アメリカ〟」以後となるが、そこで求められ、あるいは実現されていった芸術家たちの協同のありようが、前者のそれとじつに深い繋がりを持つものとして見逃せないのが「ペトルウシュカ」である。

ストラヴィンスキイの作曲、ディアギレフの「バレエ・リュス」がパリのル・シャトレ劇場で一九一一年に初演した「ペトルウシュカ」もまた、小牧にとっては思い入れの深い作品だった。いや、自ら著した自伝的著述のタイトルを『ペトルウシュカの独白』とするくらいだから、一九四四年六月の上海ライシャム劇場で、人形でありながら人間の心を持ったがゆえに悲しい運命を辿らざるを得なかったペトルウシュカの役を演じたことは、その後の小牧のバレエ人生を決定づけるものであったかもしれない。

そんなバレエ作品「ペトルウシュカ」が、東京の有楽座において本邦で初演されたのは一九五〇年一一月、引き続いて大阪朝日会館で同バレエが公演されたのは翌一二月七日から一一日であり（「グランドバレエ〝アメリカ〟」の九ヶ月後）、やはりここでも指揮は朝比奈がとっている。

六、絵画と音楽と舞踊の橋渡し

この辺で、小牧と朝比奈とのマッチングの回数を数えるのはもう止めにしてよいだろう。その代わりに、『バレエと私の戦後史』において、小牧が「ペトルウシュカ」の何をどう評価しているかを見ていくと、次のような注目すべき発言が拾える。

　このバレエ「ペトルウシュカ」の成功の理由は、近代バレエの理想的な形で創作されたバレエであることが第一に挙げられる。即ち作曲家、画家、舞踊家の協同作業によってなされ、各独立したこれらの芸術が渾然となり、劇的心理の流れを舞台にした最初の作品であったからにほかならない。

「ペトルウシュカ」が画期的な近代バレエとなり得た要諦として小牧が指摘する「作曲家、画家、舞踊家の協同作業」を、このバレエの実際の制作過程にあてはめてみるなら、それは共同で構想を練り上げて、一方はそれを譜面に書き下ろすストラヴィンスキイ、一方は背景画と衣裳に造形化するアレキサンドル・ブノア、そしてそれらと歩調を合わせて動きを演出し、振り付けていくミハイル・フォキンとの三位一体的な絶妙なチームワークのことを指しているわけだが、「グランドバレエ〝アメリカ〟」での二本の創作バレエの按舞者としての小牧が目指したものも「絵画と音楽と舞踊の橋渡し」であったことはすでに見てきたとおりである。そして、小牧が『バレエと私の戦後史』中で紹介する、舞踊評論家光吉夏弥の「「ペトルウシュカ」の鑑賞」の言を借りると、その「橋渡し」がなされる時、各芸術は「均等の条件で姉妹芸術と提携」し、「その合体は、どこまでが自身の仕事であり、どの範囲までが他芸術家の影響であるか、誰れも述べえないほどに全きもの」となる。「ペトルウシュカ」はまさにその理想形であって、「踊りも音楽も衣裳も背景もまるで一人の手に成ったよう」な「渾然さ」にまとめ上げられていると、こう光吉は述べているが、このように説明される芸術作品の創造における協同作業の持つ積極的な意義については、「グランドバレエ〝アメリカ〟」に携わった竹中郁も、「その成功不成功の鍵は、作者、画家、作曲家、按舞家のこの四つの横の連りにあるようだ。それがうまく行きさえすれば、台本の出来不出来はそんなに成果を左右するものではない」と、ほぼ同じ趣旨のことを語っているのだ。そして、ここで翻ってみるに、この台本書きの経験を通しては初めての発見であったかもしれないが、近代バレエにあっての協同の勝利というものを郁がその眼で見る機会は、すでに二〇年ほど前の自身のパリ遊学の折に訪れていたのである。

そのことは前出「はじめてバレエに――」の最後の段落でも、「パリでみたバレエ・リュッスのデコオルはその当時の評判の画家が新作に共力するようになっていて、例えばチリチュフの「牝猫」に於ける、ルオーの「放蕩息子」に於ける、キリコの「舞踏会」に於けるなどで、そんなデコオルがジャアナリズムでも大いに問題にされるのであった」と手短に回顧されているけれども、彼が実際にそれを観た時に遡って、その折の彼の反応のリアルさにも触れておく方が論の説得性が増すであろう。

竹中郁は一九二九年九月一日発行の『週刊朝日』第一六巻第九号に寄せた評論「一九二九年の巴里の露西亜舞踊《バレーリュス》」で、この春のパリでディアギレフ率いるバレエ・リュスが上演した三つの新作の中で、「舞踏会《ルバル》」におけるバランシーヌ（バランシン）の振付とキリコの意匠とのコンビネーションが「一番好ましい良い状態だつた」と告げ、「この「舞踏会《ルバル》」の中で、この振付をしたバランシーヌが闘牛士に扮して踊つた。赤い布を肩のあたりにひらひらさせて、キリコの画布《トワル》をふみ破るやうに足踏みをして。しかし彼はキリコの画布を踏み破るやうな馬鹿ではない、彼はキリコの画布に乗つて、キリコの画に似合ふ舞踊のリズムで、キリコの画布を弾ませた。」というように、舞台の一場面を使ってその好ましさを伝えていた。

ちなみに、この時のパリで竹中郁と行をともにしていたのが小磯良平であって、一九二九年春のバレエ・リュスの新作三番中には、ジョルジュ・ルオーが舞台意匠を担当した「放蕩息子」も含まれていた。「グランドバレエ〝アメリカ〟」パンフレットに寄せた「背景を描いての弁」の中で、小磯良平がルオーとバレエ・リュスの総帥ディアギレフのコンビネーションを口にしていたことはすでに見ておいた。このように二〇年も前の体験で得た感動が、竹中・小磯の芸術家としての精神活動の底に伏流水として流れていて、小牧、朝比奈との協同作業を下支えしていく上で一役買ったとも言えないだろうか。

七、持続する〈協同〉作業――「たそがれコンサート」

あと一つ、「グランドバレエ〝アメリカ〟」で協同した余勢を駆って、この企画に携わったメンバーの内の何人かが行った催しとして、「たそがれコンサート　野外グランドバレエの夕」があった。小牧の回想[16]によれば、「グランドバレエ〝アメリカ〟」公演中に、これまた朝日会館館長の十河巌から「野外バレエ」をやってみたいとの相談を受けて実現したものである。一九五〇年八月一二日の夕七時から西宮球場で開演、音楽は朝比奈隆指揮の関西交響楽団で、モーツァルトのオペラ「フィガロの結婚」序曲、ベートーヴェンの第六交響曲「田園」を演奏、「小牧バレエ団」は第二部でシュトラウスの円舞曲「青きダニューブ」と、「ファウスト」より「ワルプルギスの夜」を上演した。再び「小牧バレエ団」と朝比奈の「関響」とが共になってつづる音楽と舞踊の夕である。「ディヴェルティスマン」と呼ばれる様々な変化ある踊りを見せる点に特徴があり、日本では初めての公演の「ワルプルギスの夜」を成功に導くため、小牧は「特に野外バレエとして間口四十三尺の大演台に、かがり火とたいまつを点じ、胸のすくような按舞をした」[17]が、実はこうした夏の宵の野外公演に出演する機会を小牧は「上海バレエ・リュス」時代に持っていた。

現地邦字新聞『大陸新報』の記事、ならびに上海で朝比奈と小牧を引き合わせた、当時上海交響楽団のマネージャーを務めていた草刈義人所蔵資料に関する榎本泰子の調査[18]に拠れば、一九四三年七月三一日と八月二八日に虹口公園音楽堂で開かれた上響夏季野外演奏会に小牧は出演して踊っている。七月の舞踏は「薔薇の精」だった。そして、この公演プロデュースを行った草刈は、戦後日本に引き揚げてから、大阪朝日会館発行の芸術文化雑誌『DEMOS』

一九四八年七月号が組んだ特集「世界の夏のたそがれの音楽」に「上海」と題した一文を寄せ、[19]星空の下で開かれた野外演奏会を懐かしみつつ、「毎年六月になると私は夏の夜のコンサートに想いを回らして、新しい演奏計画に耽つたものであるが、今年も六月になつて、世界一の野外演奏会であるハリウッド・ボールにも劣らないボールを芦屋か夙川の山腹に造つてと、ありもしない私のオーケストラの素晴らしいプランに空想をはせるのである」と書き記す。同じ阪神地区の西宮球場で小牧・朝比奈の「たそがれコンサート」が開かれたのは、それから二年後のことである。ついでに言えば、先述したようにガーシュインの「ラプソディ・イン・ブルウ」は、一九四一年の開戦前に上海のライシャム・シアターで演奏され、この「たそがれコンサート」の約半年前にも、「小牧バレエ団」の舞踊に合わせて、件の「グランドバレエ〝アメリカ〟」の公演時に演奏された。[20]こうした出来事を通して、上海租界文化が育て上げて来たものが、戦後五年が経過した日本の、かつては神戸（阪神間あるいは関西）モダニズムの圏域にあった場所で甦りを見せたといったイメージも膨らんでくる。

小論の主旨から逸れたようなので、再度話を戻す。西宮球場を会場とする「たそがれコンサート」は、翌一九五一年の七月二八日、八月四、一一日にも開催され、「小牧バレエ団」は「眠れる美女」の「オーロラ姫の結婚」と「イゴール公」を上演、朝比奈の関響は東京交響楽団、東京フィルハーモニーとの合同演奏で会場を盛り上げた。そして、今度はここに創作バレエ「ラプソディ・イン・ブルウ」で小牧と協同していた吉原治良が、従来の「光と線による美しさ」からさらに飛躍して、「アブストラクト・デザインによる〝発光する舞台と背景〟という構想を練」[21]って再び加わったのである。

八、〈協同〉そして〈共闘〉――神戸及び東京を起点とした中国木刻普及運動

さて、ここでようやく小論の始めに掲げておいた、一九五〇年の上半期に神戸で開催されたもう一つのイベント「中国現代版画展覧会」の方に話を移す段になった。

まず確認しておきたいのは、この展覧会は出品点数が百点ほどの小規模なものでありながら、それ一つで孤立して行われたものでなく、このイベントを主催した中華全国木刻協会日本連絡部の代表である李平凡を中心にして、戦後まもない神戸で生じていた中国木刻（木版画）普及運動の澎湃としたうねりの中の一つの波頭もしくは飛沫といった性格を持っていたということである。一九二二年に天津にある大地主の家に生まれたが、そこでの生活環境に反抗して出奔、独学で版画を学んだ李平凡が来日して神戸中華同文学校の教師となったのは一九四三年夏であったが、以後一九五〇年六月の帰国までに彼が版画制作やその普及活動にどのように関わったか、それについて記しておこう。[22]

戦時下では華僑もまた活動の自由を制約される中にあって、同文学校で美術を教えることとなった李は、児童に版画の手ほどきをするかたわら、年配の華僑の中に版画愛好者がいることを知って「神戸華僑新集体版画協会」（以降原則的に「華僑版画協会」と略記）を設立、藍蔚邦《ラン・ウェイヴァン》、招瑞娟《ジャオ・ルイチュイン》とともに木刻版画集『浮萍集』を刊行（一九四三・一二）[23]していたが、戦争の終結を受けてその動きはいっそう精力的になり、多くの成果を残していくこととなった。

そのあらましを記せば、まずは戦争末期には兵庫県外事課特高の圧力強化によって解散せざるを得なかった「華僑版画協会」を回復し、一九四六年には彼の指導の下に同文学校の生徒たちが戦中に作っていた木刻作品をまとめ、協会の初仕事として『華僑児童木刻散集』一号を刊行した。折しも同年九月の中国上海では、「中華全国木刻協会」

の主催で、抗日戦争中に中国各地で制作された八六〇余点の作品を集めた「抗戦八年木刻展覧会」が開催され、中国現代木刻の歴史的・芸術的意義が大々的にアピールされる。こうした本国の動向にも力を得て、発行は資金難のため短期間で止んだが、李は「華僑版画協会」の機関紙『版画文化』新聞を創刊（一九四六年九月）、次いで一九四七年二月には神戸大丸百貨店で「中国初期創作版画展（新興木刻展）」を開催した。中国木刻作品が戦後の日本で初めて展覧に供されたこの催しは、前年の夏、李を含む「華僑版画協会」のメンバーが東京の内山書店を訪問し、内山嘉吉から生前の魯迅が彼に贈った、一束の中国初期木刻作品を借り受けて準備を進めてきたものである。また、同展覧会の開催にあたって川西英の助力があったことも、李は回想しているが、この神戸を代表する創作版画家川西英と李平凡との繋がりについては後でまとめて触れることにして、いましばらく時間の流れに沿って事態の推移を見ておく。

大丸百貨店での展覧会は反響を呼び、それを記念して発行した『中国初期木刻集』を、そこに彼の作品も収めた、上海で活動する版画家の鄭野夫《ジョンイェフー》に贈った。すると一九四八年の夏前、鄭野夫からの手紙で、「中華全国木刻協会」理事会が日本連絡所を設立する権限を李に与えることに決したとの知らせが入った。こうして一九四八年八月一五日に、李平凡を代表者とする「中華全国木刻協会」日本連絡処が神戸で設立された。一九五〇年三月、神戸市立図書館での展覧会開催を告げる新聞記事中にある「「中華全国木刻協会」日本連絡部」とはこの連絡処のことである。そして、同連絡処は活動計画の柱の一つとして「中国木刻全日本流動（移動）展」の実施を掲げ、一九四九年一月の開始以降、李平凡が帰国する一九五〇年五月までに、日本各地の下部労働組合に複製画を提供して実施したものと、神戸、大阪、岡山、京都、東京、福岡など一〇ヶ所以上の都市で開催した原作版画展とを合わせて、百回を超える移動展覧会を実施したのである。

ところで、「華僑版画協会」の「中国初期創作版画展」が開催されたのと同じく、一九四七年二月には、東京銀座の三越百貨店で「中日文化研究所」が主催する「中国新木刻展覧会」も開催されていた。「中日文化研究所」は、元朝日新聞社特派員として戦争末期の中国に派遣され、終戦後の上海では、中国国民党陸軍第三方面軍司令部が残留日本人向けに発行した『改造日報』の創刊に参画した菊地三郎が、一九四六年五月に東京で設立したものである。「中国人民の民主力量を戦後の日本人民に理解せしめることによって新しい中日関係を作り出」[24]すことを目的とする同研究所は、同年九月の上海で開催された「抗戦八年木刻展覧会」に出品された木刻作品中、百数十点を「中華全国木刻協会」幹事汪刃鋒《ワンレンファン》の委嘱を受けて日本に運び、件の展覧会開催に漕ぎ着けたのである。これが戦後になってからの、中国木刻に対する日本側からの最初の反応と言っていいだろう。研究所が中国木刻に関心を向けたのは、「中国木刻こそ最も鮮明に、最も力強く、最も正しく中国人民の民主力量、民族力量を表現している美術だから」[25]なのであって、そこから活動方針の一つに「中国木刻の普及を通じて日本に正しい民主民族力量を培うこと」[26]を選んだ同研究所は、この「中国新木刻展覧会」をきっかけに、労農団体を中心に全国各地で起こった需要の声に応じるために、中国木刻三〇点を一組とする小展覧会用の貸し出しを始めたのも含めて、一九四七年、四八年と「大小とりまぜて三百回近い展覧会」を開催するとともに、日本人の創作木版画作家たちへの働きかけも開始した。

このような「中日文化研究所」の動きを神戸にいる李平凡の側から見れば、双方の団体が奇しくも軌を一にして、同じ方向を目指しての活動を展開し始めたものとして映じてくるだろう。こうして両団体こぞっての交流がスタートしていく。一九四七年一〇月、魯迅逝世一一周年に合わせて「中日文化研究所」は茨城県大子町《だいごまち》にて「全日本新木刻運動会議」を招集、李は「華僑版画協会」を代表して参加した。「日本版画協会」はその折に代表を送らなかったが、一九四八年二月に「民衆の広大な創造的エネルギーの基礎の上に立って仕事をする」ことを規約に謳って結成された「日本新版画懇話会」には団体として参加する。そして、「日本新版画懇話会」と「中日文化研究所」の主催する「中日現代版画交歓展覧会」が、出展作品四〇〇点をもって神戸そごう百貨店で開催されたのは一九四九年二月であったが、そこでも「華僑版画協会」は後援団体の一つとして名乗りを上げている。人民解放軍が長春、奉天、天津を解放、新しい中国の誕生が目前に迫るいま、中国木刻から「人民芸術」の歌声を聞き、日本人民もそこに巻き込んでの日本木刻戦線の統一が果たされることを目指していく当事者たちの交流は、協同というだけではなく、〈共闘〉といった印象を与える。自分が指導する生徒たちの作品も多数陳列された「中日現代版画交歓展覧会」会場に、神戸中華同文学校の生徒百名を引率して訪れた李平凡は、会期中に同市内にある朝鮮人小学校に赴き、中国木刻についての話をするとともに、木刻の実地指導も行っている。「中日文化研究所」発行の『所報』一号（再刊、一九五〇年二月頃）掲載の活動報告に基づく町村悠香の報告[27]、ならびに前出張玉玲の論文に拠れば、李以外に尾崎清次、飛地義郎も参加したこの講習会は「日・中・朝国際版画講習会」という名称で、主催したのは日本美術会兵庫支部、「中華全国木刻協会」日本連絡処、それと在日朝鮮人の一文化団体であったという。するとここからは、中国木刻を媒介とする、日本・中国・そして〈民主朝鮮〉の結合、共闘という視野も開けてくるのではないか。[28]

九、神戸の生んだアマチュア版画家川西英の中国木刻評価

ここで川西英と李平凡との関わりに話題を移そう。李の『版画滄桑』は、主として「第二章」でこれまで追ってきた戦後神戸における彼自身の版画活動を振り返っているが、同じ回想集では川西英についても頻繁に言及がなされている。ここまでの叙述内容と若干重複するものもあるが、李の発言に基づいて、彼と川西との交流の様子を年表風にまとめてみよう。

一九四三年　来日後まもなく、李は神戸のある画廊[29]で川西英の数点の版画作品を目にし、強い感銘を受ける。

一九四五年　日本敗戦後、李は川西を訪問し、彼の芸術家としての良心に接する。
一九四六年九月「華僑版画協会」の機関紙『版画文化』新聞の創刊に際して川西が激励の言葉を寄せる。
一九四七年二月　神戸大丸百貨店で「中国初期創作版画展」の開催にあたって川西からの支援を受ける。
一九四八年　前年に引き続いて川西の紹介により、李は版画年賀状の会「榛の会」の自作年賀状交換会に参加。
　終戦の年の秋からこの年にかけての四年間、李は川西より水性絵具を使った多色刷り技法を学ぶ。
一九四九年二月「中日現代版画交歓展覧会」に川西は「姑娘」「水仙」を出品。

他に具体的な時期までは特定できないが、川西の紹介で、南蛮美術のコレクターで「池長美術館」の主である池長孟《はじめ(たけし)》と友人になったことや、またある時には、彼から日本の蔵書票蒐集家や愛書家間では名の知られていた、東京銀座の「吾八書房」と、その創立者今村秀太郎についての情報を得たことなども回想されている。
周知のように、川西英は一九二〇年代から一九六〇年代にかけて、その間二度にわたって出した創作色摺木版画集『神戸百景』（一九三三、一九五二～五三）に代表される、「兵庫の古い町の文化を受け継ぎながら、サーカス、オペラといった外国文化の刺激を受けて、独自の洋風の木版画表現を確立」[30]した木版画家である。彼の版画家としての存在感は神戸屈指であったと言ってよく、そのため彼の交友範囲、人的ネットワークは相当の広がりを見せていた。だが、それは李平凡における、「華僑版画協会」や「中華全国木刻協会」日本連絡処を基盤として構築されていく、組織的かつ運動体としての性格を持つものとは質を違えていた点に注意を払う必要があろう。時代がもう少し下ると――いや、「中国現代版画展覧会」が開催された年の暮れには横浜進駐軍補給部隊のオリバー・スタットラーが川西家を訪問して彼の版画を入手し、翌年のシカゴ日本版画展にそれが出品されたのを皮切りとして、ボストン、ニューヨークをはじめフランス、スウェーデン、イギリス、ソ連など、海外での評価が高まっていく川西だが、その基本的なスタンスはあくまでもアマチュアの版画家としての活動に終始するものだった。彼が亡くなった一九六五年に刊行された『川西英自選版画集』（神戸新聞社、一九六五・五）に付けられた「作品が出来たころ　川西英自選版画集随筆的解説」中に出てくる「わたくしは画論をまくしたてるのが嫌いなたちだし、解説をつけなければならないような作品もいやだ」、「わたくしは神戸生まれの、神戸育ちで、神戸という名の井戸の中の蛙、神戸ばかり描いている（中略）文明開化時代の異人館や、外国商社の旗模様を描いた窓ガラスを見たり、港に浮かんだ巨船の満船飾を見るとき、よくぞ神戸に生まれけりとうれしくなる」といった言葉が、彼のそうした芸術家としての立ち位置をよく表している。

このように版画制作に純な熱情を注ぐ川西英が、先にまとめたような助力や支援を李平凡ならびに彼が属する版画集団に与えていくとき、それは李と「中日文化研究所」との間で交わされるような、日中木刻界の普及によって民主化の時代潮流に掉さしていくといった遠大なプログラムに沿っての協同態勢を目指すものではなく、版画というものに元から惹かれていた者が、自分と同じ版画愛好の士を身近に見出し、その都度その都度、それが必要とあれば即座に判断して彼に力を貸していく、その意味ではごく個人的な協力の仕方であったと考えられる。だが、それは決してその場限りのものとして終わってしまったわけではないし、またその協力の過程で相手との立場や見解の相違を見出せば、そのことを版画芸術の発展のために率直に打ち出していくものであった。こうしたことがよく伝わってくる、当時の川西の文章や発言を見てみよう。

管見に入った数少ない資料中、まず取り上げてみるのは、『美術と工芸』一九四七年一〇月号に掲載された「華僑児童の木刻画」である。タイトルが示すように、その前の年には『華僑児童木刻散集』を刊行するなどして来神後三年間にわたって華僑児童を指導し続けてきた李平凡に宛てて、子どもたちの制作に接しての感想と、中国創作版画の現況を一瞥しての所感が記されている。

この文章中で川西が最も高く買っているものは、李の指導を受けた者の中、「低学年」の児童が「日本児童の自由画と同様に全く自分自身のものを作っている」と思わせる作品であった。本文中には華僑児童の作った四点の木刻画の図版も掲載されているが、おそらく裕光という児童が制作した「孩子容」がそれに対応するのだろう、「その技こそ尚拙いけれども純情と真実とが可愛いゝ児童の顔を通じてにじみ出てゐる点は全く私をよろこばす」という賛辞を川西は贈っている。【図3】

【図3】華僑児童の木刻画」(『美術と工芸』1947・10)で川西が紹介した版画。

そして、それと同時に、こうした「純真さ」の後塵を拝するものとして彼が指摘しているのが、「中国作家の洋風模倣時代に至」るさまなのだ。これはけっして過去のありようを指すものではない。この文章の冒頭で、李から「現代中華の作品」を見せてもらったことを述べた後、川西はそれらから受けた印象を次のように語る。

その結果中華の現代創作版画はまだ初歩の域にあつて独創中華の版画は悲しい哉まだ生れていないように思える。専らソ連の影響が非常に強く、様式からいえばやはり木口又は木口様式の板目であつて洋式版画様式である。内容は思想的であり写実的であり貧民、農民等及びその生活を主題としたものが多いのである。思想的といつても中華国に消化されたものでなく全くソ連の形骨のそのまゝの模倣であるようである。古くから伝統の優れた文化をもつている国としてその独自の創作の現はれのない事は甚だしく残念に思える。

これは、李平凡の「神戸華僑新集体版画協会」や菊地三郎の「中日文化研究所」が、同年二月にそれぞれ神戸、東京で催した展覧会に勢いを得て、敗戦後の日本に紹介し始めていた、抗日戦争期に活動を開始していた中国木刻画家たちの作品の全般的傾向に対してのかなり手厳しい批判である。「内容は思想的であり写実的であり貧民、農民等及びその生活を主題としたものが多い」という言葉を実際にあてはめれば、参照した資料は一九四八・四九年のものになるけれども[32]、汪刃鋒「嘉陵江上（嘉陵江の舟曳き）」、韓尚義「耕牛」、野夫「綿盗人」、夏風「家庭識字牌（家族の手習い）」、馬達「糞拾い」をはじめとする労農大衆の生活を主題とする作品が、都市部百貨店における展覧会、各労農団体が催す小展覧会、新聞・雑誌・ニュース映画といった各種メディアを通じて知れ渡っていく。そして、これら中国の木刻作品のことを、「働いている人々の心もちで刻つてある（中略）働いている人々の姿がありありと映つている（中略）働いている人々の苦しみ、喜び、悲しみ、怒りがにじみ出ている」から「とても美しい」とする評言が一方からは提出されてくる[33]。

しかるに、川西はそうは見ない。彼は、一九二〇年代末から三〇年代初めにかけての上海で魯迅の先導によってスタートを切り、抗日戦争期に入ると燎原の火の如く都市と農村との双方を含んだ中国各地への広がりを見せていった木刻運動が、それによって民族化し、人民の生活の一部になっていくという変化成長を遂げていったのは一面の真実ではあるけれども、魯迅の「革命時には、版画の用途はもっとも広く、どんな忙しい時でも、わずかな時間で彫れる。」という言葉を「小引」に置いた版画集が『新俄画選（新ロシア画選）』（光華書局、一九三〇・五）であったように、その出発当初においてこそ必要であった、革命ロシアの版画に範を仰ぐ姿勢がいまもなお残存していることを問題視し、その結果現代の中国創作版画は「全くソ連の形骨のそのまゝの模倣である」と厳しく言い放っている。この手厳しさは引用文の最後に出ている、中国木刻の現代の担い手たちが、洋式版画が入ってくる前に中国の版画が持っていた伝統を忘れていることを惜しむ思いと表裏の関係にある。そして、作品に宿る革命精神と作品を律するリアリスティックな眼に支えられた中国の現代創作版画に向けて、川西が放っていくこのような対抗言説は、翻ってみればこれより数年前の戦時下の上海で活動していた版画家の田川憲（一九〇六－一九六七）が、彼自らは板目色摺木版の制作を専らとする立場から、ソ連から他律的に働きかけられて宣伝性を優先させ、印刷文化と結びついて小型化し、色彩も白と黒だけとなった中国木刻の現状を批判していたことと[34]一面では通じるし、一九四八年には「日本新版画懇話会」なる大同団結はなされるものの、それを構成する各版画家団体や個人の資格で参加した版画家の間では版画の目的や技法をめぐって様々な意見の相違や対立があり、それを象徴するものとして生じていく、〈人民派〉と〈芸術派〉との論戦の先触れとしても見えてくる。が、これ以上の性急な論の展開は避けて、あと一つ、こちらには川西英と李平凡との直接のやりとりが見える、一九五〇年三月三一日発行の『神戸新聞』に載った座談会「中国版画を語る」を取り上げていこう。

十、版画創作をめぐる〈人民派〉と〈芸術派〉との論戦

この座談会（記事本文にあっては「放談会」）は、川西、李のほかに池長孟と奈良国立博物館館長黒田源次が加わって、その直前に中華全国木刻協会日本連絡部の主催で開かれた「中国現代版画展覧会」を受けて行われたものである。それほど分量はなくて議論の深まりはないが、出品作を巡る四人の見解は鮮明に打ち出されていて分かりやすい。すなわち、川西が先の発言と同様に、「まだ模倣時代にあると思」う、「何か（中略）一つのテーマに向って進む傾向がみられる」が、これが「いい意味にも悪い意味にも個性を殺すんじゃないか、そんな心配をもちます」と述べたのを皮切りにして、黒田は中国の版画が現在技法的に変わりつつあることに意義を認めつつも、「欲をいえば版画も芸術なんですから楽しいところがなければならない（のに＝引用者補足）それがない」と言い放ち、続く池長も「中

国のものはまじめで熱心で真剣に取組んでいることは分りますが、やはり見ていて肩がこりますね、中国は大陸なんですから大陸らしい空（原文通り）白な味を出してもらいたいね」と、黒田と同様の印象を伝えながら注文をつけている。

一方、李の方はそれらの意見を真向から打ち消してはいないけれども、現在の中国版画が「緊張」する「社会情勢」が必然としている方向に進むことを目下の緊急課題としていることを強調し、それへの理解を求めようとしている。つまり、いまや中国の版画は一部の人にのみ鑑賞されていた段階を脱して、「大衆と直結しようとしている」、だから「いままでの大陸という概念」を捨ててもらって、中国大衆の支持を受けて現在の中国版画がその素材を彼らの生活の中に求めようとしている点を、もっと認めてほしいと言うのだ。そして、川西が「画面」の小ささを問題にし、池長が「墨一色でなしに色彩をつかうといいね」と注文をつけるのに対しても、現在、版画の「一般化」を目指している自分たちの立場としては、「簡便」にして「豊富」なものを表現するように努力しているのだから、そうした要望に応えるのは今後の展開を待ちたいと返答している。

以上、そのあらましを辿ってみた、座談会「中国版画を語る」における意見交換の構図は、『桃源』一九四八年九月号に掲載された「座談会　中日版画を語る」における論戦のそれを、やや穏やかでコンパクトにまとめた感のあるものであった。つまり、こちらの座談会の出席者は、日本美術会刻画会員の飯野農夫也、職場美術協議会々員の高田修、新日本版画協会々員の内山嘉吉、日本版画協会創立者の恩地孝四郎、造型版画協会創立者の小野重忠、日本版画協会々員の北岡文雄、中日文化研究所理事長の菊地三郎の七名で、その意見の応酬は一頁三段組で計一四頁に及んでいる。討議は司会役の菊地が用意したいくつかの論点に沿って進んでいくが、新しい中国と日本の版画の在り方の問題、どのような版画の歩む道が双方のこれからにあるかというテーマを取り上げるに及んで、「実際造型でなければ出来ない効果を与える方が美術の本務じゃないかと思うのです」と述べる恩地と、それに対して「絵画芸術として、恩地さんが中国版画からは余り啓発されないといわれましたが、若い人を、職場の連中をつれていきますと非常に感動するのですね。こういう人達をわれわれは無視できないと思う」と反論する高田の論戦を中心にして、議論は沸点に達する。そして、『神戸新聞』紙上での座談会「中国版画を語る」の場合では、たまたま川西・池長・黒田の三人が、ほぼ同様に版画の大衆性よりその芸術性に関心を向ける発言を行うので、李はどちらかといえば守勢の側に立たされていたのと比べて、この座談会では、恩地が中国の版画が目指しているのは「社会的に美術が働くということ」にあるが、「純粋の美術的な喜び」を大事にしたい自分はそれを取らないと述べるのに対して、行司役を買って出た菊地が「恩地さんがおつしやる芸術性は社会と結びついていないのじやなくて、特定の社会層と結びついている芸術だと思う。たゞその特定の社会層を相手にしていること自体を恩地先生が意識せずに絶対化して純粋々々といってるわけだね」と発言して恩地の立論の前提を崩し、「一部のものにだけ愛玩されてい」た版画が「非常に大衆化してき」たことを一つの「進歩」と捉え、「その上に立つて新しい創造性――高度化というもの」を、そのような性質を帯びて来た版画に与えることを模索しようと述べる、高田の見解に沿うかたちで議論を開こうとしている。この座談会に中国人は参加していないが、このようにして人民の美術としての中国木刻の現代的意義と、日本の木刻がそれと結びついていく可能性に話を及ぼそうとしていく、恩地を除く論者たちのスタンスは、李平凡のそれへの強い援護射撃となり得るものであろう。しかも、「座談会　中日版画を語る」が活字化された一九四八年下半期は、中国内戦がさらなる進展を見せ、新たな局面を開く時期にあたっていて、それに応じて日本国内における労働者、農民、学生層の間での中国木刻への関心はさらなる高まりを見せていた。中国木刻運動の父でもあった魯迅没後一二年目にあたるこの年の一〇月、東京の中日留日同学会は日本における最初の魯迅祭を開催した。「中華全国木刻協会日本連絡処」あるいは「中日文化研究所」の肝煎りで、数多の木刻展覧会が全国各地で催されたことについてはすでに述べたとおりである。

十一、潜性力としての〈協同〉

だが、ここで改めて、こうした時代状況の中で李平凡が川西英から得たもの、両者の協同のありようを再考してみる必要がある。ここまでの論の流れを踏まえるなら、川西の立場は恩地のそれに近い〈芸術派〉もしくは〈色と型の造型性〉を重んじるそれである。しかし、そうだからと言って、川西と李との関係は〈芸術派〉と〈人民派〉の対立の構図の中に回収しきれるものではない。もう少し詳しくいうと、その対立関係はそれぞれの概念だけでもって捉えると不動のもののように思えるが、その現象面に重きを置くなら、新中国誕生前後の時代のモードとして映じてくる、一過的な性格を持つものでもある。そして後者の視角から事態の推移を考えていけば、川西と李の関係は、この時代のムーヴメントが過ぎた後に、ようやくはっきりとした像を結んでくることと、その兆しは、それでもやはり両者が出会った時点から生じていたことの両面が見えてくるのである。

座談会「中国版画を語る」に戻って、川西・池長たちと李とのやりとりからその兆しを拾い出すなら、例の「見ていて肩がこる」式の版画を、それ一辺倒にさせないためには「日本版画の応用に努力するといい」という彼等からの要望に対して、李が一言「蘇州版画のようになれば問題はないんでしょうが」と反応したところを注目したい。中国版画史上、蘇州は明朝末期から清朝前期にかけて、「江南の水郷」が醸し出すしっとりとした風情を描き出す作品をさかんに生み出す、版画制作のメッカともなっていた土地である。そして、その伝統を支えてきたのが水性絵の具を使っての技法、いわゆる水印木刻の技法であるのだが、それと親和的な要素を持つ技法を来神してまもない李に手ほどきし、後に彼が自身の生まれ育った国の文化遺産を見直していく上での多くの示唆を与えたのが川西英だったのではなかろうか。『版画滄桑』で李はこう述べている。

第二次大戦後の一九四五年秋から一九四八年までの四年間、わたしは神戸のアマチュア版画家・川西英先生から彼独自の水性絵の具を使った多色刷り技法を学んだ。（中略）

川西先生は当時神戸市で屈指の有名な版画家であったが、謙虚かつ誠実な方で、唯一の条件は、授業料は不要、外国の友人として交際するというものだった。彼の技法は日本の伝統的な技法を受け継いではいるが、改良を加えたものであり、日本で一般的に使われている紙（加工紙）は使わず、中国紙に似た美濃紙に直接印刷するものだった。また、色使いも日本画の伝統的な色は使わず、欧米風のはっきりした色を使った。彼の版画は色彩が濃く鮮明で、独特のしっとりとした感じと版画らしい魅力にあふれていた。

九節の始めで両者の関係を年表式にまとめたところでも、李が川西から日本水印版画の技法を学んだことだけは記しておいた。だが、それの持つ意義は、人民の美術としての中国木刻の現代性に関係者の多くの関心が向けられるとき、じっくりと吟味されることはなかったように思われる。そして、それが一つ一つ明確な形となって現れてくるのは、むしろ李が帰国してから、さらにはその版画活動が停止されていた文化大革命の時期が過ぎて後のことであろう。一九九六年に『版画滄桑』の執筆を始めた李は、自身が版画と関わりを持ってから六〇年以上の歳月を経てきた時間的パースペクティヴの下に、自らにとって水印木刻がどのような位置を占めるに至ったかを見渡そうとしている。

たとえば、右の引用に続けて李が回想しているのは、帰国後の一九五三年に、北京の栄宝斎[35]で初めて日本の水印木刻法についての紹介を行ったことであり、一九五四年の第一回全国版画展に四点の水印木刻――「花の温室」、「白菖蒲」、「雨後の北京郊外」、「近郊地区の秋」――を出品して関係者からの称賛を得たこと――「つまり、わたしが学んだ川西式水印木刻技法が美術界に受け入れられ、好評を博し」たことである。あるいはまた、一九八一年に発足した「蘇州版画芸術研究会」の顧問に招かれ、その翌年には彼の仲介で蘇州の中国画と版画の展覧会が神戸で開かれたことである。いずれの場合も、川西英はその場に立ち会っていない。後者は彼が没してすでに一六年が経ってからのイベントである。だが、李の内部で川西によって蒔かれた種が芽を出し、枝葉や根を広げていっていなければ、これが実現したかどうかはわからない。そのような意味で、四半世紀以上に及ぶ両版画家の関わりの中には、二人の協同を示唆するものが幾たびか現れて来ていたと結論付けておきたい。

この小論を閉じるにあたって、最近入手した文献を一点紹介しておく。町田市立国際版画美術館学芸員の町村悠香氏から提供していただいたもので、竹中郁が書いた「日本版画について＝中国版画家との会話から」（『九州タイムズ』一九四六・七・一四夕刊）である。「グランドバレエ〝アメリカ〟」を話題にした小論の前半で注目した詩人竹中郁が、神戸中華同文学校では李平凡の同僚で、後に彼と結婚した周燕麗女史の通訳を介して、李平凡と交わした版画問答の一端を記したものである。

「問答」だとは言え、本文は李平凡の発言内容の紹介に終始している。ここまで見てきたものの中で最も早い時期の発言であるが、李はその中で、「川西英氏について、いろ〳〵教へてもらつてゐ」る現在、日本と中国の創作環境を比べると後者のそれは「まあ暗黒時代にひとしい」と述べ、作品の価値を測っても、「民芸品としての版画」は「エクゾチズム」の観点だけから日本で珍重されているのであって、「芸術品はとんとな」く、「創作的意欲も乏しい」というように中国版画の現状に対する否定的言辞を連ねているけれども、「しかし、版画には本来大衆性はつきもののはずで、この点を利用して大衆の中へ、どし〳〵入つてゆくべきである」という提言も行っている。ここからは、版画の需要と密接につながる大衆の意識が変革されていけば、単に「娯楽物」としてあるだけの版画の質も向上していくし、それがこれからの中国版画に課せられた使命だという未来予測図が、「わたしはリアリストとして進んでゆきたい」という発言と相俟って描かれてきてもおかしくはない。
だが、李の発言中、それよりさらに注目したいものがある。「日本の現代版画も色彩が美しい（。）そこを学びたい。日本の自然と風俗から来るのであらうが、色彩はじつに美しい」がそれだ。「色彩が美しい」、「色彩はじつに美しい」というこの繰り返し――李の言葉が竹中によって日本語に置き換えられていることも思慮の内に加えないといけないかもしれないが――、しかしここには李の実感が吐露されていると見たい。「リアリスト」として進もうとする李だが、「ファンタジストの恩地孝四郎」も、「イマジストの川上澄生、川西英」も、彼には「それぞれ尊敬する」対象として映じている。その川西とそれから四年後の『神戸新聞』紙上で意見交換を行った際にも、版画の大衆化を色の造型性より優先しながらも、その〈色〉を「今後は使ってみようと考えています」と発言する李平凡であった。人民芸術としての木刻を伸長させることを目指す指導者でありながら、実作者として版画の画面に臨めば、どうしても色彩の美に惹きつけられていく李の一面が、すでに竹中郁の紹介文中に刻み込まれている。

【注】

1 『兵庫県立美術館研究紀要』No.13（二〇一九・三）。
2 『中国21』28号（愛知大学現代中国学会編、二〇〇七・一二）。
3 李平凡著、李燕・木全恵子訳『版画滄桑』（白帝社、二〇〇六・一〇）。
4 当初五月三一日までの予定を延長。
5 佐藤邦夫「プロデューサーの言葉」（『グランドバレエ〝アメリカ〟』パンフレット）。なお、本論ではこの後も『グランドバレエ〝アメリカ〟』パンフレットからの引用は何度か行うが、それらの大部分は小牧正英『バレエと私の戦後史』（毎日新聞社、一九七七・一二）でも確かめられることを付言しておく。

6　同パンフレット掲載の吉原治良「バレエ「ラプソディ・イン・ブルー」の構想」。
7　小磯「背景を描いての弁」。服部「「ラプソディ・イン・ブルー」と「アメリカ人の日本見物」」。
8　谷桃子の写真付き広告「ビッグ・ジャズとバレエの夕　五百人の大合唱」は一九五〇年五月三日の『神戸新聞』に掲載。一八日の同紙朝刊には「あたらしき五月頌　今夕発表神戸文化会館建設促進の歌成る　宝塚で五百人の大合唱」の見出しの下、「あたらしき五月頌」の歌詞の一・二番、「作詩者の言葉　竹中郁」、「作曲者の言葉　大沢壽人」が掲載され、同日夕刊（一七日発行）には「谷桃子さんに話題　バレエの夕明日から」も掲載。
9　なつかしの大阪朝日会館編集グループ編『なつかしの大阪朝日会館　加納正良のコレクションより』（レベル、二〇〇四・九）の「第2章　加納正良のコレクションよりPart1　舞台美術など」に、大阪朝日会館で舞台装置や照明を担当していた加納正良が、小磯の描いた舞台装置を模写したものがカラーで五点掲載されている。なお、これについては前出相良論文がすでに紹介している。
10　注1と同じく「アメリカ博記念バレエ「アメリカ」について」。
11　一九五〇年一一月発行『バレエ　BALLET』五号に寄せた「装置のこと――随想――」で、谷桃子は「七月の末大阪の北野で公演した時、白鳥湖の二幕の幕が上ると客席から思はず、拍手が起りました、これは小磯先生の装置でした」と述べている。
12　こうした音楽と舞踊の交流があってから一年後のことになるが、一九五一年八月一七日発行『朝日新聞』に「文学立体化運動」という見出しを持つ記事が載った。岸田國士、福田恒存、三島由紀夫の三人が中心で、演劇と文学とを結びつけた総合芸術を作り上げるための打ち合わせ会を開いたことを報じている。三島と神西清の談話も掲載しているが、これもジャンルの異なる芸術の相互乗り入れの動きを示す出来事であったと言えよう。
13　「上海の劇場で日本人が見た夢」（『上海租界の劇場文化』〔アジア遊学183　勉誠出版　二〇一五・四〕所収）。
14　一九四六年八月に帝国劇場で同バレエ団による同演目の本邦初演が行われてから五ヶ月後のことである。ちなみに初演時と同じく、この折の美術を担当したのは藤田嗣治である。
15　朝比奈は、この上海以来の共演を「小牧君・上海・私」の中で、「今、新しい年の始めに小牧君が大阪へ来て私達のオーケストラと共に「コッペリア」を踊る、一カ年間幸いにして元気で成長して来た私達の関響と小牧君が自分で育て上げて来た若い舞踊手達を率いて一諸に仕事する、何という楽しい事であろう。想い出はよみがえり希望は湧き上る。」と、昂揚した気持ちを書き綴っている。

16　『バレエと私の戦後史』。

17　「バレエ「ワルプルギスの夜」12日夕　西宮球場で」（『朝日新聞』一九五〇・八・一二夕刊）に掲載の「小牧氏談」より。

18　「太平洋戦争期の上海における音楽会の記録――上海交響楽団の演奏活動について――」（中央大学人文科学研究所編『現代中国文化の光芒』（中央大学出版部、二〇一〇・三））。

19　「緑野卓」の筆名で発表。

20　この二つの催しの間にあって、戦後になってからは一九四七年八月にも、日比谷有楽町にあった占領軍の娯楽施設のアーニー・パイル劇場で「ラプソディ・イン・ブルウ」が上演されている。斎藤憐『幻の劇場　アーニーパイル』（新潮社、一九八六・一二）の叙述に従えば、伊藤道郎＝作・演出の「ラプソディ・イン・ブルー」は、ガーシュインの同名の曲を中心に、「ス・ワンダフル」「スワニー」「アイ・ゴット・リズム」などの「ガーシュイン名作集」で出演した踊り子たちも含めて、劇場スタッフは八百名を超えた。

21　「新機軸をねらう　たそがれコンサート」（『朝日新聞』一九五一・七・二六）。

22　張論文、『版画滄桑』などを参照。

23　同版画集の編集・発行は李平凡だが、ここでは本名の「李文琨」を用いており、「華僑小学生」「邁年」「失題」の三点の木刻画を収めている。『浮萍集』は町田市立国際版画美術館が所蔵しており、同美術館が開催した『彫刻刀の刻む戦後日本　2つの民衆版画運動』の図録（二〇二二・四）に、同版画集に収録された作品の一部が紹介されている。

24　菊地三郎「日本における中日木刻運動（上）」（『中国公論』第二巻第一号、一九四九・一）。

25　注24と同じ。

26　注24と同じ。

27　町村悠香「「二つの民衆版画運動」の調査から見える朝鮮学校での版画教育」（白凛編著『在日朝鮮人美術史に見る美術教育者たちの足跡　展覧会およびシンポジウム記録集』（同志社コリア研究センター、二〇二三・三）所収）。

28　戦後神戸における在日朝鮮人学生たちと、彼らを指導した日本人教師青山武美の版画活動については、注27に挙げた『在日朝鮮人美術史に見る美術教育者たちの足跡』所収の白凛「展示とシンポジウムを振り返って」が参考になる。また、一九四九年二月の「中日現代版画交歓展覧会」については、『所報』、『版画滄桑』のほかに、中日文化研究所職員渡辺和子が『中国留日学生報』(一九四九・三・一五日号)に寄せた「春遠からじ――はるばる呉蘭さんへの手紙」も、「神戸の市電の中にもポスターがはられ昨年の朝日新聞社主催の中日現代版画展以来のはなやかで盛大な展覧会でした」といった現地ルポとしての性格も持っていて参考になる。本文中で挙げた「出展作品四〇〇点」も同文から取った。

また、話題を再度、李平凡と日本側美術団体との交流に戻して追加情報を記すと、一九四七年七月一六日に、小野忠重を代表とする日本造型版画協会が東京の美術出版社で日中版画懇親会を開催した折に李平凡は出席、「中国木刻の性格と発展」について報告したと張論文は述べている。さらに、この催しについては、主催団体が中国研究所であるとするなど、張論文との違いはあるが、そこに参加した内山嘉吉も、奈良和夫との共著『魯迅と木刻』(研文出版、一九八一・六)で回想している。

29　同じ年に戦争の激化により閉廊したが、この画廊は本書五章で取り上げた、神戸元町鯉川筋にあった「鯉川筋画廊」(「神戸画廊」)であった可能性が高い。

30　金井紀子「川西英　人と作品」(『生誕120年　川西英回顧展』(神戸市立小磯良平記念美術館、二〇一四・一〇)。

31　注30と同じ。

32　『所報』№1(中日文化研究所、一九四八・四)、菊地三郎「日本における中日木刻運動(下)」(『中国公論』一九四九・三)、「〈中国の木版画〉新中国の横顔」(『世界評論』一九四九・九)を参照。

33　菊地三郎「中国の木刻」(『世界評論』一九四九・九)

34　「中国版画の批判　全上海展を顧みて」(『大陸新報』一九四三・三・二九)や、上海市政研究会編『上海の文化』(華中鉄道株式会社総裁室弘報室、一九四四・三)の「第二部　七美術」の一項「版画」などに、当時の田川の版画観が表われている。

35　北京市の瑠璃廠にある、歴代書画名人の作品コレクション、書画の複製や表装、書画骨董の販売などで知られる。開業は一六七二年で創業当時は松竹斎と号し、一八九四年に栄宝斎と改めた。新中国成立以来、木版技術の新たな開拓に乗り出した。

七章　陳舜臣が描き出す〝落地生根〟の行方

――推理小説『枯草の根』を起点として――

一、〈落地生根〉を地で行く者・そうでない者

少年時には新聞の「神戸版」にほぼ毎日掲載される「出船入船」情報に心躍らせて港の突堤に足を運び、長じてからは神戸の海に面した書斎の窓の下で想を練り、数多の作品を書き綴っていった作家陳舜臣、(1)彼の作品の魅力はどこにあるのか。一口で言えば、それは該博な知識を動員して、その舞台空間を自らの生れ育った神戸からアジア全域にまで広げていくスケールの大きさと、歴史の波濤に揉まれながらそれぞれの生の拠り所を求めていく人々が分泌するエモーショナルなものを鮮やかに浮かび上がらせていく点にあろう。この小論では、彼の文壇デビュー作『枯草の根』（講談社、一九六一・一〇）を中心にして、そうした文学的特質を具体的に探っていこうと思う。その手始めに、小論タイトル中に記した〈落地生根〉という言葉を取り上げてみる。

ＪＲ神戸線元町駅西口を出て海に向って歩くこと四、五分、南京町の西安門を過ぎて海岸通りにぶつかった所にある「神戸華僑歴史博物館」で見学の際に手渡される栞に載っている解説中の言葉を借りれば、〈落地生根〉とは「一人の人間が遥か故郷を遠く離れて、海を越え、異国の地に渡り、その土地の人と睦みあい、その地の習慣にもなじみ、家業をおこし、子や孫に囲まれて円満な家庭を築き、やがてその地の土に帰するさま」を意味する言葉、そしてこ

の栞が手渡される場所を念頭においてもう一言付け加えれば、それは神戸華僑の生き方の核にあるものを最大公約数的に言い表したものである。むろん、記録に残っているだけで神戸訪問は一八回あっても、そのいずれもがこの街での一時的滞在であった孫文とは違い、陳舜臣の場合は、父親が日本の海産物を中国・東南アジアに輸出する日本人商社に招聘されて、一家を挙げて台湾から神戸に渡った直後の一九二四年に生まれ、アジア太平洋戦争終結直後に約三年台湾で暮したことを除けば、二〇一五年にこの街で没するまで、神戸をわが町として〈落地生根〉を地で行った人物だったわけであり、そうした自らの人生と近い立場にある人たちも、また自ずから彼の創作世界に多く顔を覗かせている。いまから論じる『枯草の根』もその例外ではない。とともに、この小説は題名にもそのことが暗示されているように、自らの希望とは裏腹に、神戸の街に根を下ろすことに失敗した人物にも焦点を当てた作品であることも強調しておかねばならない。ただし、根を下ろす、根を下ろせないという問題は、あくまでもストーリーの一郭を切り取った時に指摘できることであるにすぎない。問うべきは、推理小説という枠を持ちつつ、登場人物たちの間で交わされる言葉のやり取りや、ちょっとした風景の描き方が、どのような読みの醍醐味を読み手に味わわせていくのか、そしてそれがデビュー作とは言え、どれだけユニークでなみなみならぬ人間観察力を感じさせる作家的炯眼に支えられているのか、ということであると考える。

二、構成と計算の妙

第七回江戸川乱歩賞受賞作『枯草の根』は、一九六一年一〇月に講談社から刊行された。その少し前から社会派推理小説を代表する作家として注目されだしていた松本清張、水上勉の代表作である『砂の器』や『飢餓海峡』が単行本として刊行されたのと近接する時期にあたる。(2)

全体で三五章仕立てのこの物語は、南洋の著名な実業家である席有仁が、戦争終結後一〇数年の歳月が流れた現在、初めて神戸を訪れるところから始まる。到着早々、新聞事業にも関わる彼は、自身の出資する新聞社からの依頼に応えて日本見聞記「東瀛游記」の執筆にとりかかるが、そこには、かつてシンガポールが「昭南」と呼ばれていた時代に抗日団体の幹部だった自分が、いまこうして日本に遊ぶ日が来たことを思っての感慨と、それよりさらに遡って、事業家としての駆け出し時代に苦境に陥った自分を救ってくれた、当時の上海で銀行を経営していた「L董事長」とこの神戸で初めて顔を合わせることへの期待とが記される（「一　プロローグ一二月一日」）。

未読の方には申し訳ないが、先に推理小説『枯草の根』のストーリーラインも紹介してしまおう。前段からつなげると――しかし、席有仁を神戸の港で出迎えたのは、彼の恩人の「L董事長」すなわち李源良ではなかった。李源良の影武者のごとき存在として実業の世界を生き抜いてきた李東昌という男が、半年前に東京で李源良が交通事故死したのをきっかけにしてその名を騙り、神戸に仕事の拠点を移していたのである。そして、席有仁と李源良とが一度も相まみえたことがないのを利用して、五興公司という小さな貿易会社の社長「李源良」に成りすましたまま大実業家席有仁を出迎え、巨額のマージンが得られる有利な取引を行うことを企図するのである。だが、李東昌の素性を知り（小論では、これ以降彼を名指すときには「李社長」と「李東昌」の呼称を併用することとする）、彼の実業家としての野望を台無しにしてしまう恐れのある人物が現れる。こうして起こるべきは殺人。そして、五興公司が入っている、海岸通りにある同じビルの地下にある中華料理店「桃源亭」の主人で、日本に居ついてから二〇数年間を経ている陶展文が、事件の解明に挑んでいく。

第七回江戸川乱歩賞選考委員の一人である江戸川乱歩の選評「秀作を得て欣快」（『宝石』一九六一・一〇）中に、「純本格もので、トリックもよく考えてあるし、そのトリックを見破る手掛りに面白い着想が使われている」という評言があり、陳舜臣が「推理小説私観」（『よそ者の目』〔講談社、一九七二・七〕所収。原題は「変りつつある推理小説」で『現代推理小説大系』第一巻〔講談社、一九七二・五〕所収）で口にしている、「もちろん犯人が誰であるとか、どんなふうに解決されるかといった場面は、推理小説であるからには、最初から決定していなくてはならない」という考えも、それと呼応している。こうした推理小説の定型に関わる側面を云々することが小論の主旨ではないのだが、それでもある程度の確認作業は必要だ。できるだけ紙幅をとらずに、この長篇推理小説がどんな計算のもとに組み立てられているのかを見ておこう。

まずは李東昌の秘密を知る人物の設定である。三人いるが、一人目がトーア・ロード沿いの路地でアパート「かもめ荘」を経営しながら高利貸し業も行っている徐銘義老人である。陶展文とは象棋仲間で、漢方医の腕を持つ陶に事あるごとに往診を頼む、神経質で「慎重居士」といった趣のある徐は、李源良が董事長、李東昌は秘書であった上海の興祥隆銀行にかつて計算係として勤務しており、二人の西欧視察中に上海に来た席有仁の接待役を勤めたことがある。この徐銘義が、神戸に移ってから半年後の李東昌とトーア・ロードではからずも再会、そして席有仁が来神しているとの情報も象棋仲間の陶展文から得て、李東昌の事務所を訪ねて来る。その時は席有仁が不在で事なきを得たが、この先、徐銘義がどんな行動に出るか――李東昌の心の裡に殺意が生じる。

二人目が市会議員吉田庄造の甥の田村良作。堅気の勤めよりいわくありげな仕事の方が好きな男である。戦後上海での銀行経営が破綻、香港を経て東京へ流れ着いた李源良と李東昌が、小さな会社の輸出部での仕事に就いた時、同じ職場にいたのが田村だった。その田村が、うだつの上がらぬ東京生活に見切りをつけて来神、地方有力政治家の叔父の使いで席有仁宛ての招待状の取次ぎを頼むために五興公司を訪問、李東昌と再会してしまう。犯罪すれすれのゆすり、恐喝まがいのことをしでかしかねないこの男が席有仁招待の宴に出てきて、そこから自分たちと関わりを持ち出したならどうなるか、李東昌はそういう問題にも直面させられる。

そして、あと一人が李源良の姪の李喬玉。アメリカに留学した喬玉に最後に会ったのは彼女が一四、五歳の頃であった李東昌は、結婚してアメリカにいるつもりだと聞いていた彼女のもとには伯父の事故死を伝えた。すると、思いがけないことに、香港への赴任が決まった夫とともに喬玉は来日、東京で伯父の墓参りを済ませた後、李東昌に会うために来神し、五興公司を訪ねる。たまたま李社長は席有仁を滞在先の山手のホテルに送りに行っていて不在。その席有仁と喬玉は、視察旅行で席がアメリカを訪れた時に会っている。席有仁が五興公司の社長李源良だと思っている人物が実は李東昌であることを知っており、加えて席有仁とも繋がっていたために、李喬玉と同じ立場にある徐銘義と田村の二人は殺害されたが、はたして彼女も犠牲になるのか。

次に、事態を迷走させる人物や、一種狂言回し的な存在を配置することによって、ストーリーを膨らませる点でも、この小説がかなりの出来栄えを示していることも指摘しておこう。乱歩の評言を借りれば「プロットも充分水準以上」[3]と対応する、この点についてごく簡単に記しておくと、吉田庄造を犯人候補とするストーリーも立ち上がっている。すなわち、業者と官庁の間を取り持って前者から多額の謝礼金を徴集している吉田は、保身を図るため専属の「トンネル」を用意しているが、その役を務めていたのが徐銘義だったのである。ここにいわゆる口封じとしての殺害動機が浮上してくる。そしてまた、吉田犯人説を唱える、新聞記者小島の存在。拳法家としての一面も持つ陶展文の一番弟子を任じ、桃源亭に出入りして家族同様の付き合いを陶一家としている小島青年は、事件の解明に向うストーリーライン上においては、吉田が首謀者であることの立証を得ようと躍起となって動き回る狂言回しの役割を振り当てられていると言えよう。その他にも、徐銘義の死体を発見したかもめ荘の管理人の清水と徐とが、清水の別れた妻をめぐって浅からぬ因縁のあったこと、金の貸借をめぐるいざこざから、高利貸しを副業とする徐に脅迫状を送り付けた辻村が彼の死後にその手紙を持ち出したことも、物語の筋を混沌とさせていく上で一役買っている。

トリックと事件解決へのプロセスがどんなものであるかについても触れておこう。その前提として徐銘義殺害当夜の状況を振り返っておくと、陶展文と彼の友人で商売は女房に任せっぱなしの安記公司社長の朱漢生とが、かもめ荘の徐銘義の居間で象棋を打っていると、五興公司の李社長が訪ねて来た。かもめ荘を出た陶と朱は、象棋の続きをするために穴門筋にある朱の自宅に向い、李社長もほどなくかもめ荘を辞す。その姿は管理人清水も見ており、李と短い会話も交わしている。李社長の退去後、今度は小男がかもめ荘に入ってきたのを清水は眼に留め、彼の足音が徐の部屋の前で止まってドアの開く音を耳にするが、お目当てのテレビ番組がそろそろ始まるのに気を奪われて、彼の出て行く姿はさして気には留めていない。次いでその番組「私だけが知っている」が始まってまもなく、喫茶店ホワイトホースの店員の春ちゃんが、いつものように徐からの注文電話を受けてコーヒーを配達、応接間でコーヒーを注ぎながら、居間で誰かと象棋を差す徐の後姿を目にしている。さらにその後、向かいの部屋の住人が、誰かが口笛を吹きながら徐の部屋に入っていく音を聞いた。以上の人の出入りがあったのが夜の八時から九時半、徐の絞殺死体を管理人が発見したのは翌日午後だった。

これらの怪し気な人物たちの中から、いかにして李社長（李東昌）が犯人であるとの推理が組み立てられていくのか。そこで用いられるトリックの一つに〈時計〉を用いたそれがある。すなわち、犯行当日の昼、慎重を期するためにかもめ荘に一度やって来た李社長は、事を起すにあたって、なにかのトリックが必要なことを漠然と感じ、そのために管理人室に掛かっている五分遅れの時計に自分の腕時計を合わせている。むろん、それは「告白書」（「三二　告白書」）に彼が書き残していることであって、その事実を陶展文は知らない。けれども、以下に記す出来事を繋いでいくことによって、陶の李に対する疑惑が生じるのである。まず、その晩、徐の居間で李社長と一緒になった、日頃から横着弊のある朱漢生が、ちょっとした機会をとらえて社長の腕時計を盗み見し、止まっていた自分の時計の時刻を合わせたのを陶は目にしている。一方、李社長は自分の立ち去る姿を管理人に印象付けるため、管理人室の五分遅れの時計が八時半の時刻を打った時、その前で立ち止まり、自分の時計を見てあえて首をかしげてみせる。朱の家で象棋の続きをした陶展文は、新聞会館のチャイムが一〇時を報じたのを耳にしながら彼と別れる際に、李社長の時計に合わせた朱の時計が五分遅れであることを知った。そして、管理人からは、彼の部屋の五分遅れの時計のチャイムを聞いた李社長が首をかしげたと聞かされる。なぜ、李社長は五分遅れの腕時計を見て、それが正確な時を刻んでいるかのように振る舞ったのか――このようにして霧がとれかかってくる。

次いで陶展文の思考を進めさせるのが、春ちゃんの証言。彼女のそれは、神経質な「慎重居士」である徐銘義のイメージを裏切るものばかりである。応接室にいた春ちゃんからは、扉の開いた隣室の居間でマスクをしてうしろ向きになった徐と象棋を差していた客人の方は、壁の陰になっていて見えなかったというが、それは居間に置かれたテーブルの位置がいつもと比べてずれていたことを意味する。それから彼女は、応接室のテーブルの上に客のオーバーが置かれていたり、ドアに鍵の束がさしたままであったりしたことを見ているのだが、これらのことは、万事が自分の決めたとおりにきちんと行われなければ気の済まない、几帳面過ぎるくらい几帳面な徐の行動パターンにはそぐわない。現に、同じ晩に陶と朱が訪れた時には、二人が応接室の事務机の上に脱ぎ捨てた上衣を、徐はすぐに洋服ダンスの方へ運んでいっている。ならば、陶と朱も見たし、春ちゃんも見ている、マスクをかけて、赤いジャンパーを着こみ、頭に包帯を巻いていた（それより前、頭にできた吹き出物を気にして陶展文の往診を仰いだ徐は、事件当夜も頭に包帯を巻いていた）徐はどうなのか。これとても風邪ひき加減の徐銘義は、応接室と居間との室温の違いに過敏に反応、二人がいたときには居間では実はマスクを外し、応接室に出て行く時には几帳面にもマスクをつけていたのである。

さらに物証に近いものも出てくる。それは象棋の駒だ。事件当夜、徐の部屋を辞する際、そそっかしい朱が象棋盤をひっくり返してしまった。その際に拾い集めて戻したつもりの真新しい象牙の駒の一つが、徐が殺された後、細君不在の留守宅で、朱のよれよれになっているズボンの裾から出てきていたのだった。すると、あの日の夜、自分たちが帰った後で春ちゃんが見た、客人と徐が象棋に興じていたということは？その性格から推して、一つだけ違う種類の駒を代用して徐が象棋をすることは、ほとんどあり得ない。

こういう風にして、あの晩喫茶店の娘が見た、彼女の死角にいた客人と象棋を差す徐は犯人の偽装であるとの確信が固まった頃、陶展文は、李社長不在の東南ビルを訪れた李喬玉夫婦とばったり出会い、半時間ほど桃源亭で話を交わすことを通じて、彼女が訪ねようとしているのは李東昌であり、彼が李源良の名を騙っていることを知るのである。それが証拠には、陶展文と別れてホテルに戻る際のタクシーの中で喬玉と夫のマーク・顧との間で、「「それにしても、おどろいたな。じつにおそろしいことだよ」「その話はやめて！」といった言葉のやりとりがなされている。

三、黙劇と潜熱――探偵と犯人の心理上の対決

そして、陶展文と李東昌との対決シーンが描かれるのがその直後、章立てで言えば「二十八　伝言」である。自分の不在中に訪ねて来た女性が李源良の姪の喬玉であったことがわかり、彼女とは「ものの二分もしゃべっちゃおらんのですよ」という陶展文の言葉を聞いたあたりから始まる二人の会話は、表面上は何気ない穏やかな言葉を交わすかのようであって、その実、相手の心意を窺い、隙あらば相手の急所を突き刺し、またそれから逃れようとする、緊迫した心理戦の様相を呈していく。彼らを取り囲んだ時間は静かに流れているが、それは同時に激しい潜熱を帯びている。高橋克彦言うところの「これは殺人の謎を解く物語ではなく、殺人を身近にした人間の興奮状態をテーマとしているのではないか」(4)といった文学的特性がよく現れているとともに、そうした興奮や緊張が一つの分水嶺を越えると急速にそれからの解放やカタルシスに向かっていく側面も、たしかな手ごたえをもって描き出されているのがこの場面なのだ。

その徴《しるし》はいたるところに現れている。たとえば互いの年齢をめぐっての四方山話の途中で、陶がふと口にする「子

供の成長のほかに、友人の死ということがありますよ。こいつにもガクンとくる」という言葉。それに対して李は相槌を打ちながら「このあいだの徐さんの死は、私にとっちゃ大きなショックでした」と予防線を張るのだが、おそらくその直前に喬玉から事のあらましを聞いている陶展文が李社長に思い出させようとする、その死に接してガクンとくる友人とは、いまでは彼がその人物に成りすましている李源良のことではないのか。このように二人が向かい合う室内には緊迫した空気が立ちこめていくが、語り手は陶の目を通して、窓外には「薄暮の色が、すでにビル街をつつみはじめている。（中略）ビルのまえの通りには、解放されたオフィス・ガールたちの、様々なコートの色が流れて行く」といった、何の変哲もない、いつもと変わらぬ光景があることにも読者の関心を向かわせていて、そんなコントラストの捉え方も上手い。

犯人捜しの物語としてのハイライトは、陶がポケットからまるい象牙の駒を取り出したところでやって来る。徐銘義の形見のその品は、自分よりも彼とは古い付き合いのあるあなたが受け取るべきだと言い置いてから、陶が李社長に思い出させ、知らしめようとするのは、事件当夜の李社長のかもめ荘訪問の際に、あわて者の朱が象棋盤をひっくり返してしまったことと、その後いまここに取り出した駒が発見されるに至った顛末、さらに「あの男はおかしな駒じゃ絶対に象棋を差そうとはしませんでしたな」という科白に端的に示される、徐銘義の例の性格である。それは換言すれば、自分たちが帰った後で、徐が誰かと象棋を差すことはほぼ百パーセントあり得ないこと、にもかかわらずホワイトホースの店員が象棋を差す徐を見たと言うのなら、それはほぼ百パーセント誰かが徐に変装していたことを指し示している。駒を受け取った際に「じっとその表面をみつめ」た李社長は、これらの話を陶が終えた時には、『帥』と彫った赤い字を、喰い入るようにみつめ」たのである。

犯人は割れた――だが、それ以上の読み応えのある場面がこの直後に続く。残る問題は李社長をして李喬玉に対する邪な心を発動させないことである。陶展文は十年以上会っていない伯父と姪とが対面する場面に「是非立ち合いたいものですな」と言って、李の出方を牽制する。二人は廊下へ出た。以下、長くなるが本文を引用する。


陶展文は廊下へ出た。李社長も彼につづいた。

「階段のところまでお送りしましょう」

「ありがとう」陶展文も、強いて拒みはしなかった。

階段の横の上方に正方形のガラス窓があって、そこから空の一部が見える。赤いアドバルーンが、そこで揺れていた。

「では、ここで失礼します。私はオフィスへ戻って、ちょっとあと片づけ――そう、あと片づけをしなけりゃなりませんから」

そう言って、李社長は手をさしのべた。

「わざわざ送っていただいてありがとう」

陶展文は老社長の手を握って、言った。

李社長の面貌は、深山の老僧のように、枯れ切った感じであった。その秀でた顔にも、まったくつやがなかった。

陶展文が二、三段降りたとき、背後から李社長が、思い出したようにたずねた。

「喬玉さん夫婦は、どこのホテルにお泊りなのですか？」

「さあ、なんというホテルでしたかな？」陶展文はふりかえって、言った。「たしかホテルの名はきいたのですよ。それが忘れちまいましたな。いやはや、年ですなあ」

「喬玉さんは工合がおわるいそうですから（李は、陶から自分の留守中に訪ねて来た喬玉が風邪気味でホテルに引きあげたことを聞いている。引用者注）、訪ねて行ってお邪魔をするつもりはありません。ただ、電話でもかけて、なつかしい声をききたいと思っただけです」

　李社長はそう言って、上からじいっと陶展文の目をみつめた。

　陶展文は黙っていた。しかし、しばらくしてから、彼の顔に春風のような、ほのあたたかい微笑がうかんだ。

「やっと思い出しましたよ。イースト・ホテルでした。そうですね、電話してあげたら、彼女よろこぶでしょうな」

　陶展文のすがたが、階段を降りて一階の廊下へまがって消えてしまうまで、李社長は枯木のように、つっ立ったまま見送っていた。（二十八　伝言）

　李社長の面貌の変化は、陶に事の真相を見破られたことに気付いたことに起因する。そうでいながら、あるいはそうであるがゆえに、その後「思い出したよう」に、彼が李喬玉の滞在先を尋ねたことは、陶展文の心に一抹の不安を与えたのではないか。であるがゆえに「さあ、なんというホテルでしたかな？（中略）忘れちまいましたな。いやはや、年ですなあ」と磊落《らいらく》を装いながら、陶はここでも李を牽制、彼の出方を見極めようとする。それに対しての、姪を訪ねるつもりはない、「電話でもかけて、なつかしい声をききたいと思っただけ」という李の応答。そして、その後に生じたしばらくの沈黙と、春風のような、「ほのあたたかい微笑」を浮かばせながらホテルの名前を告げる陶展文の行為。この黙劇の進行過程にあって、陶は李社長の言葉が、彼の計略をカムフラージュするためにではなく、自身のこれまでの行為を清算する覚悟も併せ持った彼の真意から出たものであるとの判断を下している。対象としている作品は異なるが、陳舜臣編『陳舜臣読本　Who is 陳舜臣？』（集英社、二〇〇三・六）〔以降『陳舜臣読本』と略記〕に再録された、短篇集『方壺園』（中央公論社、一九六二・一二）についての野口武彦の解説中の言葉を借りれば、「敵を人間として承認するとでもいえるような感覚」（傍点原文）が、ここには現れている。そして、これも野口の表現を借りれば、そのようにして自分という人間を、単に「知る」ことを越えて「了解」（傍点原文）されたことを察した李東昌は、その夜のうちに展文兄宛の「告白書」を認め、自らの命を絶つのである。

四、人物造型への意志――分泌物をどう語り明かすか

いま見てきた場面にもその特徴は端的に現れているが、前出「推理小説私観」の中で陳舜臣は、作品の創作にあたって、その組み立てに意を払うべきだが、それは「必要不可欠」のレベルにとどめ、「登場人物の分泌するものを、受け容れるスペースを残しておくべき」[5]といった見解を示している。権田萬治をはじめとして大抵の先行文献が取り上げてきた発言であり[6]、やや常套的なアプローチの傾向に流れるかもしれないが、この人物造型への意志がどのように達成されているのかについて、小説の構成上の問題も含めてさらに言及したい。

「登場人物の分泌するもの」の最も見やすい例は、小説の結末近くに置かれた「三十二　告白書」「三十三　告白書つづき」であろう。講談社文庫版『枯草の根』の本文は二九七頁だが、この二章だけで三一頁というように、分量的には李東昌の内面がそれだけ書き込まれていることがわかる。前出高橋克彦の解説は、その点に関して「読者によっては、すべての謎を犯人の告白に任せるやり方を安易と見る向きもあろうが、その部分こそ作者の強い思いが含まれているということを分かっていただきたい。探偵役の推測などで済ませたくなかった真実の声がそこにある」と述べている。[7]一方、ともすれば忘れがちになるかもしれないが、小説の始まりの箇所（一プロローグ十二月一日）に、早くももう一つの〈告白書〉、すなわち席有仁が書き出した「東瀛游記」の一節が置かれていることを、作品の構成上の特徴として押さえておきたい。

そして、見聞記と罪状告白というようにそれを書く目的は違っていても、そこに書かれたものを通して現れてく

るのは、もしそれを書かないでいると「筆者の心の状態を幕の彼方にかくしてしまうことになる」と、「東瀛游記」を書き出すにあたって有仁が断っているように、社会や世間が見慣れている人物像の奥にあるもの、先にあるものである。すなわち、席有仁が書く「東瀛游記」の場合では、李源良との再会を前にして、大実業家として何事も果断に処置していく性情とは結びつかない「こまかい感傷」が随所に顔を出してくるのであり、見るからに垢抜けしたイギリス風紳士に見え、言葉つきや挙措の優雅さに育ちの良さが滲み出していると人の目には映る五興公司社長も、李東昌として「告白書」の中に現れて来る時、「産業界になにがしかの爪の跡を残す」ための野望を滾らせた姿を前面に押し出しているのである。

李東昌と席有仁の人生が、それぞれ彼等自身のものとして、他の何物とも取り替えの利かないものとなっていく理由は、戦前から戦中にかけての中国や東南アジアにおける時代のうねり、その飛沫を二人が思う存分浴びて、社会と歴史にコミットしていくところにも求められる。

たとえば、学生時代の李東昌は、「熱烈な愛国者」として「中国経済進展要綱」なる計画書を作成した。そこには「天津が十五の突堤をもつ不凍港となり、揚子江の河口に上海にとってかわる大都市が建設され」る夢が繰り広げられていたが、それは時代との繋がりで見れば、国父孫文が中国人としての民族意志の発現として一九二二年に公にした、上海を中心とする国土の大改造計画であるところの「建国方略」を連想させるものである。陳舜臣はこうした近現代の中国の国内事情に関する該博な知識を活用しながら、作中人物の人生に時代の刻印を打っていく。董事長の李源良に代わっての理想主義者李東昌の働きによって、幾多の艱難を乗り越えて民族産業の支柱として発展してきた興祥隆銀行が、官僚資本の専横によって「名誉ある没落」を迎えることについても、戦後上海の経済界の状況についての『枯草の根』執筆時点での中国学界での主流的な見方[8]をふまえた叙述を行っていると言えよう。

同様に、シンガポールの埠頭苦力から身を起こした席有仁が、アジア太平洋戦争開戦直前には「抗日救国委員会」

の副委員長の地位にあり、日本軍のシンガポール占領の際に「ペナンにのがれて身をかくした」という設定も、シンガポール側の認識では五万人が犠牲になったとされている、日本軍が行ったシンガポール華僑粛清をもとに発想されたものだと考えられる。シンガポール市内の住宅団地の造成工事現場から、その折に虐殺に遭った住民の大量の遺骨が発見され、これを機に本格的な遺骨の発掘作業が全島で開始されたのは、奇しくも『枯草の根』が刊行されたのと同じ一九六一年のことであり、また稲畑耕一郎が席有仁のモデルの一人に数え上げている陳嘉庚[9]――シンガポールで「南洋華僑籌賑総会」（南僑総会）を創設して抗日運動の中心的人物となり、日本軍のシンガポール占領の年（一九四二年）にはジャワへ避難した――がその一生を終えたのも一九六一年であった。この南僑総会のメンバーの一人だった林謀盛は、日本憲兵隊に逮捕され獄中死したが、それと同じように逃げ遅れてつかまった抗日団体の主要幹部が銃殺されるという状況下で過ごした潜伏生活のことを今でも夢にみる席有仁であればこそ、現在の自分がここ日本の地に到着して、実業家として目の前にある課題と取り組むべきであることを新たに思い起こし、自身の精神を奮い立たせていくのである。

席有仁と李東昌の歩みが、二人の生きてきた時代と密接に関わることのあらましを見てきた。しかし、彼らの人生のありようは、歴史上に記された大きな物語の中に回収されて已んでしまうものではない。人が自分の人生の中で体験することは、他者のそれと置き換えのきかないその人だけのものであり、文学作品が登場人物の分泌するものを受け容れるスペースを作るとは、それを確かなものとして読者に伝えていく点にあると思う。たとえば、席有仁が自らの潜伏生活を振り返った時、そこにはどのような彼の姿が現れているのだろうか。

……あのころは、よく爆音を耳にしたものだ。しかし、あの四角い空は、あまりにも小さかった。機影がそこをかすめたことは、いちどもなかった。もし、つづけて二機、あの空の切れはしを横ぎれば、なにかいいことがある、――席有仁は勝手にそうきめて、ながめていたものだ。なにも考えないで見つめるよりは、そう考えてでもいたほうが、すこしは張り合いがあるような気がした。……いつ日本人がつかまえにくるか、一日じゅうその恐怖がくらいついていた。（「十七　葬儀の通知」）

ペナンで豆腐屋をしている旧友の家の納屋にかくまわれた彼がすることといったら、その部屋の天井にあけられた四角い窓をじっと見つめて、願掛けにも似た思いを反芻することであった。それは、現在著名な実業家として雄々しく立っている自分と比べれば、まるで嘘のような、影絵のような自分である。だが、それもまた、あの時にあっては紛う方なき自分の本当の姿なのである。仲間を失って孤立し、窮地に追いつめられて極限状況の中に投げ込まれた時に、はたしてどうやったら自分の心の拠り所や生の希望を見出せるのか――それが「四角い窓」のエピソードを借りて、この人物にしかできないかたちで求められ、表出されている。

そして、席有仁の回想の裡に現れるこの光景と、読みようによっては物語の構造上、一つの照応が生じている印象を与えてくるのが、陶展文と李東昌の対決シーンの後半、二人の別れ際にさりげなく描かれる以下の光景ではないか。すでにその部分も含めた本文は引用したが、ここであらためて当該箇所を含む前後数行を引いておこう。

陶展文は廊下へ出た。李社長も彼につづいた。
「階段のところまでお送りしましょう」
「ありがとう」陶展文も、強いて拒みはしなかった。
階段の横の上方に正方形のガラス窓があって、そこから空の一部が見える。赤いアドバルーンが、そこで揺れていた。

「では、ここで失礼します。私はオフィスへ戻って、ちょっとあと片づけ――そう、あと片づけをしなけりゃなりませんから」

そう言って、李社長は手をさしのべた。

この時点で、李社長は自分が犯してきた行為を陶展文が知っていることを悟り、ほぼ自身の身の振り方を決めている。それは、「あと片づけ」をしなければならないという言葉を自分に言い聞かせるように繰り返していることから想像がつくのだが、この時、読者である私たちは李に代わって、階段の上方に据え付けられた正方形のガラス窓を通して赤いアドバルーンが揺れている空の一部を目に入れる。それは一日の終りを告げる、その日最後の明るみを残した空であるが、こんなふうに窓で切り取られた空を見つめていた席有仁のその後の人生が、彼の心に矜持を与えてきたことを知っている私たちは、それにひきかえ、いまここに見える空が、個人の生活を犠牲にして民族資本家としての生きざまを全うしようとしながらも道を踏み違えてしまった、李社長のそういった人生にとっての最後の明るさを残した空であることを思って、小説を読むことの愉悦に浸るのである。

李社長の心を埋め尽くしている思いは、彼の死後、「枯草の根を悼む」という祭文を念頭に浮かべた陶展文が、最終章「三十五　エピローグ十二月三十一日」中で、「地中深く張り、まわりの土壌とすっかりなじんだ強靭な根がにわかに草を失ってしまった。これまで人びとは、土のうえの草しかみていない。根はなおも、いやこれからもっと強く、生きつづけようとするのに」というように、彼に代わって口にしている。これとても李東昌が分泌するものを示しているし、小説の題名と絡めてその主題を確認するといった観点からすれば看過できない一節なのだが、それが文字通りに説明されているだけのものといった印象を拭い去ることはできない。つまり、読めばそのまま分かることなのだ。登場人物が分泌するエモーショナルなものは、こんなあからさまな叙述とは別に、前の段落で述べたように、ともすれば何気なく読み飛ばしてしまうような言葉からも滲みだしてくるのではないか。

そう考えて、再度、件《くだん》の場面に戻ってあと一言付け加えたい。李社長が口にした「あと片づけ」を「告白書」を書くという意に解釈したが、この後で喬玉の滞在先を聞き出そうとした点から、まだ李の胸中に自分の逃れる道を求めようとする情動が消え去ってはいなかった、あるいはそれに再び火が付いたということが仮定できるとしたら、その場合「あと片づけ」とは、この後の彼の行為が「告白書」を書くことではなく、より禍々しいものであることを示唆してくるかもしれない。そして、もし、そのような不安を駆り立てるものがまだあるとしたなら、いま私たちがみている景色はどのように感得されるであろうか。おそらく、この赤いアドバルーンがそこで揺れている、静かで、遥かな感じを与える空は、先取りされた未来に現れる李の猛々しい心を、それが発動する一歩手前で吸い取っていくものではないだろうか。

五、火種としての上海・「愛撫」する視線――『枯草の根』のその後

終りに、陳舜臣が『枯草の根』の人物造型にあたってとった試みが、その後どのように枝葉を広げ、繋らせていったかについて、若干の見取図を呈しておきたい。

たとえば、この作品の発表から三〇年もの歳月が流れてから刊行された『夢ざめの坂(上)(下)』(講談社、一九九一・六)の場合。妻を亡くした主人公浦上隆志の前に現れた杉坂房子が、失踪した夫探しを依頼するところから始まるこの小説は、やがて隆志の出生と生い立ちをめぐる謎、彼の生母と亡き妻晴子と房子との間に結ばれていた不思議な繋がりが明らかにされていくというように、殺人という血は流れなくても長篇推理の趣をふんだんに湛えた作品なのだが、この中の数多の登場人物に対して、陳舜臣は日中戦争という歴史の飛沫をやはりふんだんに浴びせていく。

とりわけ注目すべきは、登場人物の一人に「火の種は、やっぱり上海」と言わせているように、『枯草の根』に登場する李東昌の半生のドラマがそこで繰り広げられた〈上海〉という場所をここでも大きく取り上げ、日中戦争下のこの街の歴史と、そこで営まれた人びとの生に深く測鉛を下そうとしている点である。

それは、具体的に言えば、その当時はまだ幼かった隆志の父で、重慶側の地下出版に協力した日本人、その妻で、日本憲兵隊本部に縁故を持つ隆志の父が掴んでくる日本軍の情報を味方に伝える中国人女性、そして彼女との連絡係を務めながら、人妻であり一児の母親でもあるその女性を愛していると自覚していく地下工作員の中国人男性とが味わう、人間的な喜びや苦悩の物語である。

小説中、この三人の男女を繋ぐものとして、「銜石《かんせき》」という抗日雑誌が重要な役割を果たしているが、それは一九八〇年代後半から九〇年代前半にかけて、上海のいわゆる「孤島文学」に興味を抱いて上海社会科学院を訪ね、同科学院外事主任となっていた台湾での旧知杜長庚を通じて調査を重ねたことから着想されたものであろう。[10] 現在、趙夢雲の調査[11]が明らかにしているように、中国共産党地下党員の手になる雑誌『莘莘月刊』の刊行を、上海市政府教育処副処長であった日本人上野太忠が許可したという事実はあっても、終戦の年の重慶側の地下出版にひそかな助力を与えた日本人の存在については未詳であり、こうした設定にはフィクションとしての性格も付与されているかもしれない。けれども、近年になってようやくそれについての研究の気運が高まってきた戦時上海のグレーゾーンの実態に、早くも作家がこのようなかたちで切り込んでいることには驚かされる。

ただ、作中に描き出される人間たちに付随している幅や厚みを『枯草の根』のそれと比較した時、主人公の母親呉照とその一族、さらにそこに繋がる人びとが相当数登場してくるため、それらの人びとの錯綜した関係をあの手この手を用いながら解きほぐしていき、物語を結末にまで導いていくための筋の運びの方に作者はかなりの力を割かれてしまっているように思われる。呉照を愛し始めた中国人男性がそのことを小説化した、「弓満の悩み」が作中作として挿入されて、あたかも李東昌の「告白書」と近い印象をもたらしてくる場面もあるにせよ、総じて言えば『夢ざめの坂』の人物造型はその輪郭線を提示するにとどまっている感がある。

さて、それに比べると、この小説や『枯草の根』と同じく、神戸の街を舞台とし、日中戦争の裏面史もふんだんに織り込んだ長篇推理小説『燃える水柱』（徳間書店、一九七八・一二）に出てくる人間たちの方が、例の〈分泌〉物をより多く持っているように思われる。単行本刊行直後に発表された「異人館周辺」（『オール読物』、一九七九・二）と同様に、短篇と長篇の違いはあっても、小説の組み立てという面から見れば、これもまた、神戸に根を下ろして暮す中国人の「私」と、その周囲で生活する華僑の人びととの交渉が身辺雑記風に語られるうち、やがてその裏側に潜んでいたミステリーが頭を擡げてくるという独特なストーリーラインを持っている作品[12]なのだが、その中で「私」が、日中が戦火を交えていた頃、「私」の友人の張範訓が、人妻となっていた温昭媛に思慕の炎を燃やしながら徘徊していた、そしてその頃の自分もやはり一途に、懸命になって生きようとして同じ場所を行き来していた北野町界隈のとある路地に、その時から長い年月が流れ去ったいま、目を向ける場面がある。

そして、この時、「私」と連れ立って歩いていた若い友人は、こんな言葉を「私」に向かって掛けた。「なんだか愛撫しているような目つきですね。このあたりのたたずまいを。………」。

その何日か前に、この近くに住む富豪の陸元南の死体が屋敷の庭で発見されたことに端を発する、犯人捜しの物語とは一見何の関係もないかのようなシチュエーション。が、犯人にとっても、「私」にとっても、自分の過去と繋がるこの路地は、なつかしく、切なく、いまでもなお若き日の命の焔が〈燃える水柱〉となってゆらめき立つのが実感される場所なのだ。登場人物の分泌するものが、その路地のたたずまいを目で「愛撫」するという言葉から溢れ出しているのである。

【注】

1 陳舜臣の自伝的小説『青雲の軸』（集英社、一九八四・二）の「第一部」中の一章「熱中の季節」や、李庚「神戸から世界へ」（『陳舜臣中国ライブラリー6』「月報25」〔集英社、二〇〇一・五〕）を念頭において、こうした作家像を発想した。

2 『砂の器』は一九六一年七月に光文社から、『飢餓海峡』は一九六三年九月に朝日新聞社からそれぞれ単行本として刊行された。

3 選評「秀作を得て欣快」。

4 巻末エッセイ「人間という謎」（日本推理作家協会編『江戸川乱歩賞全集③危険な関係 枯草の根 新章文子 陳舜臣』〔講談社、一九九八・九〕）。

5 「推理小説私観」。

6 権田萬治「解説」（『枯草の根』〔講談社文庫、一九七五・六〕）や、『陳舜臣読本』に再録された、中国歴史ミステリー集『紅蓮亭の狂女』（講談社、一九六八・九）についての相川司の解説など。

7 注4と同じ。

8 「名誉ある没落」とは、「十八 懇談」で、席有仁が興祥隆銀行（李源良）の運命を指して使った言葉だが、ここでは「三十二 告白書」の一節を引いて、興祥隆銀行を見舞った悲運を確かめておく。たとえばこうある。「戦後における上海経済界の状況については、あなたもご存知のことと思う。言語道断であった。官僚資本が生殺与奪の権を握っていたのである。思い出しても腸の裂ける思いがする。民族産業はことごとく撲殺された。棍棒をのがれる術はなかったのだ。興祥隆銀行が融資した民族産業は、枕をならべて倒産した。従って、銀行も倒れたのである。なんとか救済の方策はないものかと、私はアメリカへまで行ったが、すべては失敗に帰した。永年夢みた理想は、一挙に根底からくつがえされたのだった。」——少し補足すると、抗戦中からすでにその傾向を示していた国民党の官僚資本の専横は、戦後になると「四大家族」（蒋介石・宋子文・孔祥熙・陳果夫）の支配の下、中国紡織建設公司の動向に見られるようにいっそう拍車がかかった。ただ、『枯草の根』が発表されてから時代が下って一九八〇年代以降になると、この中紡公司の評価をめぐっても、従来の官僚資本説とは異なる国家独占資本説、すなわち国家資本としての特権性や独占性は有するものの、後発国の工業化建設においては積極的な役割を果したとする捉え方が提示されている。

9　『境域を越えて　私の陳舜臣ノート』（創元社、二〇〇七・三）。

10　「道半ば　自伝　第二十二回　過ぎ行く牧歌時代」（『陳舜臣中国ライブラリー5』「月報22」（集英社、二〇〇一・二）。

11　「日本占領期唯一共産党が指導した学生雑誌——戦争末期の上海『莘莘月刊』をめぐって」（高綱博文・竹松良明・石川照子・大橋毅彦編『戦時上海のメディア——文化的ポリティクスの視座から』（研文出版、二〇一六・一〇）所収。

12　陳舜臣のミステリーが持つこうした特質に言及したものとして、『燃える水柱』を評した秋山駿の言は参考になる。『陳舜臣読本』からその一節を紹介しておきたい。「そして、実は、この「燃える水柱」を読み始めたとき、私は最初、これは推理物ではなく、自伝小説の続きなのかと錯覚したくらいである。なぜなら、主人公は、明らかに作者の陳氏自身であるし、彼の思い出とともに展開する戦前の生の断片は、ときに自伝小説より強いリアリティに輝いているからである。／そこで、私はとんでもないことを思い付いた。私は前言を翻し、これが、醇乎たる推理小説であるとする。すると、こんなタイプの推理小説、かつてどこに在っただろうか？つまり、作者の密度ある自伝的記述の間から、やがてゆっくりと「殺人事件」が出現してくる、といった推理小説が？これは新しいタイプの推理小説ではあるまいか。」（傍点引用者）——本論で考察する、北野町界隈のとある路地に向けられる「私」の視線のありようが、傍点を施した前半と対応するものである。また、短篇小説「異人館周辺」も、八〇歳になるまで独身で「奇怪的老人」と噂されている趙さんと出くわした「私」が、誘われるままに彼の家を訪れ、彼の話を聞きいるうちに趙老人の祖父と父の死をめぐるまだ解けていない謎に逢着する。つまり小説の終りになってミステリーが立ち上がってくるという感銘を与えてくる点で、傍点を施した後半と対応しているのである。趙老人がトーア・ロード沿いの路地奥の家に身を隠すようにして住んでいるのも、そうしたひっそりと忘れ去られているような場所からこそ「謎」が立ち上ってくるという印象をもたらしてくる点で巧みな設定だと言えそうだし、さらに注目すべきは、この短篇が作品集『異人館周辺』刊行の時には、収録作品九篇中の最後に置かれている事実である。港町神戸に渦巻く様々な人間ドラマをロマンティック・ミステリー風に語り続けてきたラストに、この手の作品が置かれている事は、作品集『異人館周辺』はこの九篇をもってしてもまだ終らないのだという作者からのメッセージを伝えているように思われる。

八章　〈共生〉と〈連帯〉に向けての小田実からの問いかけ

——「冷え物」から「河」そして「終らない旅」まで——

【写真1・2】兵庫県芦屋市にある小田実記念碑

一、小田実と韓国

大阪と神戸の間に位置する兵庫県芦屋市にある高齢者総合福祉施設「あしや喜楽苑」の敷地内に、作家小田実（一九三二―二〇〇七）を偲ぶ石碑が建っている。阪神淡路大震災（一九九五）直後に「市民救援基金」運動を起ち上げ、被災者生活再建支援法成立に尽力する過程で縁ができた、この施設の敷地の一郭に建つ「人」の字形をモチーフにした碑には、彼のモットーの一つであった「古今東西　人間みなチョボチョボや」という言葉が、作家の自筆サインとともに刻み込まれている。

大阪で生まれ育ったにふさわしいこの軽妙な言い回しは、人間が誰でも所詮ちっぽけな存在に過ぎないことを揶揄しているように見えて、実はそのような存在である人間たちの内にこそ、自分たちが自由で幸福な人生を送っていくための決断力や行動力、ポテンシャルに満ちたパワーが秘められていることを伝えている。現代のこの生き難い社会、一部の「大きい」者、強権が横暴を振るいつつある社会にあって、「小さな人間」たちが続けていく、自分たちがまともに生きていくための戦いによってこそ未来が開かれていくという考えが、この作家の思想の核にはあった。

二〇一四年に完結した、作家の全小説と主要評論を網羅したオンデマンド版全集（講談社）が全八二巻を数えるように、まことに数多くの作品を書き続けて来た小田実だが、その中には拙論に取り組むきっかけとなった、韓国日本学会の学術集会特集企画が掲げる「共生と連帯に向けて」というテーマ[1]とも響き合う『「共生」への原理』（筑摩書房、一九七八・四）、『われ＝われの哲学』（岩波書店、一九八六・六）と題する著作がある。また、韓国・朝鮮の歴史を取材し、それをふんだんに取り入れた作品、在日朝鮮人を主人公とする小説・エッセイも、彼は数多く手がけている。

【図１】『オモニ太平記』
（所蔵＝玄順惠）

【図２】『民岩太閤記』
（所蔵＝玄順惠）

小田実は、済州島出身の両親のもと、戦後の神戸で生まれた在日韓国人女性玄順惠《ヒョン・スンヒェ》（一九五三―）と一九八二年に結婚したが、彼女とその家族との付き合いの中から生まれた長編エッセイ『オモニ太平記』（朝日新聞社、一九九〇・一〇）は、日本で刊行された二年後に韓国語に訳され、玄岩社から出版された。たまたま、同じ一九九二年には、豊臣秀吉の朝鮮侵略の歴史を書いた小説『民岩太閤記』（朝日新聞社、一九九二・四）も、熊津出版社によって韓国語に訳され、この民間の二つの出版社がソウルで開催した合同出版記念会に、小田は玄順惠と娘を連れて参加している。

ただ、小田の韓国訪問はこれが初めてではなかった。彼の初期を代表する、アメリカ合州国での留学体験と、その後のヨーロッパ、中近東、アジアでの貧乏旅行の体験を記した『何でも見てやろう』（河出書房新社、一九六一・二）が、これまた「海賊版」ではあったが韓国語訳が出されたのが機縁となって、一九六三年に当時の韓国政府に招かれて韓国を訪れたのがその最初であった。が、玄順惠との共著『われ＝われの旅 NY・ベルリン・神戸・済州島』（岩波書店、一九九六・一〇）の「一章　明後日の旅人　大阪・神戸」中での発言によれば、帰国してまもなく『中央公論』一九六三年一一月号に発表した「それを避けて通ることはできない」という文章が韓国政府から問題視されることとなり、また、その後ベトナム反戦運動の高まりの中で、アメリカ合州国の脱走兵の場合と同様に、韓国軍から脱走してきた韓国人を助ける運動を行ったことも手伝って、韓国の「民主化」が始まるまで、小田は韓国政府の「忌避人物」の位置に置かれていた。したがって一九九二年の彼の韓国訪問は、じつに二九年ぶりのことであった。むろん、そうした状況の中にあっても、小田は、たとえば一九八五年のベルリンで黄晳暎《ファン・ソギョン》と知り合うというように、韓国国外にあってのコリアン・コネクションへの参画は絶やしていなかったし、韓国日本学会が発足してまもない一九七七年に、同学会編集の下で刊行された日本文化叢書第一巻『日本の近代化と知識人』中には、加藤周一や芳賀徹とともに、小田の評論「日本の近代化と知識人の変遷」（『日本の知識人』〔筑摩書房、一九六四・七〕所収）が収載された。

話を『オモニ太平記』に戻そう。この作品は一九〇九年に済州島で生まれ、戦前に「キミガヨ丸」で大阪に上陸した小田の義母が、故郷で体得した海女の技術を生かして働いていた四国の海で、そこで出会った同じ島出身の男と結婚し、日本が敗戦、そして朝鮮戦争の始まった頃は神戸の港の海底に沈んでいるクズ鉄、金属探しをするなどして生き抜いてきた姿と、そしていまではそうした辛酸を嘗める中で体得して来た、日本語と朝鮮語とが入りまじった、作者の言葉を借りれば「チリパラチリパラ」の「オモニ語」を自分自身の証として、家族と交わる様子を物語ったものである。初刊は先に記したように一九九〇年だが、二〇〇九年に講談社文芸文庫の一冊として刊行された際、同書の「解説」を引き受けた金石範《キム・ソクボム》は、その二年前に没した小田と自分との交友を振り返りつつ、「『オモニ太平記』はアタマではない。軀を通した他者性の認識が見事に文学化された作品であり、（あるべき）ポストコロニアル文学の大きな成果である」という言葉を記している。(2) 他方、オモニの連れ合いであるアボジの生涯を短編小説の形に圧縮し、川端康成文学賞を受賞した「『アボジ』を踏む」（『群像』一九九六・一〇）も深い感銘を与える作品だ。すなわち、阪神・淡路大震災で被災、その前から重い病の身となっていた「アボジ」が、日頃口にしていた「ぼ

【図３】劇団「ハルラ山」による「『アボジ』を踏む」公演ポスター（所蔵＝玄順惠）

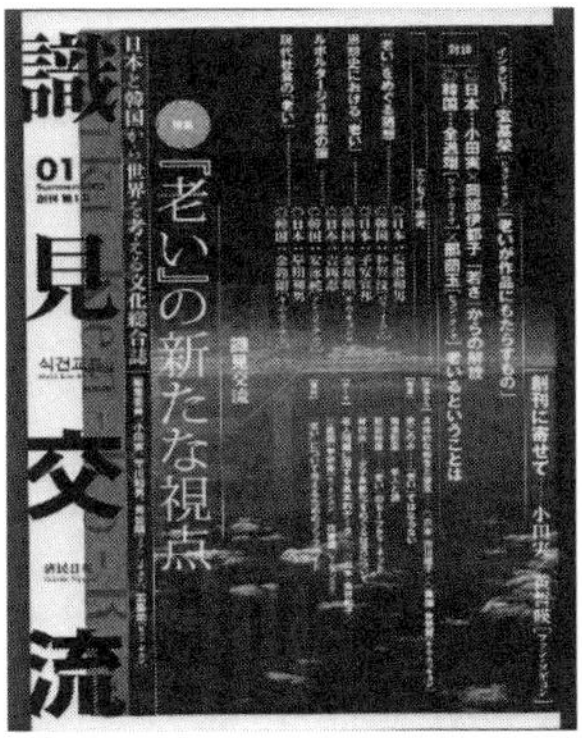

【図４】『識見交流』創刊号表紙（所蔵＝玄順惠）

くは生《な》まで帰る」という言葉通りに、日本での六〇年に及んだ生活を切り上げて故郷済州島に戻り、そこで没する。そして、彼をハルラ山のふもとに広がる墓地に土葬するとき、無邪気な孫娘を含む親族たちは「アボジ」の魂が墓場の外にさまよい出ないように、土踏みの儀式を行うのだが、その時義理の息子である「私」が耳にしたのは、「オダ君、そんなに強う踏むな。ぼくは痛いんだョ。ぼくはもうどこにも行かん。」という、自分の足の下にいる「アボジ」の言葉だった。「アボジ」はその生前にあって、戦争中に警察に捕まって拷問を受けたことを「私」に話したとき、自分の膝をなでながら、「いまだに、オダ君、ぼくはここが痛いんだョ」と、すでに一度この言葉を口にしていた。そのことと、戦前の朝鮮プロレタリア文学者の趙明熙《チョ・ミョンヒ》の詩に「踏みつけられた高麗」と題するものがあったことを想起してみても、「アボジ」の魂を安らかに眠らせるために、「ぼく」という日本人が彼の墓の土を踏む行為が、宗主国であった日本がその支配下に置いていた朝鮮に対して振るった暴力、その時代も含め戦後になってもなお「ア

ボジ」が生前日本で受けた数々の痛苦とも繋がってしまうように読めてしまうこの小説は、英訳でそれを読んだ済州島出身の作家 玄 基榮《ヒョン・ギヨン》の推薦により、済州島の「劇団ハルラ山」によって劇化され、一九九九年に済州島、釜山、ソウル、翌二〇〇〇年には日本の京都、東京で上演された。

また、これは韓国語に訳されたものではないが、いま名を挙げた玄基榮と先に挙げた黄皙暎とともに、小田実も編集委員となって、二〇〇二年に「日本と韓国から世界を考える文化総合誌」という角書きを付した季刊誌『識見交流』が、済州道の地方新聞社である済民日報から刊行された。

「『老い』の新たな視点」という特集を組んだ創刊号に次いで、「歴史認識」、「アメリカとの関係」、「民主主義」といった続巻特集の予定もあったし、韓国語版の出版も視野に入っていたが、どんな事情が介在したかは詳らかにしないが、同誌は一号のみで停刊した。ただ、その巻頭に載った、小田の「日韓「識見交流」創刊にあたって」の中には、「「識見」は知識人がその形成においては重要な役割をはたすにちがいないが、決して知識人の独占物ではない。また「識見」は日韓両国の市民に限られるものではない。この「交流」の雑誌はどこの国のどの民族の誰に向かっても、誰の「識見」にむかっても、開かれている」といった、「古今東西　人間みなチョボチョボや」と同じく、まことに小田らしい言葉が記されていた。(3)

二、「ある手紙」から見えてくる小説「冷え物」の世界

ここまで主として小田実と韓国・朝鮮との関わりを紹介してきたが、さて、こういった小田実の文学的営為は、韓国日本学会が掲げる特集企画のテーマとどのように関わってくるか。その一端についてはすでに触れてきたが、ここからは〈共生〉と〈連帯〉を阻むものとして在る〈差別〉という問題に、思想家（ササンガ）として、表現者

【図５】「人間として」11号表紙　なお編集委員としての髙橋和巳の名前がないのは、一九七一年五月に彼が亡くなったため。『人間として』六号（一九七一・六）は「髙橋和巳を弔う特集号」であった。

として、小田実がどのように向き合ってきたのかについて見ていきたい。

韓国日本学会の創立は一九七三年二月だが、それに先立つ一九七〇年三月に、小田は開高健・柴田翔・高橋和巳・真継伸彦とともに季刊雑誌『人間として』を創刊している。「創刊の言葉にかえて」の添書きのある討論「なぜ書くか」（参加者はいま挙げた五名。ただし開高は海外にいたため紙上参加）において、この小論では後で問題にするつもりの「表現者は人生の外側にたてるか」という問題について、小田が早くも自説を展開しているように、各同人がその固執する体験を核にして「人間として」あることをめぐっての文学的立場をぶつけ合わせることを目標にして出立した雑誌であり、その四号（一九七〇・一二）には済州島「四・三事件」に取材した金石範の小説「万徳幽霊奇譚」も掲載されたが、ここでは一九七二年一一月発行の「差別と表現」という特集を組んだ同誌一一号に小田が発表した、「ある手紙」と題した長文のエッセイを取り上げてみたい。

このエッセイは、一九六九年七月号の『文芸』に彼が発表した小説「冷え物」に対して、被差別部落解放に取り組む人々の一部が糾弾の声を挙げた際、それへの応答として書かれた、「差別」と「文学」に関わっての自身の考えを述べたものである。

「冷え物」は、ひとりの貧しい女性をふくみ込んだ「差別」（それは「差別」と「被差別」とがまさに表裏一体となって存在する「差別」です）、そのえんえんとしたひろがりにまともにむき合おうとした作品です。その「差別」の構造のひろがりのなかで、ひとりのふつうの女性がどう生きたか――そんなふうに言ってもよい。

彼女は、まったくありきたりの貧しい女性でした。彼女は抑圧されているゆえに、差別されているゆえに、差別し、抑圧し、そして、そのことにはじめ気がつかない。彼女のまわりの同じように抑圧され、差別され、それゆえに抑圧し、差別している人たち――たとえば、岡本とも彼女自身の両親ともきょうだいとも、まったく、ちがいはない。おそらく、彼女が二人の朝鮮人とあいついで結婚するというようなことがなかったならば、彼らとともにくらし、彼らのもっていきどころのない怒りをまともに受け、彼らと争い、彼らを憎み、それでいて彼らを愛し、おしまいには、とうとう韓国まで出かけて行く――そうしたことがなかったならば、おしまいまで、岡本たちとまったくかわるところはなかったにちがいありません。しかし、彼女はそうした体験を経て変って行く――その変化（いや、それはまぎれもなく彼女の「成長」であり「発展」であります）を、私はこの小説のなかに描き出そうとしたのです。

被差別部落出身者ばかりではなく、多くの在日朝鮮人が暮らす大阪で生まれ育った小田にとって、ごくふつうの「善良」な日本人の庶民の内に根深く存在している彼らに対しての「差別」意識は、その乗り越えの方途を模索することも含めて、自分の問題として考えていかざるを得ないものであった。引用したのは、この作品を批判する人たちからの声に対して誠実に答えるとともに、(4)「主題の性質上、在日朝鮮人に対する人びとの「差別」が大きくこの作品には出て来ます」と断った上で、貧しい家庭で抑圧された生を過ごしてきたために、自分の内にも他者を差別し、抑圧する感情を肥大化させてきてしまった主人公のふみ子が、そんな泥だらけの悪臭を放つ世界の中にあって、どうやってそこから脱け出すきっかけを攫《つか》んでいくのかを描いたのが、この「冷え物」であると小田が主張している箇所である。

この後に続く小田の言葉に従えば、ふみ子は差別の構造に絡めとられた人たちとは違った人間に自分がなりつつあることを、りっぱな言葉でもって理路整然と明瞭に説明することはできないが、その代わりにそれを自らの「身ぶり」や「からだ」、「生き方」でもって表わしていく。

そのことに関わって印象に残る場面を挙げると、在日朝鮮人が集住する猪飼野(5)で生まれ育った金と結婚した彼女が、死別した前の夫との間にできた二人の子どもを連れて、彼と花見に出かけた折のこと。陽がポカポカと照っていて、いい気持ちでいたのが、そのうちひょんなきっかけで、いま自分たちが遊びにきているお寺の近くで戦争中に経験した不愉快な出来事を思い出し、ムカムカしてきた自分がその捌け口を求めようとしてのことであったか、「あんたは朝鮮人のくせして、うまいもん食っていたんやね」と言った瞬間、ふみ子は、ふだんは自堕落だけれども、他人の気づかない優しいところを自分に示していた金の顔つきに裂け目が走り、そこにそれまであったお花見にふさわしい空色か何かの明るい淡い色とはまるで異なった、「黒色」が浮かんだのをはっきり見たように思う。さらに、のどかな花見客の中にあって、金がただ一人、中空の一点をこわい眼つきでみつめながら「朝鮮語」でアリランを歌い続けるのを、「まるで自分が殴りつけられているような気」がして聴いていく。ふみ子の知らないところで、金がこれまでに何度もおぼえてきた、そしてそれを抑えつけることに言い知れぬ苦しみを味わっていたのが、いまの彼女の「裏切り」の言葉ではじけ飛んだ結果生じた「もっていきどころのない怒り」の前に、ふみ子はまともに立たされている。

ちなみに、「冷え物」執筆から約三〇年後に発表した小説「玉砕」（『新潮』一九九八・一）にあっても、同様の出来事は起きている。戦争末期の南方島嶼の一つが舞台、上陸して来た米軍を前に、自軍の勝利を信じて最後まで戦い続けてきたが、深い傷を負ってしまった中村分隊長と、彼に生きていてほしいと思って、米軍への投降を促そうとした金伍長。金伍長は日本の「陸軍特別志願兵」として入隊した朝鮮人だが、自分の名前を「キン」もしくは「キム」とは呼ばせずに「コン」と発音し、中村とはともに「帝国軍人」としての深い信頼感によって結ばれてきていた。が、その金伍長が、自分自身は最後まで、一人になっても戦うつもりで、もうこれ以上戦いを続ける事が出来ない状態になっている中村に、彼だけには生きていってもらいたい思いを、米軍からの投降勧告文を彼に読ませ口にしたとき、「おれは日本人だ。おまえのような……」と言いかけた中村が、一瞬のためらいを押し切って金に投げつけたのは、「朝鮮人とちがって、俘虜にはならん」という言葉だった。この言葉の暴力性を前にした時の金伍長の様子と、即座に彼が返した言葉は次のようなものである。「冷え物」の金のそれと比べてみてほしい。

激しい衝撃が金を襲ったように見えた。苦悶が彼の表情をゆがめた。そう見えた。「おまえまでがそう言うのか。」金の眼が異様に光った。ふるえる手で紙片を引きちぎって破った。(6)

話を「冷え物」に戻そう。ふみ子の成長に関わる、もう一つの印象に残る場面、それは二番目の朝鮮人の夫の朴に抱かれながら、問わず語りのうちに彼が始めた戦争中の思い出話に耳を傾けていた彼女が口にする言葉と、その時の彼女の心の動きである。朴の話は二つあった。一つ目は、朝鮮から強制的に連れてこられた九州の炭鉱で起きたことだが、そこでの規則を破って男女の仲となった、朝鮮人の労働者と「朝鮮ピー」と呼ばれていた娼婦とが、男の方は（日本人の）炭鉱夫たちによって半殺しの目に遭い、女の方はたぶん殺されて死んでしまったという出来事。それを聞くふみ子は、死に方はちがっていても、この朝鮮人の娼婦が、その日の晩より前に、彼についての噂として耳に入れていた「昔朴が好きで、相思相愛で、首を吊って自殺してしまった女」のように思えて仕方なくなる（ということは、その娼婦と契って半殺しの目に遭った朝鮮人の労働者は、朴本人に他ならなくなる）。二つ目の話は、九州の炭鉱まで送られてくる原因となった、故郷の田舎町で「若者狩り」に出会ってつかまり、袋叩きにあったときに、自分が抵抗できなかったこと。そのことを思い出して「わしはな、今でも口惜しいや」と言うとき、「いつもはどんよりと曇っている朴の眼がゆっくり光ったよう」にふみ子には見え、そして彼女は「アイゴー、アイゴー」と自身の心の中で叫びだしていく。ふみ子が勤めるスーパーマーケットの庶務主任の岡本が、仕事帰りに彼女を誘って入った寿司屋で「チョウセンて、ほんまにおもろい国民ですな。（中略）葬式のとき、泣き女が来よりますねんやろ。アイゴー、アイゴーいうて泣きよるんですやろ」と言いながら、「アイゴー」と、その声の流れる空間を物珍しそうに眺めていくのとは異なり、「泣いたん？」と問いかけた自分のからだを「無言」で「強くしめつけるようにして抱」いてくる朴の心を思いやり、その感情を彼に代わって表出しているのが、ここでのふみ子の「アイゴー」なのだと思う。

とすれば、ふみ子は全きまでに金や朴と一体化し、彼らとの繋がりを実現し得たのであろうか。「冷え物」の主人公と朝鮮人との関係を、表現者としての自分と表現される者との関係に置き換えて、小田実が自身の直面している問題について語っている一節を、「ある手紙」から引いてみよう。

それはさっきから述べて来た「冷え物」の主人公と朝鮮人――「被差別」の世界との関係に似ているのですが、私は、表現する者は、表現される者の内部に完全に入り込むことができるというように錯覚してはならない、そうした幻想を抱いてはならない（それはあまりにも傲慢な錯覚であり幻想であると思います）と考えます。それは、ある場合には、ちょうど、「差別」、「被差別」の関係がそうであるように、そうした錯覚、幻想にのりかかって、表現される者に対して加害者として働く、ということがあるからです。

こうした言葉に続けて、小田はさらに、表現者は、表現される者の世界にできるだけ密着しなければならないが、その際忘れてはならないのは、自分が表現される者の「外」にいる人間だという自覚を持ち、その自覚によって行動を組み立てることである、そしてそうすることによって、表現される者の世界の持つ重みが自分にもおおいかぶさって来るのだが、それこそが表現者自身、または表現者が属する世界にとって重要な意味を帯びてくる出来事となるのではないか、と述べている。

おそらく、小田がこうしたことを考えるに至った原点には、『何でも見てやろう』の旅をしていた二〇代のとき、アメリカ南部ミゾリー州の片田舎のバスの待合室で、本意なく「白人用」待合室のベンチに坐った自分が「何かしらホッ」と安心したものをおぼえ、さらには、そこにいて黒人を見下し始めている自分を不快に思いながらも、その不快さの底に、ある程度の快感が潜んでいることを知ってしまったという経験がある。「被差別」の外側に立って、そこで安住しかかっている自分が、どのようにしたなら「ホッ」とすることの出来ない自分に変わり得るのか。そうした問いに対しての、完璧とまでは言えなくても、能う限りの展望を見出そうとしている小田の心の動きが、「ある手紙」からは読み取れる。そして小説「冷え物」の場合も、表現者としての小田が彼女との同化を果たそうとしている主人公のふみ子は、地図で見る朝鮮の形と自分の身体つきとを繋げて考える朴と、互いの裸身を突き合わせたとき、もし彼の背骨がまっすぐなら、二人のからだはその上から見れば重なってみえることを期待しながらも、小説のラストで、現実のあらあらしい壁がその実現を阻んだとき、そうした幻想に倚りかかることをやめ、代わりに自身が一個の冷たい「むくろ」(死体)、すなわち「冷え物」となって、その壁の前にごろんごろんところがる姿を思い浮かべていくのである。

以上「冷え物」と「ある手紙」を軸にして、「共生と連帯」の可能性を阻む「差別」の問題に小田がどのように関わろうとしたかを見てきたが、「ある手紙」の中で小田が表現者と表現される者との関係について述べているくだりは、翻ってみるに、大変重要で、普遍的な問題に言及しているように思われる。すなわち、「差別」と「被差別」の問題だけではなく、ある出来事に遭遇した人のそこで体験したことが、自分の想像の域を越えているかもしれない、測りがたいものを持っている場合、その人の前に立たされた者は、それに対してどのように近づき、その人の心をどうやって理解していくことができるかという問題にまで、小田の発言を読むと、考えを巡らさざるを得なくなってくるのだ。いまは、その点に関わって筆者の脳裡に浮かぶことを簡単に記しておきたい。

たとえば、二〇一五年度のノーベル文学賞を受賞した、ベラルーシ出身のスヴェトラーナ・アレクシエーヴィチの『戦争は女の顔をしていない』を取り上げ、表現者もしくはインタビュアーとしてのアレクシエーヴィチと、彼女が聞き取りの対象とした第二次大戦中のソ連従軍女性との関わりを見てみる。すると、作品の序にあたる「人間は戦争よりずっと大きい（執筆日誌一九七八年から一九八五年より）」には、「ある手紙」で小田が示していた立ち位置と重なる言葉が随所に見出せるではないか。つまり「回顧とは、起きたことを、そしてあとかたもなく消えた現実を冷静に語り直すということではなく、時間を戻して、過去を新たに生み直すこと。語る人たちは、同時に創造し、自分の人生を「書いて」いる。「書き加え」たり「書き直し」たりもする。そこを注意しなければならない。」や、「彼らが語るとき、わたしは耳を傾けている……彼らが沈黙しているとき、わたしは耳を傾けている……／彼らのすべて、言葉も沈黙も、わたしにとってはテキストだ。」[7]という言葉は、アレクシエーヴィチが、少女の時に従軍という過酷な体験を経た彼女らが、ふとした弾みにそれを語り出すまで辛抱強く待ち続けることも含めて、彼女たちの生に密着、寄り添おうとしていることと、彼女らの語りが単なる歴史の一ページに埋没してしまうものとは全く質を違えた、すぐれて個人的な、かつ一人一人の生の重みを感じさせるものであることを知って、その前にたじろぎつつも自らを関わらせていこうとしていることを伝えてくるのである。

そしてあと一つは、この拙論の筆者である私自身の体験である。二〇二一年初めに、それまで約二〇年の歳月を

【図6】『D・L・ブロッホをめぐる旅』

かけて追尋してきた、ドイツ出身の亡命ユダヤ人美術家ダーヴィト・ルートヴィヒ・ブロッホ（David Ludwig Bloch, 一九一〇―二〇〇二）の芸術と人生の諸相を描き出した『D・L・ブロッホをめぐる旅――亡命ユダヤ人美術家と戦争の時代』（春陽堂書店、二〇二一・三）を刊行したが、その本を作り上げていく過程で知り合った、ブロッホの娘のリディア・アベルとの間で紡いできた関係と、その中で自分の心の内に生起していったものも、実は小田やアレクシエーヴィチが、表現される者を前にしてそれぞれとっていった、あるいはとっていこうとしていたものと通底しているように思えるのである。

というのも、それは二〇〇四年のことだったが、ドイツのダッハウ強制収容所記念館で開催されたブロッホの遺作展覧会を観たあと、アベルさんと初めて顔を合わせたのだったが、話の流れがどこでそうなったのか、今となっては定かではないのだが、やおら彼女が、自分の母とブロッホとは、自分が生まれる前に、あのニュルンベルク法[8]のために別れを余儀なくされたこと、母は一人で自分を産んで育ててくれ、別の男性と家庭を持ったがいろいろと思うことがあってか、成人した彼女に対して、彼女の実の父はすでに亡くなっていると告げたこと、その母の没後にブロッホの存在を知るようになり、彼と初めて出会えたのは彼女が五〇歳の時であったという、自分の人生のこれまでの歩みについて話し出したのだった。自身のからだの奥からこみあげてくるものを抑えかねて、時には声を詰まらせながら。そうした彼女に対して、その時の私はほとんど語りかける言葉を持たなかった。自分以外の人間が経て来た痛烈な人生、そしてかつての出来事をあたかも現在起こっているかのように想起して、烈しい感情に揺さぶられている彼女の〈外〉に、自分は立たされていたのだと思う。だが、自分自身も喉の奥を塞がれたような感覚に襲われながら、懸命に彼女のことをわかろうとする気持ちの張りは持ち続けていたように思う。

——それから一〇数年が経過した。その間、ブロッホの遺した絵画や版画作品、彼女が最晩年の父親から聞いていた、亡命先の上海やその後移り住んだアメリカでの彼の暮らしぶりについて多くの情報をアベルさんからは提供していただき、こちらからもその都度お礼の言葉や質問を返していくという関係が往復書簡の形で続いた。そして二〇一七年と一八年、彼女とは再び、三度、じかに向き合うチャンスが訪れ、ともにブロッホの生地であるチェコとの国境近くの町フロスに赴いたり、ニュルンベルクの彼女の家の居間でアフタヌーン・ティーを楽しんだりもした。その折の彼女は、この間の時間の経過の中で、自分と両親との関係の捉え方にも変化はやはり生じつつあるのか、母親のチャーミングな一面が招いた一つのエピソードを私に披瀝して、少しいたずらっぽく微笑んでみせたりもした。しかし、その笑みの背後には、そういう明るい思い出の一つでもなければやりきれないではないかといった、自分の母の歩んだ苛酷な人生を思いやる心の動きが、もしかすると生じているのかもしれないのだ。ただ、私はそれを完全に分かったつもりで、彼女に関わっていくことはできない。もし、そういう動きをとれば、それは傲慢さに通じていってしまうだろう。それを避け、彼女との間に結ばれている現在の信頼感をこれからも保っていこうとするならば、やはり、自分はどうあろうと彼女の外に立っているのだという自覚をもって、彼女の生の重みを受け取っていく姿勢を崩してはならないと私は考えている。

三、「河」そして「終らない旅」が切り拓くもの

「冷え物」の発表から約三〇年後、小田実は自らの文学の集大成である小説「河」の執筆に取り掛かった。雑誌連載期間が一〇年近くに達し、小説のラストは中国共産党の革命運動史上、特別な意義を持つ広州蜂起に据え置く

ことは予定されていたが、彼の病没によって未完の長編となったこの作品は、一九二三年から一九二七年までの日本・朝鮮・中国を舞台にして、在日朝鮮人の父親と日本人の母親を持つ少年木村重夫（朝鮮名は玄重夫《ヒョン・ジュンブ》）が多くの土地を移動しながら、歴史の「目撃者」から「参加者」へと変化、成長していく過程を物語る、全体小説としての構えを持っている。

であればこそ、この小説への切り口はいろいろとある。たとえば、その一つとして、全九〇章に及ぶ小説世界に現れてくる、様々な〈朝鮮〉表象を取り上げることもできよう。別掲の表には、冒頭一〇数章分の物語から、それに関わるものを挙げてみたが、朝鮮の独立運動の動向という政治の世界から、生まれた我が子の将来を占う「トルジャビ」のような生活習慣に至るまでのことが互いに関連し合いながら、少年重夫の体験を通じて現れていることが確認できよう。

その中には、上海のフランス公園で互いに写真を撮り合う「義烈団」の青年を目撃する場面があるが、そこにはアメリカ人の女性ジャーナリストであるニム・ウェールズが、朝鮮人革命家金山《キム・サン》の体験談をまとめて出版した『アリランの歌』（一九四一）[9]を小田が読んでいた痕跡があるし、父の友人高《コウ》博士が、重夫にソウルの街に広がる民家の黒い屋根を見せて、その情景に「悲しみ」の「線の芸術」を見出していった日本人の民芸運動家柳宗悦に対しての批判を繰り出していくくだりは、韓国の詩人崔夏林《チェハリム》の「柳宗悦の韓国美術観――韓国美術史研究の方法を確立するために――」（一九七四）[10]とも響き合う。

こんな風に、小田実最後の大作「河」には、それまでの彼の人生の全行程においての韓国・朝鮮との関わりが様々な表象となって現れてくるのだが、本題に戻ろう。この小説を書き進めていく過程で、「冷え物」のふみ子の場合と同様に、主人公の少年との同化を遂げようとしていく小田は、「差別」と「被差別」の間に存在する覆い難い断層、裂け目を前にして、どのように考え、どんな行動をとっていこうとしたのか。その一端に触れてみることにする。

『河』第一章から第一七章までに出てくる《朝鮮》表象

章	ページ	舞台	内容に関するコメント
1	17	東京	子守歌の一節「ウリアギチャジャンチャジャン」
	20		「わたしは朝鮮人だが、日本人だ。そのどこがわるい。何がわるい。」vs「こいつ、ほんとうにフテイ鮮人だ。ぶちのめせ。」
2	48	神戸	「朝鮮はアイルランドみたいやないか」
3	59		三月一日に朝鮮で起こった日本に対する独立要求の運動
	74		「そやけど、岡田さんはほんまは朝鮮人なんや」「今なあ、広州の軍官学校にはようけ朝鮮のお人が入っているらしい」
4	81		「さあ、ここが朝鮮人がたくさん住んで、生きていはるところやで。」
	83		お盆のように円い朝鮮の餅＝シルトック
	84		「鮮人部落」　白いアゴヒゲの男
5	102		京城から来た高博士
	104		重夫の父が息子に渡してくれと高博士に託した柿の実と葉の彫りこみのある硯(トルジャビの際に重夫が手にとったもの)
6	134		「朝鮮はアイルランドと同じ。……しみが、黒い点がからだじゅうを覆って真っ黒になっている」
7	151	船中	昔はずっと朝鮮にいて、いまも朝鮮で商売(と同時に特務活動)をしている中川が登場、大韓民国上海臨時政府に対しての否定的評価を下す。
8	190	上海	重夫、名前を知らぬ中国人に対して、三月一日の出来事を語り、その運動の正しかったことを主張する。
9	214		上海フランス租界にある大韓民国臨時政府。
	215		呂運亨　安昌浩　李承晩
	221		2枚の紙片に書かれた父の言葉「私は上海に行く。臨時政府に連絡して待て。」「私はこれから私の国に入る。私の国で任務をすませて、上海に行く。再会は延期。しかし、私は必ず行く。待て。」
10	240		臨時政府の一員で上海と間島地方との間を行き来する金。安東にあるイギリスの会社に勤めながら朝鮮人の独立運動を支援するアイルランド人ショウ。
11	247		重夫の友人中西が口にする朝鮮人イメージ。ユダヤ人と同じく、自分の国がないから、金儲けに必死になる。
	259		「ウサギの横姿」に似た、地図に描かれた朝鮮半島のかたち。
	260		金九先生
	265		重夫の父、朝鮮でお金を集めて上海に持ち込み、上海からは爆弾を運んで朝鮮に持ち込むこと。
	269		フランス公園で写真を撮りあう義烈団の青年
12	282		重夫の名前は「安重根」にちなんだ名前
	284		軍隊の兵士のみならず儒者も多く参加した「義兵闘争」
	285		今自分のからだのなかにもっている朝鮮のすべてを必死に息子の重夫に手渡そうとしている母
	287		重夫の父「玄文羅」の「文羅」は「文の国」。「玄」は「宇宙とかなんとかそういう」「あまりにも大きすぎる名前」
	289		金玉均「甲申政変」
	295		三・一万歳事件を「朝鮮人が自分で立ち上った」出来事として祝う美智子(重夫の母)の父の知り合いの木村。
	301		重夫と母、震災の日の出来事を回想―「わたし」「ぼく」は「日本人」―「さっき連れて行かれた朝鮮人とは無関係な人間だと言っていたんじゃないかしら」―「父」の不在・「朝鮮」の不在

13	304		重夫に朝鮮語を教える朴登場。朝鮮の北部からアメリカ合州国に渡った「移民の子」。
	306		アメリカから朝鮮へ赴任する宣教師用の朝鮮語の教科書
	308		「ナンブヨデ、プロヒュヨ(男負女載、扶老携幼」
	310		安昌浩、1923年、上海で「国民代表会議」開催。「理想村」の創設を画策
	310		サンフランシスコの「興士団」、1913年に創設。
	317		「急進論」「準備論」という運動の方法をめぐる二つの考え方
	321		不熟練労働者である崔さん一家。三人の子供たちが通う「仁成学校」は上海に住む朝鮮人みんなが金を出し合って作った学校
	322		白湯とソンピョンで重夫をもてなす一家。
	324		中国人の子どもたちが崔家の子どもたちに投げつける「ウァン　クォ　ヌウ　ウァン　クォ　ヌウ」(「亡国奴　亡国奴」)
14	333		朴の同志の緊急集会　演説・通訳する崔在倫・在植父子
	339		金の朴に対する批判「彼らは祖国の独立と自由のためにたたかっているのではない」「もっとべつの目的のために動いている」「共産主義革命を起こすことです」
	340		李東輝の「上海派」共産党と「イルクーツク派」とのいがみ合いにより、臨時政府混乱に巻き込まれる。
15	352		虹口の小学校で重夫の担任が話した「三韓征伐」の話
	372	神戸	「高先生、お願いがあるのです。ぼくを今朝鮮に連れて帰ってくださいませんか」
16	377		朝鮮人にとっていちばんいやな、もっとも危険な場所としての関釜連絡船の船内
	379	釜山	重夫の釜山の(朝鮮の)第一印象＝全体が圧倒的に眼にあざやかな白
	384	車中	列車の進行に伴い、そのイメージ後退。高博士が説明する、かつてこの地で起きた秀吉軍の朝鮮侵攻。
	387		「しかし、わたしは今また日本は朝鮮で同じことをしていると思うのだよ」
	387		「民岩」ということば
17	396	ソウル	ソウル、北漢山白岳からの瞰望—王宮・黒い屋根の街・総督府となる建物・建造中の朝鮮神宮。

（以下略）

重夫は眼をそらせた。（中略）そのとき、彼もまたその自警団の人間の屑のような日本人の一団のまえで「ぼくは朝鮮人じゃない。日本人です」とふるえ声で、しかし、全身の力を込めてそう言ったとき、さっき「わたしは朝鮮人だが、日本人だ。そのどこがわるい。何がわるい」と叫びながら姿を消した、消された朝鮮人とは自分がまったく無関係だとあきらかにそのことばで言っていた、その重夫のことばに対して、「行け」と言った、いや、命令した日本刀の抜き身を持った男の姿が見えて来た。その男と、重夫は日本人であることによって同一なのか。大きな台風が吹き抜けて行ったようだった。（中略）／（中略）重夫はその「父」の不在のテーブルのその部分をうつろな眼で、しかし、一心にみつめた。「父」

の不在は朝鮮の不在かも知れなかった。そう思うと、重夫の心はいっそう冷え冷えとして来た。（第一二章－五）

これは、いまは母とともに上海にいて、大韓民国臨時政府と関わりを持ち始めた父からの連絡を待つ重夫が、東京で暮らしていた一家が関東大震災に遭った直後、自警団に父が連行されていった時のことを回想する場面である。「ぼくは朝鮮人じゃない。日本人です」と言って解放されたとき、重夫はひょっとすると「ホッ」としたかも知れない。しかしそれは、自分の身の保全を優先して、結果的には自警団に阿り、あるいは「差別」する側につき、父との絆を手離したことを意味する。いや、この時すでに彼の父は、「父」とは呼ばれずに、彼の前から姿を「消された」朝鮮人となってしまっている。さらに重夫はその時、その言葉を「全身の力を込め」て言ったのだから、その分だけ父親との距離は広がってしまう。そうした自覚がいま、重夫の心を「いっそう冷え冷え」とさせているわけだ。

次は、舞台がソウルに移ったところを取り上げてみる。重夫は、父の友人高博士の遠縁にあたる少年高敬信《コウキョンシン》と知り合い、宗主国日本の専制に対して黙っていられなかった彼の父親が刑務所に収監されており、この街で「倭奴《ウェノム》」によってひどい目に遭わされた「土幕民」の病人を、掘っ立て小屋同然の自分の家に引き取ってその死を看取っていく、この少年の指弾の言葉の前に立たされる。

あきらかに高敬信もコブシをふり上げて重夫に突き出し、「倭奴、出て行け」と叫んでいた。（中略）重夫もその正しさを自分のこととして感じとっていた。重夫も、彼なら、まちがいなくそうしていた。しかし、重夫は「白衣の民族」の彼ではなかった。たとえ、父親が「白衣の民族」であったとしても、母親は日本人――「倭奴」だった。（中略）まぎれもない「白衣の民族」のひとりを父親にもつことで、その血を半分は受け継いでいることによって、重夫は「倭奴、出て行け」と叫ぶことができた。いや、からだのなかですでに彼は懸命に叫んでいた。しかし、それは、日本人の女性を母親にもつことによって、半分は「倭奴」の血を受け継いだ自分にむかって、自分が叫んでいることでもあった。自分が自分にむかって「出て行け」と叫ぶとき、自分はどこへ出て行けばよいのだ。いや、自分に出て行く先など、あるのか。

何か、おさえのきかない激しいものが重夫のからだのなかで渦巻いていた。憤りとも悲しみとも苦しみともつかぬ、また、誰に対してのものとも知れない、ただ激しいことだけはたしかなものが全身にみなぎり、出どころがないままで渦巻いた。（第一七章－四）

高少年の〈根（ハン）〉に向き合わされた時、重夫は「白衣の民族」の一人を父親に持つことで、自分の身の半分は植民地支配の下で差別されている側に繋がっていることを感じ、しかしそれと同時に日本人の女性を母としていることで、自分の身の半分はその外にあることも否応なく実感していき、自身の去就に迷う。いや、そのような心理的な葛藤の域を越えて、引用後半の叙述からもわかるように、重夫はこのアンビヴァレントな事態、現実の重たさをからだ全体で感じとっていく。

そしてここが重要なところなのだが、そうしたぎりぎりの地点に追いつめられた彼は、その裂け目に自分のからだを突き入れていく道を選ぶのである。すなわち、重夫は、高が自分に見せようとするものがどんなに「おぞましい、おそろしいものであろう」と、「おれはとことんそれに対してやる、見てやる、つきあってやる」と決心して、ついには高少年の家を訪うのであり、さらにまた別の日には、どうしてもそうせずにはいられない衝動に駆られて、病人がすでに事切れているとも知らず、街で花束を買い求めて彼の家に再び向かうのである。そして、その花束はその場では高から無下に突き返されてしまうのだが、それからまもなくして重夫は、それは高少年からの贈り物だよという言葉とともに、少年の家で死んでいった病人が遺していったわずかな形見の一つであった墨を高博士から手渡されるのである。

重夫が最初に訪れた時、彼が家の外に出て行かなかったら「殺せ」と高少年に頼んだほど、「倭奴」への憎悪をたぎらせていた病人の側に立っていたからこそ、次に重夫がやって来た時に「おまえがいくら花を持って来ても、もうあの人はこの世におらん、おらん」と「にくにくしげ」に言い放った高敬信が、なぜ、病人の遺した大切な品を重夫に贈って、彼と結びついていこうとしたのか?その理由の一つは、「オプソ、オプソ」のくり返しの朝鮮語を押し返すようにして、重夫が「いつ死んだのか」という問いかけの一語を、「全身の力を込め」て発したことにあるのかもしれない。父が自警団に連行されていくのを目の当たりにしながら、重夫が「全身の力を込め」て口にした「ぼくは朝鮮人じゃない。日本人です」は、父との分断を意味していた。それと比べるなら、重夫のここでの「全身の力」は逆のベクトルを持っている。すなわち、病人と重夫との、そしてまた病人を看病してきた自分と重夫との関係を、病人の死によって断ち切ろう、自分たち苦難の前に立たされ続けてきた朝鮮人と重夫とは無関係であるという立場をとろうとした高少年に対して、重夫が示していくものは、彼らの外に立たされている自覚を持ちながらも、彼らの世界の一端だけにでも自分を関わらせ、それを自分の問題として受け入れていこうとする姿勢だったのであり、高少年もそのことに思い当たったのだと推測できるのである。

あと一つ、次のような場面にも目を向けてみよう。

「しかし、日本租界はまだもとのままだ。あそこではまだ租界がつづいている」の一語が重夫の足をとめた。（中略）「ぼくは帰ります。お二人はみんなといっしょにこのまま行って下さい。このイギリス租界の解放に参加して下さい」と重夫は落ちついた口調でことばを返した。自分でもおどろくほど冷静な言い方でそう言えたが、そのあと「ぼくは日本人です。日本人だから……」と同じ落ちついた口調で言いかけて口ごもった。（中略）たしかなことは、日本人は租界をもつ側の人間であること、租界にされる、租界をもたされる側の人間でないことだった。租界にする側の人間が租界にされる、租界をもたされる側の人間のふりをすることはできない。それはやってはならないことだ。それだけはたしかだ。

重夫はそう明瞭に心を決めると、イギリス租界の入口をすぐ眼のまえに見ながら、金、白と別れて、その入口めがけて強い、重い力で動く民岩の流れから自分のからだをもぎ離すようにして離れて、逆の方向指して歩き出した。（第五十二章—六）

歴史と対応させれば、一九二七年一月に中国の漢口で市民たちによって始められた国権回収デモが、イギリス租界を占領したことを取り入れた場面である。物語も中盤に差し掛かり、国民革命軍の北伐に同行して広州を出発してこの都市に到着していた重夫も、大韓民国臨時政府幹部の金、中国共産党員の白とともに人々の歩みに加わったが、イギリス租界は解放されかかっているのに、日本租界はまだそのままであることを知って、一人、この民岩《ミナム》の流れから離れていく。その時の彼の心を支配していたのは、租界を持つ側の人間である自分が、租界を持たされる側の人間のふりをすることはできないという考えであった。重夫は、差別する側が自分たちの責任を放棄、あるいは犯してきた罪を隠蔽して、差別される側にすり寄っていき、彼らの味方であるふりをする、いわばマヤカシの連帯を拒否する動きをとっているのである。だとすれば、金や白と行動をともにしなかった重夫が、彼らと離れていながらも繋がっていくためにとるべき行動は何であったかと言えば、それはおそらく、そのことを否定しようにも否定できない、自分が差別する側に繋がりを持っていることを自覚し、その繋がりの中にとどまって、それの持つ意味を変えていくことではなかっただろうか。ちょうど、彼の父である玄文羅が、武漢政府を支える革命のエネルギーが退潮に向かう中にあって、朝鮮の独立を目指すための戦いの方法はいくらでもあり、それらの可能性の芽を潰えさせないために、あえて自分は最も困難で危険な方法をとると言って、同胞たちの多くがこの都市を離れて南昌あるいは広州への移動を取り始めた時に、彼だけは武漢にとどまり、革命の進展を妨げる、あるいは反革命の動きを顕在化させてきた蒋介石の南京政府とも関わりながら、その中での革命勢力の存続を図ろうと決意したように。

以上、物語の発端では、朝鮮人の父親と自分との間に裂け目を作ってしまった重夫が、朝鮮の自由と独立を激しく希求する父の悲願についての理解を深め、彼と同じ方向を向いて歩きだしていこうとする、そして様々な民族・人種・階層を越えて繋がりを持とうとする自分の前に立ちはだかる厚い壁を前にして、いつ果てるともしれないそれとの闘いに身を賭していく姿を追ってきた。

ところで、ここでもう一度「ある手紙」の中の小田の言葉を借りてくるなら、もとより小説というものは、何らかの主張を伝達することを目的としたものではない。もし、〈共生〉と〈連帯〉にとって必要なものだけを挙げる、そのための主張を直接伝達しようとするなら、政治パンフレットや政治評論を書けばいいはずだが、それに対して小説の機能は、そこに一度きりしか登場しない人間の姿を通して、それを読む人の心にイメージを喚起することにある、換言すれば、「読む人の想像力に訴えて、彼の想像力がつくりあげる世界のなかにあくまで絵空事でありながら、彼の存在の根もとにまで突き刺さる、突き刺し得る具体的な像を定着する」ことにあると、小田はこう述べている。

したがって、〈共生〉と〈連帯〉の可能性に向けての小説家小田実の問いかけも、この「河」という作品だけ、重夫の姿だけをもって完結するわけではない。重夫のそれとはまた異なる、「具体的な像」が立ち上らねばならない。

「河」連載の途上で、小田実が全編書き下ろしで刊行した『終らない旅』（新潮社、二〇〇六・一二）と題した小説がある。物語の時代設定は二〇〇三年六月から二〇〇四年夏までの一年間となっているが、その前半のプロットの中心にあるのは、この時点ではすでに阪神淡路大震災によるビル倒壊で命を落としている日本人の男性の毅《つよし》と、「9・11」テロから受けた衝撃も手伝って、やはり病没しているアメリカ人女性のアリスとが、それよりはるか以前に、互いに関わったベトナム戦争反対運動を機縁としてアメリカで知り合い、アリスには一戦闘員として北爆に加わったが捕虜となってハノイの収容所に入っている婚約者がいることを知っての二人の別れ、日本に戻ったツヨシが始める米軍からの脱走兵支援運動、収容所からの解放を待ってアリスは婚約者と結婚したが、まもなく離婚、元の夫は再婚したがベトナム戦争後遺症の「PTSD」を患って、自身の無力感を克服できずに自殺、念願の夢が叶い、夫の助力も得て西洋雑貨店を開いたツヨシの妻のやがて病を患っての他界、といった数々の出来事を経た後に、ホーチミン市で偶然にも再会、運命的なものを感じてそれから深い愛情を育んでいった過程を、時間的にはそれらのことを行きつ戻りつしながら伝えていく、ツヨシとアリスの手記である。そして、物語の後半になると、彼らの手記を通して、自分たち二人も深く繋がっていることを感じ出した、ツヨシの娘の久美子とアリスの娘のジーンが、久美子の娘と、脱走兵支援運動以来のツヨシの知人を伴ってベトナムへの旅に出発、そこでもまた新たな人たちとの出会いを重ねながら、いまは亡き互いの父と母、さらにはジーンの父（＝アリスの夫であった人）のそれをも含めて、自分たちの辿ってきたこれまでの人生、そしてまたこれから歩んでいく人生にとって深い意味を持つ場所を訪れて、ストーリーの展開は一気にうねりを高めていく。

このように、戦争のメカニズムに巻き込まれて傷つき、犠牲になりながら、それでもそれに抗していこうとする、巨大な渦に巻き込まれながらも巻き返していこうとする人間たちの姿が描かれていくわけだが、ここで単行本『終らない旅』のカバー装画に注目してみる。

図7として掲げたが、これは一九二〇年代から三〇年代にかけて活躍した洋画家三岸好太郎（一九〇三－一九三四）の「雲の上を飛ぶ蝶」（油彩、一九三四）と題するものである。当時小田の担当で、三岸のこの絵を装画に選んだ新

【図7】三岸好太郎「雲の上を飛ぶ蝶」を用いた『終らない旅』表紙カバー

潮社の元社員冨澤祥郎の言に拠れば、「作品の特質が本の中から表紙に滲み出たような装画」にしたいと思っていた自分にとって、「雲上を遥かかなたまで飛んで行く様々な種類の蝶たちが、まだまだ終らぬ旅を続ける小さな人間たちの姿とオーバーラップして見え」て、これを選んだのだと言う。ちなみに、小田はこの装画をたちまち気に入ってくれたとのこと。(11) こうしたいきさつと画文交響の内実について付言するなら、一匹一匹の、大きさや翅の色と模様、あるいはその羽搏き方も違っていながらも、一つの画面の中に収まっているたくさんの蝶たちの姿は、一人ひとりの個性や考え方の異なる人間たちが、互いにその異質さを認め合いながら共存していくイメージとも重なっていくように思う。

さらには、これは冨澤氏の潜在意識下にあったことかもしれないが、装画の中に描かれたものとたしかに結びついてくる〈蝶〉の姿が、小説の方でも出現してきている。久美子が八歳だった時、父のツヨシが家に連れて来て匿っていた、脱走兵ポールの左の上腕部にあった、蝶の絵柄の入れ墨がそれである。小説の後半では、現在四三歳の久美子がホーチミンの市場で売られているアオザイの人形を見て、それと同じ人形を自分が八歳の折に出会ったポールからもらったことを思い出し、「胸が締め付けられるような気がし」て衝動買いをする場面があるが、そこにおいても蝶々の入れ墨が、彼女の記憶として蘇っている。「「兵隊さんが、そんなかわいい入れ墨しはるもんですか」と母に言われて、記憶を怖い狼に訂正したはずだったが、思い出すと、変らずまず記憶に出てくるのは、かわいい蝶々の入れ墨」であった、その入れ墨の記憶が、いま、ここでも蘇っている。久美子に会った時に一九歳だったポールの、海兵隊を脱走して父のもとに辿り着くまでの遍歴、久美子の家を出て日本脱出を図ろうとした寸前に逮捕され、それから何年にもわたって被った手酷い仕打ち、これらのことを自分も年を重ねるごとに知ってきて、いまどこでどのように暮らしているか分からないポールという人間が、自分にとって忘れられない存在になっている久美子にとって、幼かった時の自分にとって、入れ墨自体はぶきみに思えても、それが「かわいい蝶々」のイメージとなって記憶に残り続けていることは、自分とポールとを繋いでいく符牒、あるいは蝶番《ちょうつがい》の役割を果たしていると言えよう。

もう一人、彼が実際に登場するのは、久美子たちのベトナム到着以降のほんのわずかな場面に限られているが、ジーンの二歳ちがいの兄で、アメリカの貿易会社の現地駐在員としてホーチミンに住んでいるデイビッドが、会社の休みの度に訪れるハノイ郊外の「友好村」でのボランティア活動に取り組みながら抱き始め、その実現に向けての行動をとり始めている、一つのささやかな、しかし「真剣」な夢もまた、きわやかな印象を与えてくる。それは、この「友好村」で集団生活を送りながら、枯葉剤汚染による後遺症のリハリビテーション訓練を受けている、一人の一〇歳ほどのベトナム人少女に関わるものであって、その施設を訪問した久美子も、この「唇が半ば裂けて、両眼が膨れ上がったように突出し」た、そして造花づくりの作業を手伝う間、彼女が「何を話しかけて」も「判っているのかいないのか、それとも声も聞こえていないのか、まったく無表情でい」た少女と接しているのだが、この少女に対して「ぜひ、カタコトでない満足すべきベトナム語で話しかけたい」というのが、デイビッドの夢なのだ。そして、「会話を何度もくり返して彼女が少し話せるようになった」なら、「その両眼が何を見ているのか、また何が見えているのか」を彼女に訊ねるのが、彼のさらなる夢なのだ。

その機会が訪れたとき、少女がデイビッドに向かって語りはじめるのは、枯葉剤が撒かれる前、彼女の住む村には鮮やかな緑の水田が広がっていた風景のことかもしれないし、そうした幸せな世界が無惨にかき消されていく折のおぞましい光景かもしれない。しかし、そのどちらが彼女の口をついて出ようとも、デイビッドはそれを聞き取ろうとしていくだろう。アメリカ人であることによって、そして彼の父はベトナムの大地に爆弾を投下したアメリカ人であることによって、デイビッドは加害者の側に立つ。が、それと同時に、戦争後遺症に生涯つきまとわれ、最後は自殺にまで追いやられた父を持つことによって、デイビッドは父とともに被害者でもある。そのように、わが身の半分はベトナム人の少女の側に置き、もう半分は彼女の外にある自覚を持ちながらも、彼女の生にできるだけ寄りそっていこうとしている彼の姿は、人間の持つ思考と、人間がとる行動との中にあって、この小論の最後に来て筆者が初めて口にする言葉でもって言うならば、美しく、崇高な像となって現れてくる。捕まえられ、監獄に送られて取り調べを受けるポールたちの前に現れたショットガンを持った男が、自分は見た通りのことを証言すると言い出した者の目に鉛筆を突き刺し、「それでは誰がやったかを指してみろ」と嘯いたように、おぞましく、目を背けたくなるような思考と行動とに支配されてしまうのも人間の姿である。デイビッドの思考と行動はそれとは鋭く対立し、人が互いに信頼しあい、それぞれの尊厳を大切にしながら結びついていく可能性を指し示していく。[12]

【注】

1　本稿は二〇二二年八月二六日に対面・オンラインの両形式で韓国ソウルの東国大学で開催された、韓国日本研究団体第一一回（韓国日本学会第一〇四回）国際学術大会に、韓国日本学会と姉妹学会として提携している昭和文学会の前代表幹事として参加、基調講演を行ったものに基づいている。韓国日本学会創立五〇周年を記念しての当日の大会テーマは、「韓国日本学会創立五〇周年と日本研究の座標：共生と連帯に向けて」であった。

2　解説のタイトルは「小田実、求道者の姿」。

3　小田の文章に次いで、黄晳暎「礎（いしずえ）を築く心で」、玄基榮のインタビュー記「老いが作品にもたらすもの」が掲載されている。

4　たとえば、実際に「差別」を受けている人たちが、この作品によって傷を受ける、現に受けているという批判を前にして、作中人物の一人が発する差別用語としての「四つ」を、文字として書きしるす際の表現者である自らの試行錯誤の過程を振り返りながら、その文字を見出した時の被差別部落の人たちが感じた痛みを、できるかぎり自分の問題としてとらえることの努力が今一つ不足していたのではないかと考える、と述べていることが、そうした誠実さを感じさせる。

5　大阪市生野区、東成区にまたがる地区の旧称。一九二〇年代より多くの零細な町工場が建てられ、低賃金労働者の需要が急増し、かつまた大阪と済州島を結ぶ定期旅客船「君が代丸（クンデワン）」の就航も手伝って、済州島出身者を中心とした朝鮮人の集住区となった。

6　金伍長がこうした衝撃を受ける場面を読んで思い起こされるのが、呉林俊という在日朝鮮人の体験である。一九二六年慶尚南道に生まれ、三〇年両親に連れられ渡日、幼少時代を神戸で過ごした、のちに詩人・評論家となった彼は、急逝する二年前の『人間として』五号（一九七一・三）に寄せた「心の中をまわる日本《イルボン》について」や、自伝的回想記『記録なき囚人――皇軍に志願した朝鮮人の戦い』（三一書房、一九六九・二）において、彼自身、差別と迫害からの脱出口を〈兵隊になること＝日本人に同化すること〉に求めたが、その行き着く先が、結局は日本人からあからさまに拒絶される世界であったことを伝えるとともに、そういった呪われた運命を選んでしまうように、自分たち異民族を籠絡してきた日本帝国主義の支配構造・意識が、戦後もなお継続していることを告発している。なお、呉林俊については、続く本書九章でも言及する。

7　これらの引用は、三浦みどり訳の岩波現代文庫版（二〇一六・二）に拠った。

8　一九三五年九月にニュルンベルクで開催された、ナチの党大会終盤に開かれた、構成議員が全員ナチであった国会で成立した法案で、「ドイツ国民公法」と「ドイツ人の血と名誉を守る法」の二法から成る。このうち後者は、ドイツ民族が存続するためにはドイツ人の血の純粋性を守る必要があるとの考えに立脚して、ユダヤ人と、ドイツ人あるいはその類縁の血を引く者とが結婚したり、婚外関係を持ったりすることを禁止し、それぞれに違反した場合には「人種汚染犯罪」として処罰することを規定したものだった。そして、ブロッホとアベルの母親との関係は、この禁止事項に触れるものだったのである。

9　『アリランの歌』の初版はKim San and Nym Wales, *Song of Arrian――A Life Story of Korean Rebel*, The John Day Company, 1941であり、同書を翻訳したものが安藤次郎訳『アリランの歌』（みすず書房、一九六五）である。本稿の執筆に際しては、松平いを子訳『アリランの歌　ある朝鮮人革命家の生涯』（岩波文庫、一九八七・八）を参照した。

10　崔夏林のこの論文は、ソウルの知識産業社から刊行された柳宗悦著・李大源訳『韓国とその芸術』（一九七四・一〇）の「解説・柳宗悦の韓国美術観について」として収録された。日本では高崎宗治の訳で『展望』（一九七六・七）に掲載。

11　以上はこの装画選定の経緯についての筆者の質問に対して、二〇二二年七月二二日に冨澤氏本人よりメールで答えていただいたもの。

12　小田は「美しい」という言葉を、人間社会の根底を支える一つの鍵語のようにして用いる。「甲申政変」時に「開化派」の朝鮮人の論客が遺した書物の中にある発言を借りて、「開化とは人間のもつ文物がもっとも美しい境地に達すること」（『河』第二一章）や、「（共産党宣言は）人間の夢のなかで、おそらくもっとも美しい夢の宣言です」（『河』第五十八章）というように。

九章　剣呑さを生きる小説
――小田実「河」における歴史・土地・人間・言葉――

はじめに――作品との出会い

これから、本書の五章・八章でも若干の言及はしてきた、小田実最後の長編小説「河」を読む醍醐味を多角的、全体的に考えていくにあたって、自分のこの作品との出会いのいきさつを振り返っておきたい。

二〇〇七年七月の作者の病没によって完結するには至らなかったが、雑誌『すばる』に一九九九年三月号から二〇〇七年五月号まで連載され、全九〇章、四百字詰原稿用紙に換算して六千枚を数えるこの小説は、関東大震災から一九二七年までの足掛け五年に及ぶ時代の中で、朝鮮人の父親と日本人の母親との間に生まれた少年木村重夫（朝鮮名、玄重夫《ヒョンジュンブ》）が東京から出発して、神戸、上海、京城、平壌、広州、香港、武漢を移動、その土地で生じる数々の人間ドラマの前に我が身を曝しつつ、歴史の目撃者からそれに参加する者へと変貌を遂げていく過程を語り上げたものである。

そういった小説の主要舞台ともなっている神戸と上海に、日本の近現代文学はどのように関わり、己を肥やすどんな滋養を吸収してきたのかという問いかけのもとに、自分自身は一九九〇年代後半に初めて上海を訪れ、また二〇〇四年には、かつての神戸モダニズムの形成に与った学校に勤める機縁に恵まれて以降、このテーマにつなが具体的な課題と向き合ってきたことが、私が「河」を手に取るそもそものきっかけであった。

もっとも自分の興味関心をそそる対象は、こと上海に限ってもそれまでに陸続と現れてきていたのであって、言い訳がましいが集英社から刊行された『河』全三巻の単行本（二〇〇八・六～八）を読み出したのは、昭和文学の上海体験という括りで自分のそれまでの仕事に中仕切りを設ける上での拙著出版を思い立ち、その終章を書き下ろすまでの段階のどこか、たぶん二〇一五年か一六年ではなかったかと思う。それほどまでにも私が小田実の文学と接してきた期間は短い。

だが、その折しも、兵庫県芦屋市潮見町の高齢者総合福祉施設「あしや喜楽苑」で、阪神・淡路大震災直後に市民救援基金を立ち上げるべく奔走した小田を偲んで、彼の「人生の同行者」玄順恵がデザインした石碑――そこには小田がよく口にした「古今東西　人間みなチョボチョボや」という言葉が刻まれた――の除幕式（二〇一六年六月五日）に参加し、この時点で発足以来第八期を迎えていた「小田実を読む会」の存在を知ったことが、私を急速に小田の作品世界に近づけていくことになった。具体的には、同会の第109回読書会「玄さんが語る『河』と東アジアの近代」（二〇一八年四月）、第121回目にあたる「小田実　遺したもの」（二〇一九年三月、発題者は第109回と同じく玄順恵）において自由闊達な意見交換の輪の中に加わったり、会の機関誌『りいど　みい』（二〇一九年六月発行の第九期・一〇期合併号まで通巻九号）に掲載された評論やエッセイに接したりする機会も増えていったのだが、そんな流れの中、小田実の一三回忌を目前に控えた二〇一九年七月末に開かれた、第二次の活動に移行した「読む会」で、件《くだん》の小説をめぐって発題するチャンスを与えられたのだった。

いまから、そこで話したことをベースにして、「河」を読む醍醐味が奈辺にあるか反芻していこうと思う。そのために当日用意していった幾つかの切り口をほぼそのまま用いていくが、ただここで一言強調しておきたいのは、報告が済んでから現在に至るまで、小田の執筆した他の作品を新たに読み、そうしてそれらとの繋がりをはからずも発見したことによって、「河」という作品がまさに小田実の文学の集大成にふさわしく、彼の人生の全重量が滔々と流れ込んで出来上がっているのだという感触を得、その大河が生み出す渦の大きさ、激しさに圧倒され、その中に捲き込まれていく愉しみを再三味わえたということ、そしてその経験に裏打ちされた叙述も、この拙論中には織り込むつもりでいるということだ。

たとえば、開高健、柴田翔、高橋和己、真継伸彦とともに一九七〇年に創刊した季刊誌『人間として』の創刊号（筑摩書房、一九七〇・三）に、小田が寄せた「私がいて、ことばがあって」と題するエッセイ。見開き二頁で収まる短い文章だが、実はそこで問題にされていたことが、それから三〇年近くが経過して書き出された「河」の中に流れ込んで来ている。具体的に何が問題にされていたかというと――いや、それは、乞うご期待あれ、この先の随分後の方で触れる事になろう。その前にも、この小説を読むにあたっての幾つかのハイライトシーンを扱っておかねばならぬ。では、作品世界の方へ進み入っていこう。

一、文字資料に現れる歴史と、登場人物が体現する歴史と

一九八三年、その前年に結婚した、済州島出身の両親を持つ玄順恵と中国の広州を訪れた時、かつて孫文が革命の策源地に定め、北伐の出発点ともなったこの都市で、「反革命」に転じた蒋介石の権力に抗して中国共産党が武装蜂起を決行、広東ソビエト政府を樹立したものの短期間で壊滅させられた時に、この運動に参加した朝鮮独立を目指す二百余名の朝鮮人のほとんども斃《たお》されたことを順恵に告げ、それを聞いて涙ぐんだ彼女を前にしてこの小説を「書くべしと決めた」――と、このように「河」執筆の契機について、小田実は玄順恵との共著『われ＝われの旅　NY・ベルリン・神戸・済州島』（岩波書店、一九九六・一〇）の中で語っている。

この一九二七年一二月の、実際には彼の死のために書かれずして已んだ、いわゆる広州コミューンの誕生直前に至るまで、小田は主人公の重夫少年を日本・中国・朝鮮の「三国の絡み合いの歴史」(1)の中に投げ込んでいく。それは小説の冒頭に出てくる、関東大震災直後に重夫母子の目の前で父の玄文羅が自警団に連行されていく場面をはじめとして、一九二五年春の上海で労働運動と反帝国主義の政治運動・民族運動とが結びついて生起した叛乱、国民革命軍の進行途上の漢口で一九二七年一月に起きた、国権回収を叫ぶ中国人民衆による英国租界の占領といった、数多の出来事の「現場」に彼を立ち会わせていることによって確かめられる。(2)むろん、「小田実を読む会」報告要旨で玄順恵が述べているように、この小説は「歴史を描いた訳ではなく歴史と対話する人間を描いたもの」であろう。(3)つまり、重夫の父が自警団に引き立てられていく場面でも、あの折そのように捕まれ、その挙句無体な死を強要されていった多くの朝鮮人がいたという事実だけが重要なのではなく、「わたしは朝鮮人だが、日本人だ。そのどこがわるい。何がわるい」(第一章―三)と低い、太い声で叫びつづける父の言葉が訴えかけてくるものの意味を考えることと、自分たちの夫であり、父である人の言葉を耳に入れながらも、「この子もわたしも日本人です。朝鮮人とちがいます。まちがわないで下さい」、「ぼくは朝鮮人じゃない。日本人です」(同)といった言葉を発したことが、木村美智子と重夫の心にどのようなしこりとなって残されていくかを重く受け止めていくことが、小説を読み進めていく上ではさらに大事だと思う。

このように「三国の絡み合」う、あるいは「三国」に絡んでくる〈歴史〉は、各登場人物の生の襞に浸透し、刻印されるかたちで私たち読者の前に立ち現れてくるのであり、その最たる人物を問われても、広州で貿易業を営む、かつては「特務」機関で働いていた伯父(美智子の長兄)や、神戸で重夫が出会った女性で、彼女の父がアイルランド人であるキャシー・オブライアン、ドイツ人の商人シュナイダー、朝鮮人の岡田青年というように枚挙にいとまがなく、その一端についてはこの後取り上げるが、ただその一方で、主人公の少年を歴史の目撃者たらしめ、それと対話させるためには、現在からほぼ一世紀隔たった一九二〇年代東アジアの政治・社会・文化状況と、その中で生きた人間の姿についての知識も、書く側としては持つ必要のあることに留意しなければならないだろう。この小説を仕上げるにあたって作家が読んだと思われる資料を数えたら、「二二六冊」が書棚にあったとは玄順恵の言葉[4]だが、ことほど左様に作家はこれぞと思った対象をブルドーザーのように掘削し、コンクリートミキサーのように撹拌し、自身が創造する小説世界の中に流し込んでいく。いま、その一例として、ニム・ウェールズの『アリランの歌』の場合を見ておくことにする。

『中国の赤い星』(初版はロンドンのVictor Gollanczで一九三七年一〇月刊。以後スノーは何度かの改訂を行い、一九六八年にニューヨークのGrove Press, Inc. から改訂増補版を出版。)の著者エドガー・スノーの妻であるヘレン・フォスター・スノー夫人が、「ウェールズ人の血をひく」という意味のペンネームでもって執筆した『アリランの歌』は、中国革命の取材のため、一九三七年の延安に赴いたジャーナリストの彼女が、その地で出会った「金山《キムサン》」と名のる朝鮮人革命家(本名=張志楽《チャンジラク》)の、三・一独立運動以降の広州コミューンへの参加も経て、自民族解放闘争に身を賭してきたライフストーリーを、彼からの聞き書きをもとにして記録、一九四一年に刊行したものである。私がここで用いるテクストは、松平いを子訳の岩波文庫版(一九八七・七)だが、その「第2章 伏して待つ者たち」では、一九二〇年に上海にやって来て「あらゆる種類の人々に出会い、政治的信念と討論とがぶつかり合う渦中に投げこまれ」た一六歳の「私」(=金山)が、むしろそうした政治談議の輪から逸れて、日本人に対しての直接行動に向かっていく若いテロリストのグループ「義烈団」の団員たちの生き方に、ある特別な感銘を覚えていったことが次のように回想されている。

> 彼らの生活は陽気さと真剣さとの奇妙な結合だった。死が常に目前にあるからこそ、生をそのある限り精いっぱいに生きた。どきっとするくらいあっぱれな奴らだった。義烈団員はいつも外国風のスポーティな服装を着

こなし、頭髪を整え、よそおいにとても気をつかって清潔でピカピカしていた。写真をとること――いつもそれが最後のだと思いながら――が好きで、フランス公園を散歩するのも好きだった。朝鮮の娘はみんな義烈団にあこがれ、恋愛問題も多かった。

そして、それとほぼ同じ感懐を「河」の中で口にするのが、上海に向かう船中で重夫と出会い、次いで舞台が上海に移ると、彼とその伯父（美智子の三兄）と連れ立って上海の租界でいちばん美しいと言われる公園＝フランス公園にやって来た中川という人物である。すなわち、この「「トクム」とも「スパイ」とも「イヌ」ともつかぬ白髪の男」の中川もまた、必死を覚悟する義烈団員がこの世に自身の形見を残そうとして、よくここへ来て写真を撮りたがることを二人に向かって告げながら、折しも池のほとりで写真を撮り合っている、上質の上衣を着こなした二人の青年を目ざとく見つけて、「確証はありませんが、わたしにはまちがいなくあのお二人は義烈団のテロリストに見えますな。連中、とにかくハンサムだし、からだを鍛えておかんといかんということでスポーツに精を出しているもんだから、朝鮮の若い女によくもてる。しかし、あのお二人も、明日になれば（後略）」（第十一章－八）と、こう言うのである。

一例を示しただけだが、こうした資料の活かし方が、読者をその時その場に引き連れていく。小説の後半の「第七十章－一」、「第七十章－八」は、一九二七年四月一二日の上海で蒋介石による反共クーデターの動きが始まった様子を重夫が友人の中西とともに目撃するところや、「超一流の支那通記者」を任じている東が、事件の二日後に重夫に向かって彼のつかんだ情報を伝えるところであるが、そこでは腕章に「工」の一文字を記して労働者側の便衣隊を装うゴロツキ集団のことや、蒋介石側に付く「国民革命軍」士官の奸計にはめられて、総工会本部が武装解除させられた後に一斉に襲撃された経緯が実に詳しく語られている。管見では上海の日刊新聞『申報』記事が、「労働者側の工人糾察隊の隊長が隊員二人と医者と書記を連れて調査に出かけたところに国民革命軍の士官が現われ」

云々といったディテールも含めて、ここでの叙述を裏打ちするものとして挙げられるのだが[5]、小田は何を参照したのだろう？

一方、すでに私は、小説「河」のテクストにおいては、〈歴史〉がそこに登場する人間の生に刻印されるかたちで物語られていると指摘しておいた。それを広州の伯父の場合に徴して確かめておきたい。舞台は香港、そこにあるイギリス系学校に入り寄宿舎生活を始めている重夫を訪ねて来た、現在は貿易商として「自由」な「人間活動」の守られている「商売」の世界で生きている彼が、自らの過去について語り出したその話は、「大きく歴史にひろがるよう」（第三十六章―三）な感銘を重夫の心にもたらす。すなわち、商人となる前の伯父の半生の歩みとは、軍人だった自分が、樽井藤吉の『大東合邦論』（一八九三）に触発されて抱いた日韓両国の対等合邦を礎としたアジア主義の理想や夢が、その翌年に起きた日清戦争を端緒として増えていく、それをぶちこわすような事態や事件に出会って揺らいだ時、その解決の方途を見つけられないでいることをいろいろな口実、理由、大義名分をつけて納得していく間に、「自分自身が変わってしまう」（第三十六章―二）というものであった。そして、この変わりよう、人間性の荒廃というものは、「軍」がそうやって統制、秩序を図るのと同様に、「いいときはいいが、具合がわるくなると、責任だけを負わせて相手を切って棄てる」（第六十二章―三）といったかたちで現れるとも告げる伯父は、自らのそうした行為の犠牲となって、いまは香港の精神病院に入っているある日本人女性に対して、彼女がそれを受け取るときにだけ彼の人間性を認める、調理後の温かさがまだ残っている「ボルシチ」を我が手で贈り届けている（第四十一章―五）。

中国革命、朝鮮独立を目指す運動が、同じ陣営、同志の間にあっても見解の衝突、路線の対立を生じさせ、あるいはまた当面の目的を達成するために時には敵と結びつかねばならない事態を惹起させながら跛行的に展開していく、――そうしたことも〈歴史〉が表わす真理の一つであることを、「河」という小説は、孫文と「軍閥」「青幇」との結びつき（第九章－四）、「民族」のための闘争か、「階級」のための闘争かをめぐっての朝鮮独立を目指す者同士の意見の衝突（第十四章－三）、農民の勢力に根ざした土地革命の是非をめぐる中国共産党内の路線対立（第七十二章－四）、革命の火種を絶やさぬために玄文羅が南京政府との繋がりを選択すること（第七十九章－二）など、その局面局面に応じて伝えている。むろん、運動の全体は直線としては進行していかない。螺旋のように内への深化と外への拡大を伴いつつ、そしてその階梯においては時には挫折や失敗も現出させながら進むものであろう。そして、「革命という大きな理想が崩壊するとき」の紛れもない出来事として、「人間の醜さがいくらでも姿を現わして来る」ことを重夫に告げるのが父文羅である（第八十二章－一）のだが、この父の言葉を転用するならば、個としての歴史、人生を通して、まさにそれと相通じる体験をしてきたのが、自らの夢の崩壊によって、彼を愛していた女性のその「愛を弄」び、軍の特務としての「仕事に利用」し、「あげくのはて」、「彼女を捨」てて狂わせた（第四十一章－五）伯父なのだ。こうした自身の醜さと直面した人間として、人生の負債を抱えながら生きていかねばならない姿を重夫に伝えていく点においても、広州の伯父の存在感は重く感じられる。

二、「河」における〈アイルランド〉と一九二〇年代の神戸

時間的に見て、重夫が広州の伯父よりも早く神戸で出会う（第三章）、キャシー・オブライアンという英語の家庭教師も、若いながらもすでにずっしりとした歴史を背負ってきた存在である。彼女と重夫の関係は「姉」と「弟」に見立てられているが、それはただ単に二人の親しさのみに向けられる形容ではなく、重夫が朝鮮人の父と日本人の母を持つように、キャシーもアイルランド人の父とイギリス人の母を持っていて、さらには二人の父親の国が二人の母親の国の植民地＝「コロニイ」である点でも共通しているといった、二人の民族的出自ならびに政治的立ち位置の相

同性をも指している。そしてまた、震災時の体験を契機に中国に渡り、日本帝国主義打倒のためにたたかっている朝鮮人とともに行動することを決意した重夫の父の、この先歩んでいく危険な道程を前もって告げるかのように、キャシーの父親は一九一六年四月二四日にダブリンで起きた復活祭蜂起《イースター・レベリオン》に参加、たたかいが敗北に終わったあと、イギリスの軍法会議にかけられ銃殺刑に処されている（第六章-四）。が、それでもたたかいは続けられていかねばならないことをキャシーは苦しさの裡に自覚しているし、「河」のその後のストーリーの展開も、彼女のそうした思いに呼応するかのように、重夫の父をはじめとする「志ある朝鮮人」を無事に朝鮮に送り込んでくれるアイルランド人のショウを登場させ（第十章-六）、また、北伐軍に同行した重夫がそこで知り合った、国民政府外相陳友仁の娘のシルビア、イオランタ姉妹をしてアイルランドの民謡を歌わせる場面（第五十五章-八）を用意していく。

さらに、ここでもう一つ留意しておきたいのは、重夫が「自分はイギリス人ではない、アイルランド人だ」（第三章-一）と言い切るキャシーと出会う場所が、震災翌年の日本の神戸に設定されていることの意味である。移動の小説と呼びたくなるこの小説を読んでいく際、主人公の重夫がその都度足を留めていく土地や場所が、小説のモチーフと繋がるものとしてどのような射程で捉えられているか、そしてまた、そうした企てと、その土地や場所の現実態との関係はどうなっているかといった点についての興味関心が増してくるからである。ここではその一例として、小説が開幕を告げて間もなく、重夫がしばらくの間滞在する神戸を取り上げ、先ずはその街を〈アイルランド〉が流れ込む場所として捉えるところから考察を広げていこう。

すると、作品発表時が、「河」において神戸が扱われている時代（重夫の神戸時代は一九二四年初め）とほぼ一致し、そこに描かれた神戸の街の郊外のたたずまいが「アイルランド」と関わってくる短編小説が浮上して来る。稲垣足穂が書いた「煌ける城」（『新潮』一九二五・二）である。一九二三年に刊行した『一千一秒物語』に対して「童話の天文学者」「セルロイドの美学者」といった賛辞[6]が寄せられたように、初発期の足穂の作風はシュールで幻想的な風合いを持っているが、「煌ける城」もまた、夏の休暇を使って自分たちが過ごすに相応しい家探しに出かけた「私」と「石野」の二人の少年が、神戸の街の郊外、青谷や布引をまじかに控えた丘や林中で、「おもちゃみたいな赤屋根の西洋館」や「おもしろい恰好のお城」を見つけ、その不思議な魅力に惹きつけられていく様子を語ったものである。次に引くのは、その建物の造作をめぐって二人が言葉を交わす場面である。

「あの窓、別世界みたいだろう」と石野が云った。／で、もういっぺんガラスのカケをのぞいたが、すると何か仕掛のある暗箱を通したかのように、どう考えても日本でない。（中略）じいっと見ていると、斜めになった日射を受けた芝地の黒い杉林の中から、桃色や青や金のよそおいをした王様の一隊が、繰り出されてきそうだ。（中略）「あの窓おかしいね。アイルランドへ行ったという人と関係があるのだろうか？」（「煌ける城」）

妖精や精霊が踊る土地としての愛蘭＝アイルランドへの憧れは、足穂の作品にしばしば現れるものであり[7]、彼が中学部まで在学していた関西学院が学院の内外に作っていた文化圏においても、この土地への関心はたしかな広がりを見せていたと思われる。そして、その表現を比較しただけでは隔たりを感じさせる、都市型蜂起の生じた〈アイルランド〉イメージと、牧歌的な幻想を育む〈アイルランド〉イメージではあっても、本家本元の地でイエーツ、シング、ダンセイニらの文学者が実践していった、アイルランドの伝説や昔話を掘り起こしていく文芸復興運動が、イギリスによる文化的支配からの脱却を図るための意識的努力として現実とは異なる世界を志向する性質のものであったことをふまえるならば、それによって生み出される妖精たちが遊ぶ幻想性の濃い文学と、自治・独立という目標を掲げて現実的に展開された同時代の政治的活動とは、根底では結びついていたと言えよう。

一方、小田が抱いている〈アイルランド〉イメージに目を向ければ、すでにその文学的始発期にあって、彼はこの両方のイメージに愛着を持っていることを明言していた。それがよくわかるのは、『何でも見てやろう』（河出書房新社、一九六一・二）に収められた「あいるらんどのような田舎へ行こう——ズーズー弁英語の国——」である。自分と同じ大阪出身の詩人丸山薫の詩「汽車にのつて」（詩集『帆・ランプ・鷗』（第一書房、一九三二・一二）所収、初出は「椎の木」（一九二七・六））が「ひとびとが祭の日傘をくるくるまわし／日が照りながら雨のふる／あいるらんどのような田舎へゆこう」と歌っているのを引き合いに出して、「まったくそんなふうなアイルランド民謡が大好きであ」り、「アイルランドという土地に、ひそやかなる憧れを抱いてい」た小田は、それとともに「流血につぐ流血」によって独立をかち得たアイルランドの近代史に惹きつけられてもいる。

さらに、こうした元からの好感に加え、実際にアイルランド人との交流を通して彼がもう一つ強い感銘を受けたのが、彼らの用いる「アイリッシュ・イングリッシュ」、この一文の副題の表現を借りれば「ズーズー弁英語」であった。公式の英語とは違って「田舎の匂い」のする、この「ズーズー弁英語」のもたらすなつかしさや、それが持つポテンシャルエネルギーについての考察が進められていく過程で書かれたものが、再度そのタイトルのみを記しておくと「私がいて、ことばがあって」（『人間として』創刊号（一九七〇・三））であり、そしてそれが「河」の登場人物を通じて現われるのが、香港で重夫の友人となったヤコブ・リーバーマン・河《ハ》の母親が口にする「大阪弁英語」なのである。小田がこうした言葉への愛着を持ち、それを小説の登場人物に使わせていくことに何を読み取るべきか、少しはその解が見えてきているようにも思うが、これについての考察は節を改めて拙論の後半で行うことにしたい。

三、「商人の革命」ヴィジョンでつながる広州と神戸

神戸の話題に戻る。ケルト神話やアイルランド独立運動に対する関心が育つ文化的環境が一九二〇年代の神戸に

あったればこそ、キャシー先生が「河」に登場することにも一定のリアリティが担保されているわけだが、もし日本の外にある、その国や土地での民族の独立や革命に向かうどよもしが波濤を越え、〈アイルランド〉以上に同時期の神戸に現実態となって押し寄せてきていたのは何であったのかと問われれば、それはやはり広州を本拠地としてその勢力を伸ばしていた中国国民党の動きであっただろう。広州起義に失敗した孫文が神戸に亡命してきたのは一八九五年だったが、辛亥革命から一〇年後の一九二一年には中国国民党神戸支部が発足、そして自身の死の三ヶ月前の一九二四年一一月に、孫文が最期の来神を果たし、「大亜細亜問題」と題する講演を行ったことはよく知られている。

翻って「河」に登場する神戸の住人の方に目を向けると、こうした革命の機運に満ちた広州と深く繋がっているのが、市内で老舗の中国料理店を営む華僑の李一家である。重夫は、転校先の小学校で同級になった李家の三男李雷山と親しく付き合い始め、彼の年子の妹梅華に対しても、ある意味では雷山に対する以上の親しみや好意を覚えていくのだが、李の「支那風」の屋敷に遊びに行った重夫が客間で初めて目にし、雷山の説明を聞きながら印象に留めたものとして、「大元帥」こと孫文の写真のほかにもう一つ、広州黄花崗七二烈士陵墓とその一部を成している「中国国民党神戸支部献石」を撮った写真があった（第二章―五）。

そしてこの記念石は、香港の寄宿舎から母と伯父のいる広州に戻っていた重夫の前に前触れもなく梅華が現れ、この一組の行動力に溢れた少年少女の黄埔軍官学校見学が済んだ直後、この街の「面白い見世物」とは違う姿を彼に知らせようとする伯父に連れられて出かけた時に、実際に重夫が目にするものとなる（第二十八章―四）。いや、それればかりではない。廖《りょう》仲凱が暗殺されたことを重夫に告げる場面（第三十一章―一）でも、未完となったこの小説の最終章最終節（第九十章―二）においても、この黄花崗の七十二烈士の墓のことは、「中国国民党神戸支部献石」を含む「世界各地の「国民党支部」からの献石」の存在も思慮に入れた伯父の口から、繰り返し語られている。そしてこの記念石が伝えてくるものとは、「共産党と国民党『左』派の革命方針のちがい」という〈政治〉の絡んだイデオロギー闘争によるものとは異なり、ただひとえに「まとも、まっとうな中国をつくり出したい」という「華僑」の叫び、希み、願いによってもたらされる革命のイメージであることを伯父は強調する。

「まとも、まっとうな」とはどういうことであろうか。一国が他国からの支配や侵略を受けることなく独立した状態を保っていること、それが国としての「まとも、まっとうな」ありかたであろう。では個々の人間にとっては？それは自分個人の自由が何物（者）にも阻まれていないこと、自由な人間活動を行使できる状態を指すものではないか。そして、社会の中でこうした営みや状態を原理的に最もよく表しているのが経済活動であるという立場に立てば、その担い手となる商人（＝華僑）にとっては、国の独立と自分の行う商業活動の自由とは一つに繋がり、そこから商人《マーチエント》の革命という新たなヴィジョンが立ち上がることを、広州の伯父は重夫に向かって語り続ける。「河」における神戸は、李という神戸華僑を発条として、この商人《マーチエント》の革命という隊列に加わる人々が生きている土地としても読者の記憶にとどめられていく。

政治ではなく、商人の力による社会の変革、人間の自由の獲得が小田にとって熱い思いとなっていたことが、神戸以外の土地で生きる人間の姿を通して伝わってくる「河」以前の小説として、「大阪シンフォニー」（『中央公論文芸特集』一九九四年夏季号〜一九九五年秋季号、第七楽章から第九楽章は書き下ろして、一九九七年三月に中央公論社より単行本として刊行）のあることも付言しておきたい。すなわち、「シンフォニー」という「まるごと突き出し衝動の音楽」[8]のイメージを題名に用いているように、終戦直後の大阪を舞台としたこの小説に登場する語り手である少年の「私」も、「私」がひそかに「マルコ・ポーロ」と呼んでいた一歳年上の少年（ちなみに彼の姓は重夫のそれと同じく「木村」である）も、両者ともに不逞な精神を支えにしながら、「私」の場合は自らを「商人《マーチャント》」と称して、「イクダマ神社つづき」の「高台の焼跡」に「真正」の「闇市」を出現させようと行動を起こすのであり（「第六楽章　あの世とこの世」）、「マルコ・

ポーロ」の方はさらに「私」の先を行くかたちで、「八月一四日の大空襲で破壊しつくされ」た「砲兵工廠の跡地」にもっと大構想の闇市――「わいらが勝手に自由に生きて行け」る「わいらの土地」を作るという夢想を膨らませ、それを実行に移そうとしたのだった（「第九楽章　風の音のたわむれ」）。

四、もう一つの「アヘン戦争」に巻き込まれる人々――「戦争」の発源地としての神戸

ところで、ここで重夫の友人李雷山・梅華兄妹の一番上の兄の存在に目を向けると、神戸の街がこれまで見てきたのとはまた違った都市の相貌を表わしてくることを予想せざるを得なくなる。と言うのも、当初は父の仕事を手伝っていて老舗の中国料理店を継ぐことを期待されていた彼が、重夫と上海で再会した時、その姿は神戸から到着してすぐに入り込んだらしい阿片窟の寝台の上で、「顔はだらけていて、唇の横」に「ヨダレ」を光らせているというものだった（第十一章－三）からである。やがて彼は、阿片の密売と取引の世界に身を投じて、ついには利害の対立した者たちの手にかかって無惨な死を遂げる。そのなりゆきは、人間の中に宿っている深い欲望が、その者をしてこれまでとは違った存在に変えていってしまうといった洞察を端的に示しているとも言えるが、それとともに注視したいのは、この〈阿片〉の取引の旨味に吸い寄せられて神戸から来る人間は、李の長兄の他にもまだいたということである。

つまり、重夫が阿片窟を見に行ったのは、フランス租界の一郭で母と暮らしている家に通ってくる、上海の裏側の事情にも通暁していそうな中国人家政婦ベティに頼み込んでのものだったが、件の阿片窟から出てきた重夫を呼び止めた、その時はもう正気の状態を取り戻していた李雷山の兄が、重夫をからかうように見ながら口にしたのは、「シュナイダーにもぼくはさっきの場所で会ったことがあるよ」（第十一章－四）という言葉だった。父の行方を捜し

あぐねた重夫母子が引き移ってきた神戸で知り合ったこの白髪のドイツ人紳士は、重夫を単独で、あるいは母親とともに自邸に招いて、「バウムクーヘン」とベートーベンの交響曲で饗応する、愉しく晴れやかな場を演出する一方、自分が家具の他に「武器」を扱う貿易商だと告げて重夫の心に一抹の翳りを落すのだが、そんな彼が「大砲」ばかりか「阿片」によっても大儲けを企んでいることを李の科白は告げているわけだ。

さらに、李やシュナイダーは神戸から上海に来てそこを拠点に活動するのだけれども、もともと上海で貿易商を営む立場にあって、あるいはまた、神戸に居ながらにして、この阿片の絡んだ商売に手を染めていく人物もいる。広州の伯父を除く、重夫にとってのあと二人の伯父、すなわち「上海の伯父」と「神戸の伯父」がそれだ。そしてこのことを、彼の両親とは旧知の間柄の高《こう》博士が、重夫と連れ立って朝鮮を移動中に告げた時、そこでは阿片、モルヒネ、ヘロインといった麻薬の売買をめぐる帝国主義の欲望が跳梁跋扈する場所として、〈神戸〉がはっきりと名指されている。

上海のきみの伯父さんはほんとうによくないこと、許してはならないことをやろうとしているのだよ――と高はことばを選びとるようにゆっくり言った。「いや、やろうとしているのではないね、もうやり始めている。」（中略）「阿片をどこかの外国から中国に持ち込んで売ろうとしているんですか」と重夫は訊ねてから、「売っているんですか」と言いなおした。（中略）「どこかの外国からじゃない。日本からだよ。それからこの朝鮮。」（第十九章－三）

いや、阿片ばかりではない。阿片からつくるモルヒネ、ヘロインといった麻薬の密売も前者を凌ぐ勢いを見せ始めているという言葉を挟んで、高はさらにこう続ける。

この二つの薬品はもともとはドイツから日本に輸入していたものだが、このまえの大戦で輸入できなくなった。それで日本は自国で生産を始めたのだが、これはよほど利益を生み出す事業になったにちがいない。（中略）

売り込む先は、もちろん、中国。山東省の青島、済南、あるいは、天津。そして、もちろん、上海。高は事務机の抽出しから中国の地図を取り出してひろげて、指でいくつかの都市を指した。そして、中国の都市を指したあとは、日本にむかって高の指は動いた。では、日本からモルヒネ、ヘロインを中国へむかって積み出す港はどこか。高はそう言って、指を一点に置いた。「ここだよ。」高はまた静かに言って、重夫を意味ありげに見た。重夫は指の下の地名を声に出して読んだ。「神戸。」（同右）

かつて「中国の地図」は、キャシー先生と重夫との間にも持ち出されていた（第六章－四）。そして地図上のあちこちについている、大英帝国の支配が全土に及んでいることを示す黒い点のことを、中国を蝕む病気、そのからだについた「しみ」にキャシーは譬えていたが、今度は上海をはじめとする中国のあちこちが、そこに持ち込まれる麻薬によって「しみ」になってしまっていて、その「しみ」をもたらす病原菌の発生源が同じ地図の上にある神戸であると説明し直されているわけだ。

この黒い「しみ」の広がりようは、二〇世紀以降の日本が展開した領土拡張政策の歴史的推移に照らして見れば、むろん神戸と中国との関係に収まるものではなく、このあと高が続けるように、麻薬の原料となるケシが朝鮮で大量に栽培されていたこと、あるいは一九一五年以降、台湾総督府から粗製モルヒネの独占払い下げをうけた星製薬株式会社がそれを精製して中国への密輸出を始めた(9)というように、朝鮮、台湾と、東アジアの多くの地域を巻き込んだものとして大きな問題となることは間違いない。

が、それについての全的かつ史的考察を加える事は今の私の力の及ぶところではないし、また「河」を読む醍醐味を伝えるという本稿の目的ともそぐわなくなるのではないか。したがって、あと一点、右に引用した言葉の後に高がさらに続ける、「きみの神戸の伯父さんもどうやらこの阿片戦争に入ろうとしている」(第十九章－三)という言葉の中に出てくる「阿片戦争」という譬えが、これもやはり、当時の新聞紙上に散見される、神戸に巣くっていた大小様々な民間のシンジケートによる阿片の密貿易に絡む事件報道[10]とは性質を自ずから異にした、すなわち中国大陸に進出した日本軍と阿片商人とが結託して、それが禁制品であってもその扱いを合法的に白昼堂々と行う――それゆえこちらの方は新聞種になることもないのではないか――事業としての阿片取引を意味していることを指摘するに止めて、次の問題に移りたい。

五、神戸の中の〈朝鮮〉――呉林俊の発言を再度問う

キャシー、李雷山・梅華兄妹、シュナイダーの他にあと一人、重夫が神戸で出会い、以降の物語の展開の中で彼、彼女ら以上に直接言葉を交わし合う機会を多く持っていく人物として、日本人の父親と朝鮮人の母親を持つ、岡田の存在が挙げられる。両親に捨てられた幼い彼を拾って育ててくれた朝鮮人の老婆から聞かされた、彼女の生まれ育った山の中にある、さかさづりに寝ころがったミロク仏の幻像に対する愛着を持ち続け、神戸の大きな造船所の職工として働いていた彼は、大戦後の不況を背景に生じた争議[11]に参加して馘首されて以降、朝鮮の独立、被圧迫民族の解放を求めるたたかいに参加、蒋介石の「反共クーデタ」が起こった上海では死地に身を曝し、南昌での蜂起も失敗に終わった後、なお革命の展望を開くために広州に向かっていくのだが、それはもう岡田の物語の域に踏み込むことになる。ここでは、職工をクビになった急場をしのぐため拳法の道場の師範代に雇われていた岡田に頼

み込んで、彼が暮らしている、神戸の中にある「朝鮮人の町」を重夫が訪問する場面を中心にして、そこで語られているものが、一九二〇年代の神戸で暮らす朝鮮人の生の実態の一端を照らしていることをまずは確認していく。

たとえば「暗い、陰気ななか」に、「臭い」と「朝鮮語」の充満している商店街を通り過ぎたところにある、岡田もそこに住んでいる下宿屋。「金のない朝鮮人相手」のその下宿屋は、「住んどるのは三〇人を越えとるやろ」が「部屋は全部で六畳二つと八畳ひと間しかないよって、ひとりあたり畳一枚分はない」（第四章－二）造りだ。それは当時の地元紙が彼らの生活の実情を伝えて、「(彼等は殆ど全部独身生活者で鮮人の家に同居合宿してゐるが、)その合宿振りは極めて惨なもので十畳の部屋に十四・五人も居ることが決して珍しくない」と報じていること[12]と、かなりの部分で対応している。そして、その「惨」の極まりとして、「日給一銭の仕事のとりあい」が「殺す、殺さんの話になる」（同）ことを、岡田は重夫に知らせている。

それでも、そこに住んでいることは、同宿人の一人として労働者意識に目覚めている岡田も含まれている事からして、まだしも救われる余地のある生活環境だと言えるかもしれない。一九二四年の第五回神戸メーデーには、神戸市上筒井町ダンロップゴム会社の朝鮮人職工が全員参加し、一一月には関西朝鮮人三・一青年会主催の植民地解放大演説会が神戸市内下山手青年会館で開催されたとの記録もある。[13]

だが、下宿屋の次に岡田が重夫を連れて行った先――ドブ川沿いの道がどん詰まりになり、そこで折れて、そばの道を少し歩いたところ――にある「鮮人部落」は、そういった時代の跫音からは見放されている。そして、その中の一軒の掘立小屋で暮らす、岡田のイトコと称する白いアゴヒゲの男は、初対面の重夫を呼ぶに際して「日本人」の代りに「倭奴《ウェノム》」という、ちょうど日本人が朝鮮人を「鮮人」と呼ぶのと同様の意味合いを持つ言葉を口にするのだった（第四章－三）。

いくらマッコリをしたたかに飲んで酔っ払っていても、この言葉を重夫に向かって投げつける際の眼は「十分に正気」のそれに見えることからも伝わってくる、彼の身内にこびりついて離れなくなっている日本人に対する侮蔑と憎悪は、彼がこの「鮮人部落」にやって来る前の地震直後の横浜で、九死に一生を得た彼の代りに兵営に連行され、そこで日本人の手によって殺された朝鮮人が抱いたものでもあるし、この先のストーリーの展開を追えば、重夫が京城で知り合って街歩きをともにする高敬信少年と、自分とは何の縁故もない高少年の家で息を引き取る直前に、その家に高と連れ立ってきた重夫の素性を知って、この少年が家から出て行かないなら彼を「殺せ」と高少年に頼み込んだ「土幕民」(14)の老人の身内にも渦巻いているものである。

以上のことに加えて、「河」の外部にあるテクストからも、彼等の心情に応ずる声が聞こえてくることについても考えてみたい。いや、時間の順序に従うなら、その声の存在を知り、それを反響させようと思って、「河」の作者は白いアゴヒゲの男や、高少年や、土幕民の老人を造形していったという方がより適切なのかもしれない。

ここで呉林俊という人物に登場してもらおう。一九二六年朝鮮慶尚南道生れ、三〇年に両親に連れられて渡日、幼少時代を神戸で過ごし、一八歳の折に徴兵されて東部ソ満国境地帯で軍隊生活を経験、解放後は在日朝鮮人学校講師を勤めた詩人、画家、評論家である。この人物が後に回想する、物心ついた頃の自分の周りで起きた出来事の中で、そこには日本人と朝鮮人の関係が端的に現れていたものとして、朝鮮人の集落の近くで行き倒れになった日本人が、その中の一軒に運び込まれてそこで出された食事を喜んでごちそうになったけれど、その後で自分が耳にしたのは、「なんやねん、チョーセンに、めしもろうてくう、なんちゅうこっちゃ、あれは日本人の恥やで」「そうあ、なんぼなんでも、チョーセンに頭をさげてやな、ニンニクを噛んだりしたんやでえ……」という他の日本人同士の会話であった、というのがある。つまり、「朝鮮人と、日本人との日常の交流は(行き倒れの日本人に朝鮮人が手を差し伸べ、先方の厚意をこちらが感謝して受け取るというようなかたちで)ありはした」が、「しかし、かくまでに闊達自在な偏見は生きた」ことを、呉は問題にしている。(15)

いや、問題はそこでは終わらない。心筋梗塞で急逝する二年前に、小田実らが編集する『人間として』第五号（一九七一・三）に寄せた評論「心の中をまわる日本《イルボン》について」で呉は、先の出来事があってから日本帝国主義の太平洋戦争での敗北を挟んで半世紀近くが経ったつい最近――本文中には「この稿を書きはじめた二、三日前のこと」とある――でも、この種の「闊達自在な偏見」に行き当ったことを伝えている。すなわち、それは呉が鎌倉駅前で遊覧バスに乗って発車を待っていたところ、座席の一番前に座って一杯機嫌で酔っていた男が、人員確認のために運転席の前にきた女子職員を前にして、「チョウセンみたいな顔をしてよお、フン、チョウセンに用は……」という言葉を、低いがはっきりと聞き取れるかたちで口にしたことだった。「見るからに素朴善良で、そして正直そうな庶民に見える、一人の日本人の男が発した、この「安心したうえでの独語」。それは敗戦によって日本帝国主義はなくなっても、かつてそれによって朝鮮人に対するいわれのない差別偏見の感情を植え付けられ、そのことを自覚しないまま為政者の言動に追従していった傾向が、日本の民衆の中にいまもなお立派に根を生やして微動だにしていないことを意味する。

そして、この事実に想到した時、呉林俊の心の内から噴出してきたのは、「河」の舞台の一つとなる神戸の「鮮人部落」にいる老人や、植民地主義に基づく政策が大日本帝国によって次々と打ち出される京城にいる高敬信の場合と同じく、それを口にこそ出さないが、朝鮮語での「この倭奴《イーエノム》！」という言葉だった。戦争が始まってまもなく、差別と迫害からの脱出を「兵隊」になること＝日本人に同化することに求めたが、それが架空のものであったことを知らされ、そこから自己の奪還を希求、模索していたがゆえに、呉林俊の内に渦巻く憤怒が、時には自己処罰の感情も伴う屈折した位相を持っている点も見落としてはならないと思うが、こうした書き手とテクストの存在を視野に入れると、「河」で語られている、重夫が神戸の「鮮人部落」で出会ったものが、単なる一九二〇年代のこの街の歴史的事実の確認の域に止まるものではなく、それから一世紀近くが経過した私たち読者が生きる現在にまで及んでくることが考え合わされるのである。

六、「逆」に動くということ

一九二〇年代の激動する東アジアを主人公の少年が巡歴する大河小説『河』には、当然のごとくして数多の人物が登場する。集英社版『河』の「1」から「3」の各巻頭に掲げられた「登場人物一覧」でそれを確かめると、孫文や陳其美をはじめとする〈歴史上の人物〉が三〇人近く、木村重夫親子をはじめとする創作された人物が四〇人近く、そこには挙げられている。むろんそれは主な登場人物の数なのであって、例のフランス公園の池畔に佇む義烈団々員のように、その姿を現わすのは須臾《しゅゆ》の間でありながら、重夫の心に忘れ難い印象を残す者も加えると、その数はさらに増していく。[16] こうした点も念頭に置いて、主として後者の創作上の人間たちの造形に目を向け、そこにどのような書き手の意図が現れているのか、あるいはそれが単一な形を取らずに幾人かの人物の上に投影していって、合わせ鏡のように双方を照らしあう様相を呈しているかについて考察していこうと思う。

まず、この小説では人間の様々な歩行の形態や移動の形態が捉えられている点が注目される。たとえば、重夫に即してその様相を確かめると、広州の珠江沿いの道路を梅華と一緒に歩く時のそれは「リュータリュータ」と呼ばれる散歩の態であり（第二十七章－一）、革命の熱気に湧きたつ武漢市内や、労働者の蜂起を目前にした上海市内を見て回る時のそれは「激しく歩く学校《ハード・ウォーキング・スクール》」と形容される（第五十三章－七、第六十章－一）ものである。また、彼の周囲の人物の中にも、比喩的な意味合いが強くなるけれども、労働者の間を「まっすぐに歩」く白永盛《パイヨンション》のような人物もいる（第五十六章－一）。一方、こうした個別の事例を抽象化して、進撃、追放、逃亡、潜行などといった言葉に置き換えられる移動の形態を思い浮かべることも可能だし、小説の素材となる歴史上の出来事の中にあって、その最たるものを挙げるとすれば、それは「大使の道《アンバサダーズ・ロード》」を移動していく「北伐」軍の動きであるとも言えよう。

しかし、再び視点を登場人物の実際の足の運びに据えて、「河」の冒頭からの叙述を検討し直す時、いち早く強い感銘を与えてくるのが、〈逆〉への動きとでも名付けたいものである。地震直後に生じた火焔地獄から家族皆逃げ出すことに成功した重夫の父玄文羅は、その折の自分たちのとった行動を振り返ってこう言っている。

しばらくして父親はようやく口をきき出した。……自分たちは風に逆らって風上にむかって歩いた。それは火元にむかって、火焔の海の切れ目にそって動いたことだ。多くの人はみんな風下にむかって逃げ、逃げ足より速い火焔の動きに追いつかれて焼け死んだ。自分たちは大胆に逆に動いた。それはそうするよりほか火焔の海を脱出できないと判断したからだ。（第一章―一）

続けて、これから先どうなるか「判らん」けれども、「しかし、とにかくわたしら三人、あの火のなかをみんなで死なずに生きて来た。これからも三人、みんなで生きる」という言葉も出てきているように、「逆に動い」たことは、火焔地獄から逃れて自分たちが死なずに生きていくためにはそれしかない手段だったわけだが、『河1』には、この後もう一度、これと同じ行為を自らが選択したことを文羅が重夫に告げる場面がある。

「重夫、わたしが今やっていることは、風下へ逃げるのではなくて、風上の火の海にむかって進んでいることだ。（中略）もっとまえなら、他のやり方もあったかも知れない。しかし、もう火はこれだけ燃え拡がってしまったのだ。風上にむかって、火の海のなかを進むよりほかにない。朝鮮人が生きるのなら、奴隷としてではなく、人間として生きるのなら。」（第二十二章―二）

自警団に拘引されて重夫の前から姿を消してしまって以来、ようやくにして平壌の宿屋で息子との再会を果たした父がいま思い描いている、風下へ逃げるのとは逆に風上の火の海に向かって進むイメージが、日々激しさを増し、いまやその国土もそこに暮らす人民の精神さえも支配下に置きつくしたかに見える日本帝国主義に抗して、自分たち朝鮮人が朝鮮人としての尊厳を奪い返すために起ち上って行動していくそれであることは贅言を要しない。それは「敵に自分を合体させて、敵の一部となって、敵と同じことを考え、同じようにする」という「いちばん楽な道」（第二十九章－一、広州の伯父がイギリスの牙城である香港の学校に通うことになった重夫に向かって口にした言葉である。）を行くことや、「どっちつかずの立場にいて、とにかくことを荒立てないで、当面のこと、やるべきことをやっている」すなわち「ビジネス・アズ・ユージァル」（第七十一章－四、陳友仁の娘イオランタが重夫に向かって口にした言葉である。）の道から離れないでいることとは、真っ向から対立している。（ここで急いで付言しておかねばならないのは、これらの言葉を口にした広州の伯父やイオランタもまた、それを激しく否定する考えを持っていることである。）むしろ、このように、逆を向いて進まねばならない苦しさに通じるものを作中に探しあてようとするなら、岡田の話の中に出てきた、頭部を下にしていかにも苦しそうに寝ころがっている、あのさかさづりのミロクの石仏が想起されよう。

そして、「このミロクさんがさかさづりでなくなりなさるときに国は変わる」（第四十五章－三）といった「さかさづりの夢」さながらに、〈逆〉に動く人が一人、また一人と増えてその数が膨れ上がった時、全体として見るこの動きが〈逆〉向きのそれを止揚した新たな性質を持ち出し、あわせて周囲の状況（国）も変わっていくという出来事が、重夫の目前で彼もその中に巻き込んでいくかたちで生起していくのが、国民革命軍が漢口に入った後に開かれた集会への参加者が、英租界に向かって動き出す場面なのだと思う。

ただ、事態はこうだった。集会が終って、自然に人びとが解散して思い思いの方向めがけて歩き出したときに、自然に同じひとつの方向——租界めがけて歩き出していた。（中略）はじめはひとり二人、いや、数人、一〇数人の動きだったにちがいない。しかし、またたくまに、人びと全体が租界めがけて歩き出しているような大きな動き、重い動きになっていた。もはや、この大きな動き、重い動きには、誰も、また何の力も抗することはできない——とっさに重夫がそう感じとったとき、白、金[17]、重夫の足も自然に動き出して、同じ方向めがけて歩き出していた。三人とも無言だった。べつに相談し合ったのではなかった。三人とも同時に歩き出し、同じ方向に足が動いた。（第五十二章－六）

自分たちの町がイギリス帝国主義の橋頭堡となっている租界から解放されるのを願っている人びとの間で「自然」に生じてくる、誰しもが租界をめがける「大き」な「重」いこの動き、その表われ方は尖鋭であっても、事の成否は二の次にされることが含意されている場合もある〈逆〉向きの動きが、革命運動の端緒、始動に相応しいものだとしたら、こちらの方はそれの成長、成熟の段階を告げているものだと言えよう。この段階ではもはや誰かがリーダーとなる必要はなくなっている。そして、換言すれば、この人びとすべてがリーダーとなった状態こそ、自分たち朝鮮人は民に岩と書いてミナムと呼ぶのだと、歩きながら金は重夫に伝える。外国人勢力の支配に抗して、民衆がひとつの岩となって動く「民岩《ミナム》」はこのようにして、「河」における人間たちの動きの形態を見ていく際の一つの鍵語になっている。

七、「流れて来た《ドウリフテッド》」人たち

けれども、そうした動きに対して、全部が全部同調していかない動きとその体現者も、「河」には出現している。〈ドウリフター〉こと、ウォッシュバーンの存在がそれだ。彼を自分の屋敷で飼っているシェパードの運動係に雇った上海の伯父の言葉を借りれば、「あいつの国のアメリカで、何かつまらんことして居られんようになっ」た、この水夫上りのアメリカ人の青年は、重夫に出会った当座、彼に貸し与え、読み聞かせた本の中にある「ハックルベリー・フィンの冒険」が「人間を自由にする本」であることを語り、そこに描き出された〈自由〉にいかれて自分が動きまわってきた「ヨーロッパ、中近東、インド、タイ、オーストラリア、……フィリピン、日本」の地名を挙げながら、少年の心に「不思議な感覚」をもたらす（第十二章－一）。その際、彼は、そんな自分の動き方を「流れて来た《ドウリフテッド》」という言葉に約めて口にする。いわば「流れて来た《ドウリフテッド》」は、〈自由に生きる〉と等価なものであり、彼の存在理由《レーゾンデートル》そのものにも関わる言葉として受け取れる。であればこその「天性」の「流れ者」ウォッシュバーンなのだ。

彼の〈ドウリフター〉としての位相や信念は、時には妙にそれらしからぬ風貌姿勢を漂わせながらも、基本的にはそれ以降も反復されていき、漢口で重夫と再会した折には、自身の存在の証としている〈自由に生きる〉を他の人々のそれにも敷衍して、その直前に起きた「民岩《ミナム》」という動きに対して一種の警句を口にする。「きみが言ってくれたように租界の解放という外国人勢力の支配に対して民がひとつの岩となって動く……その意味においてきみの言うことは正しいとぼくは思うね。しかし、外国勢力を駆逐したあと、民はひとつの岩になっているわけはないし、また、なっていては困る……とぼくは思うね。どうしてか、人間はもともともっと自由だからだよ。自由な存在であるからだよ」（第五十四章－三）と。広州の伯父が抱いている、商人の革命の根底には、商業という人間の自由な活動を根絶やしにはすまいという思いが息づいているという考えとも繋がりを持つウォッシュバーンの言葉だが、重夫もまた「要するに、革命には自由が根底にある。自由が根底にない革命は革命ではない。……そういうことだったでしょう」と言って、それを引き取っている。

少し話が広がり過ぎたようだ。ウォッシュバーンの「流れて来た《ドゥリフテッド》」としての動きが、彼自らの意志によって選びとられ、それゆえ積極的な印象をもたらしてくるのとは対照的に、同じ「流れて来た《ドゥリフテッド》」の言葉によってその動きが紹介されていても、そこからは前者とは全く異なった人生の航跡が読み取れるものとして、朴寿福《パク・スボク》にとってのそれを見ておこう。

ストーリーの展開で言うと、ウォッシュバーンと重夫の間に近づきが生じた直後の第十三章で登場する、重夫が上海で朝鮮語を習うことになる朴寿福は、自分がこの街の印刷工場で働いている労働者であるとともに、「わたしは移民の子です《サン・オブ・イミグラント》」という自己紹介を英語でやってのける。生まれたのは東北部の山間の貧しい農村で、食い詰めた一家全員豆満江《トマンガン》を渡って中国に入り、おなじような境遇を経てきた朝鮮人が群れ集まって作った村に移住したが、そこでも満足な暮らしが立てられずに転々、ついにはその地の牧師のひきでアメリカ合州国[18]まで流れて行こうとしていた家族と知り合い、頼み込んで連れて行ってもらった朴は、それ以降もシアトルを振り出しに西海岸各地を転々としたのだったが、このアメリカ行きを話す段になって、彼が用いた言葉が「流れて来た《ドゥリフテッド》」（第十三章－二）なのである。そしてそれは、同じ言葉をウォッシュバーンが口にするときとは違って、重夫の心を「ただ重く沈み込ませ」（同）る。ウォッシュバーンの「流れて来た《ドゥリフテッド》」は、自由と冒険の旅によって、自分が自分らしくなってきたことの実感が込められているけれど、朴が口にした漂流のイメージは、外圧によって強制されていくものである。そして、そうした動きを強いられていくことは、そのまま自己の拠るべきところの喪失につながるのか、それとも逆に、そこにこそ紛れもない自分の現在があるとして、たとえば同じ状況に巻き込まれた者同士の連帯を図り、新たな活路を見出していく上での発条となるのか、――『アリランの歌』に出てくるシベリア・満洲派の朝鮮人パルチザンの存在、李恢成の小説タイトルのことなども思い合わされる〈流民〉をめぐる問題は、こうしたかたちで浮上してくるのかもしれない。

八、アンビバレントな「海」の表象

ウォッシュバーンと朴が用いる「流れて来た《ドゥリフテッド》」の間に、「はてしなく遠い距離」(第十三章－二)のあることを確かめたが、「河」というテクスト中にはまだほかにも、同じ言葉によって同じ表象を思い浮かべても、人間がそこに関わるありようといったものの間には落差や対立の感を生じさせるものがある。「海」という言葉、「海」の表象、それへの人間の関わり方がそれだ。

神戸から上海に向かう船の甲板で波の輝きを目にしている重夫が、目の前にある広い海景をともなって、父に連れられて海沿いの小さな町に行った記憶を蘇らせる場面がある。その中ではっきりとよみがえってきたものが、海の真っ蒼な広がりを見ながら父がしゃべった「河と海との比較」だった。

「しかし、重夫、海はちがう」と唐突に父親は話題とその場の空気を一変させるように言って、それまで前方にむけていた顔を重夫にむけた。「海はね、みんな、のみ込んでしまうのだよ。」父親はまたゆっくり言ったが、口調は重いことは重かったが、どこか弾みがついたものになっていた。ことばの重みをその弾みで上方に撥ね上げるような勢いがあった。いろんな国のいろんな人間の歴史の血と涙をのみ込んでしまう。もうそのと

きには、おたがいの人間、国、民族、人種のちがいも海の水のなかに溶けて消えてしまっている。（第七章－一）

人間の歴史の血と涙がいっぱいにつまっているものが河だとしたら、海はそのつまっていたものをすべてのみ込んで消し去ってしまう――浜辺にくる前に、同じ町に住む「同志」の家に立ち寄っていた文羅は、たぶんこの時、自分の前に広がる真っ蒼な海の広がりを、日本の支配によって自分たち朝鮮人がこれまで、そして今現在も苦しみ、血と涙を流している状態を消し去り、解放された生をもたらしてくれるものとして凝視しているのだろうし、その日の到来を実現させるために動く一人に自分もなるのだという誓いや覚悟を新たにしているのだろう。彼の「弾みがつい」た口調がそのことを証している。

けれども、この〈海〉なるものが、朝鮮の独立を実現する階梯として彼らが足場を築こうとしている「中国」と、そこで進行中の「中国大革命」の喩えとして用いられるとき、それは一種剣呑な様相を呈してくる。香港にあるイギリス人の経営する学校で重夫と知り合いになった、ロシア出身のユダヤ教徒の父と朝鮮人の母を持つヤコブ・リーバーマン・河《ハ》という少年が、自分がそう名付けられた謂れを説明する折に持ち出した、彼の母が日頃から口にする「自分たちは水のなかの塩みたいな存在なのだ」という言葉（第三十三章－四）が、――このことを聞きながら、それと似た言い方を父がしていたことを重夫は思い出して「胸苦しくなっ」ていったことからも分かるように、――すでにその一端に触れているわけだが、続いて重夫の寄宿舎を訪ねて来た中川の方は、朝鮮の独立闘争と中国で進行中の革命との関係に言及して、「大革命」の成功がもたらす大きなうねりが、そこに加わって来た朝鮮人たちの独立、革命への志も体験もたやすくのみ込んで消し去ってしまうのは必至だと述べるのである。すなわち、ここにもし「水のなかの塩」という比喩をあてはめるなら、なみなみとした水のなかに落された塩がいとも簡単に溶けていってしまうとは、重夫の父がそれに対して美しい夢を描き出している、自分たち朝鮮人の上にしみついた歴史の不条理や汚点が自分たちのたたかいによって消し去られ、自分たちの独立が勝ち取られていく状態を指すのではなく、中国革命がその進行の過程で必然的に纏いだす、自分たちの国の政治状況を優先するナショナリズムのうねりに押し流されて、朝鮮の独立、朝鮮民族の解放といった当初の目的、根本理念があらぬものへと変質していくことを意味している。中川の話を聞き、海辺で父と交わした会話を想起する重夫の心を支配し始めたのは次のような感情である。

> 重夫は、今、父親は中国という、そこでの「大革命」という巨大な海に対しているのだと思った。父親という、高博士という、それぞれにかたちづくって来た河はそこに流れ込もうとしている。それはすべてがそこで溶けて消え去ってしまうことではないのか。（第三十五章－二）

ここには、そこにある「溶けて消え去ってしまう」という同じ言葉に、父がかつて投影していた予祝の感は揺曳していない。『アリランの歌』後半の章「朝鮮民族戦線」において、金山はこういった言葉を遺している。

> 一九三五年の夏と秋、ほとんどすべての朝鮮人革命指導者がひそかに上海に参集して、われわれの問題の討議を行なった。（中略）一九二七年以来、中国の朝鮮人には中国共産党しかなく、朝鮮人独自の共産党がなかった。ここにわれわれ党員で朝鮮人だけの単位を組織し、その周辺に全朝鮮の革命家たち——民族主義者、アナーキストその他——を結集して民族戦線に備えることを可決した。（中略）「もうこれ以上水に塩をとかす（傍点引用者）ように、われわれ仲間を失うことはできない。一勢力に対する他の一勢力として中国に連合するべきであり、空費される個々人であってはならない。日本帝国主義の動きが急な今日、われわれのエネルギーを今後の活動に備えて朝鮮人運動を急速に築き上げ準備する方向に向けねばならぬ」

結果、金山本人も参加して、少数ながらも「朝鮮民族解放同盟」が上海で発足するのだが、こういう行動をとることを決断させる前提となったのが、「水のなかの塩」になる轍を踏んではならぬという考えだった。広州コミューン達成直前までの数年間を物語内の時間とする「河」は、この問題を先取りして示している。

だが、歴史はそう簡単には進まない。「朝鮮民族解放同盟」よりははるか以前、三・一事件を契機に上海で樹立された大韓民国臨時政府の動きにしてからが、一九三二年の金九らが実行した爆弾テロにより日本官憲の弾圧がいっそう厳しくなって上海から撤退して以降、路線上の対立葛藤もあっての分裂と統合を繰り返し、やがて金九率いる光復軍が重慶国民政府に合流、日本からの解放を得るにはさらに一〇年待たねばならなかった（いや、歴史上の出来事としての光復は実現されても、その後も朝鮮人に対するいわれなき差別や蔑視が生き延びていったのであり、そのことについては、すでに呉林俊の発言を通して見てきたとおりである）。

先走りすぎた。こうした剣呑な事態、茨の道は、むろん「河」の中でも次々と惹起され、現れてくる。自分の知る幾人もの人たちが、自らがそうなることを欲して、あるいはその反対に不意打ちにあわされたようなかたちで傷つき、斃れていく。それらを目の当たりにして、幾たびとなく「創成の夢」の打ち砕かれるのを覚えたり、何かすべてが愚弄されている思いに囚われたりしていく重夫。それでも彼はいま、この時を生きていかなければならないし、自分の生きる意味を見出していかねばならない。

九、「大阪弁英語」のポテンシャル・エネルギー

そのための道標として小説の書き手が用意したものの一つとして、重夫一家の精神的な繋がりが保たれていること

とが挙げられるだろう。戒厳令が発せられた夜の椿事によって、自分たちの間に様々な隔たりが生じたことを否応なく知らされた三人が、それでもなおその後のどんな場面でも、互いの結びつきを大切にして生きていくことを示すものが、たとえば母美智子が重夫と一緒に食べようとして作る、夫も好きだった「コロッケ」であり（第二章－二）、再会した重夫に請われた父が、遠く離れているためにそこに同席できない妻に宛てて記した「愛」という一文字であり（第二十二章－二）、武漢で一日だけ全員顔を揃えることのできた彼等が「ふつうの家」で「ふつう」に食事をとり、そして文羅と美智子は再会が叶った日の夜に、「ふつう夫婦が夫婦としてやるべきこと、やっていること」をすること（第五十八章－八）ではないのか。

そして、この〈ふつう〉といった感覚からは、この小説が重夫の心を開かれた状態に連れていくためにもう一つ用意していた、人間同士の間でやりとりされる〈言葉〉のありよう、その使われ方の問題もまた導き出されてくるのである。

「河」を読み進めていくと、登場人物の使用言語についての作家の思惑や計算が随所に働いていることに気づかされる。たとえば、神戸に越してきたばかりの重夫が、「生まれ育った東京のことば」よりも、「まだまだぎこちない口調」であっても「地元のことば」を使うほうが何でも平気で言えるような気になっていく（第四章－一）場面や、「朝鮮語で苦心すれば言えないことはなかったが（中略）ここでは、英語という「中立」のことばで行きたかった」と考えたり（第十三章－四）する場面がそれに該当する。重夫以外の人物をみても、「父親は変わらず日本語でしゃべっていたが、人名だけは日本語読みではなく中国語の発音で口にしていた。微妙なちがいがそこにはあった」（第八十一章－一）のようなくだりがある。そして、こうしたことがしばしば取り上げられる背景には、一般論的な立場からすれば、言葉というものが人間の生の根幹にあり、そのやりとりが自分や相手を生かしもすれば殺しもするという事実[19]に対しての作家のなみなみならぬ関心があることが想像できるし、一方歴史的な観点からするなら、一九世紀以降勢力を増してきた帝国主義が、その政策の一環として、人間の使う言葉の中に、〈征服〉し〈支配〉する言語と、〈抑圧〉され〈周縁〉に追われていく言語を生み出したことについての鋭い洞察があると思われる。

さて、これらを前提として小説世界に戻ったとき、私がとりわけ強い印象を受けたのが、「大阪弁英語」を仲立ちとした、重夫とヤコブ・リーバーマン・河の母親との交流シーンである。

重夫の〈食〉をめぐる風景を形作る「コロッケ」、「シルトック」と呼ばれる円い朝鮮の餅、「ニンニクの白い球」、「ヌングム」という朝鮮の小さな青リンゴなどに次いで出てくるのが、ヤコブ・リーバーマン・河の両親が開いているロシア料理店「スンガリー」の名物「ボルシチ」だが、ロシア人のユダヤ教徒である夫とハルビンで結婚、それからこの香港へやって来て彼女とともに店を切り盛りしている、彼女自身は中国の朝鮮との国境あたりに朝鮮人がたくさん集まって住んでいる町のどこかで生まれ育った河の母親が、息子と一緒に店内に入って来た重夫に投げかける言葉と、それに対して重夫がどう応じていくかを見て行こう。これまでも小説中からの引用は多くしてきたが、この場面の引用がとりわけ長くなることを前もって断っておく。

「ああ、日本人《イルボンサラム》はんでっか」ロシア女の貫録をもつ朝鮮女は口を大きく開いて、何枚か欠けた前歯の列を遠慮なく見せて笑いながら、訳せばそういうことになる大阪弁英語で言った。「日本人《イルボンサラム》」はそのまま朝鮮語で大阪弁英語のなかに出ていた。それだけでも彼女のことばは重夫をおどろかせたが、あとにつづく大阪弁英語はさらに重夫をたまげさせた。（中略）

彼女のこのくったくなげなことばと大口あけての笑いが、重夫のさっきの「日本人で何がわるい」の気負いを吹き飛ばした。何かふっきれてサバサバした気持になった。その気持の延長線上で、重夫は「ぼくもぼくのお母はんも日本人やけど、お父はんはあんたと同じ朝鮮人やで」と内心の大阪弁を英語にして言った。父親が朝鮮人だ、と言うときに、いつもついてまわる気負いもたかぶった気持もなかった。自然にことば——大阪弁の英語が「お父はんはあんたと同じ朝鮮人やで」と口から出た。

「お父はんは何してはりますんや。」つづけてロシア＝朝鮮女はきいた。そう重夫は彼女の大阪弁英語を聞きとっていた。「独立運動に出かけてはるんや」と、まるで父親がどこぞへクスリか何かの行商に出かけているというふうな自然な口調でことばが重夫の口から出た。ロシア＝朝鮮女は「ふうん」というふうに大きく息をしてうなずいてから、「そら、えらいこっちゃ。あんたのお父はん、えらいことやっていはる」とまったくくったくなげな口調でつづけた。「ここにいはったら、うちら、いくらでも名物のボルシチタダで食べさせてあげる。」

笑いがロシア＝朝鮮女の大阪弁英語のあとにつづいた。彼女自身が、もちろん、大口あけて、何枚か欠けた前歯を派手に見せて笑ったが、彼女のショボショボ顔の夫も重夫もつられて笑った。笑いごとじゃないと重夫は笑い出しながら思ったが、それでもかまわず笑いは口から出た。（第三十五章－四）

アイルランド旅行中に小田が体感した「ズーズー弁英語」が、ここでは「大阪弁英語」に生まれ変わっている。そしてまた、「私がいて、ことばがあって」で小田が口にしていた、大阪弁の「たよりなげだが人間的であ」るという特質が、「くったくなげ」で「気負いを吹き飛ば」す、と語り直されている。ここから見えてくるものは、再度「私がいて、ことばがあって」中の小田の発言を借りれば、友人の母親と重夫が相互に持ち出した、大阪弁というフィルターをかけられた英語が、「公的」な色彩を強めてものをとらえたり、考えたりすることに加担していくのではなく、双方の間で取り交わされる話題や問題を「ひとりひとりの私的な領域にのめり込ん」でいかせるように機能している状態である。

たとえば、「お父はんは何してはりますんや」という河の母親の大阪弁英語を、重夫が「そう」いうものとして「聞きとっていく」とき、そこには相手の言葉を一方的に呑み込まされてしまうのではなくて、それを自分の側で自由に味わい、噛みくだいていく余地が生じていると言えるだろうし、「独立運動に出かけてはるんや」という重夫の言葉に接して河の母親が「ふうん」とうなずくときにも、彼女の心内でも同じことが起きていると言えよう。人と人との間に、自分たちが対等に結ばれ繋がっているという感覚が生じていくのは、こうした言葉のやりとりを通じてではないのか。

さらに、引用の最後に出てくる、父が朝鮮独立運動に関わっていることをめぐっての河の母親とのやりとりの最中に、重夫がもらしていく「笑い」も印象に残る。直前の中川と出会った場面では「水のなかの塩」という考えに囚われていた重夫にとって、父がいま置かれている状況は「笑いごとじゃない」はずだ。にもかかわらず、そのことを「笑い出しなが」ら彼が受け止めているのも、河の母親の大阪弁英語の力がそこに与っているからだ。要するに、彼女の「くったくなげ」な口調が、少年の「くったく」を融解している。そして、その状態というものは、彼女のそれに接して重夫の抱える不安や憂慮が一時的に紛れるといった、いわば対症療法的なものではない。そうではなくて、重夫の心の奥底の方で、もっと鷹揚で逞しい何か、彼の精神を賦活させるものが動いていることが感じられる。河の母親が口にする大阪弁英語には、そうした生産的な力が宿っているわけだが、彼女自身はおそらくそんなことは自覚してはいまい。彼女はそれを「ふだん」のまま、「ふつう」に使っているだけだ。しかし、その自然で自在なものが、人を生かしていく上での何よりも強い力となるのだ。

一方、これとは対極的な言葉との出会いの経験を持ったことを重夫に告げたのが、彼が武漢で知り合った許林藍《スーリンラン》という年配の中国人女性である。彼女は恵まれた環境の下、両親に連れられて行ったバンクーバーで育ち、一八歳のときイギリスに留学、知人の紹介でただの「ミセス」ではなく、「レイディ」がつく格式ある老女性を訪ねたのだが、イギリスの大学で勉強しているスーが、まちがいなく正確な「イギリス人の英語」でしゃべっているのに、「レイディ

××」はそれを無視し続け、「中国の租界でアマや他の召使たちが使」う、間延びした発音の「ピジン・イングリッシュ」だけでしか、彼女と話そうとしなかったのだった（第五十七章－三）。スーはそこに、中国人はまともな「イギリス人の英語」などできっこないと決めつけ、いまわざと「ピジン・イングリッシュ」をしゃべってやることで、そのことを彼女に確認させようとしている「レイディ××」の傲慢を嗅ぎ取る。そしてそれこそが、スーが「イギリスでもっとも差別を受けた」、「侮辱を受けた」と感じたことなのだった。言語を習得する地平においては誰もが同じラインに立っているはずなのに、それを使用するのにふさわしい者とそうでない者とが、彼らの出自や民族の差異によって切り分けられ、その結果として支配する者と支配される者とが生み出されていく。スーの「ピジン・イングリッシュ」体験は、このことの明徴としてある。

十、重夫の思考と感性

「河」に登場する人たちがどのように描かれているのか、それを特徴づけるのに有効だと思えるいくつかの着眼点を用意し、それらに関わりを持つ人たちを共通の括りの中に入れて考えてきたが、この拙論を終えるにあたって、最後に重夫を単独で取り上げ、彼のキャラクターを形作るものとして、さらに注目していくべき点があることについて一言触れておきたい。

重夫が自らの意思で、他の人たちとは〈逆〉の方向に歩き出す場面が、漢口を舞台としたところにあった。集会参加者たちがイギリス租界に向かって、自然に大きな重い動きとなって歩き出した例の場面である。すでに引用したように、重夫も中国共産党員の白や大韓民国臨時政府幹部の金とともに、初めのうちはその人波の中にあって同じ動きをとっていたが、租界の入口が眼の前に近づいたとき、金、白と別れ、「民岩」の流れからも離れて、「逆の方向指して歩き出した」のである（第五十二章－六）。

これを〈革命〉の戦列からの離脱、「民岩」を形成する人たちからの離反とみるのは全くあたらない。なぜなら、この時の重夫の心が、自分が「日本人」であるという自覚とともに、「租界にする側の人間が租界にされる、租界をもたされる側の人間のふりをすることはできない。それはやってはならないことだ」という思いに占められているからだ。もし、いま、自分が租界をもたされる側の人間のふりをして、その人たちと行動をともにすれば、その分だけ気は安らぐだろう。だが、そういう「楽な道」を選ぶことは、自分の身をそうではない別の何かにすり替えていくことであり、自分が負わねばならない責任を回避し、その所在を隠蔽することになる。それこそ、まさに、自分がいま繋がろうとしている人たちに対する背信そのものではないか。重夫はそのようにして自身を問い詰めていくのだが、自分にとって都合の悪いものを抱え込み、それによって心に葛藤が生じ、自身の生の向かう方向が引き裂かれる状態に陥ったとしても、あえてそこから逃れまいとする自己の差し出し方をすることによって、初めて自分とは立場を違えた他者との繋がりが可能になっていくのではないか。これよりも前、「朝鮮人のおれの家を見たいと言ったのは倭奴のおまえだ」（第十八章－一）というようにして始まった、高敬信の突き刺すような指弾の声の前に立たされ、さらに、重夫と顔を合わせるのを拒否し、はては重夫を殺せという言葉まで口にした老人に手渡したく思って花を持参したのに、彼が死んだためにそれも果たせずに已んだ重夫ではあるが、それでも彼が一貫して、自分が彼らの現在の苦しみを生み出したものに加担している存在であるという事実から目を背けず、それと向き合い続ける姿勢を持ち続けていたことは感じ取ったのだろう、二人の別れに際して、高少年が老人の形見だと言って「立派な墨」を彼に贈った（第二十章－二）ことが、思い合わされてくる。

さて、「河」の読者は、重夫の移動に伴って、様々な土地の風景に接していく。作品の題名とゆかりのある、〈河〉のある風景を拾い上げていくだけでも、父と高博士の知人の女性金雅絹の「わたしは河が好きです。」という言葉に誘われて、彼女とともに目にする大同江の眺めをはじめ、広州での重夫の朝はいつもその河の音から始まると紹介されるところから始まって、彼の「リュータリュータ」にはお誂えの眺めを提供する珠江、写真機を携えたイオランタと一緒に軍艦の列が並んでいるのを見て、自分たちが歴史の「現場」の只中にいることを感じる場面、同じ河の畔に立った父から「わたしが河をすきなのは……」「すべてが途中であるからだよ」という言葉を聞かされて、その流れに見入っていく揚子江など、いくつもの河の風景が立ち現れる。

わけても、いま指摘したもののうちの最後のものは、父が発した言葉とセットになって、ちょうど日本にいた折に「海はね、みんな、のみ込んでしまうのだよ」という言葉を彼が口にした時と同じように、重夫の前に広がる風景を彼にとって忘れられないものにしていくだろう。[20]

だが、ここでは、重夫にとっての父の存在感の重たさが、当該人物の発する〈言葉〉を介したりせずに、彼の前にある風景そのもの、そしてそれに接して揺れ動く彼の知覚のありようだけをもってしても、十分に伝わってくる場面を取り上げてみたい。

その一つが、上海で暮らし始めてまもない重夫が、父との最初の再会のチャンスを逃す場面である。同志の金に連絡をとり、安東からアイルランド人ショウの貨物船に乗って密入国してくるはずの文羅だったが、出航間際に朝鮮内部で「事件」が起こったため、再び朝鮮に戻らなければならなくなった、――その事実を後になって知る重夫が、父を出迎えるために美しく正装した母とともに金に連れられて、夜明けにはまだ間がある黄浦江の岸に着き、父の船が着く予定の対岸の浦東にサンパン（舢舨）で渡ろうとしているとき、彼の周りにあるものはこう描写されていた。

「あっち側にはいろんな会社の倉庫があるんです。ショウ氏の会社の倉庫もあっち側にある。」金はアゴを上にあげて対岸を指したが、薄くらがりのなか、対岸は朝靄とも朝霧ともつかぬものに沈んでよく見えなかった。

水面からひときわ激しい風が吹いて来て、岸壁のコンクリートの上に散らばった新聞紙やら段ボールやらの紙屑を吹き上げた。夜のあいだに冷えきった水面を吹き渡って来た風は十分に冷気をふくんでいた。重夫は全身をふるわせた。何か惨めな気持になっていた。（第十一章－六）

温かさを伝えてくるものは何一つなく、荒涼としてささくれだった風景、それは、いまはまだ現れない父が、これから時が経過してもやはり現われないであろうこと、不在の父が不在のままであり続けることを暗示しているのではないか。重夫は、もうこれ以上、ここにいるのは居たたまれないかのように舞い上がり、吹き散らされていく物象を網膜に焼き付け、皮膚の生理を通じて全身をふるわせながら、そのことを鋭く感じ取っていく。

しかし、重夫のこの鋭い感受性は、それと同時に、まだ再会のかなわない父の生のたたずまいを、自分の前に広がる風景の中にはっきりと見出だしていかれるようにも働いていく。工事中の総督府の建物の向うにあるソウルの街のひろがりを、北漢山の白岳の中腹から高博士とともに見晴かしながら、彼の言葉を聞いている場面、「第十七章－二」がそれに該当する（これ以降、小論の最後まで「　」を付した引用は、すべて「第十七章－二」からのものである）。

高博士は、総督府の建物の出現とひきかえに、朝鮮の王宮に属する建物がつぶされていく状況下にあって、光化門の存続を主張した柳宗悦の文章[21]の一節を重夫に読み聞かせながら、朝鮮の芸術美に心打たれたこの一人の日本人が、朝鮮を日本に同化させせようとする政治の力に抗い、朝鮮の他者性に眼を向けていることに対して、自分が尊敬の念を抱くことを告げるとともに、柳が朝鮮の芸術の個性を、陶磁器から、彫刻、建築に至るまで、それらの持つ「曲線」の美に求めていることについても相槌を打っている。

しかし、ただ一点、いま「屋根のひとつひとつがまんなかが凹んで、両端が盛り上がっている」ので、「こんなふうに並んでいると、全体が波打つみたいに見えて来」る街のひろがりを目に入れながら、高博士は、こういった「線」

の芸術は、外国の侵略を受けて来た朝鮮の苦難の歴史から生まれたものであり、その「線」の芸術の美は朝鮮人の悲しみとして映じてくると捉える柳の捉え方[22]に対しては異を唱える。そして、「それは苦難の歴史のはての悲しみを言いあらわすためにある」のではなく、「もっと内部にある、からだの内の奥深くある力が一瞬一瞬のうちに噴き出て来ている」ものではないかという考えを口にする。[23]以下に引用する、重夫の全身に生じた変化を語った一節は、そうした考えを述べた後、再び眼下の屋根の広がりを指さしながら、あの波の曲線が「小さな力の動き、その集り」として見え、あの波の底に「朝鮮人ひとりひとりの心がある。心が動いている」としか見えないと、高が言ったのに続けて出てくるものである。

高がそう最後のことばを言ったとき、重夫がいきなり出会いがしらに太い棒か何かで撲られたような衝撃を全身で感じとったのは、黒い瓦屋根と薄茶色の草葺き屋根の波の底に、波がつくり出す動きの底に、今この瞬間にも父親が潜んでいるかも知れないととっさに思ったからだ。そのとっさの一瞬に波がざわめき立った。彼の眼に明瞭にそう見えた。重夫は全身を硬くした。（第十七章―二）

この何日か後に、重夫は訪ねていった高敬信の家で、あの土幕民の老人が病死したことを、白い朝鮮服を身にまとった彼から知らされる。その時、重夫は高少年の声がふるえているばかりでなく、「「白衣の民族」の白い朝鮮服全体がふるえた」（第十九章―二）のを目にするのだが、「悲しみの美を描く線の芸術」を朝鮮に見出す柳式の眼を借りれば、これもまた「白い服」を「朝鮮人がいつも好んで着ているのは、その苦難の歴史のゆえに自ずと出てきた悲しみの心のあらわれ」を再度認識させるものとして受け取れよう。が、高博士の言葉に触発された重夫が、屋根が波のようにひろがっている、〈いま／ここ〉にある風景に感知していくものは、それと鋭く対立していく。

また、高少年の「白い朝鮮服全体」の震えは、重夫が実際に目にしているものだ。この即物的な描写に比べると、高博士と山の中腹に立った彼が、自分の眼にはそうとしか見えないものとして見ていくものの持つリアリティの質は、それとは別のところにある。父親がその底に潜んでいるかもしれない屋根の波が「一瞬」に「ざわめき立」ち、そしてそれが重夫の眼に「明瞭にそう見え」たと叙述されているのは、感動的である。この時、彼の内では、風景と父の存在とが等価なものとして結ばれている。

【注】

1 『われ＝われの旅　NY・ベルリン・神戸・済州島』。

2 後述するように、小説中には歴史上実在した多くの人物の言動を取り上げた叙述が出てきており、重夫が彼らと同じ場に居合わせたり、直接言葉を交わす場面も用意されている。夏休みを利用して広州にやってきた李梅華とともに初めて見学しに行った黄埔軍官学校で、会議室にいた「廖仲凱」「蒋介石」「周恩来」「ガーレン」の姿を目にする場面（第二十七章－六）や、武漢でしばしの間合流した父に連れられた重夫が、この時期国民革命軍の中枢の位置にあった中国人文学者郭沫若と対話する場面（第五十九章－二）などがそれに当たる。

3 第109回読書会「玄さんが語る『河』と東アジアの近代」（二〇一八・四）。

4 「玄順惠『河3』を読む 小田実の方法としてのアジア」（発行所「小田実を読む」、二〇一〇・三）。

5 「淞滬工人糾察隊咋均被繳械」（『申報』一九二七・四・一三）。

6 『一千一秒物語』刊行当時、足穂が師と仰いでいた佐藤春夫が序文中に寄せた言葉。

7 執筆・発表時期は「煌ける城」との間に開きはあるが、その題材が足穂の学生時代に遡る点では共通する「青い箱と紅い骸骨」（『文科』一九三一・一二）や、「古典物語」（『意匠』一九四二・一～三）などがそれに該当する。

8 「あとがき」（小田実全集Ⅲ期小説第31巻『大阪シンフォニー』〔講談社　二〇一三・二〕所収）中の言葉。

9　江口圭一『日中アヘン戦争』(岩波新書、一九八八・七)「一　アヘン・麻薬と中国・日本」の「3．アヘン・麻薬と日本」参照。

10　たとえば一九二三年から一九二四年にかけての『東京朝日新聞』や『大阪朝日新聞』には、「婦人が首魁の大密輸団検挙 大規模に阿片、コカインやピストルの密輸を働く」(『東朝』、一九二三・一一・一五)、「恐しい阿片密輸船 燈火を滅して港に潜入 駒形丸の罪状発覚」(『大朝』夕刊、一九二四・五・九)、「外人の大密輸団 支那各地と神戸を根拠に」(『大朝』夕刊、同・七・三〇)などの見出しを持つ記事が、嫌疑者が神戸の海岸通りや山手方面に居住していることなども報じるかたちで掲載されている。

11　一九二一年六月から八月にかけて行われた川崎・三菱神戸造船所争議がそれに当たる。

12　「鮮人を救ふの途 県社会課の調査と保護機関の具体的研究」(『大阪朝日新聞』一九二三・六・五)

13　堀内稔、高木伸夫「兵庫県在日朝鮮人史年表」(『在日朝鮮人90年の歴史：続・兵庫と朝鮮人』(神戸学生青年センター出版部、一九九三・一二))参照。

14　日本統治下の京城における都市貧民の中で、地面に穴を掘ったり、河川敷や橋の下を利用したりして、入り口に幕を垂らした粗末な家に住む者たちのことを指す。当初は都市化の過程で、都市の中心部から弾き出された者がそうした行動をとる段階に止まっていたが、作中の高少年や高博士が重夫に告げるように、日本の植民地政策が及んだ農村部で土地や財産を収奪された地主や離農民がソウルに流入することによって、一九二〇年代後半では、「土幕民」の数は増加傾向にあった。

15　このエピソードは呉林俊『在日朝鮮人』(潮出版社、一九七一・一一)の「Ⅰ　関東大震災の〈思想〉と朝鮮人」に記されている。

16　たとえば、ソウルの街中を流れる清渓川《チョンゲチョン》の橋で重夫が出会った済州島《チェジュドウ》からやって来た夫婦で、妻の方は「潜女《チャムニョ》」としてこれから東海岸に仕事をしに行こうとしている二人(第十九章―四)。小田はその造型にあたって、彼の「人生の同行者」玄順恵の両親の来歴を借用している。

17　白永盛は先述のように、重夫と母が広州から武漢に向かうとき、付き添い役となった共産党員であり、金は上海の大韓民国臨時政府の幹部で、やはり北伐に参加している。そして、上海のホテルでの初対面以降、浦東で安東からやって来る予定の父を母とともに待っていた折にも母子に付き添っていたというように、重夫のそれまでの体験とも関わりを持ってきた人物である。

18　「州」は原文通り。「合衆国」ではなく「合州国」と表記されているのは、〝United States〟の原義が「連合した州」であることに拠る。

19　使用言語とは別に、登場人物の発語形態にも関心を向けると、重夫のそれとして作中頻繁に出てくる「まっすぐに言う」が、このことと関わってくるように思われる。

20　「すべてが途中であるからだよ」という、文羅のこの言葉が『河』の主題を表すものだとして、小森陽一は、『すばる』二〇〇八年九月号に寄せた『河』第二巻を読んでの小論タイトルを「「途中」の思想」としており、玄順惠もまた、同年同月に刊行された『河』第三巻の巻末に「あとがきにかえ」て寄せた文章のタイトルを「途中にある、ということの意味」としている。

21　「失われんとする一朝鮮建築のために」（『改造』一九二二・九）。光化門は朝鮮王朝（一三九二～一九一〇）の正宮である景福宮の正門。一九二二年に朝鮮総督府庁舎建造のため取り壊されることになったが、柳のこの一文によって、元の位置から移建されはしたものの、保存された。その後、朝鮮動乱時に焼失。現在は旧位置にコンクリート造で復元されている。

22　柳自身の書いた「朝鮮の友に贈る書」（『改造』一九二〇・六）を読むと、とくにその前半部において「流れるように長く長く引くその曲線は、連々として無限に訴える心の象徴である。言い難いもろもろの怨みや悲しみや、憧れが、どれだけ密かにその線を伝って流れてくるであろう」、「線にはまざまざと人生に対する悲哀の想いや、苦悶の歴史が記されている」というように、高博士の説明に繋がる発言を多く拾うことができる。

23　「朝鮮の友に贈る書」の後半に至ると柳のトーンもやや変化し、芸術の世界における朝鮮の生命の「絶対」性や「自律」性を強調し、その意味では他国の芸術に一歩もひけをとるものではないことを力説して已まない。ただ、そうした主張の前提としてある、「朝鮮は、よし外に弱くとも」という発想、そこのところにやはり、高博士の考えとの違いがあるように思われる。

あとがきに代えての雑信

須磨行幸町より——。

二〇二二年六月に入って二度目の日曜日、初夏のさんさんとした日の光に誘われて、昼すぎから山陽電鉄月見山駅を振り出しに、須磨の町に出かけてまいりました。これまでいろいろな場を借りて話したり書いたりしてきたにもかかわらず一度もその家を見てはこなかった、〈神戸の詩人さん〉こと竹中郁が一九四五年の冬以来終生の住居とした家屋が、白く塗られた門柱にいまも「竹中」の表札を掲げ、庭木のこんもりとした繁みに包まれているのをまずは目にした後、古地図でその所在地を確かめておいた村尾絢子の家がいまはどうなっているのかを確かめるために、私は南へと向かいました。竹中郁と村尾絢子、そしてそこに小磯良平も加えた三人の〈協同〉をまざまざと伝えてくれるのが、一九三三年に第一回「神戸みなとの祭」が開催された折に、市から依頼されて小磯が制作したポスターに、シルクハットをかぶった郁と港のクイーンに扮した絢子が登場していることであったこと、それについては本論でも触れましたが、肝心のポスターの図柄の方を紹介し損ねてしまいましたので、いまここに掲げておきましょう【図】。

神戸市立中央図書館で目にした地図は、『神戸市全産業住宅案内地図帳昭和三十一年版須磨区』（神戸地学協会、一九五六・八）でした。その第五頁には国鉄山陽本線の北側地域の地図が主として載っておりますけれども、「行幸町二丁目」と表示されている道路と睦学園女子短期大学とにはさまれた一角の、学園の敷地と接しているところに「村尾」の表示が出ておりました【地図】。

それより前、晩年の絢子と同じ職場に勤めていたメトロポリタン美術館名誉館員の梶谷宣子さんからの紹介で、戦後間もない須磨の村尾邸についての記憶を持っておいでのさる御方に連絡をとってうかがった時、その方もまた、村尾邸は睦女学校の北側の行幸町二丁目にあったと語っておられたので、「これだ、間違いない」と思った次第です。

離宮前二丁目の竹中邸からゆっくり歩いて十五分ほど、距離にして一キロといったところでしょうか、目指す行幸町二丁目に着きました。通りのすぐ南には、旧睦学園、現在の校名は兵庫大学附属須磨ノ浦高等学校の校舎が建っています。「昭和三十一年」の地図と照らし合わせますと、そこに掲載されている住居表示と同じ表札を掲げた何軒かの家屋も同じ場所に建っています。その中には当時の俤を伝える建物の外観や庭木の繁り具合を示したものもありました。

けれども村尾邸はもはや存在していませんでした。通りに面した二階建てのコーポの裏手がそれに当たるのですが、現在そこには学校のグランドとの境界を示すフェンスが立っていて、村尾邸の存在は家屋ばかりでなく、土地ごと消滅しておりました。

その日はそれで引き揚げましたが、やはり思いを断ち切ることができません。後日、「昭和三十一年」時点で村尾邸の近隣に住まわれていて、現在も御名前の変わっていない何件かの個人宅に問い合わせをさせていただいたのですが、その中の昭和二十四年生まれの御方のお話しでは、自分は睦幼稚園に通っていたけれども、その場所は地図で確認すると村尾邸と重なっていて、園の建物もかなり前から建っている印象があったから、地図上では表記されていてももうその頃には村尾邸はなかったのではないだろうか、しかるにその一方では同じ場所に木造の家が建っていたようなぼんやりとした映像も自分の裡には残っていて、それらの記憶の時間的な後先を今ではつけにくくなってしまったということでした。また大正時代からこの場所にお住いの御方からは、その方の父親が、学年は違うけれども竹中、小磯と同じ中学に在学していて、通学電車の中で会話を楽しむ二人の姿を目にしたことを聞かされていたといったお話を伺う機会もありましたけれども、村尾絢子や村尾邸に関する直接的な情報の提供を受けることはできませんでした。

と、このように、須磨を起点とする村尾絢子に関しての新たな情報発信は不発に終わりそうです。思えば、東京の女子美術大学に進学して以降の彼女の須磨との関わりは、同美術大卒業後帰神し、そして上海に渡る前に「鯉川筋画廊」で個展を開いたりした一時と、日本敗戦後上海から引揚げ、その二年後には上京するまでの一時に過ぎません。二〇〇八年に開業したＪＲ「須磨海浜公園」駅を間近にするこの住宅街の一角にやって来た私は、上海から絢子が引き揚げて来た折に、戦災で門は焼失していたが母屋の方は被災を免れていたという彼女の家、――その家に上海で彼女との交友が始まった池田克己が泊まった時、二人が竹中郁の家を訪れて夜遅くまで郁の絵を見せてもらったこと（池田克己「インキのこぼれている食卓での雑談」〔『日本未来派』一九四八・三〕）に思いを馳せているのでした。

しかしながら、彼女の辿った航路を見届けることはここで終わらせるわけにはまいりません。神戸という〈開口〉から外部へ飛び出していった先での活動の軌跡を、そして一九五九年の渡米以降、一度たりとも日本に帰国することなかった彼女の晩年においても、神戸ゆかりの芸術家との精神的な繋がりは断たれていなかった証を明らかにする作業はまだ残されております。その一端については、『早稲田文学』二〇一八年初夏号にその第一回目を発表してスタートさせた、「戦争の世紀を生きた二人の「マドモアゼル・Ｍ」の物語」の二回目（『日本文藝研究』二〇二一・一〇）において、ＧＨＱの民政官として東京板橋の凸版印刷に出向したフランク・シャーマンと彼のオフィスに集った数々の芸術家と、絢子がどのような関りをとったかといった観点から若干は触れてきました。この作業に多くの助力を与えてくださった元北海道立旭川美術館学芸課長・現北海道立文学館学芸主幹の佐藤由美加さん、どうもありがとうございました。そして、いま手元に資料は徐々に集まってきておりますが、新制作派を代表する猪熊弦一郎と絢子とのニューヨークにあっての交流、一九八八年の小磯良平の死まで、画家とその家族との間に書簡でもって絢子が続けていく交流の内実については、これから紹介していかなければなりません。それらについてこれまで多大のお力添えを賜った丸亀市猪熊弦一郎現代美術館学芸員の吉澤博之さん、神戸市立小磯記念美術館学芸係長の廣田生馬さんと学芸員の多田羅珠希さん・金井紀子さん、これまでのサポートにお礼を申し上げるとともに、引き続きどうぞよろしくお願い申し上げます。

と、このように書いてくると、またこの後に新たな論文を書き継がねばならないような形勢が生じてきそうですが、それについては拙稿「戦争の世紀を生きた二人の「マドモアゼル・M」の物語」の第四回目の発表を待っていただくことにして、このたよりにおいては、今年になってからのニュースを少しばかりお届けして文を閉じることにいたしましょう。

二〇二三年一月中旬、京都府立京都文化博物館で開催中の『シュルレアリスム宣言一〇〇年』シュルレアリスムと日本」展を観てきました。阪急京都線烏丸駅から博物館に向かう高倉通りは、道の両側に建つ商店や会社の外構を眺めるといかにも京都といった風情を感じさせはしましたが、展覧会場にはそれとは異次元の世界が広がっておりました。出展作品中、前々から見たいと思っていてようやく原作を観ることができたのが、同展図録表紙カバーにも使われている浅原清隆の油彩画「多感な地上」（一九三九）です。

この画家については、『VOU』で活動を開始し、日中戦争下の中国に一兵士として赴いた少年詩人樹原（木原）孝一を調べる過程でその存在を知り、次いで彼の初の個展が例の「鯉川筋画廊」で開催され、そこには「郷愁」をはじめとする一六点の作品が展示されたという情報も得て、それらに関しては本書五章で言及しておきましたから、そんな彼の「郷愁」と並ぶ代表作「多感な地上」の実物拝見という段取りとなった次第です。予想にたがわず色合いも構図も素敵な出来栄えでした。前景で寝たり起きたりしている何足かの白い瀟洒な女物の靴の一つの内側から、そこに貼られた暗赤色の布地が黒い尨毛の子犬に変貌して這い出してこようとするところや、それと向かい合って顔だけ覗かせている若い女性の頭部のリボンが、彼女の頭上で舞っている二羽に次いでの三羽目の鳩に羽化しかけているところはもちろん、それらの形象よりさらに奥まったところに、鑑賞者の目を吸い込んでいきそうな本当に小さな自転車に乗った人物像が描かれているところまでもが。

しかしながら、今回それとは別に、一つの新たな知見を得たという意味でハッとさせられたのは、図録中で、一九三四年に帝国美術大学（現・武蔵野美術大学）に入学したこの画家が、学内の映画研究会を率いて会報『T映』を編輯、マン・レイ『ひとで』の上映を学内で行ったという解説がなされているのを目にした時でした。これまで読んできた浅原に関する文献にそのことが記されていたのを、もしかすると忘れてしまっていたのかもしれませんが、その際の自分の受け取り方はまさに初耳という感じでした。そして、本論ではこのシュルレアリスム映画に心を揺さぶられた人物として竹中郁の名を挙げて、『ひとで』が彼に与えた影響について随分と言を費やしてきたものの、その他にも該当する人物がいることへの触角を伸ばしてこなかった、その責めを果たすため、次はこの浅原清隆にもフォーカスを合わさねばという思いが生じてくるのでした。

あと一人、その作品を兵庫県立美術館で開催された「小磯良平と吉原治良」展で観たことがあるので、こちらの方は京都で再び見ることになった油彩画「縄をまとう男」（一九三一～三三頃）の作者である吉原治良についての扱いにも、これからの課題にすべき点が浮上してきていることもお伝えしなければなりません。彼に関しては「グランドバレエ〝アメリカ〟」を取り上げた時、竹中郁と協同した芸術家として紹介しました。一方、時を遡って戦前の「鯉川筋画廊」における芸術家たちの交流のありようを振り返った時、そこには竹中郁も小磯良平もいましたし、浅原清隆も一九三九年にこの画廊で個展を開催しました。しかるに吉原治良は、この画廊の活動圏域に顔を覗かせてきません。彼の生家である「吉原商店」は大阪市東区にありましたが、出身校は関西学院高等商業学部で、郁と同じく同学院の美術クラブ「弦月会」にも入会しており、卒業後吉原商店に入社してからは西宮今津工場内にアトリエも構えていたし、郁が刊行した第二次『羅針』に表紙絵も寄せています。地の利からしても神戸は十分に彼の活動圏だし、郁という人脈だってあります。しかしながら「鯉川筋画廊」の何かが、シュルレアリスムと抽象絵画の道へと敢然として踏み込んでいきつつあった吉原にとっては拒絶の対象となったのでしょう。こうしたことも今後考えていくつもりです。

本論で小田実の「冷え物」を考察した際にも少し触れましたが、同じ小説の中で印象に残るシーンとして、「わしの背中は朝鮮なんや」と言う朴とからだを重ねたふみ子が、「上から見ると、あんたの背中だけ見えるのやろか、それとも、うちのからだが下からはみ出して見えるのやろか。（中略）それはな。あんたの背骨がまっすぐなら、重なって見えるのやな。どうやろ?」と奇妙な考えを口にする場面があります。二人はいま、朴の祖国朝鮮の釜山にもうすぐ着く船の中にいるのですが、その直前に「あの船で下関を出たときにはな、わしはな、自分の背骨がまっすぐにしゃんとなるような気がしたんやな」と朴が言っていたことをふまえれば、ふみ子が口にしたこの言葉は、差別の外に立つ日本人の女と被差別の側にいる朝鮮人の男との間に、もしかして生じるかもしれない繋がりあるいは連帯の可能性というものが、ふたりのからだを通じて開けつつあることを意味しているように思われます。

　ところで、なぜこんな一節を持ち出したかと言うと、京都での展覧会を観終えて二週間後は、学生の卒業論文口頭試問の期間に入っていたのですが、うち一人の学生が研究対象に選んだ森崎和江の『からゆきさん　異国に売られた少女たち』（一九八〇年に朝日新聞社より刊行された文庫を底本とする二〇一六年八月第一刷刊行の朝日文庫）を読んだ時に強い感銘を受けたことばとして、「海外で散ったからゆきさんのなかには、かれら（＝本文中のことばをそのまま借りれば「無数の安重根」）の慟哭をからだで聴きとることのできた女もいたかもしれない」や、「ふるさとを出て、どこかで食べてゆかねばならない人びとの「民間外交」とは、このようなものであり、このような世界を夢みてのことではなかったろうか。生きている人間たちへのやさしさ、冷えているからだやこころを、肌のぬくもりであたためてやらずにおれないおもい」というものがあって、そこから図らずも、小田の作品のことが再び思いやられたのでした。森崎のこうしたことばは、性の商品化としてのからだを持つと規定された「からゆきさん」のからだが、それとはまったく異なる深くて広いものであることを指していると言えるでしょう。

　ちなみに、当の学生も、いま引用したもののうちの最初の方を自身の卒業論文の中に引いておりましたし、加えて、森崎和江自身も自らのからだを通して彼女たちの声を聞き取ろうとしているといった見解も記しているのでした。試問の時間は限られていますから多くのやりとりはできませんでしたが、では作品のどんなところで、森崎和江が自身のからだを通してからゆきさんの声を聞き取り、彼女らの生に寄り添おうとしているのを読み取れる？そう、僕だったら、「わたし」が天草の北のはずれの岬の道をいくどか歩きながら、その両側にある全く趣のちがうふたつの海のどちらにも天草のこころ、おキミやおヨシのこころを感じとろうとしているところを指摘するけれども——と、こんなことをしゃべっている私の裡には、森崎のそれとは別の、もう一つの『からゆきさん』と題した作品のことも思い浮かべられていたのでした。

　島原半島を繞る県道に沿うた、海の向こうに天草島が長々と寝そべる「波無村」を舞台に、海外の出稼ぎ先から郷里の村に戻ってきたからゆきさんたちがそこを安住の地とすることのできない苦境に立たされていく姿を描き出した小説「からゆきさん」

は、『週刊朝日』の第四回「事実小説懸賞募集」（一九三五年度）で一席当選、一九三九年八月に朝日新聞社から刊行された『週刊朝日傑作文芸選集　事実小説集』に収録、またそれに先立って一九三七年にP・C・Lと入江プロの提携作品として映画化（監督・木村荘十二）されたものですが、最後に注目したいのは、じつはこの小説の作者が鮫島麟太郎、本書一章のテーマとした一九二〇年代の関西学院文学山脈に連なる一人であったことです。

鮫島の「からゆきさん」については、管見の限りでは木村健二氏の「鮫島麟太郎「からゆきさん」考」（『アジア・文化・歴史』第7号、二〇一七・一二）が取り上げております。しかしながら、この人物の文学的初発期の動向には触れておりません。一九二〇年に関西学院の英文学科学生を中心として創刊された『関西文学』を見てみますと、その第二号から鮫島の名前は出てまいります。この雑誌に関わった岡田春草や受川宵夢については、季村敏夫さんと高木彬さんが編んだ『一九二〇年代モダニズム詩集　稲垣足穂と竹中郁その周辺』（思潮社、二〇二二・四）が取り上げていますし、犬飼武については高橋輝次さんが『編集者の生きた空間　東京・神戸の文芸史探検』（論創社、二〇一七・五）の中で一文を草しておられる、壽岳文章の方は昨年秋から冬にかけて関西学院大学博物館の企画になる展覧会が開催されました。

しかしながら、一九二〇年代の、この学院ゆかりの人たちによって形成された文学の地層は、まだまだ掘り起こされなければならない、鮫島麟太郎もその一人となりましょう。種子島に生まれ、長崎の鎮西学院卒業後、関西学院英文学科に進学した彼が『関西文学』第四号（一九二一・七）に寄せた「オルガン弾奏者その他」という創作は、長崎を舞台とし、佐藤春夫の「指紋」（一九一八）と似通った雰囲気を漂わせた作品です。

須磨からのたよりを書き終えたところで後は手短にと言っておきながら、かえって長くなってしまいました。もう止めます。二〇一〇年に本書一章として収録した「一九二〇年代の関西学院文学的環境の眺望」を発表して以来、上海と関わる昭和文学を皮切りに、邦字新聞『大陸新報』、ライシャムシアター、亡命ユダヤ人美術家D・L・ブロッホというように、陸続と出てきた上海を起点とする課題と取り組むのと並行して、ぽつぽつとではありましたが書き溜めてきたものを、とりあえず一冊にまとめるに至りました。いま挙げた論考を執筆するきっかけとなったのは、二〇〇九年七月に関西学院大学上ヶ原キャンパスの吉岡記念館で行われた第二一回関西学院歴史サロンでの「一九二〇年代関西学院文学的風土の内と外」と題する報告でしたが、二〇〇四年に職を得てから数えれば二〇年間、関西学院大学の一教員として伸び伸びとした研究活動を展開してこれたことを感謝いたします。大学図書館、学院史編纂室、大学博物館では多くの資料を活用させていただきました。学院の外との関わりにおいてもお世話になる機会がいろいろありました。すでにお名前、機関名を挙げた方々以外にも、神戸近代文化研究会、神戸文学館、兵庫県立美術館、兵庫県立芸術文化センター、連続企画「〈異〉なる関西」の立ち上げと運営に携われた日本近代文学会関西支部所属の関係者諸氏らから、多くのご教示や刺戟をたまわったことをありがたく思います。そして、実際の本づくりの工程において、様々な角度からアドバイスをしてくださった琥珀書房の山本捷馬さん、本当にありがとうございました。「シュルレアリスムと日本」展の情報を教えてくださらなければ、浅原清隆と「ひとで」のラインはスルーしているところでした。それから、もう一人、この本の装幀画を描いてくれた、書名に繋げて言うと、私が疲れた時には私の代りに力強い漕ぎ手となって自分たちの航路を進めてくれる妻の大橋秀美の労もねぎらいたく思います。ご苦労様でした。

あ、忘れるところでした。〈神戸〉にもお礼を言わなければなりません。新婚旅行の際に立ち寄った北野異人館のある街と縁が出来ようとはその時は予想もしていませんでしたが、一九九〇年にこの地に移って来てから現在まで、ちょうど自分の人生の半分を〈神戸〉を身近にして過ごしたことになります。そして、この街だけに自足しているだけであってもいけないというメッセージも含めて、私が勉強を進めていく上での沢山の糧を〈神戸〉はもたらしてくれました。かつてはブラジルに渡る人たちが出立前に集合した国立移民収容所、現在の「海外移住と文化の交流センター」に行こうとして鯉川筋を上り詰めていって、ふとしたはずみに振り返ると、神戸の海とそこを航路とする船が、まるで空に浮いているように見える――たしか、これと同じことを川西英が言っていたかもしれません――風景が、私は好きです。

（二〇二四・二・四記）

＊本書は関西学院大学二〇二三年度個人特別研究費の助成を受けたものである。記して謝意を表する。

初出一覧

ラス・ガロー」掲載記事題目一覧――
神戸モダニズム空間の〈奥行き・広がり・死角〉をめぐる若干の考察（日本近代文学会関西支部編集委員会編『〈異〉なる関西』、二〇一八年一一月、田畑書店）
「画廊」から見る一九三〇年代の神戸文化空間――（付）「ユーモラス・コーベ」・「ユーモラス・ガロー」掲載記事題目一覧――（『日本文藝研究』第69巻第2号、二〇一八年三月、関西学院大学日本文学会）
以上の論文、資料紹介をもとに再構成。

六章　一九五〇年の二つの文化的イベントから展望する芸術家たちの協同
原題　同じ（『人文論究』第73巻第3・4号、二〇二四年二月、関西学院大学人文学会）
ただし同誌には本稿の「七」までを掲載。「八」～「十一」は本書初収。

七章　陳舜臣が描き出す〝落地生根〟の行方――「枯草の根」を起点として――
原題　同じ（『人文論究』第69巻第1号、二〇一九年五月、関西学院大学人文学会）

八章　〈共生〉と〈連帯〉に向けての小田実からの問いかけ――「冷え物」から「河」そして「終らない旅」まで――
原題　同じ（『日本学報』第133輯、二〇二二年一二月、韓国日本学会）

九章　剣呑さを生きる小説――小田実「河」における歴史・土地・人間・言葉――
原題　同じ（『日本文藝研究』第72巻第1号、二〇二〇年一〇月、関西学院大学日本文学会）

あとがきに代えての雑信　書き下ろし

マ行

ヤ行

ラ行

ワ行

カ行

サ行

主要人名索引

凡　例
・目次などを除く、本文頁より採録した。
・同一人物で名称が異なって出てくる場合、別名は〔　〕内に表記した。
・外国人名の表記は本文での表記に従った。
・五章の注に掲げた『おほぞら』創刊号目次での初見の人物、ならびに補助資料「「ユーモラス・コーベ」「ユーモラス・ガロー」掲載記事細目一覧」での初見の人物名は索引から外した。
・中国人・朝鮮人名については原則として音読みで統一した。

ア行

著者紹介

大橋毅彦（おおはし・たけひこ）

1955年東京都生まれ。1987年早稲田大学大学院文学研究科博士後期課程満期退学。

共立女子第二中学高等学校教諭・甲南女子大学教授などを経て、現在、関西学院大学文学部教授。

博士（文学）。

著書に、『室生犀星への／からの地平』（若草書房、2000年）、『上海1944-1945　武田泰淳『上海の螢』注釈』（編、双文社出版、2008年）、『アジア遊学183　上海租界の劇場文化―混淆・雑居する多言語空間』（編、勉誠出版、2015年）、『D・L・ブロッホをめぐる旅―亡命ユダヤ人美術家と戦争の時代』（春陽堂書店、2021年）ほか。

『昭和文学の上海体験』（勉誠出版、2017年）にて第26回やまなし文学賞（研究・評論部門）受賞。


本書は、関西学院大学2023年度個人特別研究費による出版物である。

鹿ヶ谷叢書004

神戸文芸文化の航路
―画と文から辿る港街のひろがり―

2024年3月7日　発行
定価　2,800円＋税

著　者　大橋毅彦
発行者　山本捷馬
発行所　株式会社 琥珀書房
606-8243
京都市左京区田中東高原町34 カルチャーハウス203
Tel 070（3844）0435
装　画　大橋秀美
装　丁　琥珀書房
本文組版　小さ子社
印刷製本　亜細亜印刷株式会社

ISBN：978-4-910993-54-6